मौन अस्तित्व

अर्पित मौर्य 'अद्वैत'

नोशन प्रेस

प्रकाशक
नोशन प्रेस,
#7, रेड क्रॉस रोड, चेन्नई, तमिलनाडु- 600008
फोन- +91 44 46315631

Maun Astitva

(A novel by *Arpit Maurya 'Advait'*)

Published by

Notion Press

#7, Red Cross Road, Chennai, Tamil Nadu- 600008

Phone Number: +91 44 46315631

Email ID: publish@notionpress.com

Website: https://notionpress.com/

ISBN- 979-889699218-9

वो उष्णरश्मि दीप्तिमान हो,
अरुणोदय से ही ताप बरसाए,
देहात में खेत हो अपना और एक घर छोटा,
जहाँ वो अमलतास की लताओं सी लहराए।

-तुम्हीं को समर्पित

भूमिका

निराशा के क्षणों में पनपे किसी विचार को स्वरूप देने के प्रयास में इस कहानी का जन्म हुआ। स्मृतिपटल पर अनगिनत दृश्य तैर रहे थे उस क्षण, *"मौन अस्तित्व"* उन्हीं को लिपिबद्ध करने का प्रयास है। सामग्री की बात करूँ तो, अतीत को देखना मुझे सदैव ही सुखद लगता है। उस देखने में टीस है, मधुर वेदना है, और अथाह प्रेम। लेखन के दौरान वही भावानुभूति इस उपन्यास की सामग्री के रूप में आगे आयी। सामान्य स्तर पर सदैव इस कृति को प्रेम-कहानी के रूप में ही देखा जाएगा, लेकिन ये कथा प्रेम की नहीं, उस मौन की है, जो प्रेम की अपरिभाषित गहराइयों में वास करता है। ऐसा मौन जो कभी आंसुओं में छलकता है, कभी स्मृतियों में सजीव हो उठता है, और कभी हमारे भीतर एक गूंज बनकर रह जाता है।

कथानायक मयूर को चित्रित करना शायद सबसे कठिन कार्य रहा इन कुछ महीनों में। उसके जटिल व्यक्तित्व को उकेरना सदैव किसी चुनौती की तरह ही रहा। उसके जीवन का सबसे बड़ा विरोधाभास यह है कि वो इस संसार में उपस्थित होते हुए भी अनभिज्ञ है अपनी वास्तविक उपस्थिति से। अस्तित्व का यह संघर्ष—जो बाह्य और आंतरिक संसार के मध्य घटित होता है—उसके समस्त अनुभवों और भावनाओं का केंद्र है। मैंने इस उपन्यास के माध्यम से, उसके इसी विरोधाभास को उकेरने का प्रयास किया है, जो मौन के भीतर छिपे गूढ़ सत्य, आत्मीयता और अस्तित्व की अनुगूंज को अनावृत्त करता है, या करना चाहता है।

मयूर अपने अस्तित्व को भौतिक नहीं भावनात्मक स्तर पर तलाशता है, उसकी खोज ही इस उपन्यास की कहानी है। वो मानवीय भावनाओं को जीवन का हिस्सा न मानकर, उसे अस्तित्व से जोड़ता है। प्रेम उसके लिए एक भावना नहीं, आधार है उसके अस्तित्व का। मंजरी के साथ उसका संबंध केवल आकर्षण या वासनात्मक संलिप्तता नहीं, अपितु सम्पूर्ण जीवन है, जिसकी खोज में भटकता है वो।

मंजरी, मयूर के लिए सिर्फ उसकी प्रेमिका नहीं, बल्कि वह माध्यम है, जो उसे अपने अस्तित्व और उसकी गहराइयों से परिचित कराता है। मयूर के संघर्षों और

भावनाओं का केंद्र है मंजरी। उसी की स्मृतियाँ मयूर के भीतर एक ऐसा संसार रचती हैं, जहाँ वह बार-बार लौटता है, और खोजता है अपने को।

अंतः यही अरज़ है आपसे कि इस कृति को महज प्रेम-कहानी मानकर न पढ़ें, ऐसे में कथा के वास्तविक स्वरूप को पहचान पाना शायद कठिन हो जाए। पूर्वाग्रहों से उठकर पढ़ा जाना चाहता है यह उपन्यास, आशा है आप इसे उसी विचार से पढ़ेंगे।

इसके अतिरिक्त, पिछले उपन्यास *"यायावर"* के संदर्भ में कई ईमेल प्राप्त हुए। आपको रचना अच्छी लगी, इसकी असीम प्रसन्नता है मुझे। इस उपन्यास को लेकर भी आपके जो विचार होंगे, उन्हें अवश्य भेजिएगा।

-अर्पित मौर्य 'अद्वैत'

दिल्ली

8 दिसंबर 2024

मौन अस्तित्व

तुम में बसा सम्पूर्ण

मौसम रूमानी है। दक्षिण-पश्चिम कोने में लगी घटा गहरी होती जा रही है। बारिश होने के पूरे आसार हैं। वो छत की बॉउन्ड्री पर दोनों हाथ टिकाए, उस पेड़ को देख रहा है, जो कभी धरा को स्पर्श करने की लालसा से झुकता है और अगले ही क्षण तपाक से सावधान मुद्रा में खड़ा भी हो जाता है। अब जेठ की उमस को चीरती हुई हवा ही इतनी तेज है तो उसमें पेड़ का क्या दोष?

उसी पल सीढ़ियों से आती पायल की झंकार उसके कानों में पड़ी। वो पीछे मुड़ा तो सामने मंजरी को खड़ा पाया। उनके नेत्रों के मध्य कुछ कथोपकथन हुआ जिसके फलस्वरूप अधर खिल उठे। आगे बढ़कर उसने मंजरी की कमर पर अपना हाथ रखा और उसे अपने समीप खींच लिया, दावे के साथ कि तुम मेरी हो। मंजरी अपलक उसकी आँखों में देखने लगी।

आँखें मानो कह रही हों, "कोई आ गया तो?"

फिर स्वयं ही उसका जवाब भी दे रही हों, "आने दो।" ऐसी बेपरवाही थी उन नज़रों में।

वो हड़बड़ा कर उठा। अलार्म का तीखा नाद उसके कानों में चुँभ रहा था। उसने सिगरेट सुलगाई और बालकनी में खड़ा होकर बाहर देखने लगा। साँझ हो चुकी थी। झम-झम की ध्वनि बिखेरती बरखा धरा के हृदय को चीर रही है। उसके कानों में उस दिन के वो शब्द गूँज रहे हैं जब उसने नेहवश अपना सिर मंजरी की गोद में रख दिया था, और मंजरी उसके सिर को प्रेमपूर्वक सहला रही थी।

"भीड़-भाड़ से दूर खेतों के बीच में बीघे भर का अपना खेत होगा। उसके बीच में एक छोटा सा घर, मिट्टी का होगा तो भी चलेगा। बस वहाँ से देखने पर दूर-दूर तक खेत दिखाई दें, उसमें लहलहाती फसल दिखाई दे। पिछले हिस्से में हमारे खेत होंगे, कुछ आम के पेड़ भी रहेंगे। आगे की ओर बगीचा बनाएंगे। फिर किसी दिन, तपती दुपहरी में कुदाल चला कर थके हुए तुम, पसीने से तर-बतर होकर उस आम

की छाँव में बैठे रहना। ठंडी हवा तुम्हारे गाल को छूती हुई गुजर रही होगी। मैं खिमटाव लेकर वहाँ आऊँगी। तुम खाते रहना, मैं बेना झलती रहूँगी।"

"क्यों, तुम भी साथ में खाना, मैं झल दूँगा बेना।" उसने कहा था।

मंजरी हँसी थी, "अच्छा.., लड़के इतने अच्छे कब से हो गए जो बेना झलने लगे?"

सिगरेट नीचे फेंक कर उसने जब पैर से कुचला तो उसका सिर नीचे की ओर था, अंगूठे पर आँसू की एक बूंद गिर गई थी। अपनी हथेलियों से उसने आँखों को मला और दूसरी सिगरेट सुलगा कर शून्य में बड़ी देर तक ताकता रहा।

समय अपनी धारा में कितना कुछ बहा ले जाता है। जो बह जाता है वो तो सह्य है पर जो डूब गया वो ठहर गया। समय की इस रफ्तार में कुछ ठहर जाना अभिशाप ही है। मन का ठहराव चित्त को स्थिर करता है पर स्मृतियों का ठहराव, विशेषकर वो स्मृतियाँ जिनकी नींव पर अतीत अंधकार में दिखता है, वो हृदय में उथल-पुथल निरंतर बनाए रखती हैं। वो उसी अतीत में कैद है। अतीत को देखना उसे फिर भी सुखद प्रतीत होता है। एक दुखांत सुख, जिससे न वो उभर पाता है, न ही वो उभरना चाहता है।

प्रेम का सबसे दुखद स्वरूप है बेबसी। बेबसी मिलने की, बेबसी देखने की, बेबसी एक स्पर्श की जो लट को कानों के पीछे फँसा दे, बेबसी उस सुगंध की जो फैल जाती है सर्वत्र प्रिय की उपस्थिति में, बेबसी उस मुस्कुराहट की जो तैरती है अधरों पर अधरों का लम्स प्राप्त करके, बेबसी छेड़ने की एक दूसरे को। प्रेम में इस तड़प से करुण कुछ भी नहीं। तथापि लोगों को प्रेम तो होता ही है, लोग प्रेम भी करते ही हैं। आखिर सृष्टि टिकी है प्रेम पर। जो प्रेम न होता तो मानवता कितनी विध्वंशशील हो जाती इसकी कल्पना भी नहीं की जा सकती।

उसे भी प्रेम हुआ है। लोग कहते हैं उसकी प्रेयसी सुंदर नहीं है। यह सुनकर उसे तरस आता है बोलने वालों की सोच पर। वो चाहता भी है एक विस्तृत व्याख्यान देना इस विषय पर कि जिस चेहरे को तुम अपने मापदंडों के अनुरूप आकर्षक नहीं मानते, उससे सुंदर मुख मैंने देखा ही नहीं। तथापि, वो बस इतना ही कहता है, 'चेहरा सुंदर न भी हो, चरित्र सुंदर होना चाहिए।'

लोगों के पास पर्याप्त समय है। अतः वो अगला प्रश्न उड़ेल देते हैं। कब तक उसके लिए बैठे रहोगे? वो कहाँ है, किसी को पता तक नहीं। वो कहता है, 'हर दिन उसकी यादों के साथ जीना, उसके साथ ही तो जीना है। इसी जीने में ज़िंदगी साथ में कब निकल जाएगी पता भी नहीं चलेगा।' उसका ये भी मानना है कि बहुत

दुर्भाग्यशाली हैं वो जिन्हें कभी मोहब्बत नहीं हुई। इसी वजह से कोई समझ नहीं पाता उसके हृदय की स्थिति को। वो हृदय जिसके कण-कण में मंजरी बसी है।

वही मंजरी जिसके चेहरे पर चेचक के बड़े-बड़े निशान थे पर जब हँसती तो लगता जैसे गुड़हल की कली खिल गई हो। वही मंजरी जिसके हँसते ही उसके टेढ़े दाँत भीतर से झाँकने लगते थे। वही मंजरी जिसे वो जब भी देखता वो मुस्कुराती या जोर-जोर से हँसती हुई नजर आती। वही मंजरी जो एक दिन बिना कुछ बताए चली गई। कहाँ गई, किसी को नहीं पता। कहाँ नहीं तलाशा उसने उसे, किससे नहीं पूछा उसके बारे में पर मंजरी नहीं मिली।

घर-परिवार से भी कितनी गालियाँ सुनी उसनें पर सबसे अधिक उसे यदि कुछ खटका तो वो था, अपना और मंजरी का प्यार आकर्षण समझा जाना, वासना माना जाना। उस समय वो सत्रह-अठारह साल का रहा होगा।

आज उस बात को सात-आठ साल हो गए हैं पर वो भूल नहीं पाया मंजरी को। याददाश्त भी कितनी अद्भुत होती है न? कमजोर हो तो समस्या, तेज हो तो और भी समस्या। जाहिर है, हर स्मृति सुखद हो ऐसा आवश्यक नहीं। कमजोर याददाश्त शायद भूल जाए वाकये को पर तेज याददाश्त चलाती रहती है उस दुखद स्मृति को मस्तिष्क के परदे पर जैसे कोई फिल्म चल रही हो। हर दृश्य के साथ दिल बैठता जाता है, मन अंशाति की ओर अग्रसर हो जाता है, पनपता रहता है पछतावे का एक बीज, रक्त का हर कतरा सींचता है उसे। तेज याददाश्त भूलने कहाँ देती है कुछ। भूल जाना भी वरदान है बस फरक इतना है कि उसकी अहमियत से याद रखने वाला ही वाकिफ है। जो बरसों बाद भी बरसों पहले जी रहा है और फँस चुका है उस तिरोहित जाल में वो जानता है भूलना कितना महत्वपूर्ण है।

बादलों की गड़गड़ाहट से गूँज रहा है परिवेश। काली साँझ अचानक चमक उठती है फिर नींव को काँपने पर मजबूर कर देने वाली गर्जना। दोपहर के बाद से ही बहुत पानी गिरा है और अब तक भी रुकने के कोई आसार नजर नहीं आ रहे। गाँव से करीब मील भर दूर खेतों के समूह के बीचों-बीच चहारदीवारी से घिरा हुआ बीघे भर का खेत। सामने से खड़ंजा गुजर रहा है। जमीन के सबसे पिछले हिस्से में खेत हैं और आगे की ओर एक सुंदर बाग। ठीक वैसे ही, जैसे कभी मंजरी ने कल्पना की थी। मध्य में तीन तल्ले का एक आलीशान मकान जिसके दूसरे तल्ले के सम्मुख शीशे की बड़ी खिड़की है। इस खिड़की के पीछे एक कमरा है किताबों से भरा हुआ। खिड़की के पास ही एक बड़ी सी तस्वीर है। ये उसी तस्वीर का बड़ा स्वरूप है

जो उसने मंजरी के कमरे से चुरायी थी, और पकड़े जाने पर मंजरी ने खूब छेड़ा था उसे। झेंप के मारे उसके गाल तक लाल हो गए थे।

उसी के बगल में एक मेज है। दूसरी सिगरेट फूँक कर वो उसी मेज पर सिर रखे हुए लेटा है। उसकी आँखे मुँदी हैं। चश्मा आँखों से निकल कर सामने गिरा है। बिखरे हुए लंबे बाल हैं जो कंधे तक आते हैं, माँग ने उन्हें बराबरी से बाँट दिया है। चेहरे पर महीन दाढ़ी है और गंभीरता की लकीरें। उसे देखकर लगता है जैसे कोई रोमांटिक कवि हो या कोई प्रेमी। लेकिन वो कवि नहीं है, हाँ वो लिखना चाहता था पर जीवन की धारा में फँस कर लिखना छूट गया और रही बात प्रेम की, तो वो तो उसकी रग-रग में बहता है। कभी उसने सोचा था लेखक बनने का, सिर्फ लिखने और घूमने का स्वप्न पर सामाजिक ताने-बाने ने उसे एक स्थिर नौकरी लेने पर मजबूर कर दिया। हाँ, कभी-कभार वो थोड़ा बहुत लिखता है, लेकिन उसे लेखक कहा जा सके ऐसा नहीं है। इस घड़ी लेटे हुए उसके होंठ मुस्कुरा रहे हैं। शायद वो कोई सुखद स्वप्न देख रहा है। हाँ, वो स्वप्न ही देख रहा है।

जिधर नजर जाती है उधर ही हरे-भरे पहाड़ हैं। उनके बीच से एक नदी कल-कल कर बहती है। पहाड़ों पर बादल धुएं सा उड़ते हैं। उस नदी के किनारे एक घर है। उसे लगता है वो घर मंजरी का है। शाम होती है तो बादल लाल हो जाते हैं। उनका लुभावना प्रतिबिंब उस नदी में हूबहू उतर आता है। एक लड़की बैठी है पत्थर पर नदी के किनारे और देख रही है उस परछाई को। वो हँस रही है और उसके टेढ़े दाँत झाँक रहे हैं भीतर से। वो सोचता है ये मंजरी है। फिर वो लड़की सिर उठाकर ऊपर उड़ते उन बादलों को देखती है जो पहाड़ों के पीछे जाकर ओझल हो जाते हैं। वो दूर से देखता है ये सब और सोचता है, पहाड़ों के पीछे ऐसी जमीन जरूर होगी जहाँ ये बादल उससे मिलते होंगे। जहाँ आसमान और धरा की विरह टूट जाती होगी। वो समा जाते होंगे एक दूसरे में, और खुश होकर उस लड़की के पास जाता है। वो उसे पुकारना चाहता है पर उसकी आवाज नहीं निकलती, तो वो उसके कंधे पर अपना हाथ रख देता है। वो लड़की पीछे मुड़ती ही है जब उसकी आँख खुल जाती है।

वो उठा तो बगल में कुर्सी डाले सुबोध को बैठे देखा। सुबोध उसे देखकर मुस्कुरा रहा था।

"फिर वही सपना देखा मयूर बाबू?" कथन से स्पष्ट हो गया था कि आज से पूर्व भी मयूर ये स्वप्न देख चुका है। सुबोध ने इस बेपरवाही से कहा जैसे ये रोज की कोई आम घटना हो। जैसे हर दिन सूरज निकलता है, जैसे रोज रात होती है, जैसे आदमी प्रतिदिन सोता है वैसे ही मयूर भी ये सपना देखता है। इसमें हैरानी की क्या बात?

यही स्वप्न मयूर पिछले कई सालों से अक्सर देखता आ रहा है पर सुबोध को लगता है कि ये ऐसे ही होगा। वो अनभिज्ञ जो है इस तथ्य से कि इस संसार में कुछ भी ऐसे ही नहीं होता। हर घटना के पीछे एक उद्देश्य होता है, प्रकृति की कोई साजिश होती है।

"हाँ।" मयूर चश्मा लगाते हुए बोला और खड़े होकर अपनी गर्दन को एक बार दाएं घुमाया फिर बाएं। दोनों बार खट-खट का स्वर सुनाई दिया। दोनों हाथों को ऊपर उठाकर जम्हाई भी ली। उसका कद प्रतीत हुआ करीब साढ़े पाँच फुट। चेहरा अंडाकार आकृति में है और रंग हल्का साँवला। उसकी आँखों में एक रहस्य दिखता है। चेहरा हँसमुख होने के बावजूद भी एक मूक उदासी झलक जाती है। वो उदासी जिसे गंभीरता की आड़ में छिपाया नहीं जा सकता।

"कब से सो रहे हो?"

"दोपहर में सोया था। फिर अभी थोड़ी देर पहले उठा भी लेकिन आँख भारी थी तो सोचा थोड़ी देर बैठ जाऊँ, बैठे-बैठे फिर आँख लग गई। पता नहीं कितनी नींद लगती है मुझे?" वो हँसा।

'दिन भर नशे में रहोगे तो नींद ही आएगी, होश थोड़ी।' सुबोध बुदबुदाया फिर प्रकट करते हुए बोला, "पूछोगे नहीं, कैसे आना हुआ?" वो अब कुर्सी से उठ चुका था और रैक में रखी किताबों को बड़ी बारीकी से निहार रहा था मानो किसी रहस्य को बस उजागर करने वाला हो।

"इतनी बारिश में आए हो। कुछ जरूरी ही होगा।" मयूर खिड़की से बाहर देख रहा है। दूर-दूर तक कोई घर नहीं है। सिर्फ हैं खेत जिसमें लगा धान अपने यौवन के चरम पर है। हवा के थपेड़ों से वो लहरा रहा है। ऊपर से गिरते पानी ने उसके लहराने को और भी आकर्षक बना दिया है। दूर खड़ंजे पर एक आदमी छाता पकड़े साइकिल से जा रहा है। करीब आधा किलोमीटर दूर रेलवे की पटरी है जो मयूर साफ-साफ देख सकता है। उस पर आती ट्रेन की आवाज को भी सुना जा सकता है। सुबोध बोलने को हुआ ही था जब मयूर बोल पड़ा, "ये ट्रेन कहाँ से आ रही होगी?"

सुबोध फिर बोलने को हुआ लेकिन मयूर ने स्वयं ही अपने प्रश्न का उत्तर देते हुए कहा, "हो सकता है ये ट्रेन भी पहाड़ों में से आ रही हो। हो सकता है यही ट्रेन मंजरी ने भी देखी हो। हम दोनों दूर कहाँ हैं।" कहकर वो हँसा।

"उस हिसाब से तो जो सूरज तुम देखते हो वही मंजरी भी देखती होगी। तब नहीं लगा कि तुम दोनों दूर नहीं हो। ये तो वही बात हो गई कि जब सेब गिरा तो न्यूटन को ग्रैविटी का ख्याल आया, रोज मूतता था तब नहीं सूझा।" सुबोध हँसा। "तुम्हें

कितनी बार कहा है कि ये सपना तुम्हारे दिमाग की उपज है। इसे इतनी गंभीरता से मत लो और ये क्या पागलपन है तुम्हारा?"

"ये सब मन की बातें हैं सुबोध भईया। तुम नहीं समझोगे। और वैसे भी, इतिहास प्रत्यक्षदर्शी है, सच्चे प्रेमी को लोक ने पागल ही कहा है।" मयूर अब भी बाहर ही ताक रहा था। "खैर कैसे आना हुआ?"

"मेरी शादी तय हो गई। लड़की का नाम मुस्कान है।" कहकर सुबोध ऐसे शरमाया जैसे किसी ने उसे बिना कपड़ों के देख लिया हो। उसके इस शरमाने पर मयूर को हँसी आ गई। "ये उसकी फोटो।"

मयूर ने फोटो देखी और बोला, "अच्छी है।"

"बस अच्छी है?"

"अब बिना मिले-जुले कैसे बताऊँ कि कैसी है? देखने में तो अच्छी लग रही है। लेकिन जरूरी तो नहीं कि जो देखने में सुंदर हो वो....।"

सुबोध ने किलसते हुए बीच में बात काटी, "मंजरी से तो जैसे तुम रोज मिलते हो जो जब देखो उसी की गाथा गाते रहते हो।"

"मंजरी की बात अलग है सुबोध।" कहने के साथ ही उसकी आँखो के समक्ष वो मुस्कुराता, चहकता हुआ चेहरा विचरण करने लगा। अगले ही क्षण उसके चेहरे पर विषाद की लकीरें उभर आयीं, बोला, "अब इस जनम में मंजरी से मिलना असंभव सा लगता है।"

यहाँ एक तथ्य उजागर करना आवश्यक है, और वो ये कि नायक ने अभी जो कहा उसमें उसकी निराशा झलकती है। जाने क्यों उसे ऐसा लगने लगा है कि उसकी मंजरी उसे भूल गई है। अब इस अल्हड़ को कौन समझाए कि जितना तुम उसे याद करते हो, उतना ही वो भी तुम्हें याद करती है। तुमसे संपर्क करने की हर संभव कोशिश करती रही है वो लड़की, लेकिन जब परिस्थितियाँ ही इतनी प्रतिकूल हैं तो वो बेचारी क्या करे? मन ही मन दोषारोपण कर रहे हो तुम अपनी सखी पर जो अब भी तुम्हारे साथ खेली गई अंत्याक्षरी को सोच कर अपने उदास होंठों पर मुस्कान ले आती है। तुम्हारे भोलेपन की यादों में डूबी हुई मुस्कुरा देती है। कभी उसकी भी वेदना के बारे में विचार करो। क्या? तुम्हें अपनी ही पीड़ा से फुरसत नहीं है।

सुबोध को उसकी ऐसी हालत देखकर बड़ी तकलीफ होती थी, पर चाहकर भी वो करे क्या? बस दिलासा दे सकता था, सो उसने दिया, "अरे यार अच्छा सोचो, जरूर मिलोगे।"

"अब मिल भी गया तो क्या? कई-कई बार लगता है जैसे मैं उसे याद ही नहीं

हूँ। कभी संपर्क तो कर ही सकती थी। फिर कभी-कभी ऐसा भी महसूस होता है जैसे वो भी मुझे बहुत याद करती होगी। कुछ मजबूरी होगी इसीलिए अब तक कोई कान्टैक्ट नहीं कर पाई।" उसके मन का एक हिस्सा ये मानता है कि शायद कोई मजबूरी होगी। "खैर, फोटो तो तुम ऐसे ही भेज देते। इतनी बरसात में आने की क्या जरूरत थी?" सुबोध के आलसी स्वभाव को मद्देनजर रखते हुए ये प्रश्न पनपा था मयूर के मन में।

"बात दूसरी है। मैं इस दुविधा में हूँ कि मुस्कान को कीर्ति के बारे में बताऊँ या नहीं?"

"क्यों नहीं बताओगे?" मयूर ने तीव्रता से उत्तर दिया। "किसी भी रिश्ते में बात का छिपाना किसी बीमारी को छिपाने जैसा है। जब तक हम उजागर करते हैं तब तक बहुत देर हो चुकी होती है।"

"कहीं वो बुरा मान गई तो? या रिश्ता तोड़ दिया?"

"कीर्ति के लिए कोई स्थान है मन में?"

"नहीं।" तपाक से उत्तर दिया सुबोध ने।

"तो बता दो सब। जो था जैसा था।"

सुबोध कुछ देर बाद बोला, "पक्का? अच्छा लेकिन कहूँगा कैसे?"

"जो सच है वही कह देना।"

कुछ देर सोचने के बाद सुबोध बोला, "और वो शायरी भी सुना दूँगा इसके बाद....अरे वही वाली जो तुम अक्सर बकते रहते हो जब मंजरी की बात उठती है। अरे...कैसे है........? मुझे..... रही..... तलाश ताउम्र...तलाश...?"

मयूर ने उसकी समस्या हल की,

जिसकी तलाश मुझे ताउम्र रही,

आसमां से उतरी तुम वो हूर हो,

तुम मेरी पहली मोहब्बत तो हो ही,

याद रखना आखिरी भी जरूर हो। "

चहक उठा सुबोध, "हाँ यही। बस इसमें पहली की जगह आखिरी कर दूँगा। तो ये हो जाएगी,

जिसकी तलाश मुझे ताउम्र रही,

आसमां से उतरी तुम वो हूर हो,

तुम मेरी पहली मोहब्बत न सही,

याद रखना आखिरी जरूर हो। "

और फिर उसके चेहरे पर जो तेज आया वो देखने लायक था।

मयूर जोर से हँसा और काफी देर तक हँसता रहा। शुरुआत में सुबोध को लगा कि शायद उसने बात ही ऐसी अद्भुत की है कि हँसना लाजमी है पर जब हँसी न रुकी तो उसे लगने लगा कि कहीं मयूर उसकी चुटकी तो नहीं ले रहा। समय के साथ उसका शक यकीन में बदल गया।

"मैं चलता हूँ।" सुबोध ने भावहीन स्वर में कहा।

"ठीक है।" मयूर की हँसी धीरे-धीरे रुक रही थी।

सुबोध को उम्मीद थी कि मयूर उसे रोकेगा पर वो क्या जाने कि एकांत प्रिय मयूर कब से उसी के जाने का इंतज़ार ही तो कर रहा था। किसी के साथ अब उसे कैद सा अनुभव होता है। अंततः सुबोध उठा और जाने लगा। दरवाजे पर पहुँच कर वो पीछे मुड़ा तो मयूर को हँसता पाया।

'मयूर कितना बदल गया है।' वो बुदबुदाया।

उसका कमरे से निकलना भर था कि मयूर के चेहरे के भाव पूर्णतः बदल गए। हँसी ऐसे गायब हुई जैसे याद की आँधी में आमोद की धूल उड़ गई हो। जाहिर है, उसकी हँसी दिखावटी थी। अपनी हँसी देखकर उसके दिमाग में अचानक तैरा था, 'तुम इतना जो मुस्कुरा रहे हो, क्या गम है जिसको छुपा रहे हो।' विडंबना ये कि ये याद आने के बाद भी वो हँसा ही था। धीमे से या मन में नहीं बल्कि स्पष्ट रूप से, तेज स्वर में।

दिन और रात होते हैं, क्योंकि पृथ्वी अपनी धुरी पर घूमती है। लोग पैदा होते हैं, जवान होते हैं फिर एक दिन बूढ़े होकर मर जाते हैं, क्योंकि समय का पहिया निरंतर गतिशील है। कवि होते हैं, कविताएं लिखी जाती हैं, क्योंकि मन में भावों की भरमार होती है। आशय यही है कि हर घटना के घटित होने में सदा ही कोई कारण या कई कारण निहित होते हैं।

मयूर के भीतर हुए इस परिवर्तन के पीछे भी ऐसे ही कई कारण थे। ये कोई एक रात की घटना नहीं थी, न ही हफ्ते की, न महीने की। ये सफर वर्षों का था, जहाँ उत्साह, खुशी, प्रेम, बिछोह, पीड़ा, आवारापन, कला, संघर्ष और अंततः परिपक्वता जैसे अनेकों मोड़ आए।

शुरुआत उसी दिन से कर सकते हैं इस सफर की जब मयूर, वो मयूर था जिसकी छवि का स्मरण कर सुबोध ने ये कहा कि 'मयूर कितना बदल गया है।' आठ साल बीत चुके हैं इस बात को। समय में बहुत कुछ भुलाने का सामर्थ्य है लेकिन सब

कुछ भुलाने का नहीं। नाहक नहीं, उलझा रहता है मयूर अतीत में। आठ वर्ष पूर्व घटित हुए अनेकों वाकये उसे बीते कल के लगते हैं। उनकी पीड़ा वैसी ही नई है उसके हृदय में जैसे तब थी। यदि समय में इतना पीछे चलें तो अवश्य ही सारे धागे खुलेंगे, तब शायद ये समझा जा सकेगा कि मयूर, उस मयूर से ऐसा मयूर क्यों और कैसे हो गया।

बिनोद बाबू के मुखमंडल पर उनके स्वभाव के विपरीत आज उल्लास की लकीरें देख सभी को बड़ा आश्चर्य हो रहा है। कल शाम से ही हर बात पर खिले हुए हैं, सबसे सीधे मुँह बात भी कर रहे हैं और सबसे विचित्र बात ये है कि पिछले बारह घंटे में वो किसी बात पर झल्लाए नहीं हैं। उनका बड़ा लड़का ब्याहने लायक हो गया पर आज तक उसने भी उनको बिना मूँछ के नहीं देखा। आज जाने क्या अजूबा हुआ जो उन्होंने बरसों से सहेजी मूँछ साफ कर दी।

उनकी माँ यूँ तो किसी बात में रुचि लेती नहीं पर बिनोद बाबू के इस स्वरूप ने उनके भीतर भी कौतूहल पैदा कर दिया है। दरअसल उनके मन के किसी कोने में ये भय बैठ गया है कि या तो बिनोद बाबू से कोई प्रेत चिपट गया है, या वो अफ़ीम चाट कर घूम रहे हैं। ये डर वाजिब है क्योंकि उनसे ऐसे स्वभाव की उम्मीद स्वप्न में भी करना स्वप्न लगता है।

माँ का पूरा दिन बिस्तर पर लेटे-लेटे ही बीतता है। अब बेचारी अस्सी-पचासी साल की उम्र में और करें भी क्या? लौटते शरीर के समक्ष सारी अभिलाषाओं ने दम तोड़ दिया है। उन्होंने अपनी दुनिया समेट ली है और उसी में संतुष्ट रहती हैं। तीन बहुएं हैं, जिनमें से दो साथ हैं, बड़ी वाली अपने परिवार संग हिमाचल रहती है। कोई विशेष अवसर हो तभी आना होता है। अन्य दो बहुओं की वजह से खाना-पानी समय से मिल ही जाता है। सुबह-शाम दवाई ले लेती हैं। बाकि कोई पास बैठ जाए तो अपनी जवानी के कुछ किस्से कहकर बड़ी देर तक उसी दुनिया में विचरण करने लगती हैं। यही है उनका जीवन।

आज सुबह से ही वो सोच रही हैं कि बिनोद बाबू दिखें तो वो अपनी चिंता का निवारण करें पर बिनोद बाबू बड़े व्यस्त हैं। घर के भीतर आने का नाम ही नहीं ले रहे। सुबह ब्रह्ममुहूर्त में उठ कर नहा लिया उन्होंने। तैयार होकर आईने के सामने पहुँचे तो उनकी सफेद दाढ़ी भी आईने को निहारने लगी। उस समय चार भी नहीं

बजे थे जब अपनी श्रीमती जी को जगा कर बोले, "जरा रेजर देना।"

मनीषा जी नींद में थीं। चूँकि सोई वो छत पर ही थीं तो आँख खुलते ही अंधेरा दिखा। गुस्सा बड़ा आया उन्हें। चिढ़ते हुए बोलीं, "पगला गए हैं क्या? आधी रात को दाढ़ी बनाइएगा?"

जैसा बिनोद बाबू का स्वभाव था इतने पर तो वो सुलग जाते लेकिन उन्हें जाने क्या हुआ था कि बड़े प्रेम से बोले, "अच्छा यही बता दो कि रखा कहाँ है?"

बिनोद बाबू की वाणी में इतनी मधुरता मनीषा जी ने कभी सुनी ही नहीं थी अतः स्वयं उठकर गई और रेजर लाकर उनके हाथों में रख दिया।

"धन्यवाद।" कहना नहीं भूले बिनोद बाबू।

दाढ़ी बनाने बैठे तो नजर पड़ी मूँछ पर जिसे वो अपनी कठोरता का सिम्बल मानते थे। जाने क्या आया दिमाग में उनके जो उन्होंने रेजर घुमा दिया। मूँछ नीचे फर्श पर गिर गई। दाढ़ी बनाकर वो फिर नहाने गए। अबकी नहाकर आए तो अचानक उनकी नजर अपने बालों पर गई। बाल काफी झड़ गए थे लेकिन इतने भी नहीं कि चाँद दिखने लगे। हाँ आधे से ज्यादा सफेद तो हो ही चुके थे। अब उन्हें लगा कि बाल पर डाई लगा लेना चाहिए। साथ ही कुछ क्रोध भी आया उन्हें स्वयं पर कि एक बार में सब नहीं देख पा रहे हैं कि क्या-क्या छूटा है?

आज तक के जीवन में उन्होंने कभी डाई नहीं लगाई थी। उनका मानना था कि प्रकृति जैसे बदलाव करे, उसे स्वीकार करना चाहिए, पर अबकी उन्हें डाई लगाना अनिवार्य जान पड़ा। वो लगाते थे नहीं, तो न तो वो उनके पास था न लगाना वो जानते थे। हाँ उनके छोटे भाई, बृजेश जी इन सब में अवश्य रुचि लेते थे। सुबह के करीब सवा चार हो रहे थे जब वो बृजेश जी के कमरे के बाहर खड़े होकर आवाज लगाने लगे।

बृजेश जी को रात में दो बजे के बाद से ही बड़ी तेज पेशाब लगी थी पर आलस के मारे उठ नहीं रहे थे। भईया से वो डरते बहुत थे। इतनी सुबह-सुबह उनकी आवाज सुनी तो पेशाब का तो रुकना तय था। हड़बड़ा कर उठे। दरवाजा खुला तो सामने बिना मूँछ के भईया दिखे। ऐसा उन्होंने उनको बीस-पच्चीस बरस पहले देखा था।

"हाँ भईया।"

"बृजेश, डाई है तुम्हारे पास?"

बृजेश जी ने कल ही डाई लगाई थी। वो ये भी जानते थे कि भईया को ये सब पसंद नहीं। इस क्षण उनके दिमाग में यही आया कि कहीं भईया इतनी सुबह-सुबह

इसीलिए तो नहीं आए जो उन्होंने डाई लगाई थी। ये सोचकर वो काँप गए और उसी भय से बोले, "भईया अब से कभी नहीं लगाएंगे। कल जो लगा लिया वो अंतिम बार था।"

कुछ हँसकर बिनोद बाबू बोले, "अरे यार हो तो मेरे बालों में लगा दो।"

बृजेश जी को लगा कि वो कोई सपना देख रहे हैं। भईया की मूँछ साफ है, वो हँस भी रहे हैं और उन्हें डाई भी लगानी है, ये तो किसी स्वप्न में ही संभव है। पर भईया का खौफ इतना था कि वो सपने में भी रिस्क नहीं लेना चाहते थे अतः तुरंत एक कटोरी में डाई लेकर उन्होंने भईया के बालों में लगा दी। डाई लगवाकर भईया वहाँ से चले गए तो उनकी जान में जान आयी। चैन की साँस लेकर वो पेशाब करने लगे।

अब ज्यादा सस्पेंस न बनाते हुए ये बता देता हूँ कि बिनोद बाबू आज इतने बदले क्यों हैं? दरअसल बात ये है कि आज उनके यहाँ अखंड रामायण का पाठ होने वाला है, जो आज दस बजे के लगभग शुरू होगा और कल लगभग इसी समय समाप्त भी। उसके बाद हवन होगा और शाम में भोज। इस आयोजन के पीछे का कारण है उनके बड़े लड़के अंबरीश की नौकरी लगना।

अंबरीश मयूर का बड़ा भाई है। दिल्ली विश्वविद्यालय से पढ़कर वो वहीं एक कॉलेज में असिस्टेंट प्रोफेसर के पद पर नियुक्त हो गया है। हालाँकि बिनोद बाबू के स्वभाव को यदि देखें तो ये इतनी बड़ी बात तो नहीं लगती जिसके लिए वो अपना भूगोल ही बदल दें। वजह अवश्य ही कुछ और है। वजह है एक लड़की।

वो लड़की जिसके लिए अनगिनत सपने सजाए गए थे करीब पच्चीस-तीस बरस पहले। किसी को देखकर उसके मन का हाल जानना असंभव है। कौन सोच सकता है कि हर बात पर झुँझलाने वाले बिनोद बाबू कभी इस हद तक मोहब्बत में थे कि तपती गर्मी में तीन दिन तक वो नहाए नहीं, खाना बाएं हाथ से खाते रहे। ये सारी मसक्कत हो रही थी उस स्पर्श को जीवित रखने के लिए जिसने उनकी दाहिनी हथेली को छुआ था। उन्होंने तो आजीवन न नहाने का निर्णय ले लिया था लेकिन पिताजी द्वारा सूत दिए जाने के बाद उन्हें नहाना पड़ा।

ये वो दौर था जब इक्कीसवीं सदी दस्तक देने वाली थी। उसी समय बिनोद बाबू के कोमल मन पर, उसने दस्तक दी थी। 'नदिया के पार' फिल्म को एक दिन उन्होंने अपने एक दोस्त के यहाँ देखा, ब्लैक एंड व्हाइट टीवी पर जो उसे दहेज में मिली थी। पूरी फिल्म तो वो नहीं देख पाए क्योंकि बिजली ने साथ नहीं दिया, लेकिन गुंजा और चंदन से उनका परिचय हो चुका था। बस फिर क्या, खुद को चंदन और

उस लड़की को गुंजा मानने लगे। हालाँकि, लड़की का वास्तविक नाम बिट्टी था।

बिट्टी उनकी भाभी की बहन थी। कहानी एकदम फिल्म की तरह मेल भी खा रही थी। उनकी भाभी जब बच्चे को जन्म देने वाली थीं, तब संभालने के लिए बिट्टी ही आयी। फिल्म की कहानी और अपना जीवन एक सा लगने लगा था उन्हें। अक्सर बिनोद बाबू सोचते कि काश होली आ जाए और वो रंग दें बिट्टी को अपने रंग में जैसे चंदन ने गुंजा को रंगा था, पर सितंबर में भी कभी होली आती है भला।

बिट्टी भी उन्हें पसंद करती थी। अक्सर देखकर मुस्कुरा देती, उनसे हँसी-मज़ाक भी करती पर खुले तौर पर प्रेम को व्यक्त नहीं किया कभी। बिनोद बाबू ने निर्णय ले लिया था कि ब्याह तो उन्हें अब बिट्टी से ही करना है लेकिन करें कैसे? फिर बिट्टी से भी तो कहने में उनके पसीने छूटते थे। जब बिट्टी जाने लगी तो वो उसे जाते हुए देख न पाए। खेत में चले गए और मचान पर लेट कर बड़ी देर तक सिसकते रहे। फिर अचानक उन्हें याद आया कि इस तरह रोना उन्हें शोभा नहीं देता, वो भी एक लड़की के लिए।

मचान से उतरे, मुँह धोया और सीना तानकर घर की ओर चले। उद्देश्य साफ था कि घर पहुँचते ही पिताजी से अपने मन की बात कह देंगे और फिर शादी होने से कौन ही रोक लेगा? लेकिन सोचने और करने में बड़ा अंतर होता है। घर पहुँचे तो बरामदे में पिताजी कुर्सी लगाए रामचरितमानस पढ़ रहे थे। बिनोद बाबू को खुशी हुई कि चलो पिताजी धर्म में डूबे हैं, कुछ अधर्म नहीं करेंगे। अपने मन की बात कही जा सकती है। वो बोलने को हुए ही कि पिताजी ने झटके से रामचरितमानस बंद की और गरजते हुए बोले, "कुछो कहा, रवाणवा सार रहा बड़ा दुष्ट। आपन काल खुदय बलाय लेहेस। नारी के ऊपर गलत नजर रखय वालेन के संहे अईसहीं होय के चाही।"

बिनोद बाबू की बंधी हिम्मत जवाब देने लगी। वो भी तो किसी नारी के ऊपर नजर रखते हैं। फिर मस्तिष्क ने तर्क दिया, गलत नजर नहीं रखते। इस तर्क के बाद भी पिताजी का भय ही विजयी रहा और वो बोल न पाए अपने मन की बात।

उसी साल दिसंबर के महीने में भईया का साला आया। साले को वो अपना भी साला मानते थे। उसकी छोटी बहन से इनकी शादी जो होने वाली थी। हालाँकि, उनका ये भ्रम उसी क्षण टूटा जब साले ने उसी बहन की शादी का कार्ड इनके हाथ में रखा। उनकी आँखे डगमगा गई। लड़का लाइनमैन था और ये बेरोजगार। कहने के लिए इनके पास कुछ बचा नहीं। धीरे से वहाँ से सरके और मचान पर चढ़ कर बड़ी देर तक रोते रहे। अब समझ आया इन्हें कि क्यों अंग्रेजी वाले मास्टर कहते थे 'पढ़

लो बिनोद, नहीं दहेज नहीं मिलेगा।' आज वो मास्टर साहब बिनोद बाबू को मिलें तो वो जरूर उनके कदमों में गिर जाएंगे और रोते हुए कहेंगे, "महराज, ये काहें नहीं बताए कि दहेज तो बहुत दूर की बात है, लड़की भी नहीं मिलेगी अगर पढ़ेंगे नहीं तो।"

पीड़ा तो बहुत थी लेकिन मन को समझाने के अतिरिक्त कोई और विकल्प उन्हें दिख नहीं रहा था। कार्ड छपने के बाद भी अगर वो बिट्टी से जबरदस्ती शादी करेंगे तो बड़ी दूर तक बेइज्जती हो जाएगी। अब पता नहीं क्यों दो लोगों का अपने इच्छानुसार विवाह करना बेइज्जती माना जाता है, पर माना जाता है तो बिनोद बाबू को भी मानना पड़ा। शराब पीकर देवदास की तरह किसी कोठे पर बैठने की उनकी हिम्मत हुई नहीं क्योंकि पहली बात तो वहाँ गाँव में दूर-दूर तक कोई कोठा था ही नहीं। दूसरा, शराब पीने के लिए उनके पास पैसे नहीं थे। मजनू की तरह कपड़ा-लत्ता फाड़कर एक बार घूमने का सोचा लेकिन उन्हें कुत्तों से बड़ा डर लगता था तो ये योजना भी व्यर्थ ही रही। तब घूम-फिरकर उन्होंने अपने मन को जैसे-तैसे मना लिया।

दो साल बाद उनकी शादी हो गई, और फिर अपने गृहस्त जीवन में वो भी रम गए बिट्टी की तरह। लेकिन उसके जाने के बाद उनका स्वभाव बहुत बदल गया। वो बहुत सीरीयस रहने लगे और सबको हड़का कर रखते। किसी से हँसी-मज़ाक भी नहीं करते। पास ही के एक प्राइवेट विद्यालय में अंग्रेजी पढ़ाते हैं इस समय और बच्चों को धमका कर रखते हैं। बच्चे भी कम नहीं हैं। इनका गुस्सैल और बेदर्द स्वभाव देखकर उन्होंने इनका नाम रखा है, बिनोद बेदर्दी। बिनोद बाबू चिढ़ते भी हैं इस नाम से। पर बावजूद इन सबके वो प्यारे व्यक्ति हैं।

दो और घटनाएं हैं इनके संदर्भ में जिसने इन्हें 'बेदर्दी' की उपाधि देने में सहायता की। पहली तो ये कि जब भी ये किसी ऐसे बच्चे को देखते हैं, जिसके बाल कुछ अधिक लंबे हैं, अब लंबे बालों की भी इनकी अपनी एक अलग परिभाषा है। यदि बाल हाथ से पकड़ने में आ गए तो बड़े हैं, भले ही उनकी लंबाई महज दो इंच ही क्यों न हो। तो जैसे ही बाल पकड़ने में आए, वैसे ही ये अपना जगविख्यात डायलॉग उगलते हैं, कुटिल मुस्कान संग, "कहो, किस नायिका को रिझाने के लिए इतने बाल बढ़ाए हो?" और फिर तब तक मारते हैं जब तक बच्चा धरती, आकाश, सागर, पर्वत, नदी, झरने आदि की कसम खाकर ये नहीं कह देता कि सर, आज ही कटवा लेंगे।

दूसरा जब कभी ये पढ़ा कर ऊब जाते हैं या किसी अन्य शिक्षक की

अनुपस्थिति में उसकी कक्षा ले रहे होते हैं तो किसी ऐसे छात्र को अपने पास बुलाते हैं जो उनकी दृष्टि में सबसे शरारती होता है। उससे पहला प्रश्न पूछा जाता है, "अमिताभ बच्चन के पिता का क्या नाम था?"

उत्तर आता है, "हरिवंश राय बच्चन।"

दूसरा प्रश्न, "अमिताभ बच्चन के लड़के का नाम?"

"अभिषेक बच्चन।"

"क्या अभिषेक का भी कोई बच्चा है?"

बच्चा उत्साहित होकर, कुछ शरमाते हुए कहता है, "हाँ, बेटी है। आराध्या।"

फिर वही कुटिल मुस्कुराहट बिनोद बाबू के अधरों पर फैल जाती है। अब अगला प्रश्न होता है, "अपनी चार पीढ़ी का नाम बताओ।"

बच्चा सोच में पड़ जाता है कि ये सिलेबस के बाहर का प्रश्न कहाँ से आ गया। फिर भी वो हिम्मत नहीं हारता और अपने दादाजी का नाम सही बता देता है, लेकिन दादाजी के पापाजी का नाम वो कहाँ से बताए? अब वो चाहे तो कोई भी नाम ले सकता है, कौन सा पता लग रहा है बिनोद बेदर्दी को। लेकिन जाने क्यों, कोई झूठा नाम लेता ही नहीं है।

अंततः जब बच्चे के चेहरे पर खामोशी का आवरण पड़ जाता है तब बिनोद बाबू तन कर खड़े होते हैं, "ससुरो के, अमिताभ बच्चन की चार पीढ़ी का नाम तुम्हें पता है, लेकिन अपना नहीं।"

अन्य बच्चे ठठाकर हँस देते हैं।

इन्हीं कारणों से बिनोद बाबू का खौफ व्याप्त है। लेकिन एक बात माननी होगी, बेशक ये दिन भर बौराए रहते हैं, पर अकेले में कभी-कभी हँसते भी हैं एक वाकये को सोचकर।

वाकया कुछ यूँ हैं कि जब बिट्टी आयी हुई थी तो एक दिन खूब गहरी घटा लगी। बिनोद बाबू उस समय खेत से आए थे और जानवरों को चारा डाल रहे थे। दुआर पर ही एक रस्सी पर कपड़े फैलाए गए थे। इसी दौरान उन्हें बिट्टी दिखी। बिट्टी के पास जाकर बोले, "कपड़े उतार दो।"

बिट्टी शरमा गई और वहाँ से भीतर की ओर दौड़ते हुए बोली, "भक्क।"

बिनोद बाबू को तो पहले समझ नहीं आया कि इसमें शरमाने वाली बात क्या हो गई। पर अगले ही क्षण जब इसका मर्म उन्हें समझ आया तो अपने सिर को पीटते हुए बोले, "अरे रस्सी पर फैलाए हुए कपड़े उतार दो।"

बिट्टी ने अपनी जीभ दाँतों के बीच दबा ली और सिर झुकाकर कपड़े उतारने

लगी। उस दिन दोनों की हिम्मत नहीं हुई कि एक-दूसरे को देख सकें। यही सोचकर आज भी बिनोद बाबू खूब हँसते हैं। कपड़े उतारकर जब बिट्टी ने उन्हें पकड़ाया तो उसका हाथ इनके दाहिने हाथ से टच हो गया। जिसके बाद इन्होंने बाएं हाथ से खाना शुरू कर दिया उस स्पर्श को सुरक्षित रखने हेतु, और पिताजी द्वारा कूट दिए जाने के बाद ही नहाए।

बिट्टी की शादी में जाने की हिम्मत नहीं हुई बिनोद बाबू की। जिसमें पहले उन्हें 'गुंजा' दिखती थी अब उसमें उन्हें 'पारो' जो नजर आने लगी थी। खुद को आईने में देखकर कभी वो 'चंदन' समझते पर अब 'देवदास' हो चुके थे। यही कारण रहा कि बिट्टी से अगली मुलाकात हुई करीब छः साल बाद। उस समय वो माँ बन चुकी थी, खैर बन तो बिनोद बाबू भी गए थे बाप लेकिन एक ही बच्चे के माँ-बाप नहीं बन पाए।

जब बिट्टी को देखा तो वो रो रही थी। रो इसलिए रही थी क्योंकि उस बेचारी की माँ का देहांत हो गया था। बिनोद बाबू अपनी भाभी को लिवा कर गए थे उनके मायके। बिट्टी रोती हुई भी बड़ी प्यारी लगी थी बिनोद बाबू को। प्रेम होता ही ऐसा है। चाहे नाक ही क्यों न बह रही हो, आप जिससे प्रेम करते हैं वो सुंदर ही लगता है। जब अर्थी उठी तो बिट्टी भी उठी और तब उसके पेट पर बिनोद बाबू की नजर गई। वो गर्भवती थी। दो बच्चे उसके पहले से थे। बिनोद बाबू को बड़ा क्रोध आया उसके पति पर। अब वो बात अलग है कि उनके स्वयं के भी दो लड़के थे। अपना किसी को दिखता कहाँ है।

उसके पश्चात दो-तीन बार और मिले बिनोद बाबू बिट्टी से। ऐसे ही किसी कार्यक्रम में या किसी की शादी में मिलना होता। हाल-चाल ही पूछ पाते वो। पर अबकी बिट्टी उनके यहाँ तीन दिन रुकेगी, और तो और उसका मोटा पति भी यहाँ नहीं होगा। बिनोद बाबू का खुद का पेट काफी निकल चुका था लेकिन कहा न, अपना किसी को दिखता कहाँ है। इसी बात पर वो बड़े खुश हैं कि बिट्टी बस आती ही होगी, किसी भी पल। अब चूँकि वो तीन दिन रुकेगी इसीलिए अपना शऊर सुधार लिया है उन्होंने। वो उस तरह दिखें जैसे पच्चीस-तीस साल पहले दिखते थे इसीलिए उन्होंने अपनी मूँछ साफ की है, बालों में डाई लगाई है।

पिताजी के बदले स्वभाव का भरपूर लाभ उठा रहा है मयूर। चूँकि वो घर में

सबसे छोटा है इसीलिए डाँट भी उसी को सबसे अधिक पड़ती है। डाँटते भी बिनोद बाबू ही हैं। इसीलिए उनके सींघ-पूँछ गिराने से वो बहुत खुश है। टेंट का सामान उतरवा कर वो लड्डू के लिए बूँदी छान रहे हलवाई के पास बैठा है। उसका दोस्त सुबोध भी वहीं है। अभी कोई साढ़े आठ हो रहे हैं पर चूँकि महीना मई का है, इसी से धूप काफी तेज हो चुकी है।

मयूर का घर अयोध्या के समीप दीपगंज नामक गाँव में है। गाँव के बीस-पचीस किलोमीटर के रेडियस में कोई भी फैक्ट्री नहीं है। यहाँ की अर्थव्यवस्था कृषि पर टिकी है। सड़के कच्ची हैं। करीब तीन किलोमीटर दूर से रेलवे की पटरी गुजरती है जिसपर जाती ट्रेन को यहाँ के लोग बड़े कौतूहल से देखते हैं क्योंकि अधिकतर कभी उसमें बैठे ही नहीं हैं। साक्षरता बहुत ज्यादा नहीं है। कुछ ही घर हैं जो पढ़े-लिखे हैं अन्यथा सब तीसरी, पाँचवी यहीं तक पढ़े हैं। हाँ, उनके बच्चे पास के सरकारी स्कूल में पढ़ने जरूर जाते हैं। गाँव के किसी भी कोने में खड़े होकर ऊपर निहारने पर किसी न किसी पेड़ की चोटी अवश्य दिख जाती है। पचास प्रतिशत घर ही पक्के हैं। मयूर का घर उनमें से एक है।

हाँ, तो वो हलवाई के पास बैठा बकैती कर रहा था। सुबोध का पूरा समर्थन था उसे। बेचारा हलवाई बड़ी देर तक तो इनकी बकवास सुनता रहा फिर जब न रहा गया तो चुनौटी निकालकर खैनी मलने लगा। खैनी मलने के दौरान उसकी आँखों के सामने अपना अतीत तैरता रहा जिसमें वो भी किसी दूसरे हलवाई के पास बैठकर ऐसे ही बकैती किया करता था। इसी दौरान कोई बात हुई जिस पर मयूर और सुबोध दाँत फाड़ कर हँसने लगे। हलवाई उस बात को सुन नहीं पाया था पर वो भी धीरे से हँस दिया। क्यों हँसा? क्योंकि उसके दिमाग में कुछ शब्द नृत्य करने लगे थे, 'कर लो बेटा, जितना लंठई करना है कर लो। कोनव दिन तुमहू ऐसे ही बैठ के खैनी मलोगे।'

इसी दौरान एक कार आती दिखी मयूर को। हॉर्न की आवाज वो तभी सुन चुका था जब वो मोड़ पर थी। जब तक वो कुर्सी से उठा, तब तक कार बरामदे के मुहाने पर खड़ी हो चुकी थी। वो जानता था इस कार में मौसी हैं। लगभग सभी रिश्तेदारों को निमंत्रण गया है। मध्यमवर्गीय परिवार की सबसे बड़ी उपलब्धि आय के एक स्थिर स्रोत का हासिल होना होता है, जो अक्सर सरकारी नौकरी के रूप में मिलती है। ये पाने के बाद व्यक्ति खुले तौर पर इसका प्रदर्शन करता है, दिखाने के लिए कि अब हम मिडल क्लास नहीं रह गए। अब चाहे वो कोई अफसर हो, प्रोफेसर हो, क्लर्क हो या चपरासी ही क्यों नहीं। सरकारी नौकरी का पर्याय स्वयं सरकार हो

जाना होता है, कम से कम ग्रामीण क्षेत्रों में तो यही मान्यता है।

अंबरीश की नौकरी लगना बड़े फक्र की बात थी परिवार के लिए। इसी बहाने अब उन्हें अपने दूसरे रिश्तेदारों को जलाने का मौका जो मिल गया है। यही कारण रहा कि दूर-दूर तक के रिश्तेदारों को निमंत्रण भेजा गया। इसी बहाने बिट्टी को भी निमंत्रण गया था।

मौसी कार से उतरीं साथ ही उनकी बेटी थी। नाम था क्षमा। मयूर और उसकी उम्र में करीब चार बरस का अंतर था। वो छोटा था उससे।

उन दोनों के उतरने के बाद ही उतरी एक लड़की, मयूर के हमउम्र। वो पहचानता था उसे, लेकिन कभी कोई विशेष संवाद दोनों के बीच नहीं हुआ था। वो क्षमा की चचेरी बहन थी। आज से पहले भी वो यहाँ आयी है। परिवार के लोगों को भी वो अच्छे से जानती है।

वो जब उतर रही थी तो मयूर बगल में ही खड़ा था इस उद्देश्य से कि ये निकले तो वो सामान निकाल सके। उतरने के दौरान दोनों की नजरें मिलीं। मयूर ने देखा उसके बाल कुछ बिखरे हुए हैं, चेहरा भी कुछ सुस्त लगा उसे। माथे पर पसीने के कारण कुछ बाल चिपक गए हैं। उसके मुँह से हल्की सी बास भी मयूर के नथुनों में घुसी। बास का कारण मयूर को तब पता चला जब दूसरी ओर से सामान उतारने के लिए वो गया और दरवाजे पर पीले रंग के पके चावल चिपके हुए दिखे। स्पष्ट था उल्टी की गई है, मुँह से आती बास ने और उतरे चेहरे ने बता दिया था कि ये लड़की आज सुबह दाल-भात खाकर आयी है।

ये उल्टी करने वाली लड़की मंजरी है। हाँ, वही मंजरी जिसके प्रेम में मयूर रोमियो बन जाता है। हालाँकि, अभी तक ऐसी कोई बात नहीं है पर प्रेम पनपने वाला है।

उसे देखते ही मयूर को बचपन के कुछ वाकये याद आ गए जो स्मृतिपटल पर धुँधले स्वरूप में अभी भी अंकित हैं। आखिरी बार वो उसके चाचा की शादी में आयी थी यहाँ, करीब दस बरस पूर्व।

बच्चे खूब सारे थे, इसीलिए हुल्लड़ भी खूब था। वे सारे पकड़म-पकड़ाई खेल रहे थे। उस भीड़ की लहर मयूर के बगल से गुजरनी शुरू हो गई। वो खड़ा रहा जाने क्या सोचते हुए? तभी उससे एक हाथ आगे एक लड़की मंजरी को धक्का देती है, धक्का क्या देती है, धक्का बस लग जाता है, और मंजरी मयूर की ओर अनियंत्रित सी दौड़ पड़ती है। उसका पैर मयूर के पैरों को कुचलता हुआ आगे बढ़ जाता है। मयूर की चीख निकल जाती है पर उस शोर में वो चीख कहीं गायब सी हो गई।

मंजरी गिर जाती जो सामने दीवार नहीं होती। जैसे-तैसे बेचारी थमी तो पलटी मयूर की ओर और गुस्से से उसे देखने लगी।

मयूर ने भी उसे देखा। उसने देखा, वो हरे रंग का फ्रॉक पहने हुए है, हल्का चौकोर चेहरा है, ठुड्डी कुछ बाहर की ओर है, लंबी नाक, एवं गाल फूले हैं। कंधे तक बाल हैं जिन्हें पफ स्टाइल में बांधा गया है और चेहरे पर गुस्सा जिससे उसकी नाक गुब्बारे की तरह फूल रही है फिर जैसे गुब्बारे से हवा निकल गई हो वैसे ही सिकुड़ जा रही है। यही प्रक्रिया कई बार होती है। मयूर का ध्यान अब सिर्फ मंजरी की नाक पर है और जाने क्यों उसे ये देखकर हँसी आ जाती है।

मंजरी ये देखकर और भी चिढ़ जाती है। उसी चिढ़ में बोलती है, "दिखता नहीं है!" और बिना जवाब सुने वहाँ से चली जाती है। मयूर हैरानी से उसे देखता रहता है। उसके मन में यही भाव थे कि 'छुटी भैंस सी दौड़ती हुई ये आयी, पैर पे ये चढ़ी, दीवार से जाकर ये टकराई और दिखता मुझे नहीं है।' इस सोचने पर भी उसे गुस्सा नहीं आया बल्कि वो हँस दिया था। शायद उस छोटी उम्र में भी मयूर का मन जानता था कि ये लड़की क्रोध नहीं प्रेम की पात्र है। उसके मन को ये आभास हो गया था कि ये कोई अपना ही है। बेशक मन की उस स्थिति को समझने के लिए वो इतना बड़ा नहीं हुआ था।

उस क्षण उसके मुख से धीमे से निकला था, 'एकदम आफत है ये लड़की।'

एक दूसरी घटना भी याद आयी मयूर को उसी समय की जिसमें वो अपनी मम्मी से लड़ रही थी। लड़ क्यों रही थी? क्योंकि उसे पाँच रुपए का एक सिक्का चाहिए था और उसे एक-एक के पाँच सिक्के दे दिए गए थे। मानी भी वो इस वचन पर कि घर जाकर उसे पाँच का एक सिक्का दे दिया जाएगा। मयूर ने गलत नहीं कहा था, नायिका थी तो आफत ही पर प्यारी थी, बहुत प्यारी।

उस समय के बाद आज का दिन है जब नायिका और नायक सम्मुख हुए हैं। इस समय मयूर के घर अखंड रामायण का आयोजन होने वाला था। सजावट हो चुकी थी, टेंट भी लग गया था और मेहमान भी आने शुरू हो गए थे। दोनों आज से पहले मिले तो हैं लेकिन वो बहुत पहले की बात है। टूटी-फूटी स्मृतियाँ ही हैं उस समय की इनके मस्तिष्क में।

उस समय की मंजरी की जो छवि मयूर के मन में उभरती है उसमें वो छोटी सी, गोल-मटोल है और चीख-चीख कर हँसती है। उसे एक वाकया और याद आता है। कुछ हुआ था, शायद मयूर अपनी कोई चीज मंजरी को खेलने के लिए नहीं दे रहा था और तब उसने उसे धमकी दी थी। बिनोद बाबू का मरकहा स्वभाव उससे भी

नहीं छिपा था, बोली, "अभी मौसा से कह देंगे तो जैसे तब मारा था न कि पाँचों उँगलियाँ गाल पर छप गई थीं, वैसे ही छप जाएंगी।" अब इस धमकी पर मयूर की प्रतिक्रिया क्या थी, ये उसे याद नहीं।

मंजरी के भी मस्तिष्क में बहुत कुछ तैर गया मयूर को देखते ही। उन धूमिल यादों में और भी बहुत कुछ व्याप्त है। मंजरी आश्वस्त है इस बात से कि मयूर उससे बहुत किलसता था। उसे देखते ही मंजरी को याद आ गया कि कैसे एक बार मयूर ने उसका सिर दीवार में लड़ा दिया था, जिसके परिणामस्वरूप माथे पर गोल उभार प्रत्यक्ष हो उठा था। वो बेचारी कितना रोई थी।

अब ये तो मंजरी को याद आया, जो उसे याद नहीं आया वो मैं बताता हूँ। या शायद उसे याद आया पर रहस्य उजागर हो जाने के कारण उसने इसे सोचा नहीं। मयूर के सिर लड़ाने से पहले मंजरी ने उसका सिर लड़ाया था। क्यों लड़ाया, बस मन कर रहा था इसीलिए। मयूर ने जो किया वो तो इस क्रिया की प्रतिक्रिया थी। दोनों ने एक-दूसरे का सिर लड़ा दिया, अब बात यहीं दब जानी चाहिए, बात-बराबर, लेकिन ऐसा हुआ नहीं।

मंजरी रोने लगी थी। जब उसने देखा कि उसने रोने की आवाज सुनकर कोई वहाँ आ नहीं रहा तो वो और जोर-जोर से रोने लगी सबको सुनाने के उद्देश्य से। उसका नाटक देखकर काँप गया था मयूर भीतर तक।

जब मयूर की माँ वहाँ आ गई तो सिसक-सिससकर उसने बताया कि कैसे मयूर ने उसका सिर दीवार में लड़ा दिया। फिर मयूर की जो तुड़ाई हुई, उसके क्या ही कहने।

दूसरी चीज जो मंजरी को और याद आयी है वो मयूर का मिट्टी खाना है। मयूर को बड़ी गंदी आदत लगी थी मिट्टी खाने की बचपन में। उस दिन भी वो सबसे छिपकर मिट्टी खा रहा था, जब मंजरी ने उसे देख लिया। उसे देखते ही मयूर ने घबरा कर मिट्टी फेंक दी और झट से मुँह साफ किया अपना।

मंजरी उसके पास गई और मिट्टी के कुछ अन्य ढेले उठाकर उसे देते हुए बोली, "खाय ला, किहू से न बताइब (खा लो, किसी से नहीं बताऊँगी)।

मयूर को कुछ शक तो हुआ कि परसों तो मुझे मार रही थी, अब अचानक हृदय परिवर्तन कैसे हो गया पर मिट्टी खाने के आगे ऐसे प्रश्नों को उसने नजरअंदाज किया और मिट्टी खाने में जुट गया।

इधर मंजरी दौड़ते हुए गई और मयूर की माँ से बोली, "मयूर मिट्टी खा रहा है।" फिर मयूर का जो खातिर भाव हुआ उसे देख खूब हँसी थी वो। इस क्षण में उस

घटना को सोचकर भी वो हँस रही है मन में, जिसके प्रवाह स्वरूप होंठों पर मुस्कुराहट उभर आयी है।

समय की अपनी गति है। उसी गति की धारा में बहते हुए इतने बरस बीत गए उस बात को जब वो मंजरी से मिला था। जब मंजरी ने उसे धमकी दी थी। प्रकृति में कुछ भी यूँ ही नहीं होता। उस समय मंजरी और मयूर के मध्य ऐसे संघर्ष के पीछे भी कोई कारण रहा होगा। दोनों बने तो एक-दूसरे के लिए ही हैं पर इतने सालों बाद मिले जब किशोरावस्था से युवावस्था में कदम रखने का समय आ गया, कुछ तो निमित्त होगा।

मयूर के मुलायम गालों पर उगे रोओं को नीचे दबाते हुए कुछ बाल प्रस्फुटित होने लगे थे। उसकी आवाज में कुछ कर्कशता भी आने लगी थी। उसका कद भी काफी बढ़ गया था। मंजरी के भीतर भी उम्र के साथ बदलाव आ रहे थे। उसने यौवन में कदम रख दिया था। उसकी छाती उभर गई थी। अब फ्रॉक की जगह वो सूट-सलवार पहनने लगी थी। बाल आधी पीठ तक आ गए थे। स्वभाव से वो जिद्दीपना जाने लगा था, और अब वो पहले से अधिक लज्जाशील हो गई थी। वो थोड़ी साँवली है, पिछली साल इसी गर्मी के महीने में उसे बड़ी वाली चेचक निकली थी, जिसके निशान अब भी हैं। दाँत कुछ टेढ़े-मेढ़े से हैं पर वो बहुत सुंदर लगती है मयूर को। उस क्षण जब उसने देखा उसे कार से उतरते हुए तब शायद ये भाव उसके अवचेतन मन में अवश्य कौंधा था, जो समय के साथ-साथ चेतन मन में अपना स्थान बनाता गया।

मंजरी सच में सुंदर थी। उसकी गढ़न बहुत अच्छी थी। वो वैसा सौन्दर्य था जो बिना अलंकार के भी मनमोहक लगता था। उसे सादापन पसंद भी था। शायद ही किसी ने उसे कभी क्रीम, पाउडर लगाते या बार-बार बाल बनाते हुए देखा हो। वो जैसी थी उसी में अत्यधिक सुंदर थी।

मयूर ने बैग उतारे और मंजरी के पीछे-पीछे गलियारे से होता हुआ घर के भीतर प्रवेश किया। मंजरी के आगे उसकी बड़ी माँ और क्षमा भी थे। भीतर पहुँच कर मयूर ने बैग नीचे रखा और मौसी के पाँव छुए। बाहर वो छूना भूल गया था और वो भूला ही रहता पर जब अंबरीश ने चरण स्पर्श किए तो उसे भी याद आ गया।

"मौसा जी नहीं आए?" अंबरीश ने मौसी से प्रश्न किया साथ ही मयूर को इशारे

से बाहर बैठे ड्राइवर को चाय-पानी कराने के लिए कहा, जो मौसी को लिवा कर आया था।

मौसी की उम्र कोई पैंतालीस साल के आस-पास थी। पतली सी थीं, साड़ी में उनका कद काफी लंबा प्रतीत होता। निराश स्वर में बोलीं, "शायद लेने आएंगे।"

मौसा जी बड़े विचित्र पात्र हैं। हालाँकि इस कहानी में उनकी कोई महत्वपूर्ण भूमिका तो नहीं है पर उनके बारे में जिक्र करने का लोभ मैं मन से निकाल नहीं पाया।

वो विचित्र इसलिए हैं क्योंकि उनके कार्य बड़े विचित्र हैं। उदाहरण के लिए, उन्हें चोरी से बड़ा डर लगता है। इस दहशत का तोड़ उन्होंने निकाल लिया है। अब वो क्या करते हैं कि रात को सोने से पहले जब मौसी सब बर्तन धुल लेती हैं तो वो एक-एक बर्तन लेकर दीवार से सटा देते हैं। ये करने के पीछे का उनका लॉजिक ये है कि जब चोर आएगा तो दरवाजे पर ताला लगा होगा भीतर से, जिसे वो तोड़ नहीं पाएगा। ऐसे में वो दीवार में सेंध लगाकर भीतर आ सकता है। अब जब दीवार से बर्तन सटे होंगे तो सेंध लगाने के दौरान वो नीचे गिर जाएंगे, उससे शोर होगा और चोर पकड़ा जाएगा। अब बेचारे मौसा जी को कौन समझाए कि पक्की दीवार में सेंध लगा पाना असंभव सा है।

दूसरा विचित्र काम वो ये करते हैं कि अक्सर पड़ोसियों के घर जब उन्हें कोई नहीं दिखता तो उनकी नजर में जो भी लोहा या प्लास्टिक दिखता है वो उसे अपने घर उठा लाते हैं। एक बार तो उनकी लौटरी लग गई। पड़ोसी के घर दीवाली के समय सफाई हुई थी और एक टोकरी में खूब सारा कवाड़ रखा हुआ था। चुपके से मौसा जी वो सारा कवाड़ा अपने घर ले आए। बीच-बीच में जब कवाड़वाला आता है तो वो उसे ये बेच देते हैं। ये करने के पीछे भी उनका अपना एक लॉजिक है। उन्हें लगता है कि इस तरह कवाड़ चुरा-चुराकर वो अमीर हो जाएंगे।

तीसरा विचित्र काम उनका ये है कि अक्सर जब भी कहीं जाते हैं तो रास्ते में कम से कम तीन बार तो रुकते ही हैं। अब अगर उनकी यात्रा की दूरी अधिक है, तो रुकने की संख्या भी अधिक हो जाती है। तीन बार वो अनिवार्य तौर पर इसलिए रुकते हैं क्योंकि उनके गाँव से लेकर मेन रोड तक आने में तीन छोटे मंदिर पड़ते हैं। हर मंदिर के आगे गाड़ी रोककर वो पाँच मिनट न जाने क्या बतियाते हैं ईश्वर से आँखे मूँदे हुए। एक बार मौसी उनके साथ बाजार गई थीं। जाते हुए जब मौसा जी तीन बार रुके तो वो बेचारी कुछ न बोलीं, चुपचाप बैठी रहीं। लेकिन आते हुए भी जब मौसा जी ने वही क्रिया दोहराई और वो भी तीनों मंदिरों पर, पूरे पाँच-पाँच

मिनट के लिए तो उनसे ये अंधेर देखा न गया। बाइक से उतरीं और पैदल ही घर का रास्ता तय किया। कमाल की बात तो ये है कि मौसा जी को उनके जाने के पाँच मिनट बाद पता चला कि वो चली गई हैं। क्योंकि इस दौरान वो ईश्वर से कुछ पर्सनल बात कर रहे थे।

एक और घटना याद आती है मौसा जी के संदर्भ में। एक बार वो ऐसे ही कहीं जा रहे थे। सड़क के किनारे उन्हें पीपल का एक पेड़ दिखा। पेड़ के नीचे कुछ मूर्तियाँ रखीं हुई थीं। अपने स्वभाव के अनुरूप वो गाड़ी रोककर ईश्वर से पर्सनल बात करने लगे। करीब ढाई मिनट बीता होगा जब पीछे से एक तेज रफ्तार स्कॉर्पियो ने उन्हें ठोंक दिया। बेचारे उड़ते हुए सड़क पर जा गिरे, खून भी बहुत निकला। हालाँकि सही समय पर अस्पताल पहुँचा दिए गए और महीने भर में सही भी हो गए।

जब वो अस्पताल में थे तो एक दिन एक नर्स खून चढ़ाने आयी। उसने कहा, "अंकल अगर खुजली हो तो बताना, मैं खून चढ़ाना बंद कर दूँगी।"

अब मौसा जी ठहरे मौसा जी, बोले, "तो खून कैसे चढ़ेगा?"

"अरे तो बाद में चढ़ा दूँगी न।"

"और अगर खून चढ़ाने के बाद खुजली होने लगी तब?"

नर्स को हँसी आ गई पर मौसा जी एकदम सीरीयस थे।

वो अक्सर अपने में उलझे रहते हैं। नहाने बैठेंगे तो बड़ी देर तक पानी को घूरते हुए सोचते रहेंगे कि नहायें या न नहायें। खाना खाने बैठेंगे तो खाने को घूरते रहेंगे जैसे सब्जी से उसका हाल पूछ रहे हों। सब तो फिर भी चल जाए पर नहाने के बाद जब कपड़े पहनने की बारी आती है तो भी वो बड़ी देर तक कमरे में चलकदमी करते हैं। उनकी इन्हीं हरकतों के चलते मौसी उनसे तंग आ गई हैं। उनके साथ कहीं भी आना-जाना उन्होंने छोड़ दिया है। इसीलिए अंबरीश ने जब उनके बारे में पूछा तो मौसी कुछ हताश हो गई।

क रीब दो घंटे बाद पुरोहित जी का आगमन हुआ। घर वाले उन्हें खूब मान-सम्मान देते थे। तो आज भी जब वो आए तो उनकी खूब खातिरदारी हुई। उन्हें चाय पीने का बड़ा शौक था। चाय कहना गलत होगा, गरम रस शायद सही शब्द है क्योंकि जितनी मीठी चाय वो पीते थे उसे पीकर चींटी को भी मधुमेह हो जाए पर पंडित जी बरसों से ऐसी ही चाय पीते थे, अभी भी पीते हैं और आगे भी पीते रहने का उनका इरादा पक्का था।

बरामदे में वो बिनोद बाबू के साथ बैठे थे। उम्र सत्तर साल के ऊपर ही थी। चेहरे

पर झुर्रियाँ आ गई थीं, पतला लंबा शरीर था, आवाज कर्कश थी और उस बदन को ढंकने के लिए धोती और कुर्ता धारण किया था उन्होंने। हमेशा की तरह इस बार भी चाय बनी। चाय में चीनी भी झोंकी गई और गिलास पकड़ा दिया गया मयूर के हाथों में बाहर देकर आने के लिए।

मयूर को पंडित जी से बड़ी चिढ़ थी। उसकी और अंबरीश दोनों की कुंडली इन्होंने ही बनाई थी और कुंडली के अनुसार उन्होंने घोषित कर दिया था कि मयूर का पढ़ाई-लिखाई से कोई विशेष वास्ता नहीं होगा। इसका निहित अर्थ परिवार ने स्वयं निकाल लिया कि पढ़ेगा नहीं तो इसका यही मतलब निकलता है कि ये आवारा है।

हालाँकि, इस बात में आंशिक सत्य था। मयूर जितना शायद ही कोई पढ़ता हो पूरे परिवार में, हाँ..., सिलेबस को छोड़कर वो सब पढ़ता था। इसी से नंबर भी उसके कम ही आते थे। कुंडली देखकर पंडित जी ने बताया था कि ये बालक कभी एक जगह स्थिर नहीं होगा, सदा भटकता रहेगा किसी साधु की तरह। मोह-माया में इसे बांधने वाली कोई लगाम नहीं होगी। ये किसी बैरागी की तरह जिएगा और समय आने पर इस संसार से विरक्त हो जाएगा। यहाँ का होकर भी ये यहाँ का नहीं रहेगा। इसकी अपनी एक दुनिया होगी जिसमें ये जिएगा, घर-परिवार, गाँव-समाज सबसे ऊपर उठकर। इसी से, माँ को थोड़ी चिंता तो होती थी उसकी पर जैसा हँसमुख उसका स्वभाव था, ये भविष्यवाणी दूर-दूर तक सच प्रतीत होती नहीं दीख रही थी।

आज जब उसे चाय थमाई गई तो उसे एक शरारत सूझी। सुलगा हुआ वो पहले से ही था पंडित जी से दूसरा घर वालों का बेवजह उन्हें इतना मान-सम्मान देना उसे खलता भी था। पंडित जी को वो ढोंगी समझता था। उसे ये बात सदा परेशान करती थी कि उसके खेतों में सुबह से शाम तक मेहनत कर रहे मजदूरों को खाना-पानी तो दूर उन्हें बराबर में बैठाया नहीं जाता उसके परिवार द्वारा, और एक ये पंडित आते हैं, बिना बात के चाय लीलते हैं ऊपर से ज्ञान झाड़ते हैं वो अलग, फिर भी इन्हें ऐसा खातिरभाव मिलता है जैसे जमाई हों। इसी मानसिकता के वशीभूत वो अक्सर उन मजदूरों के पास जाकर खाने बैठता पर उसे डाँट कर बुला लिया जाता।

चाय हाथ में लेकर वो गलियारे में पहुँचा। आगे ही बरामदा था। उसने जल्दी से गिलास को अपने होंठों से लगाया और एक घूँट चाय पी ली। फिर लंबे कदम बढ़ाते हुए पंडित जी के पास पहुँच गया। चाय रखकर उसने उनके चरण स्पर्श किये। पंडित जी मुस्कुराते हुए बोले, "पढ़ाई-लिखाई कैसी हो रही है?" फिर ऐसी दृष्टि से उसे

ताकने लगे मानो कह रहें हों मैं जानता हूँ तुम क्या कहोगे फिर भी बको।

"ठीक हो रही है।" कहकर मयूर भीतर लौटने लगा। इसी दौरान पंडित जी ने वो जूठी चाय भी निगल ली। मयूर बड़ा खुश हुआ।

वो गलियारे में पहुँचा ही था जब क्षमा ने उसका कान पकड़ कर ऐंठ दिया। उसने कोई विरोध नहीं किया। चुपचाप खड़ा रहा। क्षमा ने ऐंठन को और तेज किया फिर भी वो नहीं हिला न ही कोई आवाज।

"बड़े ढीठ हो।" कहकर क्षमा ने उसका कान छोड़ दिया। वो खिलखिला कर हँस पड़ा।

"दिन के दिन तुम्हारी शरारत बढ़ती ही जा रही है।"

"मैंने क्या शरारत की?" वो तपाक से बोला।

"अच्छा। पंडित जी की चाय चखकर तुमने शबरी वाला काम किया न।"

उसे कोई उत्तर न सूझा तो बड़ी मासूमियत से उसने कहा, "इस बात में मज़ा नहीं आ रहा चलिए एक दूसरी बात बताता हूँ आपको।" मयूर ने इस मासूमी से कहा कि क्षमा बड़ी तेज से हँस पड़ी।

बाहर वाले बरामदे में पांडाल सजा था जहाँ रामायण (कहने को रामायण कहते हैं, लेकिन पाठ रामचरितमानस का होता है) होना था। कार्यक्रम धीरे-धीरे प्रारंभ हुआ। इधर मयूर टेंट लगवा रहा था, उधर उसके माँ-पिताजी पूजा पर बैठे थे और नियम के अनुसार गीत हो रहा था। लगभग पूरा परिवार ही वहीं था। टेंट लगवा कर मयूर भी वहीं आ गया। उसने देखा मंजरी भी गीत गा रही है। इतनी लड़कियों और औरतों के बीच जाने क्यों उसकी नजर मंजरी पर ही पड़ी और उसके ही स्वर को सुनने का प्रयास किया उसने।

गलियारे से भीतर प्रवेश करने पर वहाँ एक बरामदा था, जिसके तीनों ओर कमरे बने हुए थे और चौथी तरफ से सीढ़ी थी जो ऊपर वाले तल्ले पर जाती थी। प्रारम्भिक पूजा पूर्ण होने के पश्चात, उन्हीं में से एक कमरे में दादीजी बैठी हैं मयूर की दोनों बुआ के साथ जो परसों शाम को आयी हैं। मंजरी, मौसी, मनीषा जी और क्षमा बरामदे में बैठे थे, जब फल की टोकरी लेकर मयूर वहाँ पहुँचता है। कुछ ही दूरी पर पड़ोस की कुछ औरतें, जिनमें अधिकतर उसकी भाभी लगती हैं बैठी थीं।

इसी दौरान किसी और का भी प्रवेश होता है। वो बिट्टी थी। न बहुत पतली, न

बहुत मोटी, हल्के पीले रंग की साड़ी, गोरा वर्ण और मध्यम कद। उनके साथ उनका सबसे छोटा बेटा भी था जो अब करीब दस साल का हो चुका था।

उन्हें हर कोई पहचानता था यहाँ। वो सबसे मिली-जुलीं, मयूर ने भी उस माँ के पाँव छुए जो उसकी माँ बनते-बनते रह गई पर बिनोद बाबू नहीं दिखे। ऐसा नहीं है कि उन्हें जानकारी नहीं थी, बिट्टी को आते हुए सबसे पहले उन्होंने ही देखा था लेकिन सामने जाएँ कैसे, इसमें उन्हें शरम आ रही थी। इसी वजह से वो व्यस्त होने का नाटक कर रहे थे। किसी का ध्यान इस बात पर गया नहीं पर बिट्टी की नजरें उन्हीं को खोज रही थीं।

इसी बीच पड़ोस की एक भाभी मयूर से कहती हैं, "तुम्हारे भईया की शादी तो साल-दो साल में हो ही जाएगी, तुम अपनी खोजना शुरू करो।"

"मैंने तो खोज ली।" उसी विनोदी स्वर में कहता है वो, जिस स्वर में उसे नसीहत दी गई थी।

कुछ उत्साहित होकर, "अच्छा, नाम तो बताओ।"

मयूर हँसता है, "अब आपके सामने आपका ही नाम कैसे ले लूँ?"

भाभी झेंप जाती हैं, सब हँस देते हैं।

झेंप छिपाते हुए भाभी पूछती हैं, "अच्छा सच कहो कैसी लड़की पसंद है तुम्हें? मेरी कई बहनें हैं, किसी एक से करवा दूँगी।"

"अब कैसे बताऊँ कैसी पसंद है। जो पसंद आना होता है, आ जाता है। बस यही कह सकता हूँ कि पढ़ाई का महत्व समझे, अपने अधिकार जाने, किसी से दबे न, इस भावना से ग्रसित न हो कि लड़की है तो कमजोर है, बाकि...।"

"लड़की चाहिए कि वकील?" हँसती हैं भाभियाँ।

"नहीं ये तो जरूरी है। सबको मानना चाहिए इस बात को। कोई इसलिए कमजोर नहीं हो जाता कि वो लड़की है।"

"अरे, सुंदरता कैसी चाहिए? गोरी, काली कैसी?"

"मैंने कहा न भाभी, बस खुद को नीचा न समझे बाकि चाहे जैसी हो। रंग-रूप का क्या है? मन जिसपर आ जाएगा वो स्वतः ही सुंदर लगने लगेगा।" इस बीच सब सुन रहे थे उसकी बातों को, मंजरी भी।

जाने क्यों लेकिन भाभियाँ आकर्षित हुई थीं इन विचारों से। मंजरी को भी ये ख्याल आकर्षक लगे थे। मयूर के बात करने का ढंग, उसकी आँखों की लज्जा, उसके विचारों की गहराई, लहजे में व्याप्त आदर, परिहास का एक न्यून अंश, सबने बड़ी गहरी छाप छोड़ी थी उस लड़की के हृदय पर जिसका गला अब भी मसाले की

तरह जल रहा था। बेचारी ने उल्टी जो की थी। आज तक अपने हमउम्र लड़कों की जो छवि उसके मन में थी उसमें उसने ऐसे ही लड़के देखे जो दिन-भर बाइक नचाते रहते हैं, स्कूल और कॉलेज के बाहर खड़े होकर आँखें सेंकते हैं, पर आज उसने अपनी हमउम्र एक ऐसा लड़का देखा जो सामाजिक न्याय की बात कर रहा था। जो लड़कियों को सामान नहीं समझता, मनुष्य समझता है और उनके अधिकारों की बात भी करता है।

सच कहूँ तो, सोच तो हर कोई रहा था मयूर के बारे में, और जैसे-जैसे वो उसकी बातों पर विचार करते जाते, उसकी बातें उन्हें सच लगने लगतीं पर मंजरी का सोचना उन लोगों के सोचने से अलग था। उस सोचने में एक अदृश्य खिंचाव था, रूमानी अनुभव था। मंजरी ने आज तक किसी ऐसे लड़के को नहीं देखा जो बाहरी सौन्दर्य को अप्रधान मानता हो। उसने तो ऐसे ही लड़कों को जाना है जिनके समक्ष बाहरी सौन्दर्य परोस दो तो अघा जाएँ। उसकी भाभियों से मिली है उसे ये जानकारी। प्रेम में उसका अनुभव पूर्णतः कच्चा है, लेकिन मयूर को सोचते हुए उसके हृदय में ऐसा सा उफान था जैसा उफान सागर में होता है चंद्रमा को देखकर।

बालकाण्ड समाप्त होने को था। बिनोद बाबू सबको चाय पिला रहे थे, और साथ ही कुढ़ रहे थे पड़ोस के उस लड़के पर जो हर पाँच मिनट पर आता और वहाँ रखी हुई मिश्री और सौंफ को फाँकना शुरू कर देता। जो बिट्टी न आयी होती तो अब तक एक-दो कंटाप कब का रख चुके होते वो। बिट्टी के आने का इतना प्रभाव था उनपर पर सामने जाने की हिम्मत नहीं हो रही थी। बिट्टी भी उन्हें कब से लख रही थीं। उन्हें आए काफी समय हो गया था पर बिनोद बाबू थे कि भीतर जा ही नहीं रहे।

इस समय चाय-नाश्ता करके वो दादीजी के पास बैठी थीं जब दादीजी ने स्वयं ही बिनोद बाबू का जिक्र कर दिया, "आज सुबह से बिनोद दिखे नहीं, बस एक झलक मिली थी। वहीं देखा कि मूँछ साफ कर दिए हैं। अब क्यों किया वही जानें। सुबह से सामने ही नहीं पड़ रहे।" दादीजी की बातें सुनकर बिट्टी के हृदय में कुछ उथल-पुथल होने लगी। बिना मूँछ के तो उन्होंने भी बहुत साल पहले देखा था बिनोद बाबू को।

दादीजी की आड़ में उन्हें मौका मिल गया था बिनोद बाबू को बुलाने का। पास में उन्हें मयूर ही दिखा, उससे बोलीं, "भईया, अपने पापा को बुला दो जरा।" ये बता देता हूँ कि उस समय उस कमरे में मयूर की माँ भी थीं, उसकी चाची भी, मौसी भी, दोनों लड़कियाँ (क्षमा और मंजरी) भी और बुआ भी।

मयूर बिनोद बाबू के पास गया, "पापा, बिट्टी मौसी बुला रही हैं आपको।"

बिट्टी नाम सुनते ही जो लाज की लकीरें उनके गालों पर उभरीं, वो मयूर से छिपी नहीं। जो व्यक्ति हरदम मुँह फुलाए रहता है, वो शरमाता हुआ कैसा लगता है, ये मयूर ने आज जाना। उनके शरमाने के ढंग से ही मयूर को लगा कि कुछ बात तो है। इसी से बिनोद बाबू के पीछे-पीछे वो भी गया भीतर।

जब बिट्टी और बिनोद की आँखे मिलीं तो मयूर भी उन दोनों की आँखों को देख रहा था, और उन नज़रों में मयूर को कुछ दिखा। जैसे एक मूक उदासी उतर आयी हो नज़रों में, एक मधुर पीड़ा चुँभ रही हो हृदय के किसी अंधेरे कोने में।

वो दोनों कुछ बोलते उससे पहले दादीजी बोल पड़ीं, "कोहो बिनोद भईया, आज अफीम चाटे हो क्या?" दादी का अंदाज ऐसा था कि सबकी हँसी फूट पड़ी, बिनोद बाबू भी झेंप गए क्योंकि बिट्टी थी वहाँ।

"नहीं, इसलिए पूछा क्योंकि बहुत बदले-बदले से लग रहे हो। कल शाम से किसी को डाँटा नहीं, बालों में मेंहदी लगा ली (दादी डाई को मेंहदी कहती थीं), और तो और मूँछ तक साफ कर दिए।" अपने सारे राज खुल जाने से नाखुश थे बिनोद बाबू।

बिट्टी हँसी, "कल शाम से किसी को डाँटा नहीं, मतलब?" बिनोद बाबू बिट्टी के सामने बड़े सीधे बनते थे इसी से उन्हें उनके मरकहे स्वभाव की जानकारी नहीं थी।

इसका उत्तर मनीषा जी ने दिया, "अरे बहिनी, इनकी नाक पर ही गुस्सा रहता है। कल से पता नहीं क्यों शांत हैं। एक बार अश्विनी (बिनोद बाबू की भतीजी) कुछ शरारत कर रही थी तो बेचारी पर इतना ज्यादा गुस्सा आया इन्हें की बोले, चालीस पेज सुलेख लिख कर ही उठना है, और पूरे हफ्ते हर दिन उससे चालीस पेज लिखवाते रहे। हाँ लेकिन उसकी राइटिंग सुधर गई।" बिट्टी के लिए ये सब जानना बड़ा नया अनुभव था पर सुखद था। मुस्कुराते हुए वो सब कुछ सुन रही थी और बिनोद बाबू मन ही मन चिढ़ रहे थे।

'एक बार जाने दो बिट्टी को, तब बताऊँगा तुम लोगों को।' उन्होंने मन ही मन प्रतिज्ञा भी ले ली थी।

वो करीब पंद्रह मिनट तक वहाँ रहे। दादी उनसे सारी व्यवस्था का हाल पूछती रहीं, वो बताते रहे और छिपी नज़रों से बिट्टी को भी देख लेते। बिट्टी भी उन्हें वैसे ही देख रही थी। उन दोनों को मयूर देख रहा था। बड़ी देर बाद तो बिनोद बाबू डायरेक्टली बिट्टी से बोले, "घर पर सब कैसे हैं?"

बिट्टी ने उत्तर दिया, "सब ठीक हैं।" वो कहना चाहती होंगी कि सब ठीक हैं पर

मैं नहीं। काश, हम दोनों एक होते तब हमें यूँ नजरें छिपा कर नहीं देखना पड़ता एक दूसरे को। सब है बस तुम नहीं हो और उसी अधूरेपन के कारण मैं ठीक नहीं हूँ। लेकिन ऐसा न कुछ उन्होंने कहा, न बिनोद बाबू ने सुना। हाँ, उनके मन ने कहा, बिनोद बाबू के मन ने सुना।

इसी बीच मनीषा जी किसी काम से रसोई में चली गईं और उनके जाते ही अंबरीश वहाँ आया। बिट्टी इस तरीके से बैठी थीं कि दरवाजे से उनकी पीठ दिख रही थी चेहरा नहीं। और चूँकि, मनीषा जी की तरह उन्होंने भी पीले रंग की साड़ी पहनी हुई थी, इसी से अंबरीश को भ्रम हुआ कि वो उसकी माँ हैं। उसने उन्हीं को माँ कहकर बुलाया। वो पीछे मुड़ी।

"अच्छा आप हैं। वो दोनों की साड़ी एक सी है तो पता नहीं चला। माँ कहाँ हैं?" अंबरीश ने पूछा।

"रसोई में।"

भले भूल से ही माँ निकला था उसके मुख से पर बिट्टी को बहुत अच्छा लगा था। बिनोद बाबू भी उतने ही खुश हुए थे। लेकिन हाँ, विषाद भी व्याप्त था कि ऐसा वास्तव में क्यों नहीं है?

उन दोनों के हाव-भाव को देखकर मयूर को जाने क्यों ऐसा लगने लगा था जैसे इनके मध्य कभी किसी समय में कुछ तो था। शायद उनमें कभी प्रेम रहा हो। अपने पिताजी को उसने ताउम्र गुर्राते हुए ही देखा। चाहे कोई मेहमान ही क्यों न आए हों, उसके सामने भी वो वैसे ही चिढ़े हुए रहते पर बिट्टी के सामने उनका शरीफ बनना इस तथ्य को और मजबूत कर रहा था।

जाने क्यों वो सोचता है, अधूरा प्रेम भी कितना अद्भुत होता है। तभी उसकी नजर मंजरी पर पड़ती है जो चाय सुड़क रही थी और पहले से ठीक लग रही थी। चेहरे की सुस्ती काफी हद तक गायब थी। क्षमा से कोई बात धीरे-धीरे बतियाते हुए वो हँस भी देती बीच-बीच में।

उसे देखकर अगला वाक्य यूँ ही आता है मयूर के मन में, 'जब अधूरा प्रेम इतना सुंदर होता है तो पूर्ण प्रेम कितना सुंदर होता होगा?' उसके बाद भी कुछ पंक्तियाँ उसके मन में आती जाती हैं। 'किसी के प्रेम में होना मानव जीवन का सबसे सुंदर एहसास है, उसका भी आपके प्रेम में होना सौभाग्य है, दोनों का एक हो जाना वरदान है, और बिछड़ जाना........।' इसका कोई जवाब नहीं सूझता उसे।

बिनोद बाबू के इस सीधेपन को देखकर वो सोचता है, 'डर तो उसी से लगता है जिससे प्यार होता है, उसी के आने पर दिल की धड़कन बढ़ती है, उसी के सामने

पापा जैसा गुस्सैल व्यक्ति भी साधु हो जाता है।'

अगले दिन करीब दस बजे तक पाठ समाप्त हो गया। उसके बाद गीत होने लगा साथ ही हवन की तैयारी भी। करीब साढ़े ग्यारह बजे हवन शुरू हुआ। परिवार के लोग हवन पर बैठे, उधर पांडाल के पास लगे माइक में लड़कियाँ और औरतें गीत गा रही थीं।

बड़ी भाग शाली जमीनिया हो,

जहाँ होला हवनिया,

हवन के महक सूँघ शंकर जी आए,

साथे में गौरा रनियवाँ हो,

जहाँ होला हवनिया..।

हवन के महक सूँघ विष्णु जी आए,

साथे में लक्ष्मी रनियवाँ हो,

जहाँ होला हवनिया..।

हवन के महक सूँघ ब्रह्मा जी आए,

साथे में सरस्वती रनियवाँ हो,

जहाँ होला हवनिया..।

हवन के महक सूँघ राम जी आए,

साथे में सीता रनियवाँ हो,

जहाँ होला हवनिया..।

यूँ तो ये गीत इतना सा ही है पर इसमें एक नया संयोजन मंजरी ने किया, "हवन के महक सूँघ कृष्णा जी आए,

साथे में राधा रनियवाँ हो,

जहाँ होला हवनिया..।

अब चूँकि ये पंक्ति संयोजन थी इसीलिए बीच में अन्य आवाजें धीमी हो गई थी कुछ सेकंड के लिए। इस गीत के बाद दूसरा गीत प्रारंभ होता है।

केकरे घरे होम होले बाजे शहनाई,

हो केकरे घरे होम होले बाजे शहनाई,

बिनोद भईया, कुल के नयनवा,

ओनही घरे होम होले बाजे शहनाई..।

बृजेश भईया, कुल के नयनवा,

ओनही घरे होम होले बाजे शहनाई..।

अंबरीश भईया, कुल के नयनवा,

ओनही घरे होम होले बाजे शहनाई..।

मयूर भईया, कुल के नयनवा,

ओनही घरे होम होल बाजे शहनाई..।

इस गीत का सरल सा अर्थ यही है कि एक प्रश्न पूछा गया कि किसके घर होम यानि हवन हो रहा है जो शहनाई बजाई जा रही है, उत्तर में घर के सभी पुरुषों का नाम लिया जाता है कि ये कुल के नयन हैं और इन्हीं के घर हवन हो रहा है। हाँ, इतना बता देता हूँ कि बिनोद बाबू वाली लाइन बिट्टी ने नहीं गायी। वो उन्हें, भईया कहने का सामर्थ्य जुटा नहीं पाई भले ही वो गीत में ही क्यों न हो।

एक तीसरा गीत इसके बाद, जो काफी पुराना है और करीब सौ सालों से भी पहले से पूर्वी उत्तर प्रदेश में प्रचलन में है। हालाँकि, ज्यादा बोलबाला ऊपर वाले दो गीतों का है पर बुजुर्ग औरतें अभी भी इस तीसरे गीत को गाना पसंद करती हैं।

केकरा के बासल, केथुआ के लकड़ी,

केकरा दुआरे होमिया होई,

मह-मह महकी, धुआँ आकाशे जाए,

देवते सब बासय?

अमवा के लकड़ी, कपूरिया के बासल,

बिनोद दुआरे होमिया होई,

मह-मह महकी, धुआँ आकाशे जाए,

देवते सब बासय......।

इस गीत की संकल्पना भी दूसरे वाले गीत की तरह ही है। इसमें पूछा जाता है कि ये किसकी महक है, किसकी लकड़ी है और किसके घर हवन हो रहा है जो सर्वत्र महक फैली है, धुआँ आकाश में जा रहा है और देवता भोज ग्रहण कर रहे हैं। उत्तर में बताया जाता है कि आम की लकड़ी है, कपूर की महक है और बिनोद के घर हवन हो रहा है, फिर इसी तरह अन्य पुरुषों के नाम भी लिए जाएँगे।

बहुत सोचने के बाद भी ये समझ नहीं आया कि इन गीतों का गीतकार होगा कौन? क्या ये किसी एक व्यक्ति ने लिखा है या कई लोगों ने मिलकर? या ये भी हो सकता है कि लिखा न गया हो गुनगुनाते हुए ही पंक्तियाँ आती गई और धीरे-धीरे प्रचलित हो गई। जब सोचता हूँ कि पहली बार ये गीत कब गाए गए होंगे तो कोई निश्चित समय भी पता नहीं लगता। लेकिन हाँ, इन गीतों का यश इतना व्यापक है

कि लाखों घरों में हवन के समय ये गीत होते हैं। पूर्वी उत्तर प्रदेश की संस्कृति का अहम अंग हैं ये लोकगीत।

हवन से उठे धुएं की महक चारों तरफ फैल गई थी। अतराफ़ सकारात्मकता विचरण कर रही थी। हवन से उठने के बाद मयूर इस समय प्रसाद बाँट रहा था। उसके साथ ही सुबोध चरणामृत देने में व्यस्त था। प्रसाद बाँटते हुए वो मंजरी के पास भी पहुँचा। मंजरी ने ढाक का पत्ता आगे की तरफ बढ़ा दिया जिसे उसने कटोरी का स्वरूप दिया था। उसके आस-पास बैठे हुए बच्चों के पास भी ऐसे ही दोने थे। उनको बनाने वाली मंजरी थी।

मयूर जब प्रसाद डालने के लिए झुका तो उसकी नजर मंजरी के चेहरे पर पड़ी। साँवली और सुंदर सी मंजरी। मयूर को बड़ी सुंदर लगी वो। अनायास ही उसके होंठ हल्के से फैल गए और मुस्कान झाँकने लगी। मंजरी ने सिर उठाकर उसे देखा और वो भी धीमे से मुस्कुरा दी।

इस समय दोनों यही सोच रहे हैं कि सामने वाला कितना सुधर गया है, शालीन हो गया है वरना बचपन में तो....।

पूजा समाप्त हो चुकी थी। दुआर के दक्षिणी हिस्से में सब्जी काटी जा रही थी। शाम के भोज की तैयारी में सभी व्यस्त थे। दाल, भात और सब्जी तो साढ़े पाँच बजे तक हर हाल में तैयार हो ही जाना चाहिए, कड़े निर्देश थे बिनोद बाबू के।

करीब साढ़े छः बजे शाम से भोजन खिलाना शुरू कर दिया गया था। मयूर का दुआर बहुत बड़ा था। वहाँ टाट पट्टी बिछा दी गई थी। गावों में अक्सर लोग भोजन जल्दी ही कर लेते हैं। अब ये संस्कार समाप्त हो रहे हैं जो दुखद भी है पर जिस समय की कहानी मैं कह रहा हूँ उस समय में आठ बजे तक सब खा-पीकर सो जाते थे। अधिक से अधिक देरी होती साढ़े नौ, वो भी बस कुछ ही घरों में। लेकिन यहाँ भोज था इसीलिए जल्दी करते-करते भी दस-सवा दस हो ही गए। तब बारी आयी घर के लोगों के खाने की।

इसी दौरान, परवल की सब्जी से भरी बाल्टी लेकर मयूर भीतर गया था जहाँ औरतें खाने बैठी थीं। उसे बस सब्जी वहाँ पहुँचानी थी। मंजरी खाना परोस रही थी सो उसने उसके हाथ से सब्जी थामी। दोनों की हथेलियों ने छुआ एक दूसरे को। उस स्पर्श को दोनों ने महसूस किया, दोनों के हृदय में गुदगुदी भी हुई।

सब्जी देकर मयूर बाहर की तरफ आ गया और खाने बैठा। भीतर मंजरी भी

सबको खाना परोस देने के बाद बैठ गई। भोजन शुरू करने से पहले दोनों ने अपनी उस हथेली को देखा जिसे किसी दूसरे की हथेली ने छुआ था और धीमे से मुस्कुरा दिए। इतनी सूक्ष्म मुस्कुराहट जो स्पष्ट रूप से न दिखे पर मन में नृत्य करवा दे। इतनी छोटी घटना जिसका यूँ तो कोई महत्व नहीं लगता पर प्रेम में ऐसी छोटी-छोटी घटनाएं बहुत महत्व रखती हैं। प्रेम किसी अविश्वसनीय घटना का मोहताज नहीं होता, वो ऐसी सी छोटी-छोटी लेकिन निश्छल घटनाओं से उदित होता है, इसीलिए प्रेम इतना मासूम है।

अगली सुबह होते ही मेहमान जाने लगे। अधिकतर बसें सात बजे से पहले ही जो मिल जाती हैं। उन्हीं मेहमानों में से बिट्टी भी एक थीं। मुस्कुराहट के पीछे उदासी छिपाए हुए वो चली गई, बिनोद बाबू उन्हें देखते रहे। उनके लिए ये तीन दिन कितनी जल्दी बीत गए। जब तक बिट्टी रहीं बिनोद बाबू उनसे शरमाते ही रहे पर और कोई विकल्प भी तो नहीं था। उनकी वो उम्र तो थी नहीं कि दुनिया से लड़कर बिट्टी को अपना लें। बिट्टी भी स्वयं कभी नहीं चाहतीं कि ऐसा कुछ हो।

कुछ प्रेम कहानियाँ ऐसी ही होती हैं। वहाँ मिलना नसीब नहीं होता, न ही बहुत ज्यादा बातें करना, वहाँ बस प्रेम होता है। जब तक सामने हो तब तक खुशी, जब सामने नहीं हो तो तुम्हारी याद में खुशी। बिनोद-बिट्टी का प्रेम ऐसा ही था। वे दोनों जानते थे कि सामने वाले के हृदय में क्या है, मिलने के बहाने भी ढूँढते वो पर कभी इस बात को खुले तौर पर स्वीकार नहीं किया।

आज के बाद भी दोनों मिलेंगे और मरते दम तक मिलते रहेंगे लेकिन जो संकोच आज व्याप्त है वो सदा व्याप्त रहेगा। तन और धन से बिनोद बाबू मनीषा जी के हैं, बिट्टी अपने पति की, लेकिन मन दोनों का एक है। इसीलिए, इनका प्रेम विशेष है। आज भी कभी अकेले बैठे हुए बिनोद बिट्टी को याद करके उदास हो जाते हैं, कभी-कभी हँसते भी हैं, यही प्रेम है। बिट्टी भी कभी-कभी उनके शर्मीले स्वभाव को सोचकर मुस्कुरा देती है और मन में एक काश, उभर आता है। काश.... हम एक होते।

दस बजते-बजते सभी लोग चले गए थे। बची थी सिर्फ मौसी, क्षमा और मंजरी। इनके रुकने के पीछे का कारण था कि इनको लिवाने के लिए मौसा जी आने वाले थे। जब से मौसी ने सुना है कि उन्हें लिवाने मौसा जी आ रहे हैं तब से बेचारी बड़ी परेशान हैं। यहाँ से लेकर उनके घर तक करीब छोटे-बड़े आठ मंदिर हैं। चालीस मिनट तो रुकने में ही बीत जाएगा, ये अंदाजा लगा लिया है उन्होंने। मौसा ने दोपहर

तक आने को कहा है तो इस समय वो बैग पैक कर रही हैं।

क्षमा का जाने का बिल्कुल मन नहीं है। इस समय कॉलेज की छुट्टी है और घर का पूरा काम उसी को करना पड़ता है। यहाँ रहेगी तो पूरे दिन आराम कर सकती है, यही सोचकर उसने यहाँ रुकने का विचार किया है और बड़ी देर से अपनी माँ को मना रही है। मौसी ने दो-तीन बार मना किया लेकिन जब क्षमा ने जिद नहीं छोड़ी तो सारा निर्णय उन्होंने मौसा के ऊपर डालते हुए कहा, "अभी अपने पापा से पूछ लेना।"

अपना पक्ष मजबूत करने के लिए क्षमा ने अपनी मौसी को भी इस योजना में सम्मिलित कर लिया है कि वो कहें उसके पापा से कि क्षमा को यहाँ रुकने दीजिए। अब साली की बात जीजाजी थोड़ी टालेंगे, ऐसा सोचना है उसका।

करीब डेढ़ बजे दोपहर में मौसा जी आए। साथ में उनके छोटे भाई अनिल भी थे। मंजरी उन्हीं की बेटी है। दोनों बरामदे में बैठे तो पानी लेकर क्षमा ही गई। मौसा जी ने पानी का पहला घूँट पिया ही था कि क्षमा बोल पड़ी, "पापा हमारा यहाँ बिल्कुल मन नहीं लग रहा है लेकिन मौसी हमें जाने ही नहीं दे रहीं। कपड़े भी नहीं रखने दिए।"

उसकी बात सुनकर सुनील जी हँस पड़े, बोले, "बेटा रुकना है तो रुक जाओ, मौसी को क्यों फँसाती हो।"

क्षमा झेंप गई और उस झेंप को छिपाने के लिए उसके मुख से तुरंत निकला, "हम यहाँ अकेले नहीं रहना चाहते, मंजरी भी रुकेगी तो और अच्छा लगेगा।" ऐसा कहकर उसने अपने चाचाजी की ओर ताका।

अनिल जी की उम्र करीब पचास बरस के समीप थी। कद बहुत लंबा नहीं था, रंग काला और शरीर से काफी बड़े लगते थे। स्वभाव से भी काफी कठोर हैं वो। गुस्सैल तो इतने कि बिनोद बाबू को भी पीछे छोड़ दें। तथापि, मंजरी उन्हें बहुत प्यार करती है। वो ये जानती है कि पापा मुझसे ज्यादा भाई को प्यार करते हैं लेकिन फिर भी वो उनका बहुत ध्यान रखती है। लड़कियाँ होती ही हैं ऐसी, गुस्सैल बाप से प्यार बहुत करती हैं।

अनिल जी चाहते तो नहीं थे कि मंजरी रुके लेकिन उनके बड़े भाई सुनील ने उनके बोलने से पहले ही कह दिया क्षमा से, "हाँ, रुक जाओ दोनों बहनें। छुट्टी भी है। घर पर बैठे-बैठे तुम लोग भी ऊब जाते होगे।" चूँकि संयुक्त परिवार था इसीलिए भईया की बात वो काट नहीं सकते थे।

अब ये निश्चित हो गया था कि क्षमा और मंजरी यहाँ रुकेंगी विद्यालय खुलने

तक और मौसी आज ही जाएंगी। क्षमा खुश थी क्योंकि अब उसे काम नहीं करना था, लेकिन मयूर और मंजरी भी खुश थे। जाने क्यों उन्हें एक दूसरे के पास रहने की इच्छा होने लगी थी इन्हीं दो-तीन दिनों में। कमाल की बात ये है कि दोनों में एक शब्द का भी आदान-प्रदान नहीं हुआ है लेकिन समीप रहना उन्हें अच्छा लगने लगा है। हालाँकि, मयूर मंजरी की खुशी से वाकिफ नहीं है, और ठीक वैसे ही मंजरी भी इस बात से अनभिज्ञ है कि उसका रुकना अच्छा लगा है मयूर को।

इस संसार की सबसे श्रेष्ठ रचयिता प्रकृति है। किस तरह, कितनी खूबसूरती से रच रही है वो इस प्रेम कहानी को। अपनी कही बात को फिर से दोहराता हूँ, 'जो प्रेम न होता तो मानवता कितनी विध्वंशशील हो जाती इसकी कल्पना भी नहीं की जा सकती।' शायद यही कारण है कि प्रेम के मायने स्थापित रहें इसीलिए प्रकृति को कुछ पात्र गढ़ने होते हैं जो प्रेम कहानी में अपना पार्ट खेल सकें।

मंजरी और मयूर को नायिका और नायक की भूमिका मिली थी इस कहानी में। वो कहानी जो वेदनाओं से भरी है। जहाँ प्रेम के नाम पर सिर्फ पीड़ा है। जहाँ बंदिशें हैं, अपमान है। प्रेम में पड़ा व्यक्ति कटपुतली है जिसकी डोर प्रकृति के हाथों में है और उसके कंधों पर जिम्मेदारी है प्रेम की महानता को बरकरार रखने का, ऐसा प्रेम जहाँ जाति, धर्म, देश, समाज, सब कुछ अप्रधान है।

ऐसी ही अनेकों समांतर चल रही प्रेम कहानियों की रचयिता प्रकृति है। उन समांतर चल रही कहानियों में से एक कहानी ये भी है, मयूर और मंजरी की।

अपना काम निकलते ही क्षमा टीवी देखने बैठ गई। अब चाय-नाश्ता कौन देगा, इससे उसे कोई अर्थ नहीं। इसी कारण, ये जिम्मेदारी आयी मयूर के ऊपर। उसे भीतर बुलाया गया। रसोई में माँ और चाची पकौड़े छान रही थीं और मंजरी वहीं बैठी उन्हें ट्रे पर सजा रही थी। सजा लेने के बाद उसने ट्रे मयूर की ओर बढ़ाया और इतना ही बोली, "हूँ......।" यानि थामो।

मयूर ने ट्रे थामा और मुस्कुराते हुए बरामदे में पहुँच गया। सबने खाना शुरू किया। सुनील जी ने इशारे से मयूर को भी खाने को कहा जिसके उत्तर में वो बोला, "नहीं मौसाजी, आप खाइए। मैं खा लूँगा बाद में।"

"इस समय क्या कर रहे हो?" अनिल जी ने पूछा।

"अबकी बारहवीं में हूँ।"

"साइंस?"

"नहीं, आर्ट्स।"

अनिल जी के मुँह में जाता पकौड़ा वहीं फ्रीज़ हो गया था। उनके चेहरे के भाव देखकर ही लग गया, 'एक और बेरोजगार तैयार हो रहा है।' फिर प्रकट करते हुए बोले, "आगे का क्या सोचा है?"

"आगे बी.ए. करूँगा पॉलिटिकल साइंस से। सोच रहा हूँ इस बार नब्बे से ऊपर आ जाए बोर्ड में ताकि दिल्ली चला जाऊँ।"

अनिल बाबू हँसे धीरे से, "कुछ ऐसा करो जिससे नौकरी लगे। ये करके कुछ नहीं होगा। मेरा लड़का है, अभी नौ में पढ़ता है लेकिन कंप्यूटर में कुछ भी पूछ लो सब आता है उसे। आगे बिजनेस करने का मन है उसका। ये बी.ए. फीए करके कुछ हाथ नहीं लगेगा। कुछ ऐसा पढ़ो ताकि पैसा कमाओ।"

ये बात मयूर काफी समय से सुन रहा है बस कहने वाले लोग बदल जाते हैं। अतः इस बार जब उसने पुनः यही सुना तो उससे चुप न रहा गया, "क्या शिक्षा का सारा उद्देश्य बस पैसे कमाना है?"

"तो और क्या है? बिना पैसे के कुछ होता है आजकल?"

"हाँ, बिना पैसे के कुछ नहीं होता लेकिन क्या पैसा ही जीवन का अंतिम लक्ष्य है? उसी पर सारी दुनिया समाप्त हो जाती है?" अनिल बाबू सुनते रहे।

"ये बहुत गलत धारणा है कि धन अर्जित करना ही सब कुछ है। जैसा आपने कहा कि पैसे के बिना कुछ नहीं होता, सही बात है, लेकिन अंधाधुंध सिर्फ उसी के पीछे भागना ये भी तो उचित नहीं है। शिक्षा का उद्देश्य सिर्फ पैसे कमाना थोड़ी है। इसका लक्ष्य व्यक्ति को इस काबिल बनाना है कि वो इस दुनिया को कुछ दे सके। अगर किसी के पास कौशल है तो वो पैसे कमा सकता है लेकिन शिक्षा उस कौशल को एक नया स्वरूप दे देती है। जितने भी वैज्ञानिक हैं, फिलोसोफ़र हैं, शिक्षक हैं, ये लोग अमीर नहीं होते लेकिन दुनिया तो इन्हीं से बदलती है। बदलाव यही लोग तो लाते हैं जिससे मानवता निरंतर गतिशील है। पर अफसोस कि हमारा समाज सबसे कम महत्व इन्हीं को देता है। एक वैज्ञानिक और बिजनेसमैन की कोई तुलना ही नहीं की जा सकती। एक के पास धन है, दूसरे के पास ज्ञान है। और जिसके पास ज्ञान होगा, वो कभी भी पैसे जैसी तुच्छ चीज के पीछे कभी नहीं भागेगा। हाँ, अपनी जरूरत भर धन वो भले अर्जित करे या अर्जित करने का प्रयास करे, लेकिन विलासिता के साधन खड़े करने के लिए वो कभी भी इस भेड़ चाल का हिस्सा नहीं बनेगा।"

"देखिए ये तो सत्य है कि, मृत्यु अमीर-गरीब को बराबर कर देती है, तथापि जीवित रहते विषमताएं अनगिनत हैं। जो इतनी विषमताएं न होतीं तो इतनी धूर्तता

भी न होती। न ही होती वो दौड़ जहाँ सब भाग रहे हैं बिना किसी दूरगामी लक्ष्य के। तब होता ठहराव, संतोष, शांति। बहरहाल, जो हुआ नहीं उसकी कल्पना करना, रेत के महल को बनाने जैसा है पर इस तथ्य को कोई नकार नहीं सकता कि इस दौड़ ने हमसे हमारा बहुत कुछ छीन लिया है। हमारा बचपना, हमारा चरित्र, हमारी मासूमियत, हमारी इंसानियत और भी न जाने क्या-क्या। जब भी कोई ऐसा कहता है कि जीवन का अंतिम लक्ष्य ही पैसा कमाना है, अमीर होना है तो मैं बस इतना ही कहता हूँ, तुम्हारी विलासिता तुम्हें मुबारक, मैं अपने सादेपन में खुश हूँ।"

पूरी बात सुनकर अनिल बाबू धीमे से मुस्कुराये, "तुम किताबें बहुत पढ़ते हो।" फिर मन में बोले, 'किताबी दुनिया और असली दुनिया अलग-अलग है। कुछ साल रुको, तुम भी पैसे के पीछे ही भागोगे। जवानी में ज्यादा पढ़ने-लिखने वाला हर आदमी फिलोसोफ़र और क्रांतिकारी ही होता है।'

शाम के करीब तीन बजे तक मौसी चली गई। रिश्तेदार सभी पहले ही जा चुके थे। बाहर के लोगों में बस मंजरी और क्षमा ही थे। इन तीन दिनों में नायक और नायिका के मध्य एक सूक्ष्म संवाद आज हुआ जिसमें नायिका ने कहा, 'हूँ.....।' साथ ही वो सोच भी रही है नायक के बारे में।

मयूर की जो छवि उसके मन में बनी है उसमें वो उसे बहुत ही बुद्धिमान मानती है क्योंकि उसने उसे तर्क करते हुए देखा है, अभी-अभी पिताजी के साथ। इसके अतिरिक्त, मयूर की आदत है सबको आप कहकर बुलाने की, इससे भी वो बहुत प्रभावित है। कल शाम को वो क्षमा के साथ मयूर के कमरे में गई थी और वहाँ उसने करीब सौ से ऊपर किताबें देखीं, इस बात का भी बहुत प्रभाव है उसपर। किताबें पढ़ता नायक उसे बहुत अच्छा लगता है, अब ये बात दूसरी है कि यदि उसे पढ़ने को कहा जाए तो कहेगी, "हुँह...और कोई काम नहीं है क्या?"

किसी के प्रेम में होना, इस जीवन का सबसे मधुरतम एहसास है। मंजरी उस मधुर एहसास को महसूस कर सकती है पर उस एहसास की जननी प्रेम है, इससे वो अनजान है। रीपीट टेलीकास्ट पर मयूर का उसके मस्तिष्क में चलना उसे बहुत अच्छा लगता है पर उस टेलीकास्ट की सैटेलाइट प्रेम है, इस तथ्य से वो अनभिज्ञ है।

नायक का यदि आंकलन किया जाए तो उसकी भी स्थिति कुछ ऐसी सी ही है। वो मंजरी के आस-पास रहना चाहता है। जब उसने सुना कि मंजरी अभी यहाँ रुकेगी तो वो बहुत खुश हुआ था। अब ये कह देना कि वो उसके लिए मर-मिट

सकता है, ये तो अतिशयोक्ति होगी लेकिन हाँ इतना अवश्य है कि मंजरी अच्छी लगी है उसे। सीधी सी, हल्की शर्मीली, बहुत ज्यादा दिखावा नहीं करती, प्यारी है, जब हँसती है तो उसके टेढ़े दाँत दिखने लगते हैं, जो मयूर को पसंद हैं।

उसके मन में भी ये तथ्य तो स्थापित हो गया है कि मंजरी उसे पसंद है। अब ऐसा क्यों है? उसे ज्ञात नहीं। पर वो चाहता है मंजरी उससे बोले, कुछ तो कहे। वो सुबोध से भी मंजरी की ही बातें करने की कोशिश में है पर कहाँ से शुरू करे इस दुविधा में है। अनजाने में ही सही लेकिन अब उसने ये भी सोचना शुरू कर दिया है कि काश उसे भी मंजरी मिल जाए जैसे उस फिल्म में नायक को नायिका मिल गई थी। हालाँकि, समय ने उससे इस बात को अभी छिपा रखा था कि जो महत्वपूर्ण चीजें होती हैं वो मिलती नहीं छीननी पड़ती हैं।

अगले दिन दोपहर का समय था। मयूर गमछा लपेटे, बाल्टी थामे बाहर नल पर जा रहा था। जेठ की गर्मी तप रही थी। धूल भिन्न-भिन्न आकृतियों से ओत-प्रोत हुई दहाड़ रही थी। बहती लू से आती गर्माहट को वो महसूस कर सकता था। नल टन-टन की आवाज करता हुआ चलने लगा और बाल्टी भरती गई। गमछा छोर कर उसे नलके पर रखकर पानी जब शरीर पर डाला तो एक मृदुल गुदगुदी सी हुई उसे।

साबुन मुँह में पोते वो देह को रगड़ रहा था ताकि पसीने का कोई अंश बचे नहीं, जब चप्पलों के घिसड़ने की आवाज पड़ी उसके कानों में। आवाज उसके समीप आयी तो उसे लगा कोई पानी लेने आया होगा। अतः बंद आँखों से ही बाल्टी को अपनी ओर खींच कर बोला, "भर लो पानी।" सामने से कोई उत्तर नहीं आया।

नल चलने लगा पर उसकी रफ्तार बड़ी धीमी थी और इसी बीच मयूर ने लोटे का पानी अपने सिर पर डाला। चेहरे पर लगा साबुन धुला तो उसकी आँख खुली। वो देखता है, सिर झुकाए मंजरी दोनों कुहली से नल के हैन्डल को पकड़ कर जैसे-तैसे चला रही है। उसकी लट उसके चेहरे पर आ रही है जिसे वो अपने कंधे से कान के पीछे ले जाना चाहती है। उसके दोनों हाथों में मेंहदी लगी है और जो थोड़ा बहुत पानी बेचारी अपनी कुहनी से चला कर निकाल पा रही है, उससे उस मेंहदी को धो रही है।

मयूर ने बिना कुछ बोले लोटे का पानी उसकी ओर बढ़ा दिया। उसने अपना

एक हाथ आगे किया और मयूर उसका हाथ धुलाने लगा। इसी दौरान वो देखता है कि हाथों में लगी मेहंदी गीली है।

तत्काल ही उसके मुख से प्रश्न निकल जाता है, "अभी तो ये सूखी भी नहीं है, क्यों धो रही हो?"

दबी आवाज में लेकिन बेहद ही मीठी, वो कहती है, "क्षमा दीदी कह रही थी कि हम लगाएंगे, पर जब लगा दिया तो हमें पसंद ही नहीं आया। दूसरा डिजाइन बनाएंगे जैसे इस वाले हाथ में है। ये अच्छा बना है।" वो अपना दाहिना हाथ मयूर को दिखाती है।

प्रशंसा भरे नेत्रों से उसने हाथ को निहारा लेकिन साथ ही दूसरा प्रश्न तैरा उसके मगज में जो उसने पूछ लिया, "तब जब धुलना ही था तो कुहनी से नल क्यों चला रही थी? अरे, जब धोना ही है तो बिगड़े या न बिगड़े सब बराबर।"

वो बोली, "अभी नल के हैन्डल में मेंहदी सन जाती तभी।" कहकर वो धीमे से मुस्कुराई और चली गई।

उसके जाने के बाद मयूर के मन में एक तीसरा प्रश्न भी आया, 'अरे तो हैन्डल पर से भी छूट ही जाता। कौन सा पत्थर की लकीर है?'

इस प्रश्न का उत्तर वो पूछता या सोचता इससे पहले उसका ध्यान स्वयं के ऊपर चला गया। वो बित्ते भर के चीर से अपनी इज्जत को ढंके हुए बैठा था। आधे शरीर पर साबुन अभी भी लगा हुआ था। जाँघ के नीचे की पूरी टाँग और कमर के ऊपर का पूरा बदन खुले आसमान की तरह खुला था। यह देख उसे बड़ी घबराहट हुई। तुरंत उसने बड़ी बारीकी से स्वयं को देखा कि कहीं कोई और अंग विशेष तो इधर-उधर से नहीं झाँक रहा था। मुआयना करने के बाद उसे तनिक शांति मिली की चलो कम से कम बित्ते भर के कपड़े ने उसकी मुख्य लाज तो बचा ली पर शरम तो उसे बहुत आ रही थी। शेष पूरे दिन वो मंजरी से छिपता रहा।

अगले दिन का अरुणोदय एक नई आस लेकर आया मयूर के लिए। छत पर आसमान की चादर ओढ़े वो सोया था जब आरती का स्वर और धूपबत्ती की भीनी महक उसके हृदय में समाने लगी। करवट लेते हुए वो पच्छूँ की ओर मुड़ा तो भारी आँखें धीमे से खुल गई। धुंधली दृष्टि में उसे मंजरी दिखी। हल्के नीले रंग का सूट पहने, सिर पर दुपट्टा रख रखा था और तुलसी माता को जल दे रही थी। आरती का स्वर उसके गले से निकल रहा था।

मंजरी बहुत अच्छा गाती थी। सूट में, दुपट्टे को ओढ़े हुए वो जब मुस्कुराती तो

लगता जैसे चाँदनी रात में शीतल हवा का झोंका कपोलों को छू कर गुजरा हो। हँसती तो पड़ोस के लोगों को भी पता लग जाता, इतनी तेज हँसी थी उसकी। मिलनसार बहुत थी पर शर्मीली भी उतनी। हँसी तो उसके अधरों पर ही रहती, बात-बात पर फूट पड़ती। कद पाँच फुट के लगभग, न तने सी मोटी न सींक सी पतली, डाल सी थी वो। चेहरा साँवला ही था, साथ ही चेचक के कुछ निशान भी पर गढ़न ऐसी थी मानो ईश्वर ने उसे गढ़ने का कार्य अपने सर्वश्रेष्ठ शिल्पीकार को सौंपा हो।

उसकी भी नजर पड़ी मयूर पर। धीमे से मुस्कुरा कर उसने अपनी पूजा जारी रखी। पीतल का लोटा लेकर जब वो उठी तो मयूर अच्छे से जग चुका था और बिस्तर बटोर रहा था।

"यहाँ मच्छर नहीं लगते?" जाते-जाते मंजरी ने पूछ लिया तो मयूर का तो जैसे दिन ही बन गया।

लहराते हुए बोला, "सुबह की शुरुआत बड़ी खूबसूरत होती है, जैसे आज हुई। इसीलिए यहीं सोता हूँ।" निहित कथ्य को समझ कर मंजरी मुस्कुराते हुए नीचे चली गई। हालाँकि, इस कथन में कोई निहित कथ्य था ही नहीं।

बिस्तर बटोर कर जब उसकी नजर तुलसी के पौधे पर पड़ी तो उसके चेहरे पर विजयपूर्ण मुस्कुराहट तैर गई। आज से एक साल पहले उसने गमले में ये पौधा ऊपर छत पर लगाया था। पौधे में फल आज लगा। मन ही मन ये सोचते हुए कि आँगन में भी एक तुलसी का पौधा लगा ही देना चाहिए वो नीचे उतर आया।

वहाँ आँगन में उसे मंजरी दिखी। अपने गीले केशों को वो सुखा रही थी। मयूर ने एक नजर उसे देखा और बाहर निकल गया। वो उससे बात करना चाहता था पर क्या बोले, किस तरह बोले, इन प्रश्नों में उलझा था। यही सब सोचते हुए, चाय का कप लेकर वो मड़ई में कुर्सी लगाए बैठा था, दूसरे हाथ में एक किताब भी थी, जब मंजरी वहाँ आती है। वो कुछ ढूँढ रही थी। चारों तरफ उसे कुछ खोजता देख मयूर बोला, "कुछ चाहिए?"

"हाँ, वो टाट नहीं दिख रहा। बारिश आने वाली है न तो मौसी ने भिटहुर ढँकने को कहा है।"

"मौसम का भी कुछ पता नहीं चलता, सुबह जब तुम छत पर आयी थी तो धूप निकल रही थी।"

मंजरी हँसी।

"अच्छा, मैंने वो आरती सुनी जो तुम गा रही थी। आवाज बहुत अच्छी है।"

मंजरी मद्धम सी मुस्कुराई और नजरें नीची कर ली। तभी सनसनाहट के साथ

पानी की बड़ी-बड़ी बूँदे नीचे गिरने लगीं। भिटहुर ढँकना तो रह ही गया। चाय वहीं छोड़कर मयूर उठा, "टाट बरामदे में होगा। तुम रुको मैं ढँक कर आता हूँ।" वो दौड़ता हुआ निकला वहाँ से।

मड़ई घर के पिछले हिस्से में थी। भिटहुर वहाँ से करीब बीस मीटर दूर था। उसे बरामदे और मड़ई, दोनों जगहों से देखा जा सकता था। मयूर को भिटहुर ढँकते हुए मंजरी देख सकती थी। मुश्किल से उसे दो मिनट लगे होंगे यहाँ से बरामदे में जाकर टाट लाने में और भिटहुर ढँक कर वापस मड़ई में आने में, लेकिन बारिश इतनी तेज थी कि वो काफी हद तक भीग गया था।

मंजरी का मन किया कि अपना दुपट्टा आगे बढ़ा दे लेकिन उस स्तर तक पहुँचने में इन्हें अभी समय लगेगा। दोनों अभी एक-दूसरे को अच्छे से जानते तक नहीं। शायद ये बारिश इसीलिए हुई कि दोनों उस मड़ई में कुछ देर के लिए साथ बैठें और जान सकें एक-दूसरे को।

"तुम खड़ी क्यों हो? बैठो न।" मयूर ने कुर्सी मंजरी की तरफ कर दी और शेष चाय एक घूँट में गटक गया।

बैठते हुए मंजरी बोली, "चाय ठंडी हो गई थी?"

"हाँ।" फिर कुछ पलों के लिए चुप्पी।

कुछ देर बाद जब संवाद हुआ तो शुरुआत मंजरी ने ही की, "इस समय तुम क्या कर रहे हो?"

"खड़ा हूँ। बारिश देख रहा हूँ।"

मंजरी जोर से हँसी, "मतलब पढ़ाई..?" वो हँसती रही।

"अबकी बारहवीं में हूँ। आर्ट्स से।" फिर कुछ पल रुककर, "हाँ, तुम सही सोच रही हो मैं पढ़ने में थोड़ा कमजोर हूँ।"

मंजरी आश्चर्य से उसे देखने लगी, "मैं ऐसा क्यों सोचूँगी?"

"नहीं, अक्सर लोग यही सोचते हैं कि आर्ट्स से है तो कमजोर ही होगा।"

"गलत सोचते हैं। जो इतनी किताबें पढ़ता हो, वो कमजोर तो नहीं होता।" कहते हुए मंजरी ने वो किताब हाथ में ले ली जो मयूर अभी कुछ देर पहले पढ़ रहा था और पढ़ते-पढ़ते ही मंजरी के बारे में सोचने लगा था। किताब का शीर्षक था 'क्राइम एण्ड पनिशमेंट'।

मंजरी को लेखक के नाम को उच्चारित करने में हो रही समस्या को देखकर मयूर बोला, "फ़्योदोर दोस्तोयेव्स्की।"

मंजरी मुस्कुराई, "हाँ..। ये इतना अजीब नाम क्यों है?"

"क्योंकि दोस्तोयेव्स्की रूसी लेखक हैं।"

"ये किताब है कैसी?"

"अभी पूरी तो नहीं पढ़ी लेकिन जितना पढ़ा है उतनी तो बहुत अच्छी लगी है।"

"तुम हमेशा कोई न कोई किताब पढ़ते ही रहते हो क्या?"

"हाँ, मुझे बहुत अच्छा लगता है पढ़ना।" विद्वान दिखने के लिए बड़े ठहराव संग बोला मयूर। "सिलेबस वाली किताबें नहीं, वो तो बड़ी उबाऊ होती हैं, उपन्यास, कहानियाँ, कविताएं ये बहुत पसंद हैं मुझे। तुम्हारे क्या विचार हैं इस बारे में?"

मंजरी हँसी, "मेरे कुछ विचार नहीं हैं। जितना सिलेबस में रहा वही पढ़ा है। ऐसे अलग से तो कोई किताब नहीं पढ़ी।"

कुछ क्षण रूककर, "अच्छा, वैसे तुम क्या कर रही हो?"

"मैं भी बारहवीं में हूँ। साइंस से।" फिर कुछ पल जाने क्या सोचने का नाटक किया और बोली, "हाँ, तुम सही सोच रहे हो, मैं पढ़ने में काफी तेज हूँ।"

उसके कहते ही दोनों जोर से हँसे।

सहसा जोर से बिजली चमकी और उसका दहाड़ता स्वर कानों को भेदने लगा। मयूर भय के मारे मंजरी की कुर्सी के पास जाकर खड़ा हो गया। उसे यूँ देख मंजरी धीमे से हँसी पर खुश भी बहुत हुई। मयूर की हर हरकत उसे खींच रही थी। यूँ तो पाँच दिन ही हुए थे उन्हें मिले, लेकिन कुछ तो था उनके मध्य जो पनपने लगा था। दोनों उस विकास को अनुभव कर सकते थे।

करीब घंटे भर बाद बारिश रुकी और दोनों वहाँ से हटे। इस समय का उपयोग प्रकृति ने बखूबी किया। उन दोनों को एक दूसरे से परिचित कराया, पसंद-नापसंद के बारे में जान गए दोनों, पढ़ाई-लिखाई की बात हुई और भी बहुत कुछ। यहाँ आने से पूर्व मंजरी बस यही जानती थी कि वो मयूर है, अब वो जानती है कि मयूर को सेवई से ज्यादा खीर पसंद है, कॉफी से ज्यादा चाय पसंद है, मीठे से ज्यादा नमकीन पसंद है। मयूर अब तक जानता था कि ये लड़की मंजरी है, अब वो जानता है कि मंजरी को दाल से नफरत है, वो दाल खाती है तो उसे उल्टी हो जाती है, जैसे उस दिन हुई थी। प्याज-आलू की भुजिया सब्ज़ी उसका पसंदीदा व्यंजन है। आलू-टमाटर की सब्ज़ी भी उसे बहुत पसंद है, बस उसमें टमाटर न हो और यदि होता है तो मंजरी उसे बीनकर एक तरफ रख देती है।

शाम को मंजरी मयूर के कमरे में गई तो वो लैपटॉप पर कोई फिल्म देख रहा था।

तंज कसते हुए विनोदी स्वर में वो बोली, "सुबह तो बहुत कह रहे थे कि किताबें पढ़नी चाहिए, दुर्भाग्य है कि सब सिनेमा देखते हैं लेकिन कोई साहित्य नहीं पढ़ता और अब खुद सिनेमा देख रहे हो।" कहकर वो हँसी। शायद वो ऐसा कभी नहीं कहती पर सुबह में हुई वार्तालाप ने उसे इतना अधिकार तो दे ही दिया था।

मयूर धीमे से हँसा, "हाँ, बात तो सही है लेकिन फिल्म भी दो प्रकार की होती हैं। एक वो जिसका कोई अर्थ नहीं होता......।" मंजरी उसे देखकर हँस रही थी मानो कह रही हो हाँ दो जो बहाना देना हो दो, मैं सुन रही हूँ।

उसकी हँसी इतनी प्यारी लगी मयूर को कि वो स्वयं को हँसने से रोक न पाया। फिर दोनों साथ में हँसने लगे। प्रेम में होता ही यही है। यूँ ही थोड़ी, बहुत से लोग प्रेम को पागलपन का ही दूसरा स्वरूप मानते हैं। काफी हद तक प्रेम पागलपन है भी। वियोग में पीड़ा कितनी भी हो, भले मरने की नौबत आ जाए पर संयोग का जो सुख है वो सारी कमी पूरी कर देता है। अभी इन दोनों ने विरह का स्वाद चखा नहीं है, न ही इन्हें अंदेशा है कि विरह गले की उस फाँस की तरह है जिसे न उगला जाता है, न ही निगला जाता है। शायद, इस समय उन्हें इसका अंदेशा यदि हो जाता तो वो हृदय को समझा लेते। इस समय उनका हृदय मान भी जाता। लेकिन जैसा मैंने कहा, प्रेम के मायने स्थापित रहें इसीलिए प्रकृति को कुछ पात्र गढ़ने होते हैं, ये दोनों भी तो पात्र ही हैं। अतः विरह को अभी न तो ये समझेंगे और न ही प्रेम करना छोड़ेंगे।

जी भर कर हँस लेने के बाद जब दोनों की हँसी कुछ थमी तो मयूर बोला, "मैं सीरीयस हूँ, तुम्हें हँसी क्यों आ रही है।"

"अच्छा...।" मंजरी आँख निकालकर, नाक को तनिक सिकोड़ कर चिढ़ते हुए बोली। "सिर्फ मैं हँस रही थी?"

"अच्छा मैं भी हँस रहा था, बस।"

"वो तो हँस ही रहे थे।" फिर अचानक जैसे उसे कुछ याद आ गया हो, "हाँ बताओ क्या बहाना दे रहे थे?"

"बहाना नहीं दे रहा था, सच कह रहा था। देखो, दो प्रकार की फिल्में होती हैं। एक वो जहाँ वही अश्लीलता, गंदगी और बिना किसी अर्थ की मार-धाड़ होती है, वैसी कोई फिल्म मैं नहीं देखता पर कुछ फिल्में बहुत अच्छी होती हैं, जिनमें समाज को दिशा देने का सामर्थ्य होता है। भारती जी की एक रचना है 'सूरज का सातवाँ घोड़ा'। उसी कहानी पर ये फिल्म बनी है, नाम भी वही है। चूँकि फिल्म की कहानी साहित्यिक है, इसमें लेखन का जिक्र है इसीलिए देख रहा हूँ, तुम भी देखना।"

"पहले तुम डिसाइड कर लो कि मैं किताब पढ़ूँ या फिल्म देखूँ?" मंजरी

सामान्य होने का असफल नाटक करते हुए बोली।

"पहले तुम किताब पढ़ो, ये लो।" मयूर ने अपनी बुक-शेल्फ से 'गुनाहों का देवता' की प्रति निकालकर मंजरी को पकड़ा दी।

किताब लेकर मंजरी जाने लगी तो मयूर ने उसे पुकारा, "मंजरी...।' वो पीछे मुड़ी तो मयूर बोला, "मेरा सपना है कि मेरा एक बड़ा सा कमरा हो किताबों से भरा हुआ। जहाँ हर तरफ बस किताबें हों। मैं भी कुछ लिखूँ, किताबें पढ़ूँ और दुनिया घूमूँ।"

"तो तुम्हें लेखक बनना है?" मंजरी ने मुस्कुरा कर पूछा।

"ये तो पता नहीं।"

मंजरी मुस्कुरा कर कमरे से बाहर निकल गई किताब लिए हुए। मयूर उसके खुले बालों को देखता रहा जिसने उसकी पीठ को ढँक रखा था। मुस्कुरा दोनों रहे थे। खुश भी दोनों बराबर ही थे। प्रेम का उद्गम सदैव सुखद ही होता है, अंत चाहे जैसा भी हो। आज रात को जब दोनों बिस्तर पर पहुँचे तो पूरा दिन तैरा उनकी आँखों के समक्ष, और एक प्यारा चेहरा भी। चाँदनी मानो छन कर अधरों पर उतर आयी हो, इस शिद्दत संग मुस्कुराहट बिखरी थी। जाने कब, उनके सिर के नीचे रखा हुआ तकिया उनकी बाहों में पहुँच गया। कल्पना का अपना विस्तृत संसार है, वहाँ हर वो चीज हो सकती है जिसे सोचा जा सकता है। ठीक वैसे ही, जैसे इस क्षण मंजरी मयूर की बाहों में कैद थी।

मंजरी को आए पंद्रह दिन के करीब हो चुके हैं। वो मयूर से घुल-मिल गई है। दोनों अक्सर साथ ही रहते हैं। इसका सबसे बड़ा लाभ ये हुआ है कि दोनों के मध्य जो लाज की लकीरें खिंची हुई थीं वो मिट सी गई हैं। औपचारिकता का स्थान आत्मीयता ने ले लिया है। अब मंजरी अक्सर बात-बात में मयूर को एक-वो झापड़ लगा ही देती है, मयूर भी उसकी खूब हँसी उड़ाता है। अक्सर अवसर तलाशे जाते हैं सामने वाले को चिढ़ाने के। स्नेह बढ़ता जा रहा है उनमें। इस क्षण में उनकी स्थिति ऐसी है कि आग भी लगी हो कहीं तो उन्हें कोई विशेष अंतर नहीं पड़ता यदि वो साथ में हैं तो। प्रेम का पहला स्तर होता ही है इतना जुनूनी और अपरिपक्व। इस स्तर में दुनिया इंद्रधनुष की तरह जो दिखती है।

इस जुनून की हद इस बात से समझी जा सकती है कि अपना नायक इतना

दीवाना हुआ जा रहा है कि वो अब बाप नहीं बनना चाहता। क्यों भला? क्योंकि इसमें मंजरी को पीड़ा होगी।

अद्भुत हो तुम मयूर। वैसे तुम्हीं नहीं, सारे प्रेमी तुम्हारी तरह ही होते हैं, कुछ अजीब, कुछ सिरफिरे से।

हालाँकि, सिर्फ साथ रहने भर से ये बदलाव नहीं आए हैं। उनके मध्य जो क्रियाकलाप हुए हैं, उसकी अहम भूमिका रही है इस परिवर्तन को लाने में। उदाहरण के लिए एक दिन की बात है। रात का समय था और बाहर बड़ी तेज बारिश हो रही थी। उस दिन खीर बनी थी। मंजरी ने जब खीर परोसी तो उसे देख मयूर बोला, "ये ज्यादा है, थोड़ा सा निकाल दो।"

"जितना खाना है खा लेना बाकि उसी में छोड़ दो, मैं खा लूँगी।" कहकर मंजरी मुड़ी तो वो तो मुस्कुराई ही, पर मयूर के तो क्या ही कहने।

चिढ़ाने का भी कोई अवसर कहाँ छोड़ते हैं दोनों। जैसे उस दिन सुबह में जब मयूर के सुनने में आया कि रात को मंजरी नींद में चौकी से नीचे गिर गई थी, तो वो बहुत हँसा। पूरे दिन चिढ़ाया उसने मंजरी को, और वो भी चिढ़ती रही। कहीं न कहीं उसे स्वयं भी चिढ़ने में मज़ा आता था। उसे लगता, चलो कोई है जो सिर्फ मुझे चिढ़ाता है।

ऐसे ही एक दिन दोनों किसी बात पर बहस कर रहे थे जब मंजरी बोली, "हमें लगा तुम कहोगे कि मैं वहाँ भी आ जाऊँगा।"

"एक बार सोचा कह दूँ लेकिन...।"

मंजरी ने उसे बीच में ही रोक दिया और स्वयं बोलने लगी, "देखा.... हम कितने बुद्धिमान हैं। तुम्हारे मन की बात हमें पहले से पता थी।"

"मंजरी....।" बड़े ठहराव से पुचकारा मयूर ने उसे। "जानती हो जब भगवान हमें बना रहे थे तो शरीर बन जाने के बाद उसमें दिमाग प्रविष्ट करना था। तो उस प्रक्रिया में एक लंबी लाइन लगती है जहाँ दिमाग बँटता है। अब पता नहीं क्यों और कैसे लेकिन तुम उस लाइन में सबसे पीछे खड़ी थी। वो तो मैं था जो आया और तुम्हारा हाथ पकड़ कर तुम्हें आगे ले गया और सबसे लड़ कर तुम्हें अपने आगे लाइन में लगाया। तब जाकर कहीं तुम बुद्धिमान बन पाई।"

मंजरी अपनी हँसी को दबाते हुए क्रोधित होने का नामुमकिन प्रयास करती रही। रह-रह कर उसके होंठ खुल जाते पर वो उन्हें समेट लेती।

"हँसी आ रही है तो हँस लो इतना दबाने की क्या जरूरत है। नाटक तो ऐसे कर रही हो जैसे मैं जानता ही नहीं हूँ कि तुम कब गुस्सा होती हो कब नहीं।" मयूर हँसते

हुए बोला।

"अच्छा...बताओ हम कब गुस्सा होते हैं?" कहकर उसने अपनी भौंहें तीन-चार बार ऊपर कीं।

"जब तुम्हारी नाक फूलने-सिकुड़ने लगती है।" कहकर मयूर हँस पड़ा।

मंजरी ने अपना हाथ उठाया पर बीच में ही रोकते हुए बोली, "अभी हम बहुत मारेंगे तुमको। जब देखो तब हमेशा हमें चिढ़ाते रहते हो। हम कुछ नहीं कहते हैं तभी न? जब देखो तब, हरदम तुम उसी बात को कहते रहते हो।" मंजरी जब ये बातें कह रही थी तो बीच-बीच में वो खुद हँस देती और बस फिर क्या मयूर का हँसना रुका नहीं।

"तुमको हमें तंग करके ऐसा क्या मिलता है?" मंजरी ने कुर्सी पर अपनी कुहनी रखी और हथेली पर अपना चेहरा टिका कर उसे ताकने लगी।

मयूर के दिमाग में एक गीत पिछले कई महीनों से गूँज रहा था। उसी की एक पंक्ति इस संदर्भ में उसके मुख से निकल गई, "तंग करने का तोसे नाता है गुजरिया।" इस क्षण उसकी नजरें मंजरी के चेहरे पर ही केंद्रित थीं इसीलिए वो देख पाया मंजरी को लजा कर वहाँ से जाते हुए। वो भी झेंप गया।

इतिहास की सबसे बड़ी खूबी यही है कि जो आज घटित हो रहा है वो सब कुछ घटित हो चुका है। कुछ पहली बार नहीं हो रहा। समय और स्थान बदल जाता है, पात्र बदल जाते हैं, घटना का स्वरूप बदल जाता है पर आधारभूत स्तर वही रहता है। कभी यही पंक्तियाँ बिनोद बाबू भी तो सोचा करते थे बिट्टी को लेकर।

दोनों में यूँ तो अब भी खुले तौर पर प्रेम स्वीकार नहीं किया गया था पर उनके व्यवहार से वो सदा झलकता रहता। इस बीच न जाने कैसे ये भी हो गया कि मंजरी छोटी है और मयूर बड़ा। कभी गुस्से में मयूर किसी बात के लिए मंजरी को डाँट देता तो वो बेचारी सिर झुका कर सुन लेती और उदास हो जाती। फिर जब मयूर उसे मनाता तो कुछ नखरे तो दिखाती लेकिन अंततः मान ही जाती। उसने मयूर को अपने ऊपर हक जमाने का अधिकार दे दिया था और स्वयं भी खूब दाबा रखती उसके ऊपर। वो दोनों लड़ने भी लगे थे आपस में। चिढ़ाते-चिढ़ाते जाने कब बात आगे बढ़ जाती और दोनों में से कोई एक मुँह फुला लेता। इस मधुर संघर्ष में अक्सर विजयी मंजरी ही होती थी। अब लड़ने-झगड़ने का ये संबंध तो उनमें बालपन से ही है। तब भी वे लड़ते थे, आज भी लड़ते हैं, और आगे भी लड़ते ही रहेंगे। आकर्षक बात ये है कि इस लड़ने में भी प्रेम है, बेहद गहरा।

अगर कुछ उसका है तो वो मयूर का है और उसका भी पर जो मयूर का है वो

पहले उसका है बाद में मयूर का। लेकिन बावजूद इन सबके, मन ही मन उसने मयूर को अपने से बड़ा मान लिया था और उसकी कही किसी बात को टालना उसके सामर्थ्य में नहीं था। ऐसा कई बार हुआ जब मयूर ने उसे किसी चीज के लिए मना किया और उसने बिना कोई सवाल-जवाब किए उसे मान भी लिया। वो चाहती तो कह सकती थी कि 'तुम हो कौन मुझे रोकने वाले?' पर उसने ऐसा कोई प्रश्न किया ही नहीं। ऐसा नहीं है कि वो मयूर से दबती थी। दरअसल, उसकी इच्छा को इतनी वरीयता वो इसलिए दिया करती थी क्योंकि उसे स्वयं भी अच्छा लगता था कि मयूर उसे किसी चीज के लिए रोक रहा है। वो सोचती, मयूर मुझे अपना समझता है तभी तो अधिकार जमाता है। यूँ ही कोई बिना बात के किसी को थोड़ी रोकता-टोकता।

एक दिन दोपहर का वाकया है। धूप बहुत तेज थी और हो भी क्यों न? एक तो मई के अंतिम दिन ऊपर से दोपहर का समय। मयूर और मंजरी सदा की तरह साथ बैठे अंत्याक्षरी खेल रहे थे, सदा की ही तरह मंजरी जीत रही थी और मयूर किलस रहा था। वो जीत ही नहीं पाता नायिका से। गाने के नाम पर उसे कुछ फिल्मी गाने ही याद हैं, या कुछ कविताएं पर मंजरी के पास वृहत कोश है गीतों का, जिसमें फिल्मी गाने, लोकगीत, या कुछ नहीं तो उसी समय वो कोई न कोई गीत गढ़ लेती है जिसे नायक समझ नहीं पाता।

वो हर दिन हारता है, लेकिन खेलने के लिए सबसे पहले कहेगा वही। पराजित होना भी सुखद होता है, शायद ऐसा महसूस करता है नायक।

उस दिन वो मड़ई में थे, बाहर धूप झिलमिला रही थी। हवा अपने संग बाँस के सूखे पत्तों और धूल को गोल-गोल उड़ा रही थी। मंजरी को रह-रह कर बीच में खाँसी आ जाती। इसी दौरान उसे कुल्फी का ठेला दिखा।

वो चहक कर बोली, "चलो कुल्फी खाते हैं।"

"हाँ ताकि जो खाँसी आ रही है वो और बढ़ जाए।"

मंजरी ने उदास होने का नाटक किया और चुप हो गई।

उसे हँसाने के उद्देश्य से मयूर बोला, "वैसे जब तुम खाँसती हो न तो लगता है जैसे कोई कोयल मधुर गीत गा रही हो।"

मंजरी की हँसी फूट पड़ी। मयूर के कंधे पर चपत लगाते हुए बोली, "अभी मार देंगे।"

"अच्छा तुमने किताब कितनी पढ़ी?" मयूर हँसी दबाते हुए बोला।

"क्यों....? अब बोलो न, जब तुम पढ़ती हो तो महादेवी वर्मा लगती हो।" मंजरी

ने चिढ़ने का ढोंग किया।

"नहीं रहने दो, ये कुछ ज्यादा हो जाएगा।" मयूर हँस कर बोला और अबकी मंजरी सच में चिढ़ गई।

ऐसी सी ही एक और घटना है। मंजरी सुबह में छत पर जल देने आयी थी और मयूर की अब तक सोया हुआ था। वो भी बेचारा क्या करे, रात भर तो मंजरी के बारे में सोचता रहता है। सुबह जब आँखे भारी हो जाती हैं तब तो वो सोता है। अब इतनी जल्दी कैसे उठे? इसी दौरान उसने करवट ली तो उसे अपने कंधे पर किसी का हाथ महसूस हुआ। वो पीछे मुड़ता है तो देखता है मंजरी को, जो इतनी तेजी से मुस्कुरा रही थी कि उसके दाँत दिख रहे थे पर उसे हँसना नहीं कह सकते। वो बस मुस्कुराहट थी।

"क्या?" उसने पूछा।

मंजरी मुस्कुराते हुए अपनी एक आँख को झटके से मूँद कर खोल लेती है। आसान शब्दों में इसे आँख मारना कहते हैं। अर्थ ये हुआ कि मंजरी ने उसे आँख मारी। बेचारा शरमा गया और इतना ही कह पाया, "भक्क।" और दूसरी ओर मुड़ गया। वो ऐसा शरमाया की फिर पीछे मुड़ न पाया।

उस आँख मारने में अभद्रता नहीं अपितु छेड़ना था। मंशा उस समय प्रेम नहीं ठिठोली थी पर उस छेड़ने का बड़ा महत्व है इस प्रेम कहानी में। इस बात में कोई संदेह नहीं कि मंजरी शरारती थी पर उसे बद्चलन की संज्ञा देना पूर्णतः अन्याय है। मंजरी का स्वभाव ही ऐसा था, शरारती, जिद्दी, गुस्सैल पर एकदम स्वच्छ जैसे बहता जल, पवित्र जैसे कोई तीर्थस्थल, सच्चा जैसे कोई आईना। मयूर को आँख मार कर वो हँसी, खूब हँसी और दूसरी बातों में लग गई पर मयूर बस वही सोचता रहा, पूरे दिन, पूरी रात और अगले कई दिनों तक, अगली कई रातों तक।

मयूर को देखकर जाने क्यों उसका मन किया उसे परेशान करने का। इसी लक्ष्य से उसने उसे आँख मारी। जाने क्यों उसे लगा कि नायक के संदर्भ में आज पहली क्रिया उसे यही करनी चाहिए। उस समय नायक का लाल चेहरा देख कर वो खूब हँसी थी और नीचे आने के बाद सोचती भी रही थी उसके बारे में। नायक का वो शरमा कर 'भक्क' कहना उसे बार-बार हँसा रहा था। अकेली बैठी वो न जाने कितनी बार हँसी थी उस 'भक्क' पर। ऐसा क्या हो गया था जिसने मंजरी को आँख मारने के लिए मजबूर किया? हाँ वो शरारती थी पर ये शरारत सिर्फ मयूर के साथ ही क्यों? मैं नहीं कहता कि उद्देश्य मयूर को आकर्षित करना था पर ये हरकत उसने आज से पहले किसी दूसरे संग नहीं कि इसका क्या अर्थ निकाला जा सकता है?

शायद यही कि वो तो बस कटपुतली थी जिसे प्रकृति ने अपनी रची नियति के अनुसार नचा दिया था। मयूर को भी ऐसी क्या जरूरत आन पड़ी थी दिन-रात उसे ही सोचने कि पर वो सोच रहा था उसे। वो भी कटपुतली ही था जिसकी डोर प्रकृति के हाथों में थी और उसे सोचने पर मजबूर कर रही थी।

सताने के मामले में मंजरी मयूर से दस हाथ आगे थी। जब बात चिढ़ाने की आती तो भले मयूर के पास अनेकों बातें होतीं, वो तरह-तरह से उसका मजाक भी उड़ाता लेकिन सताने के मामले में मंजरी का कोई जोड़ नहीं था। अब उस दिन शाम की ही बात ले लो।

ऐसे ही क्षमा का मन बना खेत घूमने का। आस-पड़ोस की लड़कियों को उसने इकट्ठा किया और सुरक्षा के उद्देश्य से मयूर को भी चलने के लिए कहने लगी। पहले तो वो जाने को तैयार नहीं हुआ लेकिन जब उसे ये ज्ञात हुआ कि मंजरी भी चल रही है तो सबसे पहले गले में गमछा उसी ने डाला। करीब पंद्रह मिनट बाद सभी खेत में थे।

खेत के एक छोर पर बड़ा नीम का पेड़ था जिसकी जड़े बाहर निकली हुई थीं व बहुत मोटी थीं। वो वहीं जाकर बैठ गया। बगल में सुबोध का खेत था, वो वहाँ सब्जी तोड़ रहा था। मयूर ने अपनी नजरें घुमाई तो उसे मंजरी दिखी जो कुछ खा रही थी। उस अज्ञात खाद्य का निवाला मुँह में जाते ही वो आँख ऐसे बंद करती जैसे क्या ही खा लिया हो।

मयूर की नजर उसपर फ्रीज हो गई। अब तक आस-पास में चल रही गतिविधियों में जो कुछ रुचि उसे थी वो भी चली गई। वो मंजरी को ही देखता रहा। जिस कोण में वो बैठा था वहाँ से उसे मंजरी का दाहिना गाल दिख रहा था। गिरती धूप से उसके बाल सुनहरे रंग में रंग गए थे। इसी दौरान वो किसी बात पर हँसी और मयूर उस हँसी में खो गया जैसे पतंगा खो जाता है अपना सब कुछ भूल कर उस चमकते प्रकाश में।

मंजरी कोई मूर्ति तो थी नहीं तो उसकी भी नजरें घूमीं और उसने मयूर को अपनी ओर देखता पाया। उसके देखते ही मयूर ने सकपका कर अपनी नजरें सुबोध की ओर कर लीं और उससे कुछ बोलने लगा और इस ढंग से बोलने लगा जैसे मंजरी कौन है, वो जानता ही नहीं है।

लड़कियों में प्रकृति से ही लड़कों से अधिक परिपक्वता होती है। मंजरी बड़े अच्छे से जानती थी कि वो उसे ही देख रहा था। इसी से इस भोलेपन पर वो हँस दी और मयूर को ताकना जारी रखा। वो जानती थी मयूर फिर उसे देखेगा और मयूर ने

देखा भी। जब मंजरी को अपनी ओर देखता पाया तो पहले से अधिक घबरा कर उसने नजरें फेर लीं, अबकी मंजरी बड़ी जोर से हँसी। 'तुम बहुत सीधे हो।' उसके मन ने कहा पर मयूर को छेड़ना उसे बहुत लुभा रहा था।

वैसे वो स्वयं चाहती थी कि मयूर के पास चली जाए लेकिन जो आनंद उसे सताने में है वो किसी और कृत्य में कहाँ? सताने की ही ये प्रेरणा थी कि मयूर को एक बार उसे देखते हुए पकड़ लेने के बाद वो निरंतर उसी को ताकती रही जिससे मयूर उसे देख न सका।

जब सब घर के लिए लौटे तो मंजरी भी चली पर उसके कदमों की गति काफी धीमी थी। फलतः वो दोनों एक पल के लिए साथ हो गए। मयूर की नजर उसकी ओर घूम गई। उसने देखा उसकी बाई हथेली पर नमक है और दूसरे हाथ में कच्चे आम की कुछ फलियाँ जिन्हें वो नमक में डुबो-डुबो कर खा रही है और आम के मुँह में जाते ही दोनों आँखे अपनी पूरी ताकत से बंद कर लेती है। मयूर जैसे ही उसके बगल में पहुँचा उसने अपनी हथेली उसकी ओर बढ़ा दी और अपनी दोनों आँखों को आम पर टिका कर पूरी ताकत से उन्हें उस ओर ढकेल दिया। वो इशारे से मयूर को आम खाने के लिए कह रही थी।

मयूर कब से ऐसी ही कोई क्रिया पाने की ताक में था। उसने आम का एक फाल लिया और नमक में डुबो कर दाँतों के बीच रख दिया। खट्टेपन के कारण उसकी भी दोनों आँखे बंद हो गई पर प्रसाद में स्वाद का महत्व नहीं होता, महत्व होता है सिर्फ प्रेम का, श्रद्धा का। अपने प्रेमपात्र के हाथ से मिला कुछ भी प्रसाद समान ही होता है। मंजरी उसके लिए किसी दैवीय छवि से कम थोड़ी थी। उसकी आँखों के बंद होते ही मंजरी हँसी और उसे छेड़ते हुए बोली, "जब खट्टा खाया नहीं जाता तो थामा क्यों?"

मयूर ने भी उसी लहजे में उत्तर दिया, "हाँ जैसे तुम तो खा कर बघार देती हो। घंटे भर में एक आम तो खत्म हुआ नहीं, आयी बड़ी।" और हल्का सा मुस्कुरा दिया।

कुछ ऐसे से ही प्रसंगों से गुजरते हुए उनका प्रेम उस दहलीज तक पहुँच चुका था जिसे लाँघते ही उन्हें अपने उस प्रेम को खुले तौर पर स्वीकार करना था। उनके मध्य जो कुछ भी है वो सिर्फ दोस्ती-यारी नहीं, उससे कुछ ज्यादा है, ये कहना था। अपने हृदय की स्थिति से तो दोनों ही रूबरू थे लेकिन सामने वाले का व्यवहार सिर्फ मित्रतावश है या प्रेम के वशीभूत, ये उन्हें स्पष्ट तौर पर ज्ञात नहीं था। मंजरी को तो फिर भी काफी हद तक लगता था कि मयूर भी उसके बारे में ऐसा ही सोचता है

जैसा उसके मन में है, लेकिन मयूर इस तथ्य को लेकर निश्चित नहीं था। और यदि उसे ज्ञात भी होता तो भी उसके भीतर इतना सामर्थ्य नहीं था कि वो जाकर मंजरी से अपने मन की बात कह दे।

दोनों तरफ से बस इंतज़ार हो रहा था कि तुम बोलो, नहीं पहले तुम बोलो। उन दोनों को एक दूसरे के बोलने का इंतज़ार, प्रकृति को उनके बोलने का इंतज़ार और मुझे प्रकृति की उस चाल का इंतज़ार जिसके चलते दोनों प्रेम व्यक्त करेंगे। एक दृष्टिकोण से देखें तो जैसा उनका व्यवहार था सामने वाले के प्रति वो पूर्णतः प्रेमी-प्रेमिका वाला ही था लेकिन अब कहें कैसे? सूई घूम-फिरकर वहीं रुक जा रही थी। यहाँ तक कि घर के भी कुछ लोगों को लगने लगा था कि इन दोनों के मध्य कुछ तो है, और जैसा समाज का स्वभाव है कि दो लोगों को प्रेम करते देखा नहीं छाती फटनी शुरू हो जाती है, तो वही हुआ भी।

क्षमा अक्सर मंजरी को ताने देने लगी थी। बात-बात पर मयूर को लगाकर उसे तंज कसती। सदैव यही प्रयास रहता कि इन दोनों को पास न रहने दिया जाए। इसके लिए अक्सर मयूर को खेत में भेज दिया जाता था किसी न किसी काम के बहाने। मंजरी को भी घर के कामों में उलझा लिया जाता। खुले तौर पर अभी उन्हें दूर रहने के लिए नहीं कहा गया है और न वो इस बात को खुले तौर पर समझ रहे हैं कि घरवालों के दिमाग में चल क्या रहा है।

प्रेम का आकर्षण ऐसा होता है कि न चाहते हुए भी व्यक्ति खिंचा चला जाए, अब यहाँ तो चाहत भी थी। कोई कितना ही प्रयास कर ले, मयूर न तो पूरे दिन खेत में रहेगा और न ही मंजरी घर के कामों में उलझी रहेगी। मिलना तो होगा ही उनका। लेकिन एक मूक विरोध प्रारंभ हो गया था उन दोनों के विरुद्ध। प्रयास होने लगे थे उन्हें यथासंभव दूर रखने के।

प्रकृति बड़ी देर तक दर्शक बनी देखती रही सब कुछ लेकिन जब नायक-नायिका किसी भी हाल इजहार करने के लिए तैयार ही नहीं थे तो उसे चाल चलनी ही पड़ी। नायिका ये सोचकर रुक जाती कि यदि उसने सामने से प्रेम व्यक्त किया तो मयूर शायद उसे अच्छी लड़की न समझे, मयूर ये सोचता कि यदि उसने ऐसा कुछ कहा तो कहीं मंजरी उससे बोलना न छोड़ दो। यही सोचते-सोचते पंद्रह दिन बीत गए थे मंजरी को आए हुए और बस उतने ही दिन या शायद उससे कुछ कम ही समय में वो जाने वाली भी थी। एक बार वो चली गई तो कब आएगी, आएगी भी या नहीं ये पता नहीं है। अतः प्रकृति ने अपनी बाजी चली और आज शाम को दोनों

लड़ बैठे।

लड़ाई किस बात पर हुई? मयूर ने अपने हाथों से चाय बनाई थी, लेकिन उसे पीने के बजाय मंजरी ने अपने हिस्से की चाय क्षमा को दे दी। क्या और भी कुछ हुआ था? नहीं बस इतना ही हुआ। सोचकर हँसी आती है न? लेकिन प्रेम कभी-कभी इतना हास्यास्पद भी हो जाता है, क्या करें।

मंजरी ने चाय क्यों नहीं पी, ये तो वही जाने लेकिन मयूर को बहुत ठेस पहुँची है इस बात से। बड़ी देर से वो डींगे हाँक रहा था कि उसके जैसी चाय कोई बना ही नहीं सकता, जब मंजरी ने कह दिया चलो बनाओ हम भी पीकर देखें तब वो बेचारा बनाने गया। और ये क्या? पीने के बजाय चाय क्षमा को दे दी गई। इतना घोर अन्याय। मयूर जैसे कुशल चायवाले का अपमान।

अपना कथानायक बड़ा अल्हड़ है, सोचता बहुत है, इसीलिए परेशान भी बहुत होता है।

क्षमा जब उठ कर चली गई तो चिढ़ते हुए बोला, "जब पीना नहीं था तो बनाने के लिए क्यों कहा? मैंने अच्छे से इलायची पीस कर डाली थी।"

कुछ गलती यहाँ पर मंजरी से भी हो गई। इलायची वाली बात सुनकर उसे बड़ी जोर से हँसी आ गई। फिर क्या, मयूर और सुलग गया। उसने एक पल आक्रोश से मंजरी को देखा और वहाँ से जाने लगा।

मंजरी ने आगे बढ़कर उसका हाथ पकड़ा तो उसे झटकते हुए वो बोला, "हँसो, चुप क्यों हो गई?" और पाँव पटकते हुए अपने कमरे में चला गया।

उसके मुख से इतना निकलना भर था कि मंजरी के चेहरे के सारे रंग उड़ गए। मयूर इतना क्रोधित भी होता है ये उसे ज्ञात नहीं था। साथ ही जिस लहजे में उसने मंजरी से बात की, उससे भी बहुत पीड़ा पहुँची थी उसे।

मयूर एक बार अपने कमरे में गया तो वापस लौटा नहीं। बड़ी देर तक वहीं सुलगता रहा और बिस्तर पर लेटे-लेटे ही जाने कब उसे नींद आ गई। रात में उसे जब खाने के लिए बुलाया गया तब भी वो नहीं गया। मंजरी को इस बात से और आघात पहुँचा कि बेरुखी से बात की मयूर ने और टेस भी वही दिखा रहा है। बजाय इसके कि वो आकर उसे मनाए, स्वयं कोपभवन में बैठा है। जाहिर है, जब वो इतनी चिढ़ी हुई थी तो उसने भी पेट दर्द का बहाना बनाकर खाना नहीं खाया। एक तो चिढ़, ऊपर से भूखा पेट, क्रोध और बढ़ गया था।

अगली सुबह जब मंजरी की आँख खुली तो क्रोध दब गया था और उसे लगने

लगा कि भूल उसी से हुई है। उसे मयूर को इतना नहीं छेड़ना चाहिए था। उसे मनाने के उद्देश्य से वो जब छत पर गई तो मयूर वहाँ था ही नहीं। मंजरी घबरा गई। उस बेचारी को पता ही नहीं था कि मयूर गत रात्रि अपने कमरे में सोया था। उतावली सी वो जल देकर नीचे उतरने लगी तो यूँ ही उसका मन किया कि एक बार उसके कमरे में देख ले।

वो वहाँ पहुँची तो दरवाजा भीतर से बंद था। बगल में ही खिड़की थी। उसने भीतर झाँका। मयूर बेसुध सा बिस्तर पर पसरा था। उसे देख मंजरी की जान में जान आयी तो अधर स्वतः खिल उठे। उसने दरवाजे पर दस्तक दी, कुछ सेकंड बाद उबासी लेते हुए मयूर ने दरवाजा खोला।

मंजरी होंठों पर भोली सी मुस्कुराहट लाते हुए अपने दोनों कानों को पकड़ने ही वाली थी, जब मयूर ने कल की ही तरह खिन्न होकर कहा, "अगर मुझसे बात करना पसंद नहीं है तो कुछ दिन के लिए मामा के यहाँ चला जाता हूँ, तुम आराम से रहना। कोई परेशान करने वाला नहीं होगा।" कहते ही उसने मंजरी के मुँह पर दरवाजा बंद कर दिया।

दरवाजा बंद करते ही मयूर उछल पड़ा। क्रोध तो उसका भी शांत हो ही चुका था, बस मंजरी को छेड़ने का अवसर उसे सुबह-सुबह स्वतः ही मिल गया तो नाटक कर दिया उसने। लेकिन इससे अनभिज्ञ मंजरी की आँखों से आँसू टपक पड़े। क्या उससे इतना वृहत अपराध हो गया है जो मयूर उससे बात तक करने के लिए त्वरित नहीं है? रुआसी आवाज में उसने बस इतना ही कहा, "तुम क्यों जाओगे, तुम्हारा घर है। मैं चली जाऊँगी, आज ही। माफ कर देना यदि ज्यादा तकलीफ दी हो तो।"

मयूर को अनुभव हुआ कि मंजरी रो रही है। अतः तत्परता से उसने द्वार खोला लेकिन मंजरी वहाँ थी ही नहीं। अपने इस कृत्य पर उसे बड़ी ग्लानि हुई। बेतहासा दौड़ता हुआ वो नीचे आया और मंजरी को ढूंढने लगा, पर वो कहीं नजर ही नहीं आ रही थी। उसने पूरा घर तलाश लिया लेकिन मंजरी नहीं मिली। क्षमा से जब उसने मंजरी के बारे में पूछा, तो वो ताना मारते हुए बोली, "दिन भर तो उसी के पीछे लगे रहते हो.... तुम्हीं जानो।"

किसी अन्य अवसर पर क्षमा ने यह कहा होता तो मयूर अवश्य इसका उत्तर देता लेकिन अभी वो चुप रहा। सहसा उसे याद आया कि उसने छत पर नहीं देखा अभी तक। वो दौड़ता हुआ पहुँचा वहाँ। मंजरी हल्के पीले रंग का सूट पहने हुए, चेहरा उत्तर-पश्चिम की ओर किये, छत की बॉउन्ड्री पर हाथ टिकाए खड़ी थी। उसे देखकर मयूर को राहत मिली। उसने हँस कर कहा, "अरे मैं तो मज़ाक कर रहा था,

तुमने दिल से लगा लिया।"

मंजरी ने कोई उत्तर नहीं दिया, न ही वो हिली वहाँ से।

"मंजरी....?" मयूर के स्वर गंभीर हो गए थे।

तथापि मंजरी की तरफ से कोई प्रतिक्रिया प्राप्त नहीं हुई। आशंकित मन से मयूर उसकी तरफ बढ़ने लगा। मंजरी से करीब एक हाथ की दूरी पर जाकर उसने जब पुनः उसका नाम पुकारा तो वो मुड़ी, अपनी आँखों को मलती हुई जो लहू सी लाल थीं। अश्रुओं का प्रवाह इतना तीव्र था कि पोंछने के बाद भी आँसू निकल रहे थे। उसके कोमल कपोल अश्रुओं की वर्षा से सहमे से लगे मयूर को। वो किंकर्तव्यविमूढ़ सा मंजरी को देखता रहा और फँसते स्वर में इतना ही बोल पाया, "मंजरी रोओ नहीं।"

मयूर के चेहरे पर छाए पश्चाताप के मेघों ने मंजरी के हृदय में प्रेम की जो वर्षा की, उसका परिणाम ये रहा कि भावनाओं का प्रवाह वो अपने भीतर समेट न पाई। अब तक सिर्फ आँसू थे अब रोने का स्वर भी उच्चरित हुआ। उसी रोने के मध्य मंजरी ने झटके से स्वयं को फेंक दिया मयूर की बाहों में और सिसकते हुए इतना ही बोली, "हम तोहरे बिना न रह पाइब (मैं तुम्हारे बिना नहीं रह सकती)।"

मयूर स्तब्ध सा खड़ा रहा। उस क्षण उसे ये समझ ही नहीं आया कि वो करे क्या? काँपते हुए धीरे-धीरे उसके भी हाथ मंजरी के कंधों पर पहुँचे और होंठ बस इतना ही कह पाए, "जिन रोवा (मत रोओ)।"

करीब मिनट भर दोनों उसी स्थिति में प्रतिमा की तरह खड़े रहे। जब अलग हुए भी तो मंजरी का हाथ मयूर ने पकड़ रखा था, और अपने दूसरे हाथ से उसके आँसू पोंछ रहा था। मंजरी इतना तेज रोई थी कि उसकी सिसकियाँ बँध गई थीं।

"हो जाती है लड़ाई इतना....।"

मयूर की बात मध्य में काटते हुए वो बोली, "हाँ, लेकिन तुम्हें इतना सब कुछ कहने की क्या जरूरत थी?" इतना कहते ही उसका रोना पुनः प्रारंभ हो गया और काँपते हुए सौंप दिया उसने स्वयं को मयूर की बाहों में।

अबकी बार मयूर ने न सिर्फ उसे गले लगाया बल्कि उसके सिर को अपने हाथों से सहलाने भी लगा। करीब तीस सेकंड बाद जब दोनों कुछ अलग हुए तो मयूर ने अपनी दोनों हथेलियों को मंजरी के कपोलों पर रखा और अंगूठे से निकलते आँसुओं को पोंछा।

"मुझे पूरी ज़िंदगी ये पछतावा रहेगा की मेरी मंजरी मेरी वजह से इतना रोई।" उसकी आँखें भी नम हो उठी थीं।

"अच्छा अब तू जिन रोया (अच्छा, अब तुम मत रोना)।" मंजरी धीमे से

मुस्कुराई, हालाँकि उसकी आँखों से आँसू अब भी निकल रहे थे। "तुम पागल हो पूरे। मैं तो बस तुम्हें सताना चाहती थी लेकिन तुम हो कि टिनुक गए। फिर मुझे भी गुस्सा आ गया।"

मयूर धीमे से हँसा, "मैं मानता हूँ कि गुस्सैल हूँ, लेकिन तुम्हें डाँटने के बाद मैं बहुत पछताया। आज सुबह जो हुआ वो तो मैंने मज़ाक में किया था। अब मुझे क्या पता था कि मेरी मंजरी इतना पानी पीती है जो एक लीटर आँसू से ही निकाल देगी।" उसका कथन समाप्त हुआ ही था जब मंजरी ने झेंपते हुए उसके कंधे पर एक चपत लगा दी।

दोनों एक दूसरे के समीप खड़े हैं। उनमें मुश्किल से एक फुट की दूरी है। दोनों की नजरें सामने वाले की आँखों में कुछ तलाशने में व्यस्त हैं, शायद तलाश प्रेम की है। पर इतना कुछ होने के बाद भी क्या तलाश की आवश्यकता रह जाती है? शायद नहीं। इसी मध्य मयूर पुनः मंजरी के चेहरे को अपने हाथों में लेता है और धीमी गति से अपने होंठों को उसकी तरफ बढ़ा देता है। मंजरी पूरे हृदय से इस पहल को स्वीकार करती है एवं उसके नयन भी, जो लज्जा से बंद होना चुनते हैं। मयूर ने अपने अधरों को मंजरी की ललाट पर रख दिया। मंजरी अपने दोनों हाथों को फैलाकर मयूर को स्वयं में समेट लेती है।

दोनों न जाने कब तक उसी मुद्रा में खड़े रहते हैं। दोनों की आँखें बंद हैं। वो अपने कल्पना लोक में हैं, जहाँ इस संसार की बंदिशों का बोलबाला नहीं। उस संसार में बस दो ही जन बसते हैं- मंजरी और मयूर। वो इस गहराई से डूबे थे कि यदि कोई इस समय यहाँ आ भी जाता तो उन्हें विदित नहीं होता।

यदि कोई ये पूछ लेता कि तुम दोनों कब से इस तरह गले लगे हुए हो? समय क्या हो रहा है? और शायद ये भी कि तुम दोनों कौन हो? तो वो उत्तर नहीं दे पाते। वो खोए ही इस गहराई से थे। सागर अनंत होता है, वहाँ सूक्ष्म और विशाल के बीच का अंतर नहीं होता। उसकी विशालता के आगे सब सूक्ष्म है। कुछ उसी ढंग से मंजरी भी थी मयूर के लिए और मयूर भी था मंजरी के लिए। अपने प्रिय और प्रेयसी के आगे समय, चेतना और स्वयं का अस्तित्व भी मायने नहीं रखता उनके लिए।

जब मंजरी को होश आया तो वो झेंपते हुए मयूर से अलग हुई और धीरे से मुस्कुरा कर दौड़ती हुई नीचे भागी। सीढ़ियों पर उसके पैरों की धम-धम काफी देर तक सुनाई देती रही मयूर को। मंजरी को यूँ लजाते हुए देखकर, मयूर के मगज में एक गीत गूँजने लगा था।

'ना कजरे की धार, ना मोतियों के हार, ना कोई किया सिंगार, फिर भी कितनी

सुंदर हो....तुम कितनी सुंदर हो।'

उस दिन की सुबह में शीतलता थी। अरुणोदय की किरणों को घने मेघों ने ढँक रखा था। हवा का हर झोंका समेटे हुए था शीतलता को भीतर अपने। कुछ ठंडा लगने के कारण आज मयूर की आँख सुबह ही खुल गई थी। उसने जब नजरें ऊपर उठायीं तो गुर्राते बादलों ने भी देखा उसे, जो अपने दल-बल के साथ नभ पर आधिपत्य स्थापित करने के प्रयत्न में थे।

'आज बहुत तेज पानी बरसेगा।' उसने स्वयं से कहा।

बिस्तर बटोर कर जब वो नीचे उतरने लगा तो सीढ़ी पर ही मंजरी से भेंट हो गई। गुलाबी रंग का सूट पहना था आज उसने। गीले बाल पीठ पर बिखरे थे, और दुपट्टा दाहिने कंधे पर था। दोनों खिल गए दर्शन पाकर। एक दीर्घ मुस्कान उनके अधरों पर टिकी रही जब तक वो गुजरे, और गुजरने के पश्चात भी। उस दिन उनके मध्य जो कुछ भी हुआ था, उसके पश्चात उनमें लज्जा का भाव पुनः जागृत हो उठा है। दोनों अब आपस में कम बोलते थे। हाँ, इतना अवश्य था कि जब देखो तब एक दूसरे को देखकर दाँत निकालते रहते।

जब तक प्रेम व्यक्त नहीं हुआ था तब तक वो अपने कृत्यों को मित्रता का लिबास ओढ़ा कर प्रस्तुत कर रहे थे, लेकिन उस दिन के बाद अब छिपाने के लिए कुछ शेष रह नहीं गया था। उस दिन तो भावना के प्रवाह में गले भी लग जाया गया, प्यार भरी दो-तीन बातें भी कर ली गईं, माथे को चूम भी लिया गया और हाथ तो पूरे समय सामने वाले के हाथों में ही रहा। लेकिन, अब उन घटनाओं को याद करके दोनों को बहुत लज्जा आती है। वही सोच-सोच कर दोनों अकेले घंटों मुस्कुराते रहते हैं, और जब सामने पड़ते हैं तो अधर स्वतः ही खुल जाते हैं।

प्रकृति ने ये चाल चली कि इतना सब कुछ होने के बाद तो दोनों प्रेम स्वीकार ही लेंगे, लेकिन विडंबना ये कि इसके पश्चात भी ऐसा कोई संवाद उनमें हुआ नहीं है। काफी हद तक ये स्पष्ट हो चुका है कि उनमें मित्रता से अधिक कुछ है, लेकिन यही बाद होंठों पर आ नहीं रही। प्रकृति का ये दाँव पूर्णतः सफल नहीं माना जा सकता।

मंजरी के अपने घर लौटने के दिन समीप आ रहे हैं, और जो मित्रता उनमें पनपी थी एक अप्रत्यक्ष प्रेम के अंकुरण के साथ, उसकी जड़े उनके हृदय के हर कोने में

फैल चुकी हैं। उनके हृदय को ज्ञात है कि वे दोनों प्रेम में हैं, वो दोनों स्वयं भी जानते हैं कि वे प्रेम में हैं लेकिन उसे व्यक्त करना उसके सामर्थ्य में नहीं है।

मयूर कई बार सोचता भी है कि अपने हृदय की बात संप्रेषित कर दे लेकिन डरता है अपनी सखी को खोने से। जहाँ मंजरी उसपर इतना भरोसा करती है, अगर कहीं उसके मन में वैसा नहीं हुआ तो उसे कितना बुरा लगेगा। वो उसे कितना अच्छा लड़का समझती है, पर तब शायद वो उसकी नज़रों में गिर जाए। यही सोचकर मयूर कभी बोलने की हिम्मत ही नहीं कर पाया। हालाँकि, उसका हृदय उससे चीख-चीख कर कहता है कि मंजरी भी तुमसे प्रेम करती है, लेकिन हृदय की इस आवाज को सुनकर भी अनसुना करता है वो।

यदि मंजरी की बात करें तो वो मयूर के मन को जानने के बाद भी कभी इसलिए न बोल पाई क्योंकि उसके दिमाग में समाज ने ये भर दिया था कि ऐसी बातें लड़के करते हैं, और यदि पहल किसी लड़की ने की है तो वो चरित्रहीन है। इसी विचार से ग्रस्त वो पगली, कभी वो कह ही नहीं पाती, जिसे सुनने के लिए मयूर पगलाया रहता है।

शाम का समय है। बिजली न होने के कारण घर के भीतर अंधेरा पसरा है। निवेदिका (मयूर की चचेरी बहन) ने लालटेन जलाई और उसे बरामदे के मुहाने पर रखकर भीतर रसोई में आ गई। वहाँ मंजरी खाना बना रही थी। चूल्हे में जल रही लकड़ी से कुछ उजाला था वहाँ। निवेदिका ढिबरी जलाकर मंजरी के बगल में बैठ गई। इस झुलसा देने वाली गर्मी में भीतर रहना सबके बस की बात नहीं है, इसीलिए अधिकतर लोग या तो छत पर हैं, या बाहर चारपाई डालकर बेना झल रहे हैं।

मंजरी यहाँ मेहमान होकर भी खाना इसलिए बना रही है क्योंकि आज दोपहर में मयूर से उसने कह दिया कि आलू-प्याज की भुजिया सब्जी उससे अच्छी कोई नहीं बना सकता, कभी बना कर खिलाएगी। अब मयूर ने भी जिद पकड़ ली कि कभी क्यों, आज ही खिलाओ। सो वो बना रही है।

निवेदिका यहाँ इस झुलसती गर्मी में इसलिए है क्योंकि उसकी मजबूरी है। यूँ तो उम्र उसकी अभी पंद्रह बरस के लगभग ही है, लेकिन चाची उसे सफल बहु बनाना चाहती हैं, तो चूल्हे के सारे काम उसे सीखने हैं। इस मजबूरी में भी उसने अपने काम की चीज खोज ली है- मंजरी को छेड़ना। मंजरी उससे बड़ी है करीब तीन साल, लेकिन दोनों में मित्रवत व्यवहार है, इसी कारण वो जानती है उसकी ये सहेली सिर्फ सहेली नहीं, होने वाली भाभी भी है। हालाँकि, मंजरी ने स्पष्ट रूप से ये बात कही

नहीं है, बस जब देखो तब मयूर-पुराण खोल देती है अकेले में, इसी से निवेदिका को इसका अंदेशा है। अब कोई क्यों ही मयूर के बचपन की बात जानने को इच्छुक होगा?

"तुम्हारे वो दोस्त कैसे हैं?" निवेदिका ने मुस्कुराते हुए पूछा।

"कौन सा दोस्त?" मंजरी जान बूझकर बात घुमा रही थी।

"वही जिसके लिए पसीने में भीगी हो।"

"अच्छा मयूर।" मंजरी ने इस स्वर में कहा जैसे उसे याद ही न हो कि मयूर है कौन। "अचानक उसकी याद कैसे आ गई आपको?"

"अभी लालटेन जला रहे थे तब मिले थे।"

"कुछ कहा?"

"हाँ तुम्हें पूछ रहे थे। मैंने भी कह दिया, अभी आधे घंटे पहले मिले थे तब नहीं पूछ पाए।" कहकर निवेदिका ने मंजरी के चेहरे को झाँका। उसके झाँकने से वो शरमा गई।

मंजरी को शांत देख, निवेदिका बोली, "तुम्हें भी पसंद हैं न वो?"

"अरे नहीं, बिल्कुल भी नहीं।" मंजरी ने ऐसे बर्ताव किया जैसे उसकी कोई चोरी पकड़ी गई हो।

"मुझसे मत छिपाओ।"

मंजरी चूल्हे में लकड़ी लगाने लगी और नजरें नीचे झुका लीं।

निवेदिका उत्साहित होकर बोली, "अच्छा बताओ न बात कहाँ तक पहुँची? किस हुआ या उससे भी आगे...? हँ.....हँ.....।"

मंजरी उसे टोकते हुए बोली, "कुछ भी नहीं हुआ अभी। बोला तो गया नही उससे, किस करेगा?"

"क्यों? इतना शरमाते हैं?" फिर जैसे याद करके कि मयूर कैसा है वो बोली, "हाँ शरमाते तो बहुत हैं।"

मंजरी हँसी।

"तो तुम्हीं उनसे क्यों नहीं बता देती?"

"मैं कैसे कह दूँ।"

"मतलब लजाती तो तुम भी हो।" निवेदिका ने मुस्कुरा कर मंजरी को देखा तो उसने फिर नजरें नीचे कर लीं।

"देखो, अगर ऐसे ही ताकती रही कि वो बोलेंगे तब तुम बात आगे बढ़ाओगी तब लखती रहो। अबकी बारहवीं के बाद वो बाहर पढ़ने चले जाएँगे, और वहाँ उन्हें

कोई पसंद आ गई तो पछताती रहना।"

"फिर भी, मैं कैसे बोल दूँ?"

"तुम मत बोलो, उनके मुँह से ही निकलवा लो।" कहकर निवेदिका ने तरीका भी बता दिया कि कैसे मयूर के मुँह से उसके मन की बात निकलवाई जाए। मंजरी हैरान थी उसकी इस कला से।

अगली सुबह जब मंजरी मयूर से मिली तो वो उदास थी या उदास होने का अभिनय कर रही थी। उसे उदास देख मयूर ने पूछा, "तबियत ठीक नहीं है?"

मंजरी उदास स्वर में बोली, "तबियत ठीक है पर एक चिंता है?"

"क्या?"

"परसों मुझे घर जाना होगा।"

मयूर को झटका सा लगा। एक ही पल में उसका चेहरा सड़े हुए आलू में तब्दील हो गया। मंजरी को बड़ा मज़ा आया उसके चेहरे के बदलते भावों को देखकर मानो वो मन ही मन कह रही हो, 'अब तो कहना ही पड़ेगा बच्चू।'

बड़ी मुश्किल से मयूर के मुँह से आवाज निकली और वो भी इतनी उदास कि जैसे वो अभी रो देगा, "लेकिन इतनी जल्दी क्यों, अभी तो काफी छुट्टियाँ बची हैं।"

"अब जाना है तो जाना है।"

"लेकिन फिर हमारा क्या होगा?"

"हमारा क्या होगा मतलब?" मंजरी आज मयूर की हर नस को दबाने का निश्चय करके आयी थी।

"मतलब यही कि यहाँ हम साथ रहते हैं...।"

उसकी बात को बीच में काट दिया मंजरी ने, "तो क्या हुआ?"

मयूर को अब कुछ-कुछ गुस्सा भी आने लगा था, "हुआ क्या कुछ नहीं। बस अच्छा नहीं लगेगा और क्या? तुम होती हो तो कुछ अपनी दिक्कतें कह देता हूँ वरना कौन है सुनने वाला। तुम चली जाओगी तो खाली-खाली लगेगा और कोई बात नहीं है।"

मंजरी ने फिर एक तीर निशाना करके चलाया, "उसमें क्या है? आज नहीं तो कल मुझे जाना ही है। जब शादी कर देंगे घर वाले तब चली ही जाऊँगी। हमेशा कौन सा हूँ मैं यहाँ।"

इस बात पर बिना कोई टिप्पणी किए मयूर बोला, "तो फोन तो कर ही सकती हो वहाँ जाकर?"

"कुछ कह नहीं सकती।"

मयूर खामोश हो गया। मंजरी को सफलता का अनुभव हुआ। शेष दिन मंजरी के लिए उत्साहपूर्ण रहा और मयूर के लिए चिंता से भरा हुआ।

मयूर जब अपने कमरे में बैठा तो उसके दिमाग में अनेकों ख्याल तैर गए। बेचैनी से उसका सीना भारी हो गया था। उसे ये चिंता खाए जा रही थी कि यदि सच में मंजरी चली गई तो वो उससे दुबारा कभी न मिल पाएगा या अगर कभी मिले भी तो शायद मंजरी किसी और की हो चुकी हो। उसे पश्चाताप होने लगा कि आखिर क्यों उसने अपनी भावनाएं इतने समय में मंजरी से कभी व्यक्त न कीं? बहुत देर तक वह यही सब सोचता रहा और लेटे-लेटे ही उसकी आँख लग गई।

जब वो जागा तो शाम हो चुकी थी। सूरज डूब चुका था और आंशिक उजाला ही शेष था। हवा काफी ठंडी बह रही थी। छत पर निकल कर उसने सामने सफ़ेदे के पेड़ों की कतार को हिलते देखा। उसके चेहरे पर एक चमक उभर आयी। वो जान गया था कि उसे क्या करना है।

अगले दिन जब वह मंजरी से मिला तो उसकी वो चमक गायब थी। अपनी सखी को खो देने का भय पुनः जीवित हो चुका था। तथापि कल शाम के अपने निर्णय को मन में दोहराते हुए उसने गहरी साँस ली। घबराहट शांत तो न हुई पर मयूर को कुछ साहस अवश्य मिला।

एक झटके में उसने कहा, "मंजरी मुझे तुम्हें कुछ बताना है।"

"हाँ बताओ।" मंजरी बोली फिर मन में बुदबुदाई, 'हाँ अब तो बताओगे ही।'

"देखो लेकिन तुम बुरा मत मानना।"

"अब बुरा मानने वाली बात होगी तो मानेंगे ही।" मंजरी ने उसे छेड़ा।

"रहने दो फिर, हमें नहीं बताना।"

"अच्छा बताओ, नहीं मानेंगे बुरा।"

"पक्का?"

"हाँ पक्का।"

मयूर ने अब तक संचित किया हुआ सम्पूर्ण साहस एक साथ प्रयोग किया और बोल पड़ा, "मैं तुम्हें पसंद करता हूँ।"

मंजरी को प्रारंभ से ही मयूर को सताने में आनंद आता था अतः उसे परेशान करते हुए बोली, "हाँ तो वो तो मैं भी करती हूँ। मेरे सखा जो ठहरे तुम।" फिर चेहरे पर ऐसे भाव पहन लिए जैसे वो समझ ही न रही हो कि मयूर कहना क्या चाहता है।

मंजरी के मुख से ऐसा सुनकर और उसके चेहरे को देखकर मयूर खीझ गया। मन

ही मन उसने सोचा, 'वैसे चिल्लाती घूमेगी, मैं बुद्धिमान हूँ, मैं बुद्धिमान हूँ पर एक छोटी सी बात समझ में नहीं आयी।' फिर प्रकट करते हुए बोला, "हाँ यही बताना था।"

"तो बस इतने के लिए इतना बिल्ड अप ले रहे थे?" मंजरी हँसी।

"हाँ।" मयूर ने कुढ़ते हुए कहा, और अपना सिर दूसरी ओर कर लिया।

मंजरी अब आश्वस्त हो चुकी थी कि मयूर को जितना बोलना था वो बोल चुका, इससे ज्यादा वो बोल नहीं पाएगा। अतः उसके काम को सरल करते हुए वो उसके समीप गई, इतना कि मयूर उसकी साँसों को सुन सकता था, उसके मुख से निकलती गरम हवा को महसूस कर सकता था। मंजरी ने उसका हाथ पकड़ा और बोली, "हम भी तुम्हें बहुत पसंद करते हैं।" कहकर शीघ्रता से उसने अपने अधरों को मयूर के कपोल पर रख दिया और उसी रफ्तार से हटा भी लिया। मयूर किंकर्तव्यविमूढ़ सा उसे देखता रहा। उसके पूरे बदन में सिरहन दौड़ गई थी। मंजरी भी लजा कर वहाँ से भाग गई।

पूरे दिन दोनों एक दूसरे से नजरें चुराते रहे। जो हुआ उनके मध्य, सदा से ही उन्हें इसी की चाह थी पर अब जब हो गया तो उनकी लाज ही समाप्त नहीं हो रही। आज जब वो साथ खाना खा रहे थे तो मयूर नीचे जमीन में देख रहा था, और मंजरी उसके चेहरे को। दोनों मद्धम-मद्धम से मुस्कुरा भी रहे थे। मंजरी तो जानती ही थी कि यदि वो नहीं बोलेगी तो मयूर भी कुछ नहीं कहेगा अतः उसने ही बोलने की शुरुआत की।

"आज तुमने हमारे गाल पर वो क्यों किया?" उसने फिर से सताना शुरू किया मयूर को।

झेंपते हुए मयूर बोला, "मैंने किया कि तुमने किया? मैं कितना डर गया था तुम्हें पता भी है।"

मंजरी जोर से हँसी, "डर क्यों गए थे, इज्जत थोड़ी लूट रहे थे तुम्हारी।"

मयूर और झेंप गया।

उसे देखकर लग रहा था जैसे कहीं यहीं जमीन में गड्ढा खोदकर अपना सिर न डाल ले उसमें।

"बताओ, तुम्हें इतना कहने में इतने दिन लग गए। वो भी तब जब हमने इतना दबाव डाला। इतना भी कोई शरमाता है। एकदम लाजवंती ही हो।"

मयूर चौंका, "मतलब तुम्हें मेरे मन का हाल पता था?"

"मैं तो उसी दिन से जानती थी जब तुम नीम के पेड़ के पास खड़े होकर मुझे

एकटक निहार रहे थे और मेरे देखते ही नजरें फेर लेते थे।"

"फिर तुमने सामने से क्यों नहीं कहा?" मयूर शिकायत करते हुए बोला।

"आह... हा... हा... कह तो ऐसे रहे हो जैसे तुमने खून की चिट्ठियाँ लिख दी हों। तुम इतना ज्यादा शरमाते थे कि हमें लगा कहीं....।" कहकर मंजरी जोर से हँसने लगी। "और हाँ, हम अभी यहीं रहेंगे। जाने वाली बात तुम्हारे मुख से सच निकलवाने के लिए कही थी हमने।"

"अभी मार देंगे।" कहकर मयूर मुस्कुरा दिया और मन ही मन ईश्वर का शुक्रिया अदा करने लगा, इस तथ्य को भूलकर कि वो तो ईश्वर के अस्तित्व को मानता ही नहीं। करे भी क्यों न? उस अव्यक्त प्रेम को, एकतरफा प्यार को व्यक्त जो कर दिया गया है, उसे दोतरफा स्वीकृति जो मिल गई है।

उनके मध्य इजहार तो हो गया, प्रेम स्वीकार भी कर लिया गया लेकिन अब प्रेमी-प्रेमिका की तरह रहते कैसे हैं, ये उन्हें आता ही नहीं। दोनों ही नौसिखिये हैं, और बहुत शर्मीले। पहले जब मंजरी छत पर आती तो कुछ देर मयूर के पास बैठती, दोनों इधर-उधर की बातें करते, पर अब बस मुस्कुरा कर काम चल रहा है। जो कुछ कथोपकथन उनके मध्य स्थापित हुआ था, उसपर भी विराम लग ही गया है। अकेले में दोनों खूब सोचते हैं कि अब तो बोल ही देना है लेकिन सामने पहुँचते ही शब्द दब जाते हैं, होंठ मुस्कुरा देते हैं। पिछले एक हफ्ते से तो यही हो रहा है।

उस दिन के बाद से उनके मध्य बहुत कुछ बदल गया है। प्रेम उनमें पहले से ही था पर ऐसे बहुत से आयाम थे जहाँ वे दोनों एक दूसरे से खुले नहीं थे। अब उन विषयों पर भी धीरे-धीरे बात होनी शुरू हो गई थी। परेशान दोनों करते ही थे एक दूसरे को बातों से बस अब उसमें चिकोटी काटना आदि भी सम्मिलित हो गया था। सरल शब्दों में कहें तो उनके मध्य सब कुछ इस समय बेहद मनोरम था। दोनों अतीव प्रसन्न रहते अपने प्रिय को पाकर।

उन्हें उस समय का इंतज़ार था जहाँ वे सदा-सदा के लिए एक हो जाएंगे पर समय अपनी गति से चल रहा था और उनके मध्य दूरी की ऐसी विशालकाय दीवार खड़ी करने वाला था जिसको लाँघने में उनका प्रेम, आज की स्थिति के अनुरूप पूर्णतः असमर्थ होता।

बहरहाल, प्रेम के इस कटु पक्ष से अनभिज्ञ इस सुबह में दोनों बेहद प्रसन्न हैं। मंजरी उसे एकटक मुस्कुराते हुए देख रही है, और उसकी उस दृष्टि को देखकर मयूर शरमा रहा है। तथापि मंजरी उसे एकटक देख रही है। तभी मयूर के मस्तिष्क में कुछ कौंधा और वो बोल पड़ा, "तुम जब मुझे ऐसे देखती हो तो लगता है कोई बाज़

अपने शिकार को देख रहा है।'' कहकर वो हँस दिया।

मंजरी भी हँसने लगी पर उस हँसी को दबाते हुए बोली, ''तो तुम हमारा शिकार ही तो हो।'' और टूट पड़ी उसपर।

मयूर के जीवन का ये दूसरा अनुभव था जब मंजरी ने उसे अपनी बाहों में भरा था। उसे समझ नहीं आया कि वो अगला कदम क्या रखे। लेकिन कहते हैं न, बहुत सी चीजें व्यक्ति सीखता नहीं वो उसे प्रकृति स्वतः सिखा देती है। ठीक वैसे ही, मयूर ने भी अपने दोनों हाथ मंजरी की पीठ पर रख दिए और उसे खुद में समेट लिया। दोनों जब अलग हुए तो लज्जा के मारे जमीन में गड़े जा रहे थे। पिछली बार का गले लगना आकस्मिक था, इत्तफाक था, लेकिन इस बार नहीं। उस अनुभव में वेदना थी, टीस का अंश था, इस अनुभव में नहीं। वहाँ प्रधानता पश्चाताप की थी, यहाँ प्रेम की।

मंजरी बैठी थी उसके बगल में। दोनों सूर्य को देख रहे थे। मयूर उसे पुकारता है, ''मंजरी....।''

उसकी बात को बीच में काटते हुए वो कहती है बेहद प्यारी आवाज में, ''हमें मंजरी नहीं राजकुमारी कहो।''

मयूर को हँसी आ जाती है।

''कहो न राजकुमारी।'' मंजरी किसी बच्ची सी जिद करती है।

''ठीक है राजकुमारी, जरा अपना हाथ दीजिए।'' मयूर मुस्कुरा कर बोला।

मंजरी ने शौक से अपना हाथ उसकी ओर बढ़ा दिया। मयूर ने उसके हाथ को थामा और उसकी आँखों में देखते हुए बोला, ''अब ये हाथ पकड़ा है जो जिंदगी भर नहीं छोड़ूँगा।''

मंजरी को बहुत अच्छा लगा उसका ऐसा कहना पर उसे सताने का कोई मौका वो भला कैसे छोड़ दे। अतः उसे छेड़ते हुए, चेहरे पर गंभीर भाव से युक्त वो बोली, ''अभी से कुछ ज्यादा नहीं हो रहा है।''

घबरा कर मयूर ने उसका हाथ छोड़ दिया और इतना ही बोल पाया, ''अभी खुद गले लगी थी तब ज्यादा नहीं हुआ।''

उसके इस तरह गंभीर होकर कहने से मंजरी को लगा कि शायद मयूर बुरा मान गया है अतः उसे मनाते हुए बोली, ''अरे मज़ाक कर रहे थे।'' पर तभी क्षमा की आवाज आती है और मंजरी चली जाती है। पूरे दिन इस विषय पर बात करने का कोई भी मौका उन्हें नहीं मिला।

मयूर रूबरू हो चुका था मंजरी की मंशा से तथापि उसे परेशान करने का

अवसर वो छोड़ना नहीं चाहता था। अतः गुस्सा होने का हर संभव प्रयास वो कर रहा है। इसी का फल था कि जब शाम को मंजरी से भेंट हुई तो उसने उसकी ओर देखा तक नहीं। वो बेचारी उसके पास गई और धीमी आवाज में बोली, "माफ कर दो हमें, हमारा वो मतलब नहीं था।"

"हूँ...।" मयूर भी धीमे से बोला।

बड़े ढंग से वो भाव खा रहा था, मंजरी कुढ़ रही थी। उस शाम में मंजरी ने दसों बार माफी माँगी होगी लेकिन मयूर का उत्तर उदासीन ही रहा। अंततः जब अंधेरा पसरने लगा तो मंजरी को बड़ी चिढ़ हुई कि इतनी छोटी सी बात के लिए इतनी देर से रूठा है मयूर। उसी चिढ़ में वो बोली, "ये लड़का मान नहीं सकता एक बार में, इतनी देर से मना रहे हैं।"

उसके इस लहजे में कहने के कारण मयूर हँस पड़ा। उसके इस हँसने के कारण मंजरी भी परिचित हो गई उसके इस नाटक से जो वो इतनी देर से खेल रहा था। कुछ चिढ़ कर और प्रेम से उसने मयूर की कमर के पास जोर से चिकोटी काटी और दौड़ कर अपने भीतर की ओर भाग गई। मयूर को चिल्लाना पड़ गया क्योंकि चिकोटी वास्तव में काफी तेज काटी गई थी। दूर उसे मंजरी पेट पकड़ कर हँसती हुई नजर आयी। मयूर ने उसे मारने का इशारा किया हाथ से तो उसने जवाब में अपनी जीभ निकाली और उसे चिढ़ाने लगी। दोनों जोर से हँसे। मंजरी भीतर चली गई और मयूर वहीं बैठा मन में सोचता रहा, "शरारती है, नटखट है, लेकिन बहुत प्यारी है। क्या कुछ और भी होता होगा इतना प्यारा?"

उस दिन मयूर दातून करके जब भीतर पहुँचा नाश्ता लेने तो रसोई के पास ही उसे मंजरी दिखी। जमीन पर दोनों पैरों को मोड़ कर बैठी वो चाय के साथ रोटी खा रही थी। खाने का अंदाज भी अद्भुत था। रोटी को गोल आकार में लपेटकर उसे पाइप सा स्वरूप दे दिया था उसने। फिर उसके एक छोर को चाय में डुबो कर बेचारी चाय सुड़क ही रही थी जब मयूर आ गया। बच्चों की तरह उसके खाने के अंदाज को देखकर मयूर मन में हँस दिया था। उसने अपने चारों तरफ नजरें घुमाई। सिर्फ चाची दिखीं उसे, और वो भी आँगन में चावल धुल रही थीं। उनका चेहरा दूसरी तरफ था। जाने मयूर के भीतर से आवाज आयी या उसने पहले से ही मन बना लिया था, जो भी हो, उसने मंजरी का हाथ पकड़ लिया।

मंजरी सकपका गई। आँखों में उतरी अधीरता को मयूर की नज़रों ने पढ़ा और कुछ इशारा किया। मंजरी की ज्ञानेन्द्रियों ने उस इशारे को बूझा और जूठी रोटी बढ़ा

दी मयूर की ओर। मुस्कुराते हुए उसने एक निवाला खाया, और चाची पीछे मुड़ें इससे पूर्व ही वहाँ से प्रस्थान कर गया। जाते हुए जब एक पल के लिए वो पीछे मुड़ा तो उसने मंजरी को देखा। वो चहकते हुए शेष रोटी खा रही थी।

करीब दस बजते-बजते ही बारिश टूट पड़ी। कपड़े उतारने के लिए मंजरी छत पर गई थी और लौटते समय अपने मन की आज्ञा का अनुसरण करते हुए, मयूर के कमरे में चली गई। जाने क्यों उसके कदम उस ओर स्वतः ही मुड़ गए। वो कमरे की दहलीज पर पहुँची तो मेज पर पैर रखकर मयूर को बैठे देखा। उसके हाथ में एक चित्र था जिसे वो तल्लीनता संग निहार रहा था। चूँकि मुँह दीवार की ओर था और दरवाजा पीछे, इसी से मंजरी की उपस्थिति की उसे अनुभूति न हुई। वैसे जिस लगन से वो उस चित्र को निहार रहा था उससे तो यही लगता है कि यदि मंजरी सामने से भी आती तो उसे खाक पता न चलता।

वो धीमे-धीमे कदम बढ़ाते हुए मयूर के पीछे पहुँची और झटके से तस्वीर को खींचकर, कमरे के दूसरी ओर जाकर देखने लगी। मयूर ऐसे चौंका जैसे उसे करंट लग गया हो। जब उसने देखा कि मंजरी ही है तब उसे संतोष हुआ कि चलो आज मार खाते-खाते बच गए। उसने चित्र छीनने का प्रयास नहीं किया, और चुपचाप बैठा रहा। मंजरी ने भी इस सहमति का पूरा फायदा उठाया और एक-एक बारीकी को बड़े गौर से निहारती रही।

मयूर दो-तीन मिनट तक तो कुछ न बोला पर जब मंजरी भी कुछ न बोली और एकटक उस तस्वीर को ही देखती रही तो उससे रहा न गया और कुछ चिढ़ कर वो बोल पड़ा, "इतनी देर से क्या देख रही हो? प्यार हो गया है क्या इस लड़की से?" फिर भावहीन चेहरा लिए मंजरी के चेहरे पर उभर रहे भावों को पढ़ने लगा।

"कौन है ये?" मंजरी ने झूठा गुस्सा दिखाया।

"मेरी कल्पना है।" मयूर का जवाब बड़ा सीधा था।

"ओ हो हो....मुझे नहीं पता था तुम चित्रकार भी हो गए हो। बड़ी गहरी कल्पना हो गई है तुम्हारी?"

मयूर कुछ नहीं बोला।

"सच-सच बताओ नहीं चल के मौसी को दिखाएं। तब खुद बता दोगे।"

"जाओ दिखा दो।" मयूर तपाक से बोला फिर कुछ थमकर, "हमें मार खिलाने में मज़ा आएगा तो जाओ दिखा दो।"

उसकी इस मासूमियत पर मंजरी हँस दी और उसके भीतर का नेह उभर आया, "तुम जानते हो हम नहीं बताएंगे। लेकिन सच-सच बताओ कौन है ये?" मुस्कुराहट

बरकरार थी उसके चेहरे पर।

"कहा न मेरी कल्पना है।"

"अब तुम हमसे भी बात छिपाओगे?" मंजरी ने कुछ गिरते स्वर में कहा।

"ये मंजरी है।" मयूर की आँखों में शरारत उभर आयी थी।

"ये तो मुझे भी पता है लेकिन ये फोटो तुम्हारे पास कहाँ से आयी?" मंजरी की मुस्कुराहट में वो भाव था जो किसी की चोरी पकड़े जाने के बाद उभरता है, लेकिन उस चोरी से हमें प्रसन्नता ही होती है।

मयूर झेंप गया।

"अच्छा एक बात कहूँ?" मंजरी ने पूछा।

मयूर ने मन ही मन सोचा, 'इतनी देर से जो मन में आ रहा है सो कर रही है और मुझसे पूछ रही है एक बात कहूँ?' इसी को सोचकर उसने एक ही साँस में कहा, "पूछ तो ऐसे रही हो जैसे मना करने पर मान ही जाओगी।"

मंजरी हँस दी, "मैं ये कह रही थी कि जिस शिद्दत से तुम ये तस्वीर देख रहे थे, वो नाटक था या तुम्हारी मंजरी जी ही इतनी सुंदर हैं जो एकदम ही खो गए।"

"मंजरी जी ही इतनी सुंदर हैं। सुन लिया न अब जाओ।" मयूर उसके हाथ से तस्वीर लेते हुए बोला।

"अच्छा जी। फोटो मेरी, देख भी मुझे ही रहे हो और जाऊँ भी मैं।" उसका एक हाथ अब कमर पर था और नजरें टेढ़ी करके वो मयूर को देख रही थी।

उसके मुस्कुराने की शैली पर मयूर और झेंप गया और शरमाते हुए बोला, "तुमसे बोलता तो तुम देती नहीं। उस दिन तुम्हारे कमरे में गया था तो ये तस्वीर दिखी, मैंने ले ली। अब जब तुम अपने घर चली जाओगी तो इसी को देखकर तो तुम्हें याद करूँगा।"

मंजरी कुछ कहने को थी पर तभी बात बदलते हुए वो बोला, "मुझे एक कविता लिखनी है तुमपर। बिना हिले-डुले ऐसे ही बैठी रहना। मैं तुम्हें देखते हुए अपनी पहली रचना लिखूँगा।" कहकर उसने सामने मेज पर रखी डायरी उठायी और दूसरे हाथ में कलम लेकर गोल-गोल घुमाने लगा। मंजरी भी एक जगह मूर्ति बनकर बैठ गई और मयूर को देखने लगी। जहाँ मयूर उसके चेहरे को तन्मय होकर निहार रहा था, वहीं मंजरी उसकी आँखों में स्वयं को तलाशने में मसरूफ़ थी।

अगले दस मिनट तक मंजरी उसी अवस्था में बैठी देखती रही मयूर को, और वो कभी मंजरी को देखता, कभी उस पृष्ठ को जिसमें मंजरी की छवि अंकित करने का प्रयास कर रहा था। इसी बीच मंजरी डायरी को देखने का प्रयास करते हुए

उत्साहित स्वर में बोली, "कितनी लाइन लिखी?"

"कहा न चुपचाप बैठी रहो।"

तभी पीछे से क्षमा की आवाज सुनाई दी जो किसी से कुछ कह रही थी और उसकी आवाज करीब आती जा रही थी। मंजरी हड़बड़ा कर उठ गई और तपाक से एक प्रश्न पूछा मयूर से, "यहाँ आस-पास में कोई किताब की दुकान नहीं है?" ये प्रश्न क्षमा को सुनाने के लिए पूछा गया था और उसने सुना भी।

उनके पास पहुँच कर रुखे स्वर में उसने बस इतना कहा, "चाची का फोन आया है, तुम्हें पूछ रही हैं। जल्दी आओ।" कहकर वो लौट गई।

वो मयूर से कुछ कहने को हुई जब मयूर मुस्कुराते हुए बोला, "सासू माँ को मेरा नमस्ते कहना।"

मंजरी हँस दी।

दरवाजे पर पहुँच कर वो पीछे मुड़ी और बोली, "अच्छा अब कविता कैसे लिखोगे?"

"तुम्हारे चेहरे की एक-एक लकीर मुझे याद है। मैं लिख लूँगा।"

"जब एक-एक लकीर याद है तो हमें न हिलने के लिए क्यों कहा?"

"क्योंकि तुम्हें वैसे देखना बड़ा अच्छा लग रहा था।" कहकर मयूर ने सिर नीचे कर लिया, मंजरी भी लजा गई।

मंजरी बिना कुछ कहे वहाँ से दौड़ कर भागी। मयूर ने भी उससे कुछ न कहा। अब उनमें पलट कर देखने का साहस न था, न ही रोकने का। लज्जा के उन्माद में डूबे हुए वो लहरा से रहे थे। उनका हृदय मानो चीख-चीख कर कह रहा था, 'हाँ मैं लजा गया, हाँ मैं लजा गई।'

शाम को जब दोनों मिले तो अंधेरा हो चुका था। दिन में प्रारंभ हुई बारिश अब तक भी थमी नहीं थी। घर के पीछे वाले हिस्से में गोशाला थी जहाँ तीन गाय और एक भैंस बांधी जाती थी। उनमें से एक गाय ने अभी दो महीने पहले ही एक बछड़े को जन्म दिया था, इसी से उसे दोनों समय दुहना पड़ता था। यूँ तो लाइट की व्यवस्था थी वहाँ लेकिन सुबह से ही बारिश होने के कारण बिजली आयी नहीं थी, इसी से किसी का टॉर्च लेकर खड़ा रहना आवश्यक था। अक्सर मयूर ही दुहा करता था गाय को। आज भी दुहने वही गया। हाँ, किस्मत कुछ ज्यादा ही मेहरबान थी जो साथ में मंजरी भी गई टॉर्च लिए हुए।

बछड़े को दूध पीने के लिए छोड़कर मयूर जब एक पल के लिए खड़ा हुआ तो

मंजरी ने उत्साहित स्वर में पूछा, "कविता कब सुना रहे हो?"

मयूर ने भी उसी लहजे में जवाब दिया, "कविता छोड़ो, मन करता है तुमपर एक किताब ही लिख दूँ।"

मंजरी बड़ी जोर से हँसी फिर बोली, "कुछ नहीं लिखा न तुमने, बस मुझे देखने के लिए नाटक कर रहे थे न?"

मयूर की जैसे चोरी पकड़ी गई थी। कुछ हताश स्वर में बोला, "मैंने सच में बहुत प्रयास किया था, लेकिन जैसे कोई शब्द ही नहीं मिल रहा था। शब्द मिले भी तो उनका कोई विशेष अर्थ नहीं बन रहा था।"

उसके स्वर में मंजरी को निराशा का भाव झलका, जिसे यथासंभव दूर करने के उद्देश्य से वो बोली, "इतने आशाहीन क्यों होते हो? हर कोई पराजित होता है, निराश होता है। स्वयं पर यकीन रखो। ऐसे अनेकों उदाहरण हैं, जहाँ जग जीतने वाले भी पहले पराजित ही हुए। मायने ये नहीं रखता कि तुम विजयी हुए या पराजित, मायने ये रखता है कि तुमने कितनी शिद्दत से प्रयत्न किया। बिना हारे सफल हो जाना भी कोई सफलता है? ऐसी सफलता अक्सर व्यक्ति से उसकी विनम्रता छीन लेती है, अतः इस यात्रा को जियो जहाँ तुम कुछ नहीं से बहुत कुछ बनने के मार्ग पर अग्रसर हो। सुख यात्रा में ही होता है, गंतव्य पर पहुँचने के पश्चात तो बस संतुष्टि होती है।"

"मंजरी सच कहूँ तो कभी-कभी न, बहुत चिंता होती है। तुम सोचकर देखो, मुझे लिखना पसंद है पर मैं लिख ही नहीं पाता हूँ, इससे बड़ा दुर्भाग्य और क्या होगा? और जो बातें तुमने कहीं, वो सब सत्य है लेकिन ये दिल को बहलाने का एक तरीका है। असफलता का अर्थ असफलता ही होता है। ये कहकर कि बहुत लोग हारते हैं, पहली बार में भी कभी जीत मिलती है भला, यही तो संघर्ष है आदि, मन को बहलाया जा सकता है लेकिन इससे ये तथ्य बदल नहीं जाता कि तुम काबिल नहीं हो। जो व्यक्ति सामर्थ्यवान है, सफलता उसके कदम चूमेगी ही। तुम्हारी बात से मैं पूर्णतः सहमत हूँ लेकिन इससे मन की टीस समाप्त नहीं हो जाती। मैं प्रयास सदैव करूँगा कुछ अच्छा लिखने का, लेकिन ये बात भी मन में रखूँगा कि मुझे लिखना पसंद था लेकिन मैं लिख नहीं पाता था" कहकर उसने अपना माथा मंजरी के माथे पर धीमे से रख दिया।

अपने चेहरे पर एक छोटी मुस्कान लाते हुए मंजरी बोली, "इतना नहीं सोचते, तुम बहुत आगे निकलोगे।"

"क्यों? मैं मेहनती हूँ इसलिए?"

“नहीं, हम तुम्हारे साथ हैं इसलिए।”

“अच्छा जी....।” कहकर मयूर ने उसे बस धीमे से गुदगुदी लगाई थी और वो उछल पड़ी।

“ये प्रेमियों को चोंचले भी....।” कहती है गाय दूसरी से। हँसते हैं जानवर सारे। किसी का प्रेम, दूसरे के लिए हँसने का ही विषय होता है।

प्रेम सिर्फ संयोग नहीं होता, उसमें बिछोह की भी प्रचुर मात्रा होती है। ऐसा प्रेम जिसने दूरी और वियोग नहीं देखा, उसका सौन्दर्य धूमिल सा हो जाता है। प्रेम में जितनी दूरियाँ होंगी, जितनी अधिक पीड़ा से सामना होगा, उसका सौन्दर्य उतना ही निखरता जाएगा। एक दृष्टिकोण से प्रेम का अंतिम लक्ष्य मिलन माना जाता है, पर क्या ऐसा वास्तव में है? नहीं। प्रेम की अपनी कोई मंजिल ही नहीं है, वो तो एक यात्रा है, एक शाश्वत सफ़र। ऐसा सफ़र जहाँ मिलना या न मिलना मायने ही नहीं रखता। वहाँ बस प्रेम होता है, बिना किसी बंधन के।

काल ने उन दोनों के जीवन में वो बीज बो दिया था जिसकी छाया तले उनका सम्पूर्ण जीवन व्यतीत होने वाला था। वो गुजरती शाम उन दोनों को अभयदान दे रही थी। वो चमकता चाँद उन्हें असीस दे रहा था, जो बारिश के एक पल रुकने के बाद बादलों की झुरमुट से निकला था।

बिस्तर पर लेटने के बाद उन दोनों की आँखे जब भी मुँदती हैं तो उनकी कल्पना उन्हें एक दूसरे के समीप ले जाती है। छत पर लेटे हुए मयूर को हर तारे के पीछे से मंजरी झाँकती जान पड़ती है। वो प्रेम उस दौर में पनपा जहाँ वासना का अस्तित्व नहीं होता। उस प्रेम का उद्गम पवित्र था। एक दूसरे की स्मृतियों में जब वो खोए रहते तो उन्हें एक दूसरे की हरकतें याद आतीं और वे धीमे से मुस्कुरा देते। वहाँ जो भी था वो आत्मीयता के स्तर पर था बिना शरीर के फँसाव के।

ऐसे प्रेम की सबसे बड़ी समस्या यही है कि अपने स्वरूप से ही यह अत्यधिक जटिल होता है। किसी अन्य संबंध, जिसे यूँ तो प्रेम कहा जाता है लेकिन होता वो आकर्षण है, उससे कई गुना प्रतिकार सहना पड़ता है। इस विरोध का सबसे बड़ा कारण शायद यही है कि ऐसे प्रेम कभी समान स्तर पर या उस सरंचना में नहीं होते जिसे सामाजिक स्वीकृति बड़ी सरलता से मिल जाए। कभी आर्थिक विषमताएं इतनी अनल्य होंगी जिसे भर पाना दूभर हो जाता है तो कभी कथित जाति मध्य में

आ जाती है। पेशे को बाँटने के लिए बनी व्यवस्था प्रेम को भी बाँट देगी, क्या सोचा होगा किसी ने उस समय में? कभी धर्म दीवार बनेगा तो कभी जिद, और कुछ नहीं तो समाज का अपना शासन ही। शायद इन्हीं कारणों से प्रेम सदैव मिलन की तृष्णा ही रखता है, उसे प्राप्त नहीं कर पाता।

अभी तक प्रत्यक्ष रूप से ऐसे किसी विशालकाय व्याधात से उन दोनों का सामना हुआ नहीं था। समाज किस स्तर तक व्यक्ति के व्यक्तिगत जीवन की दिशा को निर्धारित करता है, इससे वो अनबुझ थे। चूँकि प्रकृति ने उन्हें मिलाया ही था एक बड़े उद्देश्य की पूर्ति हेतु, अतः उन्हें अलग तो होना ही था। अब वो जानेंगे की दो लोगों के बीच का प्रेम सिर्फ दो लोगों का व्यक्तिगत विषय नहीं होता, बल्कि इसमें वो समाज भी सम्मिलित है जो स्वयं को शिक्षित कहता है, लेकिन वस्तुतः पढ़ा-लिखा अनपढ़ है। इस प्रेम में वो परिवार भी सम्मिलित है जो आत्मीयता दिखाता है, लेकिन यथार्थतः शासन की चाह रखता है।

इस कटु सत्य से उनका सामना आज रात में ही हो गया। सभी लोग खा चुके थे। अंत में औरतें खाने बैठी थीं, और उनके साथ मंजरी भी। मंजरी के खाने का अपना अलग अंदाज है। पहले वो रोटी को छोटे-छोटे टुकड़ों में तोड़ लेगी फिर स्लो-मोसन में बड़ी देर तक खाती है। बेचारी सबसे पहले खाने वही बैठी थी, सब लोग खा कर उठ गए और वो अब भी खा रही है। मंजरी जितने समय में एक रोटी खाती है, मयूर उतने में खाना खाकर उठ भी जाता है।

तो वो बैठी आराम-आराम से खा रही थी, जब सीढ़ी पर से मयूर आता हुआ दिखा उसे। वो पानी लेने आया था। चारों तरफ उसने नजरें घुमाईं तो कोई नहीं था। शाम को जब बारिश बंद हुई तब से उमस बहुत बढ़ गई। पानी फिर बरसेगा ये तो तय था लेकिन इस समय घर के भीतर रहा नहीं जा रहा था। इसी से सब लोग खाकर कुछ देर के लिए बाहर दुआर की ओर चले गए थे। मंजरी अब भी खा रही थी। मयूर ने उसे अकेले देखा तो दौड़ता हुआ उसके पास आ गया। मंजरी भी तैयार थी। सब्ज़ी, भात और रोटी का निवाला उसने बनाया और मयूर को खिला दिया। खिलाने के दौरान उसकी उंगलियों ने मयूर के होंठों को स्पर्श किया तो वो मुस्कुरा दी। उसको मुस्कुराता देख मयूर के होंठ भी फैल गए।

"पेट भरा नहीं था क्या मयूर?" क्षमा की आवाज पड़ी उन दोनों के कानों में और सब सन्न।

दोनों की नजरें क्षमा की ओर गई तो उन्होंने देखा उसके चेहरे पर चिढ़े होने का

भाव प्रत्यक्ष रूप से झलक रहा था। सफाई में कहने के लिए भी उनके पास कुछ शेष न था। मयूर ने चुपचाप पानी लिया और वहाँ से चला गया, मंजरी भी खाने में जुट गई। मयूर के पैरों की आवाज जब दूर चली गई तो सुलगते हुए क्षमा ने मंजरी से कहा, "तुम दोनों क्या कर रहे हो जैसे किसी को पता ही नहीं है।"

मंजरी अब भी चुप ही रही।

"हम इसी समय मम्मी के पास फोन करके कल पापा को आने को कहेंगे ताकि हमें यहाँ से लिवा चलें। इतने दिन से देख रही हूँ तुम दोनों का। तुम्हारे पापा को पता लगा न तो काट के फेंक देंगे तुम्हें। शरम तो आयी नहीं होगी तुम दोनों को....?"

मंजरी ने जोर से अपना हाथ थाली के एक किनारे पर मारा, वो घिसड़ते हुए दीवार से जा टकराई। खड़ी होकर उसने क्षमा की आँखों में आँख डाली और बोली, "जो करना है कर लो। खुद तो बड़ी सती-सावित्री हो न जो मुझे ज्ञान दे रही हो। रही बात मयूर की, तो वो मेरा दोस्त है और रहेगा। मेरे व्यक्तिगत मामले से जितना दूर रहोगी, उतना ही अच्छा होगा।" कहकर पाँव पटकते हुए वो बाहर चली गई।

उसी समय क्षमा ने अपने घर फोन लगाया और ये कहकर कि अब उसका यहाँ बिल्कुल भी मन नहीं लग रहा, कल अपने पिताजी को बुलवा लिया। मंजरी और क्षमा एक ही कमरे में सोया करते थे। जब वो कमरे में पहुँची तो मंजरी पहले से बिस्तर पर करवट लेकर लेटी थी। उसे सुनाते हुए क्षमा बोली, "सामान रख लेती हूँ, कल पापा सुबह ही आ जाएँगे।" फिर कुछ थमकर, "जो लोग देखने में जितने सीधे लगते हैं, असल में वो उतने ही दुष्ट और हरामी होते हैं।"

मंजरी ने सुनी उसकी बात पर कुछ न बोली। क्षमा के ऊपर क्रोध से अधिक उसे मयूर से दूर हो जाने का गम था। अभी तो महीने भर भी नहीं हुए उसे मयूर के साथ, और अब उसे दूर जाना होगा। क्यों? सिर्फ और सिर्फ क्षमा की वजह से। यह सोचकर उसके पूरे शरीर में क्रोध से सिरहन दौड़ जाती और उसके दाँत एक दूसरे को पीसने लगते। वेदना में हृदय को टुकड़ों में तोड़ने का सामर्थ्य है। जैसे-जैसे रात गहरी होती जा रही थी, वैसे-वैसे मंजरी बिखरती रही। जाने कब उसकी आँखों में नींद ने तैरना प्रारंभ किया, जाने कब उसकी गीली आँखें भारी होकर बंद हो गई।

जब उसकी आँख खुली तो घड़ी पौने चार बजा रही थी। पूरी रात उसने कई सारे स्वप्न देखे, सब टूटे-फूटे स्वरूप में ही याद आए उसे। हाँ, उनका मूल भाव मयूर से दूर होना था, ये उसे याद है। नहा-धोकर वो जल देने के लिए छत पर पहुँची तो मयूर को सोते हुए देखा। चूँकि कल शाम के बाद से भीतर उमस बहुत थी इसीलिए

बरसात के आसार होने के बावजूद भी वो छत पर ही सोया था।

वो इस संदर्भ में भाग्यशाली रहा कि बारिश नहीं हुई, अन्यथा नींद में विघ्न अवश्य पड़ता। जल देकर मंजरी ने एक पल नभ को निहारा। चंद्रमा अभी भी दिख रहा था, अधिकतर तारे छिप गए थे, पूरब में लालिमा सिमटने लगी थी। जब उसने अपनी दृष्टि को मयूर की ओर मोड़ा तो उसके शुष्क होंठों पर शीतल मुस्कान तैर गई। वो चादर सीने तक ओढ़े लेटा था। एक पैर चादर से बाहर था, चेहरे पर अप्रतिम संतोष का भाव था।

मंजरी उसके बगल में बैठ गई और स्नेह संग उसके माथे को छूते हुए बोली, "मयूर।"

"हूँ...।" मयूर ने नींद में ही उत्तर दिया।

मंजरी अब मयूर के बगल में लेट गई। उसका सिर मयूर के कंधे पर था। मयूर की आँख खुली तो उसने मंजरी को अपने पास पाया।

सुखद आश्चर्य संग वो बोला, "ये कोई सपना तो नहीं? लेकिन अगर सपना है भी तो बेहद सुखद है।"

उसकी आँखों में देखते हुए वो बोली, "मयूर, तुम मुझे कभी छोड़ना मत।" उसका स्वर काँप रहा था।

उसकी आँखों में मयूर को अथाह वेदना समेटे हुए अश्रु की एक महीन बूंद दिखी, "कुछ हुआ है क्या मंजरी?"

"मैं आज घर जा रही हूँ।" नीरस मुस्कान संग वो बोली।

"क्यों, यूँ अचानक?"

कल रात का वाकया मंजरी ने प्रस्तुत किया तो कुछ पल के लिए वो भ्रम में पड़ गया।

फिर फँसती आवाज में बोला, "मुझे विश्वास नहीं होता कि दीदी ऐसा भी कर सकती हैं।"

अगले कुछ मिनट दोनों कुछ न बोले। मयूर सीधे लेटा रहा, उसके कंधे पर अपने सिर को रखे हुए मंजरी भी लेटी रही। दोनों ने एक दूसरे का हाथ पकड़ रखा था। उनकी नजरें गायब होते उस तारे को देख रही थीं जो अरुणोदय के प्रभाव में अपना अस्तित्व खो रहा था, उन्हें लगा उनका प्रेम वो तारा है। एक दृष्टिकोण से यदि देखें तो संसार में व्याप्त तमिस्रा सूर्योदय संग लुप्त हो जाता है, लेकिन एक दूसरा दृष्टिकोण ये भी कहता है कि उस प्रकाश के आगमन से तारों ने अपना अस्तित्व खो दिया, निःसंदेह वो क्षणिक हो। शायद अंतर्मन में वे सोच रहे हों, 'हमारी तरह ये तारे भी दूर

हो जाते होंगे।'

"मंजरी, एक बात कहूँ?" बड़ी देर बाद मयूर बोला।

"कहो न, मैं तुम्हें सुनती रहना चाहती हूँ।"

"जब मैंने तुम्हें देखा था तो ये कभी सोचा भी नहीं कि इतनी खास हो जाओगी मेरे लिए तुम। मैं अक्सर कहानियाँ पढ़ता या कोई फिल्म देखता तो यही सोचता कि क्या बकवास है, कोई किसी से दूर होकर इतना दुखी कैसे हो सकता है, पर अब वेदना मेरे मन में चुभ रही है। ये सोचने भर से कि कुछ घंटों बाद तुम मेरी आँखों के सामने नहीं रहोगी, मन उचाट हो जाता है। और...।" वो चुप हो गया, शायद इस भय से कि कहीं रो न दे। कहने के साथ ही उसने मंजरी को कसकर अपनी बाहों में भर लिया था। मंजरी उसके हृदय की हर धड़कन को सुन सकती थी, जो काफी तेज थी।

"मयूर, मैं सोचती थी सभी लड़के एक जैसे होते होंगे। अंत में, सबको शरीर से खेलना होता होगा। लेकिन इतने दिनों में मुझे इतना तो एहसास हुआ कि मैं गलत थी। अपने गलत होने पर मैं कितनी खुश हूँ, ये बता नहीं सकती।" फिर कुछ देर शांत रहने के बाद, "अच्छा, एक बात पूछूँगी तो सच कहोगे?"

"हूँ...।"

"मुझमें ऐसा क्या है जो तुम मुझे इतना चाहते हो?"

"और यही प्रश्न मैं तुमसे करूँ तो?"

"पूछा मैंने पहले, उत्तर भी पहले मुझे ही चाहिए।"

मयूर धीमे से हँसा, "जान रही हो कि अभी चली जाओगी लेकिन मुझसे लड़ने का एक मौका छोड़ती नहीं हो।"

"कैसे छोड़ दूँ। तुमसे तो पूरी ज़िंदगी लड़ना है। अच्छा, अब बात घुमाओ मत, जो पूछा है उसे बताओ।"

कुछ सोचकर मयूर बोला, "ये तो नहीं पता की क्यों, लेकिन हाँ बहुत चाहता हूँ इतना पता है। आज चाहता हूँ, कल भी चाहूँगा, परसों भी, नरसों भी, तरसों भी और उसके बाद जो भी आता हो वहाँ तक। और जैसे तुमने शरीर वाली बात की, तो मंजरी मैंने तुम्हें कभी उस स्वरूप में देखा ही नहीं। तुम मेरे लिए बस मेरी प्रेमिका नहीं हो जिसे मैं प्रेम करता हूँ। तुम मेरे दृष्टिकोण में किसी दैवीय छवि सी हो, जिसकी मैं साधना करता हूँ। जैसे साहित्य मेरे लिए साध्य है, ठीक वैसे ही तुम भी हो मेरे लिए।"

"मुझे ये आज के समय वाला प्रेम समझ नहीं आता कि पहले डेट करो, फिर पता लगे की दोस्ती है, प्रेम नहीं और पता नहीं क्या-क्या। मैं तो दो ही प्रकार का प्रेम

जानता हूँ, एक वो जो आँखों से शुरू होता है और खेत में समाप्त हो जाता है। गन्ने के खेत में....नहीं-नहीं गन्ने की पत्तियां बड़ी धारदार होती हैं, वो चीर लेंगी, सरसों का खेत ठीक है...।" मंजरी ने मयूर के कंधे पर एक थप्पड़ सा मारा और हँसते हुए बोली, "हाँ, समझ गई इतना विस्तार देने की जरूरत नहीं है, दूसरे प्रकार का प्रेम बताओ।"

मयूर भी हँसा, "एक ही प्रकार का प्रेम होता है मंजरी, और वो है, जो मैं तुमसे करता हूँ। वो तो यूँ ही कह दिया मैंने कि दो प्रकार के प्रेम होते हैं। पहला वाला प्रकार प्रेम नहीं वासना है जिसे प्रेम की चादर ओढ़ाई जाती है, और दूसरा वाला प्रेम वो है जो आँखों से शुरू होकर हृदय में उतर जाता है। जहाँ शरीर न भी हो तो भी कोई विशेष अंतर नहीं पड़ता। अब ये कह देना की आकर्षण होता ही नहीं, झूठ होगा लेकिन सिर्फ आकर्षण नहीं होता, और ये खिंचाव भी इसलिए है क्योंकि प्रकृति ही ऐसी है। एक व्यक्ति विपरीत लिंग के व्यक्ति के प्रति हर हाल में आकर्षित होगा ही।" फिर कुछ देर की चुप्पी।

कभी-कभी कहने के लिए बहुत कुछ होता है लेकिन शब्द जवाब दे जाते हैं, ये नई बात भी उन्हें अब मालूम है। प्रेम बहुत कुछ सिखा देता है, वे सीखने के क्रम में मद्धम गति से आगे बढ़ रहे हैं।

कुछ पल बाद मंजरी बोली, "अब मैं इतने दिन तुमसे दूर रहूँगी, हमारे रिश्ते का क्या होगा?"

"कुछ नहीं होगा। तुम मुझसे प्रेम करना, मैं तुमसे।"

"लेकिन मिलने का मन तो करेगा न?"

"सो तो है...।" फिर गहरी साँस लेकर, "माना अभी बहुत सारी दिक्कतें हैं, कुछ सही नहीं हो रहा, लेकिन कभी तो होगा। कभी तो होंगे न हम दोनों साथ। इंतज़ार करते हैं उस समय का। इस बीच तुम अपनी पढ़ाई-लिखाई पर ध्यान देना, मैं अपनी। हो सकता है, बीच-बीच में मिलने का अवसर मिल ही जाए। बाकि मम्मी का मोबाईल नंबर तुम जानती ही हो, जब समय मिले फोन करना। कुछ यूँ ही बीत जाएगा सारा समय।"

"हूँ...।" मंजरी के चेहरे की उदासी बढ़ती जा रही थी।

मयूर ने महसूस किया अपने कंधे पर गीलापन। उसने जब मंजरी को देखा तो उसकी दोनों आँखे लाल थीं, और आँसू निरंतर निकल रहे थे। जब वो रोती तो उसकी आँखे सामान्य से अधिक लाल हो जाती थीं। मयूर उठा और पेट के पास बैठते हुए उसकी आँखों को पोंछने लगा। जैसे-जैसे मयूर उसकी आँखों को पोंछता,

वैसे-वैसे वो और भी रोती। मयूर उसे लगातार चुप होने को कहता पर आपदाओं से ग्रसित धारायें कभी रुकी भी हैं भला, जो आज रुकतीं।

अंततः मयूर भी खामोश हो गया। धीमे से उसने अपना चेहरा मंजरी के चेहरे पर रख दिया और होंठ ललाट पर। दोनों बड़ी देर तक यूँ ही सिसकते रहे। क्या किसी से दूर होना इतना भी दुखद हो सकता है? शायद होता हो।

आँसुओं की भी अपनी एक सीमा होती है। एक स्तर के बाद वो निकलते नहीं, वेदना निःसंदेश वैसी ही रहे। तो इन दोनों का भी विलाप थमा कुछ पाँच मिनट बाद। रोने का एक और सबसे बड़ा लाभ ये है कि वेदना भले कम न हो, लेकिन मन क्षणिक ही सही, हल्का हो जाता है। उनका मन भी पहले की तरह अब भारी नहीं है, इसीलिए अब भविष्य के बारे में कुछ सोचा जा सकता है।

अब मंजरी बिस्तर पर बैठी है और उसकी जाँघ पर सिर रखे लेटा है मयूर। वो सहला रही है उसके बाल। मयूर अब थाम लेता है उसका हाथ और कहता है, "बस तुम हिम्मत मत हारना। मैं आऊँगा तुमसे मिलने घर तुम्हारे। बात भी हम दोनों करेंगे और ऐसे ही ये समय बीत जाएगा। मैं खूब पढ़ूँगा, कहानियाँ नहीं, वो जो पढ़ना चाहिए, जिसे पढ़कर नौकरी मिलती है। मैं खूब पैसे कमाऊँगा, एक बड़ा सा घर खरीदूँगा, तुम रानी की तरह रहोगी। अब तक मेरे पास कोई ध्येय नहीं था लेकिन अब है। मैं इस योग्य बनूँगा कि तुम्हारे पापा को तुम्हें मुझसे ब्याहने में कोई संकोच न हो।"

मंजरी हँसी धीरे से, "किसने कहा मुझे रानी बनना है? मैं मंजरी ही ठीक हूँ। मुझे नहीं चाहिए बहुत ज्यादा पैसे, और न ही तुम्हें कोई योग्यता प्राप्त करनी है। तुम जैसे भी हो, हमें पसंद हो। और ये कभी न सोचना कि तुम्हारी मंजरी तुमसे बहुत कुछ चाहती है। कुछ नहीं चाहिए उसे। बस भीड़-भाड़ से दूर खेतों के बीच में बीघे भर का अपना खेत हो। उसके बीच में एक छोटा सा घर, मिट्टी का होगा तो भी चलेगा। बस वहाँ से देखने पर दूर-दूर तक खेत दिखाई दें, उसमें लहलहाती फसल दिखाई दे। पिछले हिस्से में हमारे खेत होंगे, कुछ आम के पेड़ भी रहेंगे। आगे की ओर बगीचा बनाएंगे। फिर किसी दिन, तपती दुपहरी में कुदाल चला कर थके हुए तुम, पसीने से तर-बतर होकर उस आम की छाँव में बैठे रहना। ठंडी हवा तुम्हारे गाल को छूती हुई गुजर रही होगी। मैं खिमटाव लेकर वहाँ आऊँगी। तुम खाते रहना, मैं बेना झलती रहूँगी। इससे ज्यादा कुछ नहीं चाहिए।"

"क्यों, तुम भी साथ में खाना, मैं झल दूँगा बेना।" उसने कहा।

मंजरी हँसी, "अच्छा.., लड़के इतने अच्छे कब से हो गए जो बेना झलने लगे?"

"अच्छा मजाक नहीं, अब एक जरूरी बात सुनो।" मयूर के स्वर में कुछ गंभीरता थी सो मंजरी भी छोटी बच्ची सा मासूम भाव चेहरे पर लाकर उसकी बात सुनने लगी।

"अब तक तुम यहाँ थी तो चाहे जैसे रही, लेकिन अब घर जाओगी तो अपना ध्यान रखना। तुम्हें बड़ी वाली मंजरी बनकर मेरी मंजरी का ध्यान रखना है। ऐसे छोटी वाली मंजरी की तरह शरारत मत करना वहाँ।" कहकर उसने मंजरी की नाक नोंच ली।

जवाबी कार्यवाही में मंजरी बोली, "तुम भी मेरी बात सुनो। खाना समय से खाना, चाय कम पीना, ये नहीं कि सुबह, दोपहर, शाम और रात में भी चाय ही चल रही है। लिखने की भी लगातार कोशिश करते रहना। लेकिन सबसे जरूरी, खुश रहना।"

मयूर उसकी बात सुनकर मुस्कुरा रहा था तो उसके दोनों कानों को ऐंठते हुए वो बोली, "दाँत मत निकालो। ये बात बड़ी वाली मंजरी नहीं कह रही है, मम्मी वाली मंजरी कह रही है।"

"ठीक है मम्मी मंजरी।" कहकर वो हँसा। अब वो बात दूसरी है कि एक चपत भी खानी पड़ी है उसे।

क्या रूमानी प्रेम मातृ वात्सल्य का स्वरूप भी ले सकता है?

इस क्षण मैं ये सोच रहा हूँ कि तुम दोनों अभी मुश्किल से महीने भर पहले मिले हो, बल्कि उससे भी कम और एक दूसरे की इतनी फिक्र कर रहे हो। तुम्हारी बातों से ऐसा लग रहा है जैसे तुमसे मिलने के पूर्व दूसरा अपना ध्यान ही नहीं रखता था। तुम कुछ वैसी सी ही बात कर रहे हो कि अगर प्यास लगे तो पानी पी लेना, रास्ते पर गाड़ी आ रही हो तो एक ओर हो जाना, रात हो जाए तो सो जाना। तुम नहीं कहोगे तब भी सामने वाला वो करेगा। लेकिन तुम कहोगे जरूर क्योंकि तुम प्रेम में हो। प्रेम में मनुष्य कुछ बच्चा सा हो तो जाता है। शायद इसीलिए, प्रेम बहुत समझदार लोगों के काम की चीज नहीं है।

घड़ी में करीब पौने बारह बज रहे थे जब मयूर की आँखों के सामने से एक कार गुजरी। सबने देखा सिर्फ कार को जाते हुए, मयूर ने देखा अपनी खुशियों को जाते हुए।

आकाश ने ओढ़ रखा था मेघों का आवरण। ऐसा लग रहा था बारिश हो ही जाएगी। मयूर यूँ तो ईश्वर को मानता नहीं लेकिन इस समय मन ही मन कह रहा था,

'हे भगवान! ऐसा पानी बरसो कि बाढ़ आ जाए, ताकि मंजरी न जाए।'

अब एक बात ये भी है कि जब वो भगवान को नहीं मानता, तो भगवान भी उसकी बात क्यों मानने लगे। फलतः बारिश नहीं हुई, हाँ बादल बरकरार रहे।

सुनील बाबू सुबह नौ बजे तक आ गए थे, और अपनी दोनों बेटियों को लिवा कर अब जा रहे हैं, बल्कि जा चुके हैं। अपना मजनू अब दौड़ कर छत पर गया है। क्यों गया है? क्योंकि छत से सड़क दिखती है, जहाँ यदि वो दौड़ कर पहुँच गया तो शायद कार को देख सके। अब इससे पूछो कि कार को देखने के लिए ये इतना उतावला क्यों हुआ जा रहा है? भई, इसकी मंजरी जो बैठी है उस कार में।

खैर, कार दिख जाती है उसे, कुछ छोटी क्योंकि सड़क कम से कम दो सौ मीटर दूर थी। देखकर वो छत की फर्श पर बैठ जाता है, पर ये क्या, वो फफककर रो रहा है।

कुछ ऐसी सी ही स्थिति है नायिका की भी। जब सबसे मिलकर वो कार में बैठी तब उसकी नजर पड़ी मयूर पर। उसकी आँखों में वो दिन तैर गया जब उतरी थी वो इसी स्थान पर, मयूर उसके बगल में खड़ा था, और उस दिन के बाद के भी सारे दिन। उसका मन चीखकर रो पड़ा, लेकिन अधरों पर मुस्कुराहट थी, आँखों में उदासी थी जिसे पढ़ने के लिए जो भाषा सीखनी होती है वो मयूर के अतिरिक्त किसी अन्य को आती ही नहीं।

जैसे ही कार आगे की ओर बढ़ी उसका मन किया कि वो चीख कर कहे, 'रुको।' कार रुक जाए और वो उतर कर मयूर के अंग लग जाए, फिर जो होगा वो देखा जाएगा।

अफसोस, उसने बस ये सोचा, किया नहीं। करती भी कैसे? मर्यादा, चरित्र, समाज, नियम आदि की अदृश्य लेकिन अभेद्य दीवार जो खड़ी थी उसके और मयूर के मध्य।

कार चल दी और देखते ही देखते मयूर ओझल हो गया उसकी आँखों से। उस समय उसकी आँखों से जो मोती टपका उसे पूरा प्रयास करने के बाद भी वो रोक कहाँ पाई। क्षमा ने देखा वो आँसू और मुस्कुरा कर बोली, "इसीलिए इतना दिल नहीं लगाना चाहिए किसी से।"

जैसे-जैसे कार आगे बढ़ती जाती, वैसे-वैसे मंजरी को लगता कि उसका मयूर दूर होता चला जा रहा है उससे। खिड़की से बाहर देखते हुए मंजरी की नजर गई मयूर के घर पर। ये ठीक उसी समय का दृश्य है जब उधर से मयूर देख रहा था इस कार को। मयूर देख सका था कार को, लेकिन मंजरी की नजर ऊपर छत पर गई ही

नहीं इसीलिए वो देख न सकी उसे। पूरे रास्ते वो गुमसुम रही, घर पहुँचकर भी वो शांत ही रही। सिरदर्द का बहाना बनाकर जब वो चादर ओढ़कर लेटी तो दीर्घ काल तक बस तकिये को भिगोती रही, जिसका परिणाम ये हुआ कि सही में सिरदर्द होने लगा। वो बेचैन है मयूर से मिलने को, उससे बात करने को, लेकिन बेचैन होने भर से भी इच्छाएं पूरी होती हैं भला?

हम सब बहुत पहले पैदा हो चुके हैं। पैदा नहीं हुए शायद हम सदा से ही यहाँ थे और सदा रहेंगे। मानवीय काया में नहीं तो किसी और रूप में पर हमारा अस्तित्व रहेगा। इस रहने में कुछ है जो पीछे से आगे की ओर संप्रेषित होता जा रहा है।

अन्यथा मात्र कुछ दिनों की मुलाकात और उस मध्य पनपे प्रेम के लिए कोई इस हद तक कैसे व्यथित हो सकता है, ये विचारणीय प्रश्न है। इसका दूसरा पहलू यदि देखें तो ये कह देना भी गलत होगा कि उनके मध्य ये प्रेम बस इन्हीं कुछ दिनों में पनपा। इसलिए कि प्रारंभ से ही उनका जो रवैया रहा एक दूसरे के प्रति उसमें प्रेम अप्रत्यक्ष रूप से विद्यमान रहा। क्यों नहीं, बचपन में मयूर कभी क्षमा से इस तरह लड़ा या उसे परेशान करने के तरीके खोजे? क्यों नहीं, मंजरी ने भी मयूर के अतिरिक्त किसी अन्य का सिर दीवार में लड़ाया, या मिट्टी पकड़ा कर खुद उसकी शिकायत कर दी? जाहिर है, प्रेम उनका बस ये महीने भर का ही नहीं है, उससे कहीं पुराना है। शायद इस जीवन से भी पुराना, जिसका उद्गम किसी अन्य जीवन में हुआ।

क्षमा द्वारा कहे गए हर शब्द का हृदय में इस स्तर तक चुँभना, शायद किसी दूसरे जीवन के आगे के आघात के रूप में देखा जाना चाहिए। जहाँ इस उम्र में प्रेम का अर्थ शायद आकर्षण है वहाँ इस स्तर की वेदना को अनुभव करना शायद दर्शाता है किसी दूसरे जीवन के जोड़े की प्रतीक्षा को, उसकी तृष्णा को। क्या मयूर-मंजरी आज से पहले भी कभी थे? क्या उस समय भी उनमें प्रेम था? क्या उनका प्रेम वेदनाओं में सिमट कर रह गया था? पता नहीं।

मयूर कमरे में बैठा इस साँझ में गिरती बारिश को देख रहा है। बो इतना उदास है कि गरियाना भी नहीं चाहता इस बरखा को कि जब जरूरत थी तब क्यों नहीं बरसी। व्यथा में व्यक्ति ऐसा ही हो जाता है, उसे कोई विशेष अंतर पड़ता नहीं अपने परिवेश से।

मंजरी की एक निशानी है उसके पास, हल्के नीले एवं सफेद रंग का मिश्रण समेटे एक दुपट्टा। यही दुपट्टा आज ओढ़ा था मंजरी ने, लेकिन मयूर के कहने पर उसे दे दिया। अब दुपट्टे का मयूर क्या करेगा? उसे अपने सीने से लगाकर मंजरी को याद।

उस दुपट्टे से उसे मंजरी की महक जो आती है। इस समय वो दुपट्टा मयूर की गोद में है, हाथ में वो चुराई गई तस्वीर है, नजरें कभी बरसात को देखती हैं, कभी उस तस्वीर को, कभी दुपट्टे को। होंठ कभी चूमते हैं उस चित्र को, बाहें भर लेती हैं बीच-बीच में उस निर्जीव दुपट्टे को, जिसमें मंजरी का अंश अनुभव होता है मयूर को।

नीचे वाले कमरे में टी.वी. चल रहा है। चूँकि आवाज तेज है इसीलिए बजता हुआ गाना बारिश के स्वर को चीरते हुए पहुँच रहा है मयूर के कानों तक।

उठेला करेजवा में लहरिया हो,

अँखियाँ बदरिया हो गइल,

काटे न कटा ल अब उमीरिया हो,

अँखियाँ बदरिया हो गइल....।

रूपवा तोहार कइसे दिल से बिसारी,

मनवा करेला छुरी करेजा में मारी,

मर जाई हमहूँ जिनगी आपन गवाई,

आपन गवाई....,

तोहरा बिन.....

तोहरा बिन होखे न गुजरिया हो,

अँखियाँ बदरिया हो गइल....।

उठेला करेजवा में लहरिया हो,

अँखियाँ बदरिया हो गइल....।

उसे लगता है ये गीत उसी के लिए लिखा गया है, उसी के लिए गाया गया है।

प्रतीक्षा- बस कुछ घड़ी और

उसने प्रेम को पाप समझा, प्रेम करने वालों को चरित्रहीन। जिस परिवेश में वो पली-बड़ी वहाँ उसे यही सिखाया गया, उसने सीखा भी यही। जब भी उसने किसी लड़की को किसी से अकेले में फोन पर बात करते हुए देखा, गलत ही सोचा। लेकिन अब ये सारे गलत काम वो स्वयं करेगी क्योंकि उन्हें गलत मानना छोड़ जो दिया है उसने।

'प्यार ही करती हूँ, किसी के घर में आग थोड़ी लगाई।' ऐसा सा भाव है उसके मन में।

लेकिन तुम्हें मैं किन शब्दों में समझाऊँ मंजरी कि जिसे तुम 'प्यार ही' कहकर सामाजिक ताने-बाने से बचने की कोशिश कर रही हो, वो 'प्यार ही' सबसे घृणित अपराध मानता है तुम्हारा ये समाज। माना तुमने किसी के घर में आग नहीं लगाई, लेकिन जब सबको इस बारे में ज्ञात होगा तो उनके कलेजे जरूर जल उठेंगे। मेरे पास तुम्हें समझाने के लिए न शब्द हैं, और न ही तुम मानोगी। प्रेम अपने में कुछ ढीठ भी तो होता है।

इस समय दोपहर अपने चरम पर है, लेकिन बादलों के आधिपत्य से धूप धरा को स्पर्श नहीं कर पायी है। नायिका व्यथित है क्योंकि उसे मयूर से बात करनी है। पूरी रात उसे अच्छे से नींद तक नहीं आयी है। जो थोड़ा-बहुत वो सोयी है वहाँ उसने बस सपने देखे हैं, बुरे सपने।

काफी देर तक अपनी माँ के फोन पर नजर गड़ाए हुए अंततः उसने अब फोन उठा लिया है, और उसे दुपट्टे से छिपा कर छत पर जा रही है। उसकी छत से सटकर ही आम का एक बड़ा पेड़ है, जिसकी छाँव तले वो बैठ गई है फर्श पर। उसने मिला दिया है फोन। घंटी जा रही है, फोन उठ गया है, "हैलो..।"

उसने घबरा कर काट दिया है फोन।

"देखो तो मयूर किसका फोन है? किसी की आवाज ही नहीं आयी।" कहती हैं मनीषा जी जो कपड़े फैला रही थीं। मयूर यूँ तो नंबर नहीं पहचानता था लेकिन जाने

क्यों उसे लगा कि शायद मंजरी का फोन है। स्पष्ट तौर पर वो बोला, "कंपनी है मम्मी।" और तेजी से उतर कर पहुँच गया है मड़ई में जहाँ बैठा करता था वो पूरी-पूरी दोपहर मंजरी के साथ।

उसने इस ओर से फोन मिलाया। पहली घंटी में ही फोन उठ गया। डरते हुए मंजरी बोली, "हैलो...?"

"हाँ, मंजरी मैं हूँ, कैसी हो तुम? तुम्हारी बहुत याद आयी मुझे। तुम ठीक तो हो न?" बड़ी आतुरता संग ये सारे प्रश्न पूछे हैं मयूर ने।

उसकी आवाज सुनकर मंजरी की जान में जान आयी, "मैं ठीक हूँ। तुम कैसे हो?" फिर कुछ उदास लेकिन प्यारे स्वर में, "मुझे यहाँ बिल्कुल अच्छा नहीं लग रहा, तुमने मुझे आने क्यों दिया? रोक नहीं सकते थे।"

करीब पाँच मिनट बात हुई है उन दोनों में। फोन भी इसलिए रखा गया क्योंकि फोन का बैलेंस समाप्त हो गया। ये सन् २०१५-२०१६ के आस-पास की बात है। उस समय जितना चाहो, उतना बतियाओ वाला सुख नहीं था। निर्धारित हुआ है कि अब अगला फोन मंजरी आज से तीसरे दिन करेगी। बात लंबी चल सके इसीलिए मयूर पचास रुपए का रिचार्ज करवा लेगा उस दिन सुबह में, ऐसा सोच रहा है वो।

परिस्थितियाँ कितनी ही प्रतिकूल हों, प्रेम अपने पनपने का मार्ग ढूँढ ही लेता है। उन दोनों ने भी अब मन को मना लिया है, और जितना है उतने में सुखी रहना चाहते हैं। तीसरे दिन बात होगी, इतना कम है क्या?

तीसरे दिन फोन आया भी है, और उसके बाद हर तीसरे-चौथे दिन फोन आता रहा है।

लेकिन आज पूरा दिन बीत गया, और फोन नहीं आया। संध्या तक तो मयूर स्थिर था, पर अंधेरा गहराने संग उसका मन तमिस्रा में डूबने लगा। एक अदृश्य भय से उसकी धड़कने बढ़ गई थीं और शायद रक्तचाप भी। प्रेम में रक्तचाप भी बढ़ जाता है, ये नया अनुभव है मयूर के लिए। प्रेमिका करीब खड़ी हो, तब जो धड़कन बढ़ती है उससे वो रूबरू है, लेकिन दूर होने के बाद भी धड़कन बढ़ती है, ये अब जाना है उसने।

बहरहाल, ये तो अभी शुरुआत है। प्रेम का जो शीतल आवरण देखकर ये आकर्षित हुए थे, वो अब उतर रहा है और विरह की ताप उसका स्थान ले रही है। इनको ज्ञात तक नहीं है कि निकट भविष्य में ये ताप इन्हें कितना झुलसाएगी, और क्या-क्या सिखाएगी।

मंजरी का फोन न आने के पीछे मयूर का मस्तिष्क उसको कई सारे तर्क दे रहा

है, और उन्हीं तर्कों को काट भी रहा है। लेकिन एक ख्याल जिससे वो सबसे अधिक आतंकित हुआ है, वो है सबके जान जाने का भय। वो डर रहा है कि कहीं ऐसा तो नहीं कि किसी ने उसे फोन करते हुए पकड़ लिया? यदि ऐसा हुआ है तो कहीं मंजरी के ऊपर किसी ने हाथ तो नहीं उठाया? ऐसे अनेकों प्रश्न तैर रहे हैं उसके मन में और वो दुखी होता चला जा रहा है। दुखी होने से ज्यादा वो चिंतित है।

वो दिन बड़ा बेकार गुजरा मयूर के लिए। उसकी हालत उस परिंदे सी थी जिसका आँधी के बाद घोंसला उड़ गया हो और उसके साथी की भी कोई खोज-खबर न हो। उसके चेहरे पर व्याकुलता के भाव प्रत्यक्ष रूप से प्रदर्शित हो रहे थे। वो मन ही मन उस ईश्वर से कह रहा है जिसे वो मानता नहीं, 'हे भगवान! बस सब ठीक हो।'

मन में उभर रहे इन नकारात्मक ख्यालों से स्वयं को बचाते हुए वो बिस्तर पर लेट गया है और सोच रहा है कुछ ऐसी बातें जिससे उसे इस अंधेरे में प्रकाश की कुछ किरणें दिख रही हैं, जैसी किसी अंधेरी कंदरा में किसी कोने से प्रकाश का कोई अंश दीखता है। कल जब मंजरी फोन करेगी तो वो उसे खूब डाँटेगा, उसकी इस लापरवाही के लिए जो उसने समय से फोन नहीं किया। वो कितना परेशान हुआ है उसके लिए आज। यही सब सोचते-सोचते उसकी आँख लग गई।

अगली सुबह उसकी आँख भोर में ही खुल गई। मम्मी का फोन वो अपने पास लेकर ही सोया था। कल से ही वो फोन उसके पास है, लेकिन उसमें कोई हलचल नहीं हुई है। समय बीतता गया, लेकिन फोन की घंटी नहीं बजी। पूरे दिन वो बेचैन रहा, और जब शाम हो गई तो उसकी बेचैनी ने चरम को स्पर्श कर लिया। उसका दिल किसी अनहोनी के भय से काँप उठा।

हताश मन से वो सुबोध के घर पहुँचा और सारी बात बताकर रुआसी आवाज में बोला, "मुझे सच में लगता है भाई कुछ हुआ है उसके घर पर। कोई तरीका नहीं है उसके घर चलने का? मेरा मन नहीं मान रहा। मुझे लगता है कि उसे मेरी जरूरत है।" एक ही साँस में इतना सब कह दिया मयूर ने।

सुबोध एक अरसे बाद पढ़ने बैठा था जब मयूर ने आकर अपनी किताब खोल दी। कलम उसके हाथ में थी, अतः उसे चबाते हुए बोला, "ठहर जाओ रोमिओ। ये फिल्मों की तरह बात मत करो कि उसे मेरी जरूरत है, फलाना-ढिंका।"

मयूर परेशान था ही, सुबोध के इस लापरवाही भरे कथन से उसका क्रोध परवान चढ़ गया, "तुमको हर चीज तो मज़ाक लगती है, और दिन भर ये कलम क्या चबाते

रहते हो, खाना नहीं मिलता। बचपन से देख रहा हूँ।" उसने क्रोध में बक तो दिया लेकिन ये नहीं सोचा कि मंजरी तो उसकी है तो सुबोध क्यों परेशान होगा? वो तो वैसे ही व्यवहार करेगा जैसे वो इस समय कर रहा है।

"अरे यार उसकी मम्मी का रिचार्ज खत्म हो गया होगा।" फिर कुछ रूककर, "मतलब उसकी मम्मी के मोबाईल का।"

"चलो मान लिया, लेकिन घर में और लोग भी तो हैं न, उनके भी तो मोबाईल हैं।"

"क्षमा दीदी से क्यों नहीं पूछ लेते?"

"ये नौबत ही उन्हीं की वजह से आयी है।" मयूर ने अपनी किताब का क्षमा वाला अध्याय खोल दिया।

बड़ी देर तक सुबोध शांत रहा और कुछ सोचता रहा। मयूर को उम्मीद जागी कि इतना सोच रहा है तो जरूर कुछ समाधान देगा ही। करीब दो मिनट बाद वो बोला, "अब एक ही रास्ता है। घर जाओ और खाना-पीना खाकर सो जाओ, जो होगा देखा जाएगा।"

मयूर बड़ी तेजी से किलस गया ये उत्तर सुनकर। बिफरते हुए बोला, "भक्क साले। इतना बिल्ड अप इतने के लिए ले रहे थे?" और बुदबुदाते हुए अपने घर की ओर चला आया।

तीन दिन और बीत गए लेकिन मंजरी की ओर से कोई प्रतिक्रिया प्राप्त नहीं हुई। वो चाहकर भी सामने से फोन नहीं कर सकता। क्षमा से उसे कोई आस नहीं है, मौसी से उसने फोन पर कभी बात ही नहीं की इतने बरसों में तो अब कैसे कर ले? बेवजह शक को चिंगारी नहीं देना चाहता वो। मंजरी की मम्मी का तो चेहरा भी उसे याद नहीं। सामने से फोन आ नहीं रहा, वो फोन कर नहीं सकता तो ऐसी परिस्थिति में उसे अब एक ही विकल्प सूझ रहा है, रीतमपुर जाना। लेकिन जाने के लिए घरवालों से पूछना आवश्यक है, विशेषकर माँ से। इसी उद्देश्य संग वो पहुँच गया है रसोई में जहाँ मनीषा जी रोटी सेंक रही हैं। उनके बगल में बैठी निवेदिका रोटियाँ बेल रही है।

"मम्मी कल रीतमपुर घूम आऊँ?"

निवेदिका मुस्कुरा दी है। मयूर ने देखा है उसे मुस्कुराते हुए और इशारे से डाँट

रहा है।

मनीषा जी आश्चर्य से ताकती हैं उसे, "ये अचानक रीतमपुर जाने का विचार कैसे बन गया? पहले तो कहती रहती थी कि चलो तब भी नहीं जाते थे।" फिर निर्णय देते हुए बोलीं, "अभी तो मौसी आयी थीं महीने भर पहले, ठंडी तक चले जाना। इतनी जल्दी-जल्दी आना-जाना अच्छा नहीं लगता।"

वो उदास होकर कहता है, "अभी छुट्टी है तो चला जाता।"

"जो मन में आए वो करो।" क्रुद्ध होकर कहा है मनीषा जी ने।

यूँ तो क्रोधित होने जैसी कोई बात थी नहीं इसमें लेकिन वो क्रोधित हुई हैं। क्षमा ने जाते-जाते सबके मन में अप्रत्यक्ष रूप से ही सही लेकिन संदेह का बीज जो बो दिया है। इस क्षण उन्हें लग रहा है कि मयूर मंजरी के लिए जा रहा है। हालाँकि, वो सही सोच रहीं हैं पर.....।

मयूर हताश होकर वहाँ से अपने कमरे में चला गया है। मंजरी से तो वो मिलकर रहेगा, अब माँ के खिलाफ भी जाना पड़े तो वो जाएगा। करीब तीन किलोमीटर दूर कोटवा बन्नीपुर नाम का एक कस्बा है, जहाँ से रीतमपुर के लिए बस जाती है, इतना उसे ज्ञात है। कल सुबह वो वहीं से बस पकड़ेगा, ये सोच लिया है उसने।

योजना के अनुसार सुबह होते ही वो निकल गया है घर से, बहाना बनाकर कि किताबें लेने बाजार जा रहा है। वो बस स्टैन्ड पहुँचा तो बस निकलने ही वाली थी। करीब दस बज रहे हैं इस समय। रीतमपुर यहाँ से करीब पैंतीस किलोमीटर दूर है। रुकते-रुकते करीब डेढ़ घंटे में ये सफ़र तय किया है बस ने। वो उतरा तो स्थान कुछ जाना-पहचाना सा लगा उसे। जाने कितने साल पहले वो यहाँ आया था, इसी से धुंधली यादें ही हैं उसके दिमाग में।

सड़क के जिस ओर वो उतरा है, उसके सामने से ही एक खड़ंजा गाँव में जाता है। किनारे गड़े बोर्ड पर लिखा है 'रीतमपुर'। उसने सड़क पार की और गाँव की ओर चल पड़ा। वो खड़ंजे पर आगे बढ़ रहा है, दोनों पटरी पर स्थित घर पीछे छूटते जा रहे हैं। घरों का स्वरूप शहरों की तरह नहीं था कि आपस में साँस लेने का भी स्थान शेष न हो। घर एक दूसरे से सटे नहीं थे, और आगे की ओर दुआर के लिए काफी खाली स्थान था, जहाँ बच्चे खेल रहे थे, कई घरों के सामने औरतें बर्तन धो रहीं थी, जानवर बंधे थे, कुछ घरों के सामने आम के पेड़ भी लगे थे जो इस समय फलों से लदे हुए थे। नीचे खड़े कुछ बच्चे पत्थर मारकर उन्हें तोड़ने का अथक प्रयास कर रहे थे।

मयूर दोनों तरफ बड़े ध्यान से देखता हुआ चल रहा था। उसे आशा थी कि क्या

पता सबकी तरह मंजरी भी अपने घर के बाहर कुछ काम कर रही हो, या बरामदे में बैठी टी.वी. देख रही हो जैसे उसने दो-तीन घर के बच्चों को बैठे देखा था, या छत पर ही हो, लेकिन उसे मंजरी दिखी नहीं। एक बीज भंडार है, उससे तीन-चार घर बाद ही मंजरी का घर है इतना उसे याद है। उस हिसाब से इस समय वो मंजरी के घर के पास ही खड़ा है पर समस्या ये है कि वो निश्चित होकर कह नहीं सकता कि कौन सा घर मंजरी का है। वो जिस समय आया था उस समय मंजरी का घर आसमानी रंग में रंगा था, लेकिन इस समय ऐसा कोई घर उसे दिख ही नहीं रहा।

हालाँकि, उसे लगता है कि ये सामने वाला घर ही होगा। वहाँ बाहर चारपाई पड़ी थी लेकिन उसपर कोई था नहीं। एक नल था वो भी सूना पड़ा था पर उसके आस-पास में गिरे पानी को देखकर ऐसा लगा कि कोई अभी-अभी ही नल चला कर गया है। नल को ऊपर से आम की टहनियों ने ढँक रखा था और एक आम भी गिरा था नीचे। आम के पेड़ से कुछ हाथ दूर ही बरामदा है और उसी से सटकर चार कमरे। बरामदे में कोई औरत झाड़ू लगा रही थी। मयूर ने अंदाजा लगा लिया कि वो मौसी हैं। इसी बीच वो भी उसे देख लेती हैं।

"अरे मयूर तुम....आओ ना।" मौसी सुखद आश्चर्य संग बोलीं।

पाँव छूते हुए मयूर बोला, "हाँ, ऐसे ही घूमने का मन किया तो आ गया।"

"बहुत अच्छा किया, तुम बैठो मैं पानी लाती हूँ।"

"क्षमा दीदी नहीं दिख रहीं, और मंजरी भी?" हिचकते हुए पूछा है उसने ये प्रश्न।

"क्षमा अपनी सहेली के यहाँ गई है, उसकी सगाई में। मंजरी ऊपर कमरे में लेटी है। उसकी तबियत बहुत खराब है पिछले कुछ दिनों से।"

मयूर घबरा कर, "क्यों क्या हुआ?"

तभी सुनीता जी वहाँ आ जाती हैं। मौसी बताती हैं, " मयूर यही हैं मंजरी की मम्मी।" एक कथन में उन्होंने दोनों का परिचय करा दिया एक-दूसरे से।

मयूर ने उनके भी पाँव छू लिए हैं।

"मौसा भी नहीं दिख रहे?"

"तुम्हारे मौसा यहीं पड़ोस के गाँव में गए हैं, और छोटे मौसा....।"

"भईया, वो तहसील तक गए हैं किसी काम से।" सुनीता जी जानकारी देती हैं।

"मैं गलत समय पर आ गया, कोई है ही नहीं।" झूठी हँसी हँसता है मयूर।

"आज रात रुको, सबसे मिल लोगे।"

"नहीं मौसी, मुझे निकलना है, कल से धान की रोपाई शुरू हो जाएगी।"

मौसी बैठकर सबका हाल लेने लगीं, सुनीता जी ने चाय-पानी करा दिया है इस

बीच मयूर को। इन सबके मध्य वो जान-बूझकर सामान्य से तेज आवाज में बोल रहा है ताकि मंजरी आवाज सुनकर यहाँ आ जाए पर उस तक कोई आवाज नहीं पहुँची है। मयूर इस प्रतीक्षा में भी था कि मौसी या मंजरी की मम्मी स्वयं ही कह दें कि जाकर मंजरी से मिल लो, लेकिन वो भी न हुआ। उसे आए करीब आधे घंटे से ऊपर हो गए हैं। घर से भी वो झूठ बोलकर ही आया है। अंततः अब हिम्मत करके उसने कह ही दिया, "मौसी अब मैं चलता हूँ, लेकिन जाने से पहले क्या मैं एक बार मिल सकता हूँ, मंजरी से?"

उसकी इस इच्छा की प्रतिक्रिया में मौसी एकटक उसे देखने लगीं। मयूर का मंजरी से मिलने की इच्छा प्रकट करना, उस समाज के निश्चित मापदंडों के ऊपर था। ग्रामीण परिवेश में किसी लड़की के घर जाना और उससे मिलने की इच्छा जाहिर करना, दोनों के लिए समस्या खड़ी कर सकता है क्योंकि वहाँ का समाज ही इस बात को नहीं स्वीकारता कि दो विपरीत लिंग के व्यक्तियों को बिना किसी स्थापित रिश्ते के साथ होना चाहिए। इसी से मौसी को कुछ हैरानी हुई।

मयूर को लगा कि अभी डाँट पड़ेगी पर सुनीता जी ने सामान्य स्वर में कहा, "हाँ, आओ..।" वो आगे-आगे चलने लगीं, मयूर उनके पीछे।

ऊपर कमरे में पहुँच कर मयूर देखता है अस्त-व्यस्त एक कमरा और कोने में पड़ी एक खटिया, जिस पर मंजरी लेटी थी।

"मंजरी... तुम्हारे मयूर भईया आए हैं तुमसे मिलने।" कहा है सुनीता जी ने उन दोनों को ये याद दिलाने के लिए यदि इसी रिश्ते से मिलने आए हो तब तो ठीक है, और जो नहीं तो यही रिश्ता रखना भी। कहकर वो आश्वस्त हो गई हैं।

अपनी माँ के मुख से मयूर का नाम सुनते ही मंजरी ने चौंक कर मयूर की ओर ताका। उसे दिखा वो लड़का जो उसे बहुत पसंद है। सिर्फ मयूर ही चिंतित थोड़ी था, मंजरी भी चिंतित थी इस बात को लेकर कि वो नहीं कर पाई है कोई संपर्क, और इस बात को लेकर मयूर चिंतित होगा। उसे देख, उसका मन हर्ष से उमड़ आया। ऐसा लगा जैसे उसकी आधी पीड़ा तो वहीं समाप्त हो गई पर तभी उसने अपना मुँह फेर लिया जाने क्या सोचकर।

"तुम बात करो, मैं जरा जानवरों को चारा डाल आऊँ।" कुर्सी देकर चली गई हैं सुनीता जी। उन दोनों के प्रेम-प्रसंग से वो पूर्णतः अनभिज्ञ हैं, तभी निश्चिंत होकर छोड़ दिया है उन्हें अकेला।

वो चली गईं तो मयूर ने बड़े स्नेह संग पुकारा मंजरी को। मंजरी जब मुड़ी तो उसकी आँखें आँसुओं से भरी थीं। इसी दौरान बड़े ध्यान से देखा मयूर ने उसे।

उसका पूरा चेहरा लाल चकत्तों से भरा हुआ था। शायद ही कोई स्थान शेष था जहाँ की त्वचा पर ऐसे घावों का प्रकोप न हो। वही स्थिति उसके हाथ की भी थी। मयूर की नजर उसके पैर की उंगलियों पर पड़ी तो वहाँ भी उसे वैसे ही चकत्ते नजर आए। उसका हृदय रो पड़ा। मंजरी किस पीड़ा से गुजर रही होगी, यह सोचकर उसका मन विह्वल हो उठा।

बदन पर सफेद चादर ओढ़ रखी थी मंजरी ने। वो चादर मयूर के प्रवेश करने से पहले सुनीता जी ने ओढ़ाई थी उसे क्योंकि मंजरी ने सिर्फ मैक्सी पहनी हुई है। उसके पूरे शरीर पर दाद हो गया है, जो मंजरी को असहनीय पीड़ा देता है। गले तक हरे रंग का कोई लेप लगाया है उसने। वो लेप शायद चेहरे पर भी लगाया गया था जो सूख कर नीचे गिर गया। उसकी गंध से मयूर पहचानता है कि ये लेप नीम के पत्तों का है।

यदि समस्या सिर्फ दाद की होती तब भी सहनीय था, लेकिन इसी के संग मंजरी चिकनगुनिया से भी ग्रसित है। तबियत उसकी करीब आठ-दस दिन से ही ठीक नहीं है लेकिन, इस हफ्ते से तो उसने बिस्तर ही पकड़ लिया। चिकनगुनिया के कारण उसका शरीर बुखार से तपता रहता है, और पूरे बदन में इतनी तीव्र पीड़ा होती है कि बिना किसी के सहारे वो चल भी नहीं पाती। इतने ही दिन में वो कितनी कमजोर हो गई है। इसी बीच उसे दाद भी हो गया, जो सही इलाज न मिलने के कारण फैलता गया। अब ऐसे हालातों में वो चाहकर भी मयूर के पास कैसे फोन करे? छोटे से काम के लिए भी उसे इस समय अपनी माँ के ऊपर निर्भर होना पड़ता है।

मयूर से कहीं ज्यादा परेशान हुई है वो। मयूर की पीड़ा भावनात्मक एवं मानसिक थी, लेकिन मंजरी इसके साथ-साथ शारीरिक पीड़ा से भी जूझ रही थी। लेकिन अब वो खुश है। मयूर का यूँ यहाँ आना उसे बहुत अच्छा लगा है। अपने को बहुत विशेष मान रही है वो कि कोई उसे इतना चाहता है।

इसके विपरीत मयूर को बहुत पीड़ा हो रही है अपनी सखी को इस हालत में देखकर। वो रोना चाहता है लेकिन रोकर मंजरी को दुखी भी तो नहीं कर सकता। बड़ी मुश्किल से उसने पूछा है सामान्य दिखने का हर संभव प्रयास करते हुए, "कैसी हो मंजरी?" लेकिन आँखों में वो पीड़ा उमड़ ही आयी जिसे दबाने के लिए न जाने कितना भारी पत्थर रखा था उसने अपने हृदय पर।

मंजरी ने हल्के हाथों से अपने आँसू पोंछे और बोली, "हम ठीक हैं।" कहकर वो धीमे से मुस्कुराई। उस मुस्कुराहट में भँवर सी गति नहीं थी न ही थी वो अशान्ति, जो सर्वस्व स्वयं में खींच ले। उसमें था ठहराव, एक निश्चित धीमी गति जिसमें बहते हुए मयूर के भाव, जिसमें प्रेम, चिंता और पीड़ा समाहित थी, मंजरी के निराश मन

को हिम्मत देते हुए उसके साथ समांतर चलते रहे।

मयूर को समझ नहीं आया कि वो निश्चित रूप से क्या कहे? सहानुभूति दिखाना उसे भली-भाँति आता था पर उसकी आवश्यकता वहाँ होती है जहाँ औपचारिकता हो। मंजरी उसका प्रेम थी और प्रेम में औपचारिकता का स्थान उतना ही है जितना स्थान श्रद्धा में तथ्यों का।

वो मंजरी का हाथ पकड़ कर नीचे बैठ गया और कुछ न बोला। मंजरी ने अपनी नजरें उसके चेहरे पर टिका लीं। वे दोनों उस प्रेम के भागी थे जहाँ एक की पीड़ा दूसरा अनुभव कर सकता है, एक की वेदना दूसरे की वेदना है। ऐसी स्थिति में मयूर का वहाँ बिना कुछ कहे बैठे रहना और मंजरी का भी यूँ एकटक उसे ताकना, प्रेम की उस परिस्थिति को दर्शाता है जहाँ प्यार शब्द या संवाद का मोहताज नहीं है। प्रिय का उपस्थित होना मात्र प्रेम पात्र को सुख की अनुभूति कराता है। चुप रहकर भी प्रेम किया जा सकता है। मयूर को अपने पास बैठा देखा मंजरी को ऐसा अनुभव हुआ जैसे उसकी पीड़ा थम गई है, उसके जख्मों की जलन अब उसे इतना नहीं सता रही। वो निःसंदेश प्रसन्न थी।

तभी किसी के पदचाप उन्हें सुनाई दिए। मयूर उठकर खड़ा ही हुआ था जब सुनीता जी वहाँ आ गईं।

"दीदी पूछ रही थी तुम्हें।"

"जी।" कहकर वो मंजरी को ओर उन्मुख हुआ। वो भी अब उसी ओर देख रही थी। सुनीता जी नीचे उतर गईं। मयूर ने इशारे से चलने की आज्ञा माँगी, आज्ञा मिल गई।

भारी मन से मयूर चल पड़ा। सीढ़ी पर उसने कदम रखा ही था जब निर्बल स्वर में मंजरी बोली, "तुम एक दिन बहुत बड़े आदमी बनोगे। अब उसे प्रत्यक्ष रूप से देखने के लिए तुम्हारी सखी तुम्हारे पास होगी या नहीं, नहीं पता लेकिन अप्रत्यक्ष रूप से सदा ही वो तुम्हारे बगल में खड़ी है।" कहकर उसने गहरी साँस ली और आँखे मूँद कर कुछ सोचने लगी।

मयूर ने उसे देखा और उसका जैसे मन भर आया। आँसू अनियंत्रित रूप से निकल पड़े। उन्हें पोंछता हुआ वो नीचे उतरा और मंजरी के वाक्य के वो अंतिम शब्द उसके मस्तिष्क में गूँजते रहे, 'वो तुम्हारे बगल में खड़ी है....., वो तुम्हारे बगल में खड़ी है।'

मेघाच्छन्न आकाश तले मयूर उस अचंचल संध्या में बस से उतरकर पैदल ही खेत

के रास्ते घर लौट रहा था। उत्तर-पश्चिम में लगी घटा गहरी होती जा रही थी। खामोशी यूँ तो व्याप्त थी पर घुप-अंधेरा पसरता जा रहा था। बीच-बीच में कभी कोयल कुहुक उठती थी। वो लंबे पग भरता जा रहा था जब उस मिट्टी के खड़ंजे पर उसे चींटियों का विशालकाय झुंड दिखा जो बोरिया-बिस्तर बांध कर वहाँ से विस्थापित हो रहा था। ऐसा माना जाता है कि आषाढ़ में यदि इतनी सारी चींटियाँ दिखीं तो इसका अर्थ है मूसलाधार वर्षा। उन्हें देख उसकी गति और तेज हो गई। मुश्किल से वो बीस-पच्चीस कदम और चला होगा जब दूर पश्चिम से पानी के हुँकारने का स्वर उसके कानों में पड़ा और इसी के साथ पड़ी कई बूंदे भी उसके बदन पर। वो दौड़ पड़ा, लेकिन घर पहुँचने से पूर्व उसका पूरा बदन भीगा हुआ था, उसके कपड़ों से पानी निचुड़ रहा था। 'चींटियों के उस झुंड का क्या हुआ होगा?' उसने मन ही मन सोचा और कपड़े बदलने अपने कमरे में चला गया।

"किताबें ले लीं?" व्यंग्यात्मक स्वर में पूछा है माँ ने।

आज नहीं तो कल मयूर के रीतमपुर जाने की खबर माँ को लग ही जाएगी, यही सोचकर, "यहाँ बाजार में मिली नहीं तो तहसील तक चला गया था। फिर सोचा अब यहाँ तक आ गया हूँ तो मौसी के यहाँ भी घूम ही आऊँ।"

माँ ने कुछ कहा नहीं है, लेकिन वो क्षुब्ध हैं। उनकी इस मनःस्थिति से मयूर रूबरू है। कहने के लिए भी उसके पास कुछ है नहीं अतः सिर झुकाकर वो कुर्सी पर बैठ गया, और तब तक बैठा रहा जब तक माँ वहाँ से चली न गईं।

उस दिन की स्मृति को हृदय में बसाए मानसून बीत गया और शरद का प्रवेश हुआ। बीते दिन निराशा और उदासी से भरे थे। मंजरी की तबियत करीब दस दिन बाद सामान्य हो गई थी, लेकिन अभी भी उसके शरीर में दर्द रहता है। मयूर अत्यधिक समय एकांत में ही व्यतीत करता और उस समय उसे ऐसी अनुभूति होती जैसे कुछ क्षणों के लिए बाहरी निराशाओं से वो दूर है।

मानसून आने के बाद, इस साल बरसात बहुत हुई। कभी-कभार ही कोई दिन छूटा होगा जब बरखा न गिरी हो। वो पूरा दिन ऐसे में अपने कमरे में बैठा, खिड़की के बाहर देखा करता। कभी बादल काले होते, कभी एकदम लाल, कभी बड़ी-बड़ी बूँदे गिरतीं तो कभी आँधी।

एकांत में एक शक्ति है जिसमें निहित कला को उभारने का सामर्थ्य है। जैसे-जैसे

वो अकेला होता जा रहा था, वैसे-वैसे उसके भीतर की रचनात्मकता स्वरूप ले रही थी। उसके विचार, उसकी कल्पना, उसका व्यक्तित्व सब मानो अकेले में प्रकृति स्वयं आकर अपने हाथों से गढ़ रही हो। वैसे भी, रचनात्मकता को जन्म देने में सबसे बड़ा हाथ प्रेम एवं वेदना का ही होता है। वो तो दोनों से सुशोभित है।

यूँ तो पिछले चालीस-पैंतालीस दिनों से किसी ने उसे बहुत अधिक हँसते हुए नहीं देखा था पर आज संध्या में कुछ तो विशेष था जिसने मयूर के मुख पर हर्ष का गुलाल पोत दिया था। उसके बोलने का लहजा, उसका व्यवहार सब बड़ा हँसमुख हो गया था अचानक। आज भी बरसात हो रही थी, शायद मानसून का कुछ अंश शेष रह गया हो। काले बादलों ने सर्वप्रथम सूरज को ढँका तत्पश्चात बहती आँधी ने परिवेश को रोमांच से भर दिया और उसके बाद से बारिश रुकी नहीं है।

मयूर अपने कमरे में बैठा है और सामने हिलते बबूल के पेड़ को देख रहा है। कभी-कभी तो हवा के थपेड़ों से वो इतना झुक जाता है कि जैसे बस टूटा। उसे बहुत रोमांच हो रहा है यह सब देखकर। उसके भीतर का रचनाकार शाम में करीब साढ़े तीन बजे के बाद से ही सब कुछ बड़े गौर से देख रहा है। जब भीतर से उसे भरा हुआ महसूस हुआ तो वो उठा और कोरे कागज पर अपने मन को उतारने लगा। बड़े दिन बाद उसने कोई कविता लिखनी शुरू की है।

कला की प्रेरणा निःसंदेश वेदना से है पर उसका सम्प्रेषण प्रसन्नता के भाव के बिना अधूरा है। इतने दिनों से न जाने क्या-क्या चल रहा था मयूर के मन में पर कभी उसका मन नहीं किया कि वो कुछ लिखे, लेकिन सिर्फ इसलिए की आज सुबह में मंजरी ने उससे फोन पर कहा है कल मिलने को, वो खुश है। इसी आमोद के आग्रह से इतने दिनों से मन में इकट्ठा किया हुआ सब कुछ वो कागज पर उतार देना चाहता है।

जब मंजरी की तबियत कुछ ठीक हो गई तो दोनों पुनः बातचीत करने लगे। हालाँकि, मंजरी को सीढ़ियाँ चढ़ने में बहुत तकलीफ होती पर मयूर से बात करने की खुशी में वो चोरी छिपे छत पर जाती है, और मयूर से बातें भी खूब करती है। उसका स्कूल जाने कब का खुल गया है लेकिन जाने की हिम्मत वो नहीं कर पायी है। वो थोड़ा सा भी चलती है तो थक जाती है। चिकनगुनिया बीमारी ही ऐसी है, ठीक होने के बाद भी पीछा नहीं छोड़ती। अब जब वो कुछ ठीक हो गई है तो कल से उसने विद्यालय जाने का सोचा है। घर से करीब तीन किलोमीटर दूर है स्कूल, अतः इसी बहाने वो मिल भी लेगी मयूर से।

जब यही प्रस्ताव आज उसने मयूर के समक्ष रखा तो वो खुशी से उछल पड़ा।

दोनों ने निर्णय लिया है कि दोपहर में जब मंजरी स्कूल से छूटेगी, तब तक मयूर वहाँ पहुँच चुका होगा। फिर दोनों पैदल ही पूरे रास्ते बात करते हुए चलेंगे। गाँव के मोड़ पर पहुँच कर मयूर लौट जाएगा और मंजरी घर चली जाएगी। किशोर प्रेम के कई कृत्य बेहद प्रशंसनीय लगते हैं।

मयूर को अगली सुबह का सूरज रोज की अपेक्षा बड़ा और चमकदार लगा। वो लहराता हुआ पहुँचा मंजरी द्वारा बताए गए स्थान पर और ठीक सवा एक बजे मंजरी उसे विद्यालय से बाहर आती दिखी, गुलाबी रंग की साइकिल संग। वो जैसे-जैसे करीब आती गई, प्रसन्नता से मयूर का हृदय भरता गया। वो उसके एकदम करीब पहुँच गई। उसने देखा मंजरी के मुख पर अब पहले से अधिक दाग हैं, दो-एक जगह हल्के गड्ढे भी दिखे उसे। उसके चेहरे का रंग पहले से काफी ज्यादा बदल चुका था।

उनपर विशेष ध्यान न देते हुए मयूर ने अधरों पर छाई मृदुल मुस्कुराहट से उसका स्वागत किया। उत्तर में मंजरी भी मुस्कुराई पर कुछ अधूरापन झलक गया उस कृत्य से, शायद वो मुस्कान कृत्रिम थी।

वो दोनों चल पड़े। मंजरी ने बोलने के लिए कोई विशेष उत्साह न दिखाया। मयूर के भीतर का आमोद मंजरी के इस परिवर्तित स्वभाव को देखकर थम गया था। वे मुँह बाँधे चलते रहे। उनके मध्य आ गए इस खिंचाव को मयूर महसूस कर सकता था। उसे लग रहा था कुछ है, जो सही नहीं है तत्पश्चात ये सोचकर कि शायद घर पर किसी ने कुछ कहा हो, वो मौन ही रहा।

वो उसे बड़े ध्यान से देख रहा था। पहले की मंजरी और इस मंजरी में बहुत अंतर दिखाई दिए उसे। बात करने में उसने कभी मंजरी को हिचकते नहीं देखा था पर आज वो हिचक झलक रही थी। समय के साथ उसे विश्वास हो गया कि बात घर-परिवार की नहीं अपितु कुछ और है। कुछ जिससे मंजरी बहुत दुखी है। मयूर को चिंता भी हो रही थी और कुछ क्रोध भी आ रहा था कि जो बात है वो साफ-साफ कह क्यों नहीं रही?

वे साथ-साथ चलते रहे, लेकिन मंजरी न बोली। जब मयूर आश्वस्त हो गया कि मंजरी नहीं बोलेगी तब वो बोल पड़ा, "देखो, कुछ बात तो है जो तुम मुझसे छिपा रही हो। साफ-साफ बताओ, क्या हुआ?"

मंजरी हँसी, "कौन सी बात छिपा रही हूँ?"

मयूर जल गया, "ठीक है, नहीं बताना, मत बताओ।" कहकर उसने लंबे-लंबे

पग भरे और आगे बढ़ गया।

मंजरी इसके लिए उद्यत न थी। जब मयूर आगे चला गया तो उसे जान पड़ा कि उसने कोई बड़ी भूल कर दी है। तथापि ये द्वन्द्व मन में रहा कि मयूर को बुलाए या नहीं? अगर बुलाती भी है तो कैसे कहे अपने मन की उस बात को जिसने उसे इन दिनों में कितनी बार रुलाया है। धीरे-धीरे विद्यालय के बच्चों की भीड़ में मयूर ओझल हो गया और तब मंजरी का हृदय चीख कर बोला, 'मयूर को रोक लो।' वो दौड़ पड़ी और मयूर के बगल में पहुँच कर रुकी।

हाँफते हुए झुक कर मंजरी ने अपनी दोनों हथेली घुटनों पर रख रखी थी और सिर ऊपर उठाकर मयूर को देख रही थी। कुछ सेकंड बाद वो खड़ी हुई तो मयूर ने अपने बैग से पानी का बोतल निकालकर उसे थमा दिया। पानी पीकर मंजरी का हाँफना कम हुआ तो वो बोली, "तुमसे कुछ बात करनी है।"

व्यथा से घिरी नज़रों से उसने मयूर को ताका फिर बोली, "ऐसी कोई औपचारिकता नहीं है कि अब भी तुम हमसे बोलो ही।"

मयूर चौंका, "तुम्हारे कहने का अर्थ क्या है?" फिर अचानक उसके मस्तिष्क में एक ख्याल कौंधा और आश्चर्य से वो मंजरी को देखने लगा।

मंजरी शांत थी।

"तुमने मुझे इतना छोटा समझा था, इसके मुझे अंदेशा नहीं था।" मयूर क्रोध में तपते हुए बोला। वो मंजरी के बदले स्वभाव का रहस्य समझ चुका था।

मंजरी की आवाज कुछ रुआसी सी हो गई, "जानते हो, जब हम ठीक हुए तो उस समय चेहरे पर बस निशान थे और सब कह रहे थे कि कुछ समय में अपने आप चले जाएँगे। शुरुआत में तो हमने नजरंदाज कर दिया पर धीरे-धीरे फिर से दाद बढ़ने लगा और काफी दूर में फैल गया। उसके लिए एक क्रीम थी कोई ट्यूब में, वो मम्मी ने हमें लगाने के लिए कहा। अब दिक्कत ये हुई कि वो इक्सपायर हो चुकी थी। न मम्मी ने देखा उसे न हमने। दो-तीन दिन लगाने के बाद चेहरे में दाने निकलने लगे और दाद भी बढ़ता ही गया पर तीन-चार दिन तक हमने तब भी वही क्रीम लगाई। धीरे-धीरे चेहरा काला पड़ने लगा था और इस गाल पर तो ऐसा लगता जैसे चमड़ी जल गई हो। तब डॉक्टर को दिखाया तो उन्होंने कहा कि इन्फेक्शन हो गया है। दवा चली, अभी भी दवाई खाते हैं लेकिन अब चेहरा पहले जैसा तो नहीं ही हो सकता। तुमसे फोन पर ये सब इसलिए नहीं बताया कि बेवजह परेशान होगे। तुमसे मिलना भी इसीलिए था ताकि तुम हमें देख लो। हमें कोई अधिकार नहीं तुम्हें अंधेरे में रखने का। अब जैसे काले और भद्दे हम दिखने लगे हैं, वैसे ही आजीवन दिखेंगे।" फीकी

मुस्कुराहट थी उसके चेहरे पर।

मयूर ने मंजरी की बाँह पर जोर की चिकोटी काटी। दर्द से उसकी चीख निकल गई। उसने जब मयूर की ओर देखा तो वो गुस्से से उसे ही ताक रहा था। मंजरी ने उदास होकर अपना सिर नीचे झुका लिया और चलती रही।

मयूर ने गहरी साँस ली फिर बोलना प्रारंभ किया, "मंजरी, आज तुमने मुझे बहुत दुखी किया है। मैं सुबह कितना खुश था कि तुमसे मिलूँगा इतने दिन बाद। तुम मिली लेकिन इतने उदास मन से कि मेरी सारी खुशी बह गई। मुझे लगा घर की कोई समस्या होगी, शायद तुम अभी बताओगी पर तुमने कुछ नहीं कहा। उल्टा जब मैंने पूछा कि क्या हुआ तो ऐसे नाटक कर रही थी जैसे कुछ हुआ ही नहीं है। और इतनी दूरी सिर्फ इसलिए बनाई जा रही है क्योंकि तुम्हारे चेहरे का रंग कुछ साँवला हो गया है और उस पर दाग हैं? मुझे घृणा होती है इस सोच से कि तुमने मेरे बारे में ऐसी धारणा बना ली।"

"क्या कह रही हो तुम कि ऐसी कोई औपचारिकता नहीं है कि मैं तुमसे बोलू ही? अरे औपचारिकता के लिए बोलता हूँ तुमसे कि प्रेमिका हो तुम मेरी इसलिए बोलता हूँ। रही बात तुम्हारे काले और भद्दे दिखने की तो तुम आज ही जाकर आँख दिखाओ अपनी। तुम्हें दिखना बंद हो गया है। जिसे तुम काली और भद्दी कह रही हो, उससे अधिक सुंदर मैंने किसी को देखा ही नहीं। वैसे भी शरीर, रंग-रूप से क्या अर्थ? मेरी प्रेमिका तुम हो, न कि तुम्हारा चेहरा।" उसने इस रफ्तार से कहा ये सब कुछ और इतने आवेश में कहा कि उसकी जुबान बीच-बीच में लड़खड़ा जाती।

"समय के साथ ये दाग भर जाएँगे, तुम्हारा चेहरा फिर पहले जैसा हो जाएगा, कुछ और समय बीतेगा तो इसी चेहरे पर झुर्रियां भी आ जाएंगी पर जो तुम भीतर से हो वो नहीं बदलेगा। तुम्हारे स्वभाव की निश्छलता, प्रेम, विनम्रता, सादापन सब समान ही रहेगा। मंजरी, मुझे अब तक लगता था कि तुम समझदार हो और रूप-रंग के पायदान से ऊपर हो क्योंकि मैंने तुम्हें कभी सजते-सँवरते नहीं देखा था पर आज सिर्फ इतनी छोटी सी बात के लिए इतना परेशान होकर तुमने मुझे गलत ठहरा दिया।"

मंजरी ने मयूर की एक-एक बात को बड़े ध्यान से सुना। उसका हृदय उस चिड़िया सा खुले अम्बर में उड़ने लगा जो भूल से किसी बंद कमरे में फँस गई हो पर तभी दरवाजा खुल जाए और वो स्वतंत्र मन से चल पड़े। न जाने कितने समय से वो अपने ख्यालों के बंद अंधेरे कमरे में फँसी सोचती रहती थी कि शायद मयूर अब उसके प्रति उतना लगाव न रखे। हालाँकि मन के किसी कोने में ये आस रहती कि

हो सकता है ऐसा न भी हो जैसे उस चिड़िया को उम्मीद होती है बाहर निकल जाने की। आज मयूर ने दरवाजा खोल कर उसे उस अंधेरे से निकाल लिया था। वो इस सोच में पड़ी थी कि मयूर को वो ऐसा क्या कह दे जिससे उसके मन में उफन रहे कृतज्ञता के भाव व्यक्त हो जाएँ। हालाँकि, ज्यादा कुछ जब समझ में न आया तब उसने किसी बच्ची सी मासूमियत संग अपने दोनों कानों को पकड़ लिया और मयूर की आँखों में देखते हुए बोली, "अइसे जिन कहा, हम समझदार हई (ऐसे मत कहो न, मैं समझदार हूँ) बस डर गई थी कि कहीं....।"

मयूर मुस्कुराया और उसे बीच में रोकते हुए बोला, "तुम्हें सफाई देने की जरूरत नहीं है। बस इतना बताओ कि मन में से ये हीन भावना निकली?"

"बिल्कुल।" कहकर वो हँसी। उस हँसी में मिथ्या नहीं थी, मंजरी भी जानती थी, मयूर भी जानता था।

"तो अब से अपने रंग को लेकर परेशान मत होना। सच कहूँ तो तुम मुझे अब ज्यादा अच्छी लग रही हो, पहले अंग्रेजन जैसी लगती थी।"

मंजरी ने उसे धीमे से एक चपत मारी फिर बोली, "थैंक यू।"

मयूर मुस्कुरा कर रह गया। इसी बीच मंजरी के गाँव का मोड़ आ गया। मुस्कुराते हुए मंजरी ने विदा ली और मयूर भी चल पड़ा घर की ओर।

'कितनी भोली और पागल है ये पगली। छोटी सी बात के लिए इतना परेशान थी।' सोचता हुआ चला जा रहा था मयूर।

मयूर के कहे गए शब्दों को, विशेषकर कि वो उसे अच्छी लग रही है, मन में दोहराते हुए मंजरी भी जा रही है। वो परेशान इसीलिए थी कि मयूर क्या सोचेगा पर जब मयूर को वो जैसी है वैसी ही पसंद है तो दूसरे से क्या अर्थ?

आज उन दोनों की बोर्ड की अंतिम परीक्षा है। गत छः माह उन दोनों ने प्रसन्नता से ही काटे हैं, यदि कुछ दिन हटा दें तो। दिन खराब गए हैं क्योंकि दोनों लड़े हैं। उनमें हर दूसरे-तीसरे हफ्ते हल्की नोक-झोंक होती रही है, जिसमें हारा मयूर ही है। कई बार तो मंजरी मयूर की बात से सहमत भी होती, फिर भी लड़ती। अपना जन्मसिद्ध अधिकार जो मानती है वो लड़ना। इसी से अक्सर उनके मध्य अनबन होती, लेकिन फिर आप ही दोनों मान भी जाते और प्यार भी हो जाता उनमें। लड़ाई भी उनमें कोई बड़ी बात लेकर न होती। बस मयूर ने मंजरी को

गिरगिट कह दिया, उसने भी जवाब में बिसखोपड़ा, हो गई लड़ाई।

मंजरी एक दिन बड़ी रफ्तार से बात कर रही थी तो मयूर ने उसका नाम गिलहरी रख दिया। जवाब में जब उसे कुछ न सूझा तो बोली, "तुम गिलहरा।"

"ऐसा कुछ होता ही नहीं।"

बस रूठ गई मंजरी। वही नहीं मयूर भी रूठता है ऐसी छोटी-छोटी बातों पर। रूठने का लाभ ये है कि सामने वाला मनाता है, और मनाने के दौरान ऐसी प्रेम भरी बातें करता है कि हम आप सुन लें तो हँसते हुए लोटने लगें।

कुछ इसी प्रकार काल संग उनके दिन व्यतीत हो रहे हैं। मिलने का मौका उन्हें मिल नहीं पाया है, लेकिन आज वो मिलेंगे। पिछले महीने भर से बोर्ड की परीक्षा का बोझ उनके सिर पर था, इसीलिए भावनाओं को नियंत्रित कर रखा था पर आज मिलने की उन्होंने ठान ली है। वैसे भी अबकी परिणाम आने के बाद मयूर दिल्ली चला जाएगा, तब तो मिलना और भी कम हो जाएगा।

मंजरी की परीक्षा का सेंटर जहाँ पड़ा था, उससे बस दस किलोमीटर ही दूर मयूर का सेंटर था। ये भाग्य ही था उनका। इसी से पेपर देकर निकलते ही मयूर सुबोध की बाइक पर बैठा और मंजरी के सेंटर की ओर चल पड़ा। करीब बीस मिनट बाद वो वहाँ पहुँचा तो अब भी बच्चे निकल ही रहे थे। ये विद्यालय क्षेत्रफल की दृष्टि से काफी बड़ा था, जाहिर है भीड़ भी काफी थी। वहीं एक ओर अपनी साइकिल संग मंजरी दिखी उसे। उसने भी देखा इन दोनों को। सुबोध ने इशारे से ही मंजरी के चरणस्पर्श किए जिसके उत्तर में मंजरी मुस्कुरा कर रह गई।

"तुम यहीं मिलना, हम आते हैं आधे घंटे में।" कहते हुए मयूर मंजरी के पास जाता है, और दोनों चल पड़ते हैं उत्तर दिशा की ओर, जिधर बाजार लगती थी।

वे दोनों बेहद प्रसन्न हैं। छः माह का समय कम नहीं होता। लेकिन अफसोस, इस क्षण उन्हें भनक तक नहीं है इस बात की कि उनके अगले मिलन का समय नियति ने सिर्फ छः महीने नहीं, उससे कहीं ज्यादा निर्धारित कर दिया है। समय उनके मध्य दूरी की जो दीवार खड़ी करने जा रहा है, उसकी नींव आज ही पड़ने वाली है। इतने दिन से वो मिलना चाहते थे, लेकिन मौका नहीं मिल रहा था पर आज मिला है। मिलता भी क्यों न, नियति को उन्हें अलग जो करना था।

"मंजरी...।" मयूर ने मुस्कुरा कर पुकारा उसे।

वो मुस्कुराते हुए उसकी ओर मुड़ी।

"समोसा खाओगी?"

मंजरी ने मुस्कुराते हुए हाँ में सिर हिला दिया।

बाजार के बहुत पुराने हलवाई जो जगदीश नाम से प्रसिद्ध थे, उनकी दुकान में ये दोनों गए। आगे समोसा, जलेबी, इमरती, आदि बन रहे थे। शीशे के अंदर लड्डू, गुलाब जामुन, रसगुल्ला, आदि मिठाइयाँ रखी थीं। दो प्लेट समोसा और चाय बोलकर मयूर मंजरी के साथ दुकान के भीतर पहुँचा। करीब बीस-पच्चीस टेबलें रखी थीं। कुछ पर लोग भी थे लेकिन दोपहर होने के कारण भीड़ काफी कम थी।

दोनों बैठे एक दूसरे को ऐसे देख रहे थे। उनकी आँखों में मूक विषाद तैर रहा था, जैसे आज वे आखिरी बार देख रहे हैं अपने प्रेम को। कई बार हमें कुछ ज्ञात नहीं होता, लेकिन हृदय सब जानता है। उनके साथ भी यही हो रहा है। वे दोनों आने वाली विपत्ति नहीं जानते, लेकिन उनके मन को ज्ञात है। वैसे भी, सच तो यही था कि भले उन्हें ये लग रहा था कि वो पुनः जल्दी मिलेंगे, लेकिन वो मिलते नहीं। शायद इसका अंदेशा उन्हें हो रहा है, पर उस पुकार को अनसुना करते हुए वे इस भावना को नजरंदाज कर रहे हैं।

समोसा आया, दोनों ने खाना प्रारंभ किया, और खूब बातें कीं। खा-पीकर दोनों वहाँ से निकले इस बात से अंजान कि जब वे भीतर प्रविष्ट हुए तो उन्हें किसी ने देख लिया है। सबसे बड़ी भूल यही हुई उनकी ओर से कि बिना जायजा लिए ही वे वहाँ बैठ गए। उनके निकलने के बाद मयूर के पिताजी और माँ भी भीतर से ही निकले। दोनों के चेहरे पर रोष स्पष्ट प्रदर्शित हो रहा था।

दरअसल, आज माँ को दवा लेने जाना था तो पिताजी लिवा कर गए थे। वहीं से आते समय वे वहाँ रुके और मयूर को देख लिया। वो तो लोक-स्थान था इसी से वे चुप रह गए पर घर जाने के बाद उन्हें क्या-क्या करना है, सारी योजना उन्होंने सोच ली थी। दुख इसी बात का है कि इस समय बिनोद बाबू बहुत स्वार्थी होकर सोच रहे हैं। उनका दिमाग उन्हें ये सोचने ही नहीं दे रहा कि कभी तुम भी तो चाहते थे बिट्टी को, कभी क्या अभी भी चाहते ही हो। जैसे तुम्हारा प्रेम था, वैसे ही मयूर का भी है, लेकिन वो ये सब कभी नहीं सोचेंगे। अपनी बात में एक चीज और जोड़ता हूँ, किसी का प्रेम दूसरे के लिए हँसी और घृणा का ही पात्र होता है।

उसे पापा-मम्मी ने देख लिया है, इस बात से अनभिज्ञ मंजरी के साथ चलता हुआ वो उसे गले लगाना चाहता था पर यहाँ बाजार में तो ये अभिलाषा पूर्ण नहीं हो सकती। उसके मन में बहुत कुछ चल रहा था और उन्हीं भावनाओं को व्यक्त करते हुए वो बोला, "मंजरी एक बात कहूँ?"

"मैं भी कहूँ?" मंजरी मुस्कुराई।

"दोनों कहते हैं लेकिन पहले मैं।" मंजरी ने सिर हिला कर स्वीकृति दी तो मयूर

ने बोलना प्रारंभ किया, "मंजरी, बचपन में जब मैं सबसे पहली बार तुमसे मिला था तब तुम मेरे पैर पर चढ़ी थी और तब मैंने तुम्हें मन ही मन छुटी भैंस कहा था।" रुककर उसने मंजरी के चेहरे के भाव देखे तो वो मुस्कुरा रही थी।

"उसके बाद याद है, अबकी जब तुम घर आयी थी तो अपनी आँख झटके से बंद करके खोल दी थी।" कहकर वो शरमाया, मंजरी भी झेंप गई।

"तुम्हारी ओर मैं उसी पल से आकर्षित हो गया था। उसके बाद हम दोनों एक-दूसरे को छिप-छिप कर देखा करते थे, विशेषकर मैं। वो सब कुछ जब भी याद आता है तो बहुत खुशी होती है कि चलो मेरी वो मंजरी मेरे पास तो है। कितना कुछ किया हम दोनों ने इस एक साल में। मैं तुम्हें बहुत प्यार करता हूँ और तुम्हारे बिना अब रह पाना संभव नहीं है।"

मंजरी ने मुस्कुरा कर उसकी ओर देखा, "हम भी नहीं रह पाएंगे तुम्हारे बिना।"

"एक बात कहनी है, बस ये मत कहना कि अभी से ही कुछ ज्यादा नहीं हो रहा।" मयूर ने उसे छेड़ा।

धीरे से उसे मारते हुए वो बोली, "बताओ, नहीं कहेंगे।"

"मैं तुमसे ही शादी करूँगा।" कहकर उसने नजरें नीची कर लीं।

मंजरी हँसी, "तो तुम्हें क्या लगता है? मैं किसी और से तुम्हें करने दूँगी?"

दोनों की नजरें मिली और वे मुस्कुरा दिए।

"तो अब जुलाई में ही मिलना होगा?" मयूर ने पूछा।

"हाँ।" वो कुछ नीरस हुई।

उसका मन हल्का करते हुए मयूर बोला, "इसमें उदास होने की क्या बात है। अब तक कोई निश्चितता नहीं थी तो डर लगता था पर अब हम दोनों जानते हैं कि आज नहीं तो कल हमें एक होना ही है तो उदास क्यों होना? और वैसे भी, जिस प्रेम में विरह नहीं है वो प्रेम नहीं पाखंड है। देखो न, संसार में जितनी भी चीजें महत्वपूर्ण हैं, जिनके भरोसे सृष्टि टिकी है वो सब विरह में ही हैं। अब चाहे वो आकाश और धरा की विरह हो या नदी के दो तीरों की, जो स्वयं दूर रहकर नदी को रास्ता देते हैं। सोचो अगर ये एक हो जाएँ तो क्या जीवन संभव रहेगा इस पृथ्वी पर।" मयूर ने विरह को लेकर जो ज्ञान झाड़ा वो उसने सिर्फ कुछ महीने की दूरी को केंद्र में मानकर बका, लेकिन उसे क्या पता था कि आज के बाद उनके मध्य अनिश्चित काल की दूरी आने वाली है जिसका सामना करने में उनके प्रेम की अगम्य परीक्षा होगी।

मंजरी प्रभावित तो बहुत हुई मयूर के मुख से इतनी गहरी बातों को सुनकर। उसी

प्रभाव से बोली, "तुम तो नाहक कुछ और पढ़ना चाह रहे हो, लेखक ही होना चाहिए तुम्हें।"

"वो भला क्यों?"

"बातें तुम वैसी ही करते हो।"

मयूर मुस्कुरा दिया।

शायद इस तथ्य की ओर उनका ध्यान नहीं गया पर आज वे कुछ अलग ढंग से बात कर रहे थे। एक व्याकुलता थी उनके स्वर में जिसे वो समझ नहीं पा रहे थे, बस उन्हें वो आभास हो रहा था। आज उनके मुख से निकला हर संवाद ऐसे स्वर में था जैसे आज का ये मिलना उनका अंतिम मिलन है। तमाम संतुष्टि और सांत्वना के बाद भी उनका मन बेचैन था।

जब मंजरी जाने लगी तो मयूर को ऐसा लगा जैसे वो सदा-सदा के लिए जा रही है। उसकी आँखों से आँसू भी छलक पड़े थे। मंजरी भी रो दी थी। कुछ कदम चलने के बाद वो पलटी तो मयूर को अपनी ओर देखता पाया उसने। मयूर के मस्तिष्क में एक स्वर गूँजा, 'तुम मंजरी को आखिरी बार देख रहे हो।' मंजरी चली जाती है और मयूर उस स्वर को अपने ज्यादा सोचने का नतीजा मानकर बाइक पर बैठ जाता है।

मयूर घर पहुँचा तो उसे शीघ्रता थी अपने कमरे में जाने की। उसका हृदय बहुत भारी था और अकेले में रोकर वो उसे शांत करना चाहता था। बेहद संशय में था वो कि मिलने के बाद यूँ तो मन प्रसन्न होना चाहिए, लेकिन ऐसा क्यों नहीं है? क्या है जिसकी अनुभूति उसके मन को हो रही है, मस्तिष्क को नहीं?

वो घर के भीतर प्रविष्ट हुआ ही था जब बिनोद बाबू ने कड़े शब्दों में पूछा, "कहाँ से आ रहे हो।" पहले निकलने के कारण वो मयूर से काफी पहले घर पहुँच गए थे और बैठे सुलग रहे थे।

"पेपर देकर।" अभी तक मयूर को उस अनहोनी का अंदाजा नहीं लगा था जो हो चुकी थी।

"सेंटर जगदीश हलवाई के यहाँ था?"

जगदीश हलवाई का नाम सुनते ही मयूर सन्न हो गया। कहने के लिए उसके पास शब्द न थे। किन शब्दों में वो संप्रेषित करे इस बात को कि वो चाहता है मंजरी को? इसी उधेड़-बुन में फँसा था वो जब बिनोद बाबू गरजते हुए बोले, "एकदम कसम ही खा ली है क्या तुमने कि घर का नाम डुबो दोगे?"

मयूर आवेश में, "किसी से प्यार करने भर से अगर आपको लगता है कि

आपका नाम डूबता है तो हाँ डुबो दूँगा।”

दो झन्नाटेदार थप्पड़ पड़े उसके दाहिने गाल पर। माँ अब तक शांत थीं पर अब उन्हें बोलना आवश्यक लगने लगा, “भईया, इतने बदतमीज क्यों होते जा रहे हो, दिन के दिन? ऐसा क्या खास है उस लड़की में? दिखती भी तो कितनी काली है।”

मयूर तप गया, लेकिन मन को शांत रखते हुए बोला, “सुंदरता से क्या मतलब, शख्सियत अच्छी होनी चाहिए और वो मंजरी की है।”

“देख रहे हैं आप..।” तपते हुए माँ ने कहा है बिनोद बाबू से। “जब वो यहाँ आयी थी तभी मैंने आपसे कहा था कि मयूर का चाल-चलन ठीक नहीं है, लेकिन आपने इस बात में कोई रुचि नहीं ली। ये उसके घर तक गया था, तब भी आपने कुछ नहीं कहा। अगर उस समय कहते तो आज ये नौबत नहीं आती।” अश्रु फूट पड़े थे माँ की आँखों से।

“मेरे बोलने से क्या हो जाता? इसके चरित्र में ही दाग था।” बिनोद बाबू ने बिफरते स्वर में कहा।

मयूर और कुछ भी बोलने से स्वयं को रोक रहा था, लेकिन अब उससे रहा न गया “सही कहा आपने, मेरे चरित्र में ही दाग है। लेकिन खुशी है इस बात की मुझे कि बावजूद इसके इंसान ही हूँ मैं जो दूसरे इंसान की भावनाओं को समझता है, आप लोगों की तरह नहीं जो अपने स्वार्थ के लिए दूसरे का जीवन होम कर दे।”

माँ-पिताजी आश्चर्य से उसे देखने लगे, कोई कुछ न बोला। कुछ देर बाद जाने क्या फुसफुसाते हुए बिनोद बाबू वहाँ से उठ कर चले गए। उसे मारकर भी कोई लाभ नहीं है, ये समझ चुके थे वो।

मयूर भी अपने कमरे में चला गया और तकिये में मुँह छिपाकर बड़ी देर तक रोता रहा। उसे मंजरी की कमी बहुत खल रही है, पर ये सोचकर कि अच्छा ही है वो यहाँ नहीं है, कम से कम खुश तो है, उसे कुछ सुकून मिला पर उसका रोना जारी रहा।

वो सोचता है कि सारी बात यहीं थम गई है पर अभी तो बहुत कुछ होना शेष है, इससे भी बुरा।

मंजरी खा-पीकर बाहर नल पर बर्तन माँज रही थी, जब उसकी बड़ी माँ फोन पर किसी से बात करते हुए सरिता जी के पास आयीं और फोन उन्हें थमा दिया। उनके पीछे क्षमा भी आयी है, कुटिल मुस्कान अपने अधरों पर पहने हुए। अब तक भी मंजरी को तनिक भी अंदेशा नहीं है कि किसका फोन है, और क्या कुछ घटित हो

चुका है।

बर्तन माँजते हुए वो देख पा रही है फोन पर बात करते हुए अपनी माँ को जो उसे घूर रही हैं। बर्तनों की खड़खड़ाहट के मध्य उसके लिए उनकी आवाज को सुनना थोड़ा कठिन है, लेकिन अधिकतर समय माँ शांत ही रही हैं, ये वो जानती है। करीब दस मिनट बाद फोन कटा है, और अब क्षमा माँ के पास गई है। मंजरी बर्तन धुल चुकी है और उसे उठाकर रसोई की ओर ले जा रही है पर उसका ध्यान उसी ओर केंद्रित है। उसे आभास हो रहा है कि कुछ तो सही नहीं हुआ है, लेकिन अब भी उसके संदर्भ में कुछ हुआ है, यहाँ तक वो नहीं सोच पायी है।

"तुम्हें चाची बुला रही हैं छत पर।" क्षमा की आवाज में अलग उत्साह है।

मंजरी जब जाने लगी तो धुन सहित गुनगुनाती है क्षमा,

हम लाख छुपायें प्यार मगर,

दुनिया को पता चल जाएगा,

लेकिन छुप-छुप के मिलने से,

मिलने का मज़ा तो आएगा।"

उस गुनगुनाने में मंजरी को व्यंग्य झलका। तथापि उसे नजरअंदाज करते हुए वो छत पर चली गई। उसने अपना पहला कदम ही रखा था वहाँ जब माँ ने उसकी कुहनी पकड़ी और लगभग खींचते हुए एक किनारे ले गई। मंजरी कुछ चौंक कर, "हुआ क्या मम्मी?"

"इतनी सीधी मत बनो। आज मयूर से मिली थी?"

मंजरी स्तब्ध।

"दिमाग खराब हो गया है क्या तुम दोनों का? न्योता होता है उनके यहाँ से हमारा। सबके सामने नाक कटवाओगी तुम तो।" बड़ी देर तक लानत भेजती रहीं सरिता जी उस लड़की पर जिसे लाड में मयूर लाडो कहा करता है।

मंजरी सब सुन रही है। उसके मन में किस भाव की प्रधानता है ये उसे स्वयं ज्ञात नहीं। वो रोई भी नहीं है, बस शिला सी खड़ी सारे भावनात्मक आघातों को अपने सीने पर लिए जा रही है।

"एक चीज तुम अपने दिमाग में बैठा लो। किसी भी हालत में तुम्हारी शादी मयूर से नहीं हो सकती। तुम्हारे पापा को इसकी भनक भी लगी न तो किसी न किसी बहाने मार देंगे तुम्हें। मुझसे मेरी इकलौती बेटी मत छीनो, तुम्हारे पैर पड़ती हूँ।" सरिता जी अब रोने लगी हैं और सच में मंजरी का पैर पकड़ लिया है।

मंजरी बिना कुछ कहे दो कदम पीछे हट गई है। इस क्षण चल तो उसके मगज में

बहुत कुछ रहा है पर जो कुछ चीजें मैं पढ़ पा रहा हूँ उसमें मुख्यतः तीन चीजें हैं। पहला, जो मम्मी अभी आगबबूला हुई जा रही थी, मेरे चरित्र तक पर प्रश्न उठा दिया, अब वो इतनी भावनात्मक हो गई हैं कि पाँव तक पकड़ लिए। नाट्य कला में कोई इतना भी कुशल हो सकता है क्या? दूसरा, मेरी हमउम्र क्षमा दीदी, जिन्हें मैं इतना मानती हूँ, मयूर भी उनका कितना सम्मान करता है, वो पूरी तरह से हमारे विरुद्ध हैं। सिर्फ खिलाफ ही नहीं हैं अपितु उन्होंने तो चिंगारी को आग का स्वरूप देने में कोई कसर न छोड़ी। जिससे समर्थन की आस की जाती है, वो इतना खिलाफ क्यों है? तीसरा, मेरे प्यारे मयूर पर क्या गुजर रही होगी? मौसा कितने गुस्सैल हैं, कहीं उसपर हाथ तो नहीं उठाया?

अनेकों सवाल हैं उसके मन में, लेकिन अब इनका उत्तर उसे शायद नहीं मिलेगा। उसे ज्ञात नहीं है लेकिन जिस नंबर पर वो फोन किया करती थी, उस सिम को तोड़ दिया गया है ताकि मंजरी छिप कर फोन न कर पाए। सच भी है, बेचारी अन्य कोई नंबर जानती ही नहीं तो फोन कैसे करेगी। इतना ही नहीं, मयूर फोन न कर पाए इसलिए सरिता जी ने भी अपना सिम तोड़ दिया। हालाँकि, इसकी जानकारी न तो अभी मयूर को है, और न ही उसकी मंजरी को।

दोनों माताएँ ये सोचती हैं कि इस तरह न दोनों में बात होगी, न ही प्रेम पनपेगा, और न ही इनका दिमाग उल्टा-सीधा चलेगा। जब बात नहीं रह जाएगी तो जो प्रेम का परचम ये लहरा रहे हैं, वो भी आज नहीं तो कल गिर ही जाएगा। यहीं तो भूल हुई उनसे। उन्होंने मयूर-मंजरी के प्रेम को सामान्य आकर्षण के रूप में ग्रहण किया। वैसे भी, दो प्रेमियों को दूर करके उन्हें अलग नहीं किया जा सकता, बल्कि इस तरीके से तो वो और भी समीप आ जाएंगे। बात न करने का अर्थ प्रेम समाप्त हो जाना बिल्कुल नहीं होता। बल्कि ऐसी परिस्थति में मिलन की तृष्णा बढ़ती जाती है, और प्रेम वेदना से ग्रस्त ही सही, परवान चढ़ता रहता है।

उस दिन के बाद से मंजरी बहुत उदास रहने लगी है। घर पर भी बहुत कुछ अचानक ही बदल गया है। क्षमा से उसके रिश्ते तो करीब साल भर से ठीक नहीं हैं लेकिन अब उनमें और भी दरार आ गई है। मंजरी जब भी उसके सामने पड़ती है, उसके चेहरे पर कुटिल मुस्कुराहट तैर जाती है। अक्सर ही वो बात ही बात में बोली बोलती है मयूर को लगाकर।

सरिता जी भी मंजरी पर नजर रखने लगी हैं। वो एक क्षण भी नज़रों से दूर होती है तो खोजने लगती हैं। उनकी इस तलाश को देखकर मंजरी अक्सर मन ही मन

कहती है, 'बात करने का रास्ता तो तुमने बंद ही कर दिया फिर भी चैन नहीं है।' सिम के न होने की खबर उसे उसी रात पता लग गई थी जब उसने फोन लगाने के लिए मोबाईल उठाया। अपने पिताजी का फोन उसने आज तक नहीं लिया लेकिन उस रात के बाद से कई बार चोरी-छिपे उसने फोन लिया है पर हर बार 'स्विच ऑफ' या 'नेटवर्क कवरेज क्षेत्र के बाहर है', यही सुनने को मिला है।

अभागन मानने लगी है वो स्वयं को, लेकिन ऐसी स्थिति में भी कुछ आशा उसे दीखती है। वो पिछले साल का सोचती है, जब उसकी तबियत खराब थी। तब कैसे मयूर आया था उससे मिलने, अबकी भी आएगा बस हालात कुछ ठंडे हो जाएँ। अबकी वो आएगा तो वो भी उसके साथ जाएगी। घर छोड़ना पड़े, वो छोड़ देगी लेकिन मयूर के बिना वो नहीं रह सकती। पूरे दिन वो यही सब सोचती रहती है, और उसका मन उस कल्पना संसार में विचरण करता रहता है।

आज जब वो खाने बैठी तो उसके हाथ से लगकर बगल में रखा पानी गिर गया। खा-पीकर जैसे-तैसे वो उठी तो चारपाई में अपने पैर की उँगली दे मारी फिर उसे पकड़कर काफी देर तक वहीं बैठी रही। उसका शरीर ही तो था वहाँ, मन तो वो मयूर के पास छोड़ चुकी है।

चारपाई पर बैठी वो उस दिन को सोचने लगी जब वो मयूर से मिलेगी। खूब सारी बातें करेगी वो उससे, जो ज्यादती हुई है उसके साथ वो बताएगी। मयूर ये सब कुछ सुनकर उसे अपने साथ लिवा जाएगा। वो दोनों अपनी एक दुनिया बसाएंगे, जहाँ सिर्फ वो दोनों होंगे, इस सांसारिक बंधन से दूर। कल्पनाएं कितनी सुखद होती हैं। वास्तविक जीवन भले राख हो चुका हो पर कल्पना में शीतल स्वप्न सजाने का, और उन्हें देखने का अपना अलग सुख होता है।

मंजरी यही सब सोचने में व्यस्त थी जब उसके पिताजी आ जाते हैं। वो उनसे कुछ डरती थी, और जब से मयूर की बात सामने आयी है तब से वो डर और बढ़ गया था, इसीलिए उन्हें देखते ही वो उठ खड़ी हुई। हालाँकि, अनिल बाबू इस संदर्भ में कुछ नहीं जानते, उन्हें भनक तक नहीं है कि ऐसा कुछ भी घटित हुआ है।

मंजरी को आश्चर्य हुआ कि आज दोपहर को वो क्यों आए हैं? आज से पहले तो ऐसा कभी नहीं हुआ। अक्सर सुबह के गए वो शाम को ही लौटते थे।

"सरिता।" उन्होंने पुकारा।

मंजरी की माँ भीतर से निकलीं, "आप इतनी जल्दी?"

"सारा सामान बांधों, हम शाम की ट्रेन से निकल रहे हैं?"

"कहाँ?" मंजरी ने आश्चर्य से पूछा।

उन्होंने उसे घूर कर देखा। उसकी हिम्मत नहीं हुई कि वो कुछ बोले।

सरिता जी डरते हुए बोलीं, "वो लोग फिर आए थे क्या?"

"हाँ।" कहकर पिताजी अपने कमरे की ओर चल पड़े, उनके पीछे-पीछे सरिता जी भी थीं। उनके चेहरे पर तैरता भय मंजरी को डरा रहा था।

कुछ देर बाद जब मंजरी कमरे में पहुँची तो माँ सामान रख रही थीं। उसके मन में कई प्रश्न थे, लेकिन पिताजी की उपस्थिति में उन्हें पूछने का साहस वो नहीं जुटा पायी।

मंजरी इस बात से व्यथित थी कि उसने मयूर से कहीं भी जाने की आज्ञा ही नहीं माँगी, लेकिन उसे जाना पड़ रहा है। जब वो इस बारे में उसे बताएगी तो शायद वो नाराज होगा पर उस नादान को कहाँ पता था कि नाराजगी जताने के लिए मिलना भी जरूरी है। जिस बात के लिए वो दुखी हो रही थी, वास्तविक घटना के आगे वो बहुत छोटी सी बात है। इसका सज्ञान उसे समय के साथ ही होता।

चार बजने तक सब सामान रख लिया गया था। वे लोग भी कपड़े बदलकर तैयार हो गए थे। जब इकट्ठा करके सारा सामान एक जगह रखा गया तो मंजरी को लगा कि ये कुछ ज्यादा सामान नहीं हो गया पर उसमें इतना साहस नहीं था कि वो कोई सवाल-जवाब करे।

क्षमा ने जब सारे बैग देखे तो हँसते हुए बोल पड़ी, "इतने बैग हैं, ऐसा लग रहा है जैसे जिंदगी भर के लिए जा रहे हैं आप लोग।"

पिताजी बोले, "ऐसा ही समझ लो।"

मंजरी के चेहरे के भाव अचानक बदल गए। क्या वो हमेशा-हमेशा के लिए इस घर से जा रही है? फिर मयूर से वो कैसे मिलेगी? नहीं-नहीं ऐसा नहीं हो सकता। उसके भीतर का भय जो पिताजी के प्रति था उसका लोप हो गया और वो बोली, "ऐसा ही समझ लो का क्या मतलब?"

पिताजी कुछ नहीं बोले, बस गुस्सैल नज़रों से उसे घूरते रहे।

"बोलिए।" मंजरी लगभग रुआसी आवाज में बोली।

"सरिता समझा लो अपनी बेटी को।" पिताजी ने माँ को भी उसी क्रोध से घूरा।

मंजरी के मन का भय कि वो सदा-सदा के लिए जा रही है और पक्का हो गया। रोते हुए वो बोली, "हम कहीं नहीं जाएँगे। हमें यहीं रहना है।"

सरिता जी आगे बढ़ी और उसे गले लगाते हुए बोलीं, "बच्ची जाना जरूरी है। हमारा यहाँ रहना सुरक्षित नहीं है।"

"क्यों? ऐसा क्या हो गया जो हम सुरक्षित नहीं हैं।" मंजरी ने रोते हुए आवेश में

कहा।

पिताजी तपे हुए थे ही, बोले, "चलना है तो आराम से चलो नहीं यहीं.....।" दाँत पीसते हुए वो उसकी ओर बढ़ रहे थे मानो उसे मार ही डालेंगे।

उन्हें रोकते हुए सरिता जी बोलीं "मैं समझा लूँगी, आप गाड़ी मँगवाइए।"

भुनभुनाते हुए वो बाहर निकल गए तो मंजरी जमीन पर बैठ गई और फूट-फूट कर रोने लगी, "हम नहीं जाएँगे यहाँ से चाहे जो भी हो जाए। हमें नहीं जाना।" वो रोती रही थी और सरिता जी उसे गले लगाकर समझाती रहीं कि जाना जरूरी है, आदि-आदि। मौसी और मौसा भी वहीं थे क्षमा के साथ पर ऐसी परिस्थिति में वे क्या बोलें, ये उन्हें समझ नहीं आ रहा था।

करीब दस मिनट बाद पिताजी भीतर आए तो मंजरी अब भी जमीन पर बैठी रो रही थी और सरिता जी उसे शांत करा रही थीं। उसने एक ही बात की रट लगा रखी थी कि चाहे जो भी हो जाए वो यहाँ से नहीं जाएगी। रो-रोकर उसने अपना हाल-बेहाल कर लिया था। उसके बंधे बाल काफी हद तक बिखर गए थे, उसकी आँखें लाल हों चुकी थीं और वो सही से बोल नहीं पा रही थी क्योंकि अधिक रोने के कारण उसकी सिसकिया बंध गई थीं। इस रोने में हफ्ते भर का संचित विषाद भी था।

उसे इस हालत में देख पिताजी का खून खौल उठा। गुर्राते हुए बोले, "सरिता अगर आज ये नहीं चली तो समझ लेना कि मेरा-तुम्हारा रिश्ता खत्म। फिर तुम अपने हिसाब से देख लेना कि कहाँ जाना है, क्या करना है। क्योंकि मैं तो आज जाऊँगा।"

उनके मुख से यह सुनकर सब हैरानी से उन्हें देखने लगे। वो एक-एक करके सारा सामान बाहर खड़ी कार में रखने लगे। मंजरी बेचारी विकल्पहीन हो गई। अब उसके पास दूसरा कोई रास्ता ही नहीं बचा। वो उठी और जाकर कार में बैठ गई। आस-पड़ोस के लोगों ने जब पूछा कि वो अचानक कहाँ जा रहे हैं तो पिताजी ने यही कहा कि हरिद्वार दर्शन करने, दो-तीन दिन में आ जाएंगे। पर सच्चाई परिवार को ही मालूम थी कि अब वे यहाँ शायद कभी नहीं आएंगे।

मंजरी खिड़की के पास बैठी अपने उस घर को देख रही थी और उसकी आँखों से आँसू निरंतर बह रहे थे। सामान रखने के बाद गाड़ी चल पड़ी और जहाँ उसका बचपन बीता वो घर पीछे छूट गया, और धीरे-धीरे गायब भी हो गया। गाड़ी जब उस विद्यालय के पास पहुँची जहाँ उसकी परीक्षा का सेंटर पड़ा था तो उसे वो दृश्य याद आया जिसमें हफ्ते भर पहले मयूर वहाँ सामने मुस्कुराते हुए खड़ा था, और वो इधर बेसब्री से उसकी प्रतीक्षा कर रही थी उत्साहित होकर, लेकिन आज न उसमें

वो उत्साह था न ही वहाँ मयूर खड़ा था।

अपने मयूर से वो अब कैसे मिलेगी? फोन नंबर भी तो नहीं है अब उसके पास, जिससे संपर्क हो सके उनमें। न जाने कब उसका लौटना होगा? और सबसे बड़ी बात तो ये कि जब मयूर को पता लगेगा कि उसकी मंजरी यहाँ है ही नहीं, तो उसके दिल पर क्या बीतेगी? वो तो जीते-जी मर जाएगा। वो खुद भी तो जिंदा लाश ही बन जाएगी उसके बगैर। अगर मयूर ये जानता कि मंजरी सदा-सदा के लिए यहाँ से जा रही है तो कम से कम वो से ढंग से अलविदा तो कहता पर उस अभागे को तो उसका भी मौका नहीं मिला। मंजरी का इकलौता सहारा वही है, लेकिन अब वो उससे दूर हो जाएगा, दोनों कैसे सँभलेंगे? यही सब सोचते-सोचते उसका सिर इतना भारी हो गया कि जैसे अभी फट जाएगा।

अपने सिर को एक हाथ से जोर से दाबते हुए वो खिड़की से बाहर देख रही थी, जब उसे जगदीश हलवाई की दुकान दिखी, जहाँ वो दोनों पिछली बार मिले थे। जहाँ उसे उम्मीद थी कि जुलाई में उससे पुनः मिलेगी। वो स्थान भी पीछे छूट गया।

गाड़ी कुछ चार-पाँच किलोमीटर और चली होगी जब सामने से बाइक पर आता हुआ उसे मयूर दिखा। मंजरी ने और ध्यान से देखा तो वो मयूर ही था। वो उसे पुकारना चाहती थी पर गाड़ी आगे निकल गई और वो भी पीछे छूट गया। मंजरी ने शीघ्रता से शीशा खोला और सिर निकालकर पीछे देखने लगी। मयूर कुछ दूर तक दिखा फिर गायब हो गया। वो बेचारी और जोर से रोने लगी। आवाज बाहर न निकले इसी से उसने अपना मुँह अपनी बाँह पर दबा रखा था पर आँसुओं को वो रोक पाए ऐसा कोई उपाय उसके पास नहीं था।

करीब घंटे भर बाद वो रेलवे स्टेशन पर पहुँचे। पास में जो स्टेशन था वहाँ लोकल ट्रेन को छोड़ दूसरी कोई गाड़ी रुकती नहीं थी इसीलिए अक्सर ट्रेन पकड़ने के लिए तीस किलोमीटर की दूरी तय करनी ही पड़ती थी। वो प्लेटफॉर्म पर पहुँचे तो ट्रेन पहले से लगी थी। सारा सामान सीट के नीचे रख दिया गया और तभी ट्रेन चल पड़ी। मंजरी नीचे वाली सीट पर लेट गई। उसमें अब सामर्थ्य बचा नहीं था बाहर देखते हुए बहुत सी अपनी चीजों को पीछे छूटते हुए देख पाने का।

सरिता जी जैसी भी हों, थीं तो माँ ही। मंजरी को इस हालत में देख उनका कलेजा फटा जा रहा था। उसके सिरहाने बैठ कर उन्होंने उसका सिर अपनी गोद में रख लिया, और माथे को सहलाने लगीं। मंजरी लगातार रोती रही। उसका गला सूखता गया और आवाज निकलनी समाप्त हो गई। अब तो आँसू भी जैसे समाप्त हो गए थे। उसका पूरा गाल आँसुओं से भीगा हुआ था और आँखे लाल होने के साथ-

साथ भारी भी हो गई थीं।

उसने आँख मूँद ली और मयूर अपने आप उसके ख्यालों में चलने लगा। उसे सोचते-सोचते न जाने कब वो सो गई। अनगिनत सपने देखे उसने लेकिन हर सपने का एक समान कारक था मयूर। उसका हर सपना उसी के इर्द-गिर्द घूमता। एक सपने में उसने देखा कि वो मयूर के साथ है और हमेशा की तरह उसे परेशान कर रही है, मयूर चिढ़ रहा है लेकिन फिर मुस्कुरा भी देता है। दूसरे सपने में उसने देखा वही दृश्य जो उसने आज शाम को देखा था। वो गाड़ी में बैठी चली जा रही है और मयूर उसके बगल से गुजरता है फिर ओझल हो जाता है। एक अन्य सपने में वो मयूर को अपने गाँव के मोड़ पर खड़ा पाती है जब एक कार से वो टकरा जाता है, और घबराई हुई जब वो उसके पास जाती है तो वो हँसते हुए कहता है, 'मैं टकराया नहीं, बस तुम्हें बुद्धू बना रहा था।'

पता नहीं क्या-क्या देखा उसने उस निद्रा के दौरान। जब उसकी आँख खुली तो ट्रेन तेज रफ्तार से दौड़ रही थी। खट्ट-पिट्ट की आवाज उसके कानों में पड़ रही थी। आस-पास सभी लोग सो चुके थे। लेटे-लेटे ही उसने खिड़की के बाहर देखा तो अंधेरा पसरा हुआ था। शायद दूर कोई गाँव था जहाँ जल रही बत्तियों का प्रकाश वो देख सकती थी। अचानक वो सारे स्वप्न उसके मस्तिष्क में तैर गए और वो सोचने लगी कि कहीं ये भी तो सपना नहीं है। शायद ये सपना होता तो कितना सुकून मिलता उसे। वो उठती है और तुरंत जैसे-तैसे मयूर के घर जाकर उसे गले लगा लेती, फिर चाहे जो कहता कोई। वो अपने मयूर की हो जाती। लेकिन अफसोस यही था कि ये स्वप्न नहीं हकीकत है। मयूर से सैकड़ों किलोमीटर दूर आ चुकी थी वो और ये दूरी बढ़ती ही जा रही है।

मंजरी फिर रोने लगी। उसकी छाती किसी विशालकाय पत्थर के बोझ तले दबी महसूस हुई उसे। उसके सिर में अनेकों ख्याल आपस में गुफ्तगू कर रहे थे जिनके फुसफुसाने से वो चिढ़ गई थी। एक ओर मयूर की चिंता, उसकी याद, उससे दूरी का दुख, दूसरी ओर अपने पिता के ऊपर उसे क्रोध आ रहा था। इतनी जटिल भावनाओं में उलझने के कारण उसका मस्तिष्क संतुलन खोने लगा था। उसकी आँख भी मुँदी जा रही थी। वो न तो कुछ ढंग से सोच पाती न ही कोई योजना उसे समझ आ रही थी। बस आँख बंद किए हुए उसकी आँखों से पानी बहा जा रहा था।

आज के युग में जितनी भी मशीनें हैं, जब उनपर भार ज्यादा पड़ जाता है तो अधिकतर स्थिति में वो कुछ समय के लिए स्वतः ही बंद हो जाती हैं, जिससे और अधिक नुकसान न हो। जाने-अनजाने में मनुष्य ने स्वयं से ही प्रेरणा लेकर मशीनों

को इस गुण से सुशोभित किया है। मनुष्य जब बहुत ज्यादा दुखी होता है अथवा किसी ऐसी स्थिति में होता है जहाँ उसकी बेचैनी का स्तर आसमान छूने लगे तो अक्सर वो बेहोश हो जाता है। उस एक क्षण में वो सो जाता है, वास्तविक चिंता से कोसों दूर। मंजरी को भी शाम से कई बार ऐसा महसूस हुआ जैसे उसकी आँख खुद ब खुद बंद हो रही है। कभी उसे लगता कि उसे बहुत जोर की नींद लगी है। कभी कुछ और लगता पर इन सबके दौरान मयूर की चिंता उसे लीले जा रही थी।

बहरहाल, जो कुछ भी हो, कटु सत्य तो यही था कि आज शाम में मंजरी ने जो मयूर को देखा ये शायद उसका अंतिम दर्शन ही था। उसकी वो छवि, वो सारी यादें, वो लम्हें जो उन्होंने संग व्यतीत किए, मयूर का हँसना, उसका लजाना, मंजरी को छेड़ना आदि सभी घटनाओं को हृदय में बसाकर, अपनी स्मृति में पत्थर की लकीर सी उकेरते हुए मंजरी खोई रही। उसकी आँखें मुँदी रहीं, आँसू की बारीक धार एक-एक करके बंद आँखों से रिस-रिस कर निकलती और उसके कपोलों को सींचती रहती जहाँ न जाने कितने दाग पड़े थे, और उनके ऊपर धब्बे सूखे आँसुओं के जो मयूर के लिए बहे थे। उसके प्रेम के लिए बहे थे। उसकी विरह में बहे थे। इसलिए बहे थे कि शायद उसकी मंजरी अब उसकी नहीं हो पाएगी।

इन सारी बातों से अंजान, मंजरी से सैकड़ों किलोमीटर दूर मयूर बाहर छत पर लेटा उसे सोचने में व्यस्त था। जुलाई में मिलने के खाब देख रहा था। उसकी हँसी को सोच वो सपने बुन रहा था, उसके और अपने भविष्य के, वो भविष्य जो अब अनिश्चित था।

जुलाई का पहला दिन है। मयूर मंजरी के गाँव के मोड़ पर खड़ा है। जब दोनों पिछली बार मिले थे तो अगली बार मिलने का दिन निर्धारित किया गया था। वो दिन आज है, इसीलिए मयूर यहाँ खड़ा है। उसे उम्मीद है कि मंजरी किसी भी क्षण बस आती ही होगी। उसके साथ सुबोध भी है, क्योंकि उसी की बाइक से वो यहाँ तक आया है। मयूर का ड्राइविंग लाइसेंस अभी नहीं बना है इसीलिए दूर की यात्राओं में उसे किसी न किसी के ऊपर निर्भर रहना पड़ता है।

उस दिन जो कुछ भी हुआ, उसके बाद बहुत कुछ बदल गया। मयूर पहले से ही कुछ एकांतप्रिय था, लेकिन अब एकांत की चाह और बढ़ चुकी है। दूसरा, मंजरी से किसी भी प्रकार का संपर्क न होने के कारण वो और व्यथित रहता है। मयूर को

लेकर जो भय मंजरी के मन में थे, वैसी ही आशंकाओं से वो भी तो घिरा रहता है। उसकी मम्मी का सिम मोबाईल से गायब है तो मंजरी फोन भी किस नंबर पर करे? उसने सोचा, कैसे भी करके सुबोध का मोबाईल नंबर मंजरी तक पहुँचा दिया जाए। इसी उद्देश्य से उसने कई बार सुबोध के नंबर से फोन लगाया है, लेकिन उसे भी वही सुनने को मिला है जो मंजरी को सुनने को मिलता था- 'स्विच ऑफ' 'नेटवर्क कवरेज क्षेत्र के बाहर।' आज मंजरी से मिलकर सारी बातें वो तय कर लेगा कि अब आगे जीवन कैसे व्यतीत करना है। आज की ही आस में तो उसने इतने दिन काटे हैं।

रिजल्ट दस जून के आस-पास में आ गया था, उसे 92 प्रतिशत मिले थे और मंजरी को 94। मंजरी का अनुक्रमांक उसे ज्ञात था इसी से अपना रिजल्ट देखने से पहले उसने उसका रिजल्ट देखा। उस दिन वो बहुत खुश हुआ था, साथ ही ये भी सोचा उसने कि जब मंजरी से मिलेगा तो समोसा खिलाने के लिए बोलेगा।

उस दिन जब मंजरी शाम को जा रही थी तब उसने बाजार में मयूर को देखा था। मयूर को भी एक पल के लिए लगा था कि वो मंजरी ही है लेकिन ये सोचकर कि वो भला कहाँ जाएगी, उसने इसे अपना भ्रम मान लिया। तथापि आज घर से निकलते समय उसने ये सोचा था कि एक बार मंजरी से पूछेगा जरूर कि क्या वो वही थी?

उसे काफी समय हो गया वहाँ खड़े-खड़े लेकिन मंजरी नहीं आयी। उदास मन से उसने सुबोध की ओर ताका तो सुबोध उसकी व्यथा का अंदाजा लगाते हुए बोला, "अरे परेशान न होओ। किसी काम में फँस गई होगी, बस आती होगी।"

मयूर कुछ बोलता उससे पूर्व सड़क पर साइकिल से एक लड़की आती दिखी। वो उसे पहचानता था। उसने हाथ दिया तो वो लड़की रुकी।

"मयूर तुम?" उस लड़की ने कुछ लजाकर कहा।

उसकी बात पर ध्यान न देते हुए मयूर बोला, "मंजरी से बात हुई थी तुम्हारी?"

"नहीं, लेकिन इतना मालूम है कि वो कहीं बाहर रहती है अब।"

"क्या?" मयूर और सुबोध दोनों उसे हैरानी से देखते रहे।

"हाँ। रिजल्ट आने के हफ्ते भर बाद मैं किसी काम से स्कूल गई थी तब उसके पापा को देखा था। वो टी. सी. लेने आए थे। मैंने पूछा भी कि वो कहाँ है तो बस इतना बोले कि यहाँ नहीं पढ़ेगी।"

मयूर बेचैनी संग बोला, "तो मंजरी अभी कहाँ है?"

"ये मुझे नहीं पता।"

"फोन नंबर है उसका?"

"रोज मिलते थे तो कभी जरूरत ही नहीं लगी।"

मयूर की धड़कने बढ़ गईं, "अच्छा, तुम्हारे हिसाब से वो कहाँ हो सकती है?"

उस लड़की ने उसे आश्चर्य से घूरा और बोली, "दिन भर तो तुम्हारी बात करती थी। फोन पर भी सिर्फ तुम्हीं से बात करती थी। जब तुम्हें नहीं पता तो मुझे कैसे पता होगा।"

"हाँ भाई, इनकी बात सही है एकदम।" सुबोध के स्वर में हमदर्दी झलकी उस लड़की के लिए।

"अच्छा, अब मैं चलती हूँ।"

वो लड़की वहाँ से गई तो सुबोध मयूर के गले में हाथ डालकर बोला, "है कौन ये?"

"मंजरी के साथ पढ़ती थी।"

"वैसे काफी सुंदर है।" कहकर सुबोध मुस्कुराया पर मयूर के चेहरे पर छाए चिंता एवं हताशा के भावों को देखकर अपनी भावनाओं पर कुछ अंकुश लगाना आवश्यक लगा उसे। कुछ क्रोध भी आया उसे स्वयं पर कि दोस्त समस्या में है और मैं अपनी आशिकी की शहनाई बजा रहा हूँ।

"अब एक ही रास्ता है। उसके घर ही चलते हैं, देखें क्या हुआ है?" मयूर की चिंता बढ़ती ही जा रही थी।

"तुम्हारे घर तक बात पहुँचेगी जरूर।"

"पहुँच जाए। ज्यादा से ज्यादा मार ही पड़ेगी न, खा लूँगा।"

सुबोध के मन में आया कि तुम तो माथे पर कफन बाँध कर निकले हो, लेकिन अगर ये बात मेरे घर तक पहुँची कि मैं भी था तुम्हारे साथ तो बड़ी मार पड़ेगी। तुम्हारे प्रेम में मैं जान क्यों दूँ? लेकिन फिर ये सोचकर कि किसी प्रेम कहानी में वो नायक का साथ दे रहा है, उसने कुछ नहीं कहा, और बाइक गाँव की ओर मोड़ दी। मयूर का बार-बार उसे कहना कि और तेज चलाओ साक्ष्य था इस बात का कि वो कितना विकल है मंजरी से मिलने के लिए, उसके बारे में जानने के लिए।

वो बाइक पर ही था जब उसने बरामदे में मौसा जी को खाना खाते देखा। बाइक की आवाज से उनकी दृष्टि भी इस ओर उठ गई है। मयूर अब उनके पास पहुँच गया है, और उनके पाँव छू लिए। उन्होंने हँस कर उसका स्वागत किया। सुबोध ने भी पाँव छुए और मयूर के बगल में बैठ गया चारपाई पर।

"क्षमा जरा पानी लाओ, मयूर आए हैं।"

मौसा के मुख से मयूर का नाम सुनते ही पानी बाद में आया, क्षमा पहले आ

गई। मयूर उठकर उसके पास चला गया और कातर स्वर में बोला, "दीदी, मंजरी कहाँ है?"

"हमें नहीं पता।"

मयूर ने उसे अविश्वास से ताका, और कुछ कहने को हुआ तभी मौसी भी भीतर से आ गई। उसने उनके पाँव छुए हैं, लेकिन उनकी नज़रों में वो उत्साह नहीं है उसे देखकर। मयूर भाँप सकता है इस असहजता को जो उसके आने से मौसी के चेहरे पर फैली है। उनकी आँखों में नैराश्य है जो चीख-चीख कर कहता है, 'मयूर तुमसे तो ऐसी उम्मीद नहीं थी।'

वो बरामदे में बैठा है। मौसा उससे इधर-उधर की बात कर रहे हैं। वो अरुचि से सब बातों का उत्तर दे रहा है। उसे सुकून बस इस बात का है कि मौसा को कम से कम उसके प्रेम-प्रसंग की जानकारी नहीं है क्योंकि यदि ऐसा होता तो वो इतने प्रेम से उससे बोल न रहे होते, सोचता है वो। चाय आयी है लेकिन उसका ध्यान मंजरी पर है। उसे आशा थी कि शायद मंजरी की मम्मी या पापा ही बाहर आएंगे पर वो भी नहीं दिखे उसे। अंततः उसने पूछ लिया मौसा से, "छोटे मौसा-मौसी नहीं दिख रहे?"

"तुम्हें नहीं पता क्या?"

"क्या?"

"अरे भईया पूछो मत। उ अनिलवा बहुत कुत्ता है। जिस दिन जा रहा था हम पूछे भी कि कब तक लौटना होगा तो बोला महीने भर में लौट आएंगे। वो तो अभी पंद्रह-बीस दिन पहले पता लगा कि बहुत बड़ा फ्रॉड करके भागा है यहाँ से। शरम आती है उसे अपना भाई कहने में।"

सुबोध और मयूर दोनों आश्चर्य से मौसा को देखते रहे और वो सारा वाकया बताते रहे, "कई लोगों से कर्ज लिया था उसने। अब धीरे-धीरे वो कई लाखों में पहुँच गया। चुकाने की औकात थी नहीं तो क्या किया, अपने हिस्से की सारी जमीन चुपके से बेच दी, और हमें पता तक नहीं चला। बताओ पुरखों की जमीन बेचकर क्या मिला भला? गलती हमारी भी है, जमीन जैसी थी वैसे ही रहने देनी चाहिए थी। उसने कहा और हमने भी आधी जमीन उसके नाम कर दी। माना हिस्सा उसी का था, लेकिन जो जमीन पीढ़ियों से हमारी है, उसे बेच दिया।"

सुबोध ने मौसा से सहमत होते हुए सिर हिलाया।

मौसा ने कहानी आगे बढ़ाई, "पैसे काफी आ ही गए थे तो कर्ज चुकाने के बजाय यहाँ से फुर्र हो गया। किसी को नहीं पता कि कहाँ गया। हम तो उस दिन

मंजरी को रोते देखे तभी महसूस हुआ कि कुछ गड़बड़ी है लेकिन इतना हद तक बात आगे बढ़ गया है, ये नहीं पता था। क्षमा ने बताया भी कि हमेशा के लिए जाने की बात कर रहे हैं पर हमने क्या सोचा था कि सही कह रहा है। अब जिससे कर्जा लिया था, वो हमारे सिर पर तांडव करते हैं। बहुत बार फोन भी किया अनिल को लेकिन जो एक बार फोन लगा हो, शायद नंबर बदल दिया है। कुछ लोग कहते हैं कि पिछले महीने आया था यहाँ मंजरी के स्कूल पर टी.सी. लेने पर हमने तो देखा नहीं, न ही घर आया तो कैसे कहें? बस कोस ही सकते हैं उसे और अपने भाग्य को, सो कर रहे हैं।"

"कोई अंदाजा आपको कि कहाँ गए होंगे सब? मतलब जाते हुए कुछ तो बताया होगा कि कहाँ जा रहे हैं?" मयूर ने उदासी से पूछा।

मौसा हँसे, "काहें बेटा, तुम्हारा भी पैसा लेकर भागा है का?" फिर उसके प्रश्न का उत्तर देते हुए बोले, "अब चोर को कौन जाने कहाँ गया। जाते हुए जब पूछा तो ये नहीं बताया कि कहाँ जा रहा है, बस यही कहा कि महीने भर में लौट आएंगे।"

सुबोध और मयूर दोनों वहाँ से लौट पड़े। अब मंजरी का पता कैसे मिले? मौसा के वो शब्द कि मंजरी रो रही थी, मयूर के हृदय में चुँभ रहे थे। उसे इतना तो विश्वास था कि मंजरी स्वेच्छा से नहीं गई, उसे जबरदस्ती ले जाया गया है। इसका ये अर्थ हुआ कि इन तीन महीनों में जहाँ वो ख्वाबों की दुनिया में खोया रहता वहीं मंजरी इसी दुनिया के किसी कोने में बैठी रो रही होगी।

प्रेम की सबसे बड़ी खामी ही यही है कि पीड़ा बहुत होती है। बहुत ही कम ऐसे संबंध होंगे जहाँ प्रेम हुआ और वो एक हो गए हों अन्यथा अक्सर तो यही होता है कि उन्हें सदा दूरी ही देखनी होती है। दो लोग समान रूप से एक दूसरे के लिए समर्पित हों तो शायद ही उससे बेहतर कुछ हो एक संबंध के लिए पर हर सिक्के के दो पहलू होते हैं। ये समर्पण सराहनीय है पर ऐसे रिश्ते अक्सर वियोग ही देखते हैं। न जाने ऐसा क्यों होता है पर प्रकृति की सरंचना ही ऐसी है।

वो घर पहुँचा तो उसे देख माँ को लगा जैसे न जाने वो कितना ज्यादा थका हुआ है। उन्होंने ठंडा पानी उसके पास रख दिया और बोलीं, "मिठाई खाओगे भईया? लाएं?"

मयूर ने ना में सिर हिलाया।

माँ को अक्सर ऐसा लगता कि उनका लाल खोता जा रहा है। वो बहुत दूर जा चुका है उनकी छत्रछाया से। इसमें उन्हें अपनी गलती भी भरे-पूरे ढंग से महसूस होती इसीलिए अक्सर वो ऐसा प्रयास करती रहतीं कि मयूर पहले जैसा हो जाए पर

बीतते दिनों के साथ वो एकांत को प्यारा होता जा रहा था।

"कुछ दर्द कर रहा है?" उन्होंने प्यार से उसके सिर को सहलाते हुए पूछा।

"नहीं कुछ नहीं।" कहकर मयूर अपने कमरे की ओर चल पड़ा। वो रोते-रोते ही पहुँचा अपने कमरे में।

मंजरी ही थी जो उसका इकलौता सहारा थी। उसी के साथ तो वो खुश रहता था। वही उसे समझती भी थी। वो चली गई और उससे भी बड़ी बात ये कि वो स्वयं पीड़ा में होगी। जिस स्थिति से मयूर आज गुजर रहा है, उस स्थिति का सामना वो पिछले तीन महीने से कर रही है। कहाँ होगी वो? किस तरह वो उसे ढूँढे? न कोई सुराग, न कुछ। मंजरी के बारे में कोई जानकारी नहीं है उसे।

अपने आज तक के जीवन में उसके बहुत कुछ देखा पर इतना कठिन समय कभी नहीं आया था। जब तक वो बच्चा था, उसके सोचने-समझने की शक्ति विकसित नहीं हुई थी, तब तक सब उसे बहुत चाहते थे। उसे अब भी धुंधली स्मृतियों में याद आता कि कैसे दादाजी उसे अपनी गोद में बिठाकर खिलाते, कैसे पापा उसके साथ प्लास्टिक के बैट से क्रिकेट खेलते, कैसे माँ उसे ये बोलकर खाना खिलाती अपने हाथों से कि ये निवाला सूरज का है, ये चंद्रमा का, ये पापा का, ये उनका स्वयं का, ये अंबरीश का, आदि। उसे याद आता कैसे चाचा उसके लिए बाजार से अक्सर कुछ न कुछ खाने के लिए लाते थे, कैसे माँ उसके लिए मिट्टी के खिलौने बनाती, उसे अंबरीश संग एक होकर अपने बुआ के बच्चों से लड़ना याद आता, लेकिन सब कुछ अचानक ही कैसे बदल गया, जब वो समझदार हो गया।

लेकिन पिछले तीन महीने में जो कुछ बदला है, वो उसे स्वप्न सा प्रतीत होता है। सिर्फ निवेदका को छोड़ सबने उससे बोलना काफी हद तक कम कर दिया है। और क्यों, सिर्फ इसलिए कि वो मंजरी को चाहता है। धीरे-धीरे यह सब देख उसके मन में भी द्वेष पनपने लगा और वो बदतमीजी करने लगा, सीधी बात का उल्टा जवाब देने लगा, इसी वजह से सब और सुलगते हैं उससे। धीरे-धीरे वो दूर होने लगा है सबसे पर निहित प्रेम अब तक भी है कहीं किसी कोने में।

वो मंजरी के करीब हुआ तो रचनात्मकता का भी संचार तो हुआ उसमें। उसका जीवन उत्साह, खुशी और प्रेम से भरा हुआ लगने लगा उसे। लेकिन अब जब मंजरी जा चुकी थी तो उसके पास कुछ भी शेष बचा नहीं, और यहीं से शुरू हुआ मयूर के जीवन में एक नया अध्याय जो बिछोह, पीड़ा और आवारापन से भरा हुआ था। यदि आपसे किसी को कोई उम्मीद नहीं है तब आप बंदिशों में नहीं होते लेकिन यदि किसी की उम्मीद टिकी है आप पर, तो एक अदृश्य बेड़ी सदा आपके कदमों में

होती है जो सीमा लाँघते ही पीछे की ओर खींचती है। वो बेड़ियाँ स्वतः ही टूटने लगी हैं। मयूर से ज्यादा कोई कुछ इसलिए भी नहीं कहता क्योंकि उससे सबकी जो उम्मीद थी वो टूट चुकी है। मयूर को भी लगता है जैसे जब सब उसे मानते थे वो बहुत पुरानी बात हो। इन्हीं सब में उलझा वो पलकों को मोतियों से भिगो रहा था जब दरवाजे पर दस्तक हुई, और अगले ही क्षण बिनोद बाबू सामने खड़े थे।

मयूर ने झटके से अपनी आँखें पोंछी पर नजरें उठा सके इतना साहस उसमें शेष न था। बिनोद बाबू बड़ी देर तक शांत बैठ रहे फिर एक गहरी साँस लेकर बोले, "क्षमा ने फोन किया था।"

मयूर ने कोई उत्तर नहीं दिया।

"मुझे नहीं पता कि तुम क्या चाहते हो? जो कर रहे हो, उसके पीछे का भी तर्क मैं समझ नहीं पाता हूँ। तुम्हें जितना समझा सकता था, समझा चुका। अब कहने के लिए कुछ बचा ही नहीं है।" कहकर बिनोद बाबू चले गए।

जाते समय उनके अंतिम वाक्य जो उन्होंने स्पष्ट रूप से नहीं कहे थे लेकिन मयूर ने उन्हें सुना था, "तुम ऐसा भी कर सकते हो, ऐसी उम्मीद नहीं थी।"

सुबोध अपने धान में दवाई डाल रहा था। मेड़ पर बैठे मयूर का ध्यान पश्चिम की ओर जाते सूरज पर केंद्रित था। सहसा वो हँस कर कहता है, "जानते हो सुबोध, डूबता सूरज सुंदर क्यों लगता है?"

"क्यों?"

"क्योंकि हमें पता होता है वो कल फिर निकलेगा। नहीं तो, किसी के जाने से कोई खुश कैसे हो सकता है भला? किसी का जाना सुंदर कैसे लग सकता है?" कहकर वो फिर हँसा।

सुबोध मन में बुदबुदाया, "हे भगवान! मेरे इस मजनू दोस्त को संभालो। मिलवा दो इसे इसकी मंजरी से नहीं तो पगला जाएगा। कितनी बहकी-बहकी बातें करने लगा है।'

फिर प्रकट करते हुए, "कल फिर चलेंगे रीतमपुर। कुछ न कुछ तो पता लगेगा ही।"

"कोई जरूरत नहीं है।" मयूर बड़े शांत स्वर में बोला।

"क्यों जरूरत नहीं है?"

"यार, मैंने अपनी पूरी जिंदगी अपने पापा का सिर ही झुकाया। हर जगह उन्हें मेरी वजह से बेइज्जत होना पड़ा। कल शाम को जब वो क्षमा दीदी से बात करने

वाली बात बताया रहे थे तो उनके चेहरे की निराशा साफ-साफ झलक रही थी। अब बहुत हो गया। मैं थक चुका हूँ इन सबसे। क्षमा दीदी ने जो किया, उसकी सजा उसे ईश्वर देगा। अगर तुम मेरी कोई मदद करना चाहते हो तो बस मंजरी को ढूंढो। कैसे भी करके। रीतमपुर जाने से कुछ नहीं होगा, कोई और रास्ता सोचो।" मयूर के चेहरे की व्यथा को देखकर सुबोध का मन द्रवित हो उठा।

जुलाई समाप्त होने को आयी थी लेकिन अब तक मंजरी की कोई खबर उसे नहीं मिली। सुबोध भी लगभग हर दाँव खेल चुका था पर उसे असफलता ही हाथ लगी। घर पर भी मयूर से कोई बोलता नहीं था। वो अकेला होता जा रहा था। एक तरफ मंजरी की चिंता और दूसरी ओर माँ-बाप की नाराजगी। चाची ने उसे आवारा घोषित कर दिया था और अक्सर अपनी ननदों के पास फोन करके उसके गुणगान गाती रहती। मनीषा जी ने कई बार उन्हें ऐसा करते हुए सुना भी पर वो बेचारी लाचार थीं। उन्हें लगता जब मयूर ही ऐसा है तो बाकि लोग तो कहेंगे ही। बिनोद बाबू को भी इसकी जानकारी मिलती रहती, और वो भी मन ही मन बेहद कुपित होते पर कुछ कहते नहीं थे।

मयूर की छवि सभी नातेदारों में एक लोफ़र के रूप में स्थापित हो चुकी थी। चाची का बहुत बड़ा हाथ था इसमें। माँ और पिताजी जब भी उन्हें मयूर की शिकायत करते हुए सुनते तो उनका गुस्सा मयूर के प्रति और बढ़ जाता। उन्हें यही लगता कि उसकी वजह से उनका सिर झुका है। मगज पर छाए क्रोध के कोहरे ने उन्हें ये देखने ही नहीं दिया कि उसने तो बस प्रेम किया था, और वो ऐसा कृत्य नहीं था जिसे करने से कोई लोफ़र हो जाए।

मयूर को भी इसका ज्ञान था कि चाची अक्सर उसकी माँ-बहन करती रहती हैं पर उसने अक्सर इसे नजरंदाज ही किया। एक ओर बो मंजरी के वियोग में जी रहा था और दूसरी ओर उसे अपने माँ-बाप को लज्जित करने की पीड़ा सताती रहती। इस बीच आवारा होने का जो टैग उसके माथे पर चिपक गया था वो उससे सहन नहीं होता था। इसीलिए अक्सर अकेले में वो भी चाची की माँ-बहन कर लिया करता था। उसका मुख्य ध्येय इस क्षण मंजरी को खोजना और माँ-पिताजी को पुनः खुश करना था।

उन दोनों ने ही उसके दुबारा रीतमपुर जाने के बाद उससे बोलना बंद कर दिया

था। वो बहुत प्रयास करता उनसे बोलने का पर अक्सर वो उसकी बात सुने बगैर ही हट जाते। वो बेचारा निराश हो जाता पर प्रयास करना उसने नहीं छोड़ा था।

मयूर बिखर चुका था। पूरे दिन वो अपने कमरे में पड़ा रहता। उसे जीवन बड़ा कठिन प्रतीत होने लगा। मृत्यु कितनी शांत होती होगी, सब ठहर जाता होगा, वहाँ कोई समस्या, कोई पीड़ा नहीं होती होगी। ये सब तैरने लगा था उसके मन में। उस रात उसने घड़ी देखी तो साढ़े बारह बज रहे थे। बाहर सन्नाटा छाया हुआ था। बीच-बीच में बादल कड़क उठते थे। बारिश होनी निश्चित थी।

अपनी आँखों को पोंछता हुआ वो नीचे बाथरूम में गया। वहीं करीब दस हाथ दूर माँ-पापा का कमरा था और उसके बगल में चाची का। बाहर दादीजी लेटी थीं। उसका मन किया कि एक बार जाकर दादी और माँ-पापा को देख आए। वो बाथरूम से निकला भी पर कुछ कदम चलकर वो लौट आया। उसे लगा कहीं वो जाग न जाएँ।

बाथरूम के भीतर शीशे के आगे खड़ा होकर वो स्वयं को देखने लगा। बिखरे हुए लंबे गंदे बाल, सूजी हुई लाल आँखें जिनमें से आँसू अब भी गिर रहें हैं, बढ़ी हुई कच्ची दाढ़ी जो अभी ढंग से आयी नहीं है। वाशबेसिन पर दोनों हाथ रखकर वो बड़ी देर तक आईने में स्वयं को देखकर रोता रहा। जब कभी उसे लगता कि उसके रोने की आवाज तेज हो रही है तो वो दोनों दाँतों को अपनी बाँह में गड़ा लेता।

करीब पौने घंटे तक वो यूँ ही रोता रहा। स्वयं को मारने के उद्देश्य से वो यहाँ आया था पर ये कितना कठिन है इसका अंदेशा उसे अब हो रहा है। एक हाथ की ही दूरी थी उसमें और हार्पिक की बोतल में पर हाथ आगे बढ़-बढ़कर पीछे की ओर लौट पड़ते।

'जो स्वयं को मारते होंगे उनमें कितनी हिम्मत होती होगी?' उसने स्वयं से कहा। 'या फिर जीवन उन्हें स्वयं से इतनी घृणा करवा देता होगा कि मृत्यु बड़ी सुंदर लगने लगती होगी।'

बड़ी मुश्किल से उसने हार्पिक को हाथ में उठाया और ढक्कन खोल दिया। कई बार वो उसे अपने मुँह के पास ले जाता पर फिर उसकी गंध से डरकर उसे दूर कर देता। ये सिलसिला तीन-चार बार हुआ तो अचानक उसके भीतर बैठे किसी ने उसे डाँटा कि किस जीवन के लिए तुम इतना डर रहे हो। वो जीवन जिसने तुम्हें बस पीड़ा दी है। इतना सुनकर उसने आँख मूँदी, मंजरी से जुड़ी सारी यादें तैर गईं उसके स्मृति पटल पर। बोतल में भरा तरल उसके गले से होता हुआ पेट में पहुँच गया और अचानक उसकी आँख खुल गई जैसे वो कोई स्वप्न देख रहा हो। अगले ही क्षण

बोतल हाथ से छूट कर गिर जाती है। खाँसते हुए वो बाथरूम का दरवाजा खोलता है और सामने अपनी माँ को खड़ा पाता है। उनके पीछे कमरे से बिनोद बाबू भी निकलते हैं।

"क्या खाया है तुमने?" माँ ने घबरा कर पूछा।

वो बस मुस्कुराया। बरसात होनी शुरू हो गई थी। टप-टप की तेज आवाज से सारा परिवेश गूँज उठा।

बिनोद बाबू लंबे पग भरते हुए बाथरूम के भीतर घुसे तो उन्होंने हार्पिक के डिब्बे को नीचे गिरा हुआ देखा। सारा माजरा समझते हुए उन्होंने मयूर के मुँह को पकड़ा और अपनी दो उँगलियाँ भीतर डाल दीं। अगले ही पल उसके मुख से नीले रंग के तरल के साथ चावल के कुछ दाने और पानी बाहर की ओर निकल पड़ा। वो उसकी पीठ सहलाते रहे और माँ ने उसे पकड़ रखा था।

उल्टी कर लेने के बाद उन्होंने तुरंत डॉक्टर को फोन मिलाया। बाजार के पास ही उनका घर था। भीगते हुए वो अगले पंद्रह मिनट में वहाँ हाजिर थे। अब तक मयूर को उसके कमरे में ले जाकर लिटा दिया गया था। वो आए और ग्लूकोस की बोतल लगा दी तथा कल दिन में क्लिनिक आने की नसीहत दी।

"कोई दिक्कत तो नहीं है न?" मनीषा जी ने पूछा।

"नहीं उल्टी कर ली न। दवाई-सूई दे दी है, सब नियंत्रण में है। फिर भी कल सुबह होते ही क्लिनिक आइएगा, कुछ टेस्ट करने हैं। बाकि कुछ भी समस्या लगे तो तुरंत फोन करिएगा।" कहकर डॉक्टर चले गए।

उनके जाते ही बिनोद बाबू ने उसका कॉलर पकड़ा और उसे उठाते हुए क्रोधित स्वर में बोले, "क्या करने जा रहे थे तुम? दिमाग ठीक स्थान पर तो है न तुम्हारा?"

मनीषा जी उसके बगल में बैठी रो रही थीं।

मयूर जोर से रो पड़ा, "तो मैं क्या करूँ? मुझे किसी ओर से कोई रास्ता ही नहीं दिखता। मंजरी मिल नहीं रही, आप दोनों मुझसे बात नहीं करते, चाची ने मेरी इज्जत उछाल रखी है। कहाँ जाऊँ मैं? क्या करूँ?"

"तो इसका मतलब तुम जहर पियोगे?" बिनोद बाबू दाँत पीसकर रह गए फिर गहरी साँस लेकर स्वयं को शांत किया और उसे समझाते हुए बोले, "रही बात हम दोनों की कि नहीं बोल रहे तो अब से बोलेंगे। हो गई न तुम्हारी एक समस्या समाप्त। अब रही बात तुम्हारी चाची की, तो सब जानते हैं वो कैसी हैं। उनकी बात का कोई विश्वास ही नहीं करता। वो जो बोलती हैं, उसे एक कान से सुना करो, दूसरे से निकाल दिया करो। जहाँ तक बात है उस लड़की की तो देखो, माना तुम्हारा बड़ा

प्रेम है उससे लेकिन जिस उम्र में तुम हो वहाँ ये सब बड़ी सामान्य बात है। ये प्यार नहीं है, बस आकर्षण है। थोड़े बड़े हो जाओगे तो समझ जाओगे।"

मयूर इस बात से सहमत नहीं था अतः बीच में बोल पड़ा, "यही तो समस्या है। सबको लगता है मैंने कभी उससे प्रेम ही नहीं किया। मेरे प्यार को सब हवस मानते हैं। मुझमें जो भी थोड़ी-बहुत रचनात्मकता है, ये उसी की देन है।"

बिनोद बाबू ने पुनः गहरी साँस ली।

"चलो मान लिया प्रेम था भी। तब भी जहर खा लेना कोई रास्ता थोड़ी है। देखो, अभी तुम बहुत छोटे हो। पूरा जीवन पड़ा है तुम्हारे समक्ष। आज से दस-बारह साल बाद जब ये सब सोचोगे न तो तुम्हें हँसी आएगी। कुछ लोग हमारे जीवन में आते हैं, हमें बनाते हैं और चले जाते हैं। उनकी भूमिका ही इतनी होती है। तुमने कहा न कि उसकी वजह से तुममें रचनात्मकता है, तो उस लड़की की यही भूमिका थी। उसने अपना रोल अदा कर दिया और चली गई। अब तुम्हारा ये फर्ज है कि इसके आगे बढ़ो तुम। उस कला को वहीं मत रोको, उसे आगे ले चलो। वो तो अब तक तुम्हें भूल भी चुकी होगी। इतना समझा लो अपने मन को कि तुम दोनों के मध्य जो कुछ भी था वो यहीं तक था। उसका काम था तुम्हें बनाना, सो उसने कर दिया। अब तुम यदि उस कला को आगे नहीं लेकर जाते या अपना जीवन स्वयं छीन लेना चाहते हो तो ये अपमान है उसका। जो हो गया, उसे भूल जाओ और आगे बढ़ो जीवन में। अभी तो यात्रा बस शुरू हुई है। आगे बहुत से ऐसे लोग तुम्हें मिलेंगे पर उनमें से सदा साथ कोई नहीं रहेगा सिवाय एक के। और वो एक ये लड़की नहीं है जिसके पीछे तुम इतने परेशान हो।"

'वो एक यही लड़की है पापा।' वो मन में बोला।

"तो अब मैं समझूँ कि सब सामान्य हो गया है?"

मयूर ने हाँ में सिर हिलाया।

"और हाँ ये सब बात किसी से कहना मत। मैंने नीचे माँ से यही कहा है कि तुम्हें तेज बुखार था इसीलिए डॉक्टर आए थे।"

"ठीक है।" कहकर मयूर ने आँखे मूँद लीं। माँ पूरी रात बैठी उसका सिर सहलाती रहीं।

वो पहाड़ों में है। क्षितिज पर धुएं का आवरण है। अतराफ़ देखने पर हरी-भरी पहाड़ियाँ, दूर-दूर तक खिले पुष्प प्रत्यक्ष होते हैं, उनकी महक की अनुभूति होती है। वो किंकर्तव्यविमूढ़ सा पूछ रहा है स्वयं से, 'ये कौन सी जगह है? मैं कहाँ

हूँ?' तकता है वो पर्वतों को मानो वे उत्तर देंगे उसके संशय का।

कुछ दूर उसे एक कच्ची पगडंडी दिखाई देती है। वो उस ओर बढ़ता है। मौसम में हल्की ठंड उसे महसूस हो रही है। पगडंडी पर पहुँच कर उसे किसी के गाने की आवाज सुनाई देती है। वो पहचानता है इस स्वर को। उत्साहित होकर वो दौड़ पड़ा है उस गीत के स्रोत की ओर। एक छोटे से घर के आगे आकर उसके पाँव थम गए हैं। सामने ही तुलसी का एक पौधा है, जिसका कद एवं स्वरूप उसे अपने छत पर लगे तुलसी के पौधे सा प्रतीत होता है। वहीं सिर पर दुपट्टा ओढ़े एक लड़की गा रही है आरती।

भरीये स्वर में उसने पुकारा है, "मंजरी...।"

उस लड़की की नजरें आश्चर्य से ऊपर उठ गई हैं। जल देने का कलश उसके हाथ से छूट कर गिर गया है, और वो दौड़ पड़ी है मयूर की ओर। अगले ही पल वो कैद है उसकी बाहों में। सिसकते हुए उसने कहा है, "मयूर, तुम कहाँ थे? क्यों नहीं आए इतने दिन से मेरे पास?"

"अब आ गया हूँ ना।" मयूर उसके सिर को चूम लेता है।

अब वो दोनों अनंत तक फैले उन पुष्प के खेतों के बीच में हैं। मंजरी नीचे बैठी है और उसके गोद में सिर रखे मयूर लेटा है। मंजरी के दोनों हाथ मजबूती से पकड़ रखे हैं उसने इस भाव संग कि कुछ भी हो जाए, तुम्हें अब मैं अपने से दूर नहीं जाने दूँगा।

"मयूर हमें बहुत चिंता होती थी तुम्हारी, और अभी भी हो रही है। बस तुम हमें अपने साथ घर ले चलो, इसी वक्त।"

मयूर ने मुस्कुरा कर देखा है उसकी आँखों में और सिर थोड़ा सा ऊपर उठाकर चूम लिया है मंजरी के शुष्क होंठों को।

"अब तुम मिल गई हो तो जाने थोड़ी दूंगा तुम्हें। और चिंता क्यों होती है तुम्हें?" बड़े लाड से ताका है उसने मंजरी की आँखों में, "तुम अपना दिमाग देखो पहले, कितना छोटा सा है, इत्तू सा। अब उसी में तुम चिंता भी करोगी, परेशान भी होगी, और मुझसे प्यार भी करोगी तो सही से नहीं हो पाएगा इसीलिए तुम बस खुश रहा करो। चिंता, परेशानी सब मुझपर छोड़ दो, मेरा दिमाग बड़ा है तुमसे इसीलिए मैं सब संभाल लूँगा।"

"अच्छा।" चिढ़ते हुए मंजरी ने इतनी जोर की चिकोटी काटी मयूर को कि वो उछल पड़ा।

रूठकर मंजरी ने अपना मुँह दूसरी ओर कर लिया था। मयूर ने उसकी ठुड्डी को

पकड़ कर चेहरा अपनी ओर किया और मुस्कुरा कर बोला, "तुम नहीं जानती मंजरी, मैं कितना डर गया था। किसी अनहोनी के भय से सदैव ही मेरा मन काँपता रहता।"

मंजरी ने अपना सिर झुकाकर मयूर के चेहरे पर रख दिया, "तुम डरते क्यों थे मयूर? अगर मुझे कुछ हो भी जाता तब भी मुझे कुछ नहीं होता। मैं तो अमर हूँ तुम्हारी कहानियों में, जीवित हूँ तुम्हारे शब्दों में, तुम्हारी कविता की हर पंक्ति में मेरी ही तो छवि है।" मयूर का हाथ अपनी पीठ पर रख कर वो मुस्कुराते हुए लिपट गई है उससे।

"मयूर...उठो। खाना खा लो, दवाई भी खानी है।"

उसकी भारी पलकें झटकें से खुलीं तो सामने माँ खड़ी थीं। खिड़की से छन पर धूप कमरे में आ रही थी।

"कितना बज रहा है, दिन कौन सा है, मैं कब से सोया हूँ?" हड़बड़ा कर पूछे हैं ये सारे प्रश्न उसने।

माँ को चिंता हुई, लेकिन ये सोचकर कि दवाई का असर होगा, बोलीं, "सुबह दस बजे सोए हो डॉक्टर के यहाँ से आकर। अभी तीन घंटे ही तो हुए सोए तुम्हें। एक बजने वाले हैं।"

"रुकिए मैं मुँह धोकर आता हूँ।"

वो कमरे में से उठा तो सब कुछ किसी फिल्म सा उसके मस्तिष्क में चलने लगा। वो पहाड़, मंजरी का वहाँ होना, उसकी गोद में मयूर का सिर, फिर आज सुबह में डॉक्टर के यहाँ जाना, घर आना और भी बहुत कुछ। मुँह धोते समय जब उसकी नजर शीशे में पड़ी तो स्वयं की आँखें उसे मंजरी की लगीं। उसे लगने लगा, उसका सब कुछ मंजरी का ही तो है।

'कहाँ होगी मेरी लाडो? ठीक तो होगी?' आँसू छलक पड़े हैं।

'ये स्वप्न कितना सुंदर था। काश, कभी मेरी आँख ही नहीं खुलती, मैं सपना ही देखता रहता। ऐसी हकीकत जिसमें मंजरी नहीं, उससे लाख अच्छा वो सपना ही है जिसमें मंजरी है।'

उस रात के बाद से बहुत कुछ परिवर्तित हो गया था। मयूर दिन में कुछ समय अपने घरवालों के साथ बैठने लगा। परिवार ने भी उसकी गलतियों को भूल

कर एक नई शुरुआत करने की सोची सिवाय चाची के। उसकी दिनचर्या सामान्य ही थी। सुबह उठता, खेत घूमने चला जाता, घर आकर पढ़ता, यदि मन किया तो कुछ लिखता, कभी अपनी माँ के पास बैठ जाता अन्यथा सुबोध के पास पड़ा रहता।

उस घटना के बाद से सभी को यही लगने लगा था कि मयूर बदल चुका है। मंजरी को लेकर उसके मन जो व्यथा थी वो समाप्त हो चुकी है क्योंकि अक्सर वो हँसता रहता। उसे हँसता देख उन्हें खुशी होती पर ये तथ्य निहित था कि मयूर दोहरा जीवन जी रहा था। एक वो जो वो बाहर से दिखाता, जिसमें वो खुश था, हँसता, मज़ाक करता और दूसरा वो जो वो भीतर से था, उदास, अकेला, व्यथित, लेकिन इस दोहरे जीवन में उसे शांति मिलती थी। कम से कम सब खुश तो थे।

इन कुछ महीनों में मयूर दिखने में पूर्णतः दूसरा व्यक्ति लगने लगा था। बाल उसने काफी बढ़ा लिए थे, साथ ही दाढ़ी भी अब भर कर आने लगी थी। मंजरी के संदर्भ में एक सुबोध ही था जिसपर उसे पूर्ण विश्वास था। ये विश्वास न टूटे इसीलिए सुबोध ने भी अपना शत-प्रतिशत दिया मंजरी को खोजने में पर असफल रहा।

वो दोनों बच्चे ही थे एक दृष्टिकोण से देखें तो। उनके बस में जितना था, उतना उन्होंने किया। अब सीधे-सीधे जाकर भी तो वो किसी से नहीं पूछ सकते थे। गाँव-समाज में ऐसी बातें बड़ी जल्दी फैलती हैं, और मयूर कोई रिस्क नहीं लेना चाहता था। आंतरिक और निहित ढंग से दोनों मंजरी को खोज रहे थे पर अब तक कोई भी शुभ संकेत उन्हें मिला नहीं था। बावजूद इन प्रतिकूल परिस्थितियों के, मंजरी सदा मयूर के मन के एक कोने में व्याप्त रही। व्याप्त रहती भी कैसे नहीं, मयूर ऐसा मानता है कि उसका अस्तित्व ही है मंजरी की वजह से। प्रेम विनम्र भी तो बहुत होता है।

इसी बीच अंबरीश घर आता है। विवाह उसका पहले से ही तय था, अबकी मध्य अगस्त में शादी थी, अन्य रस्में दस अगस्त के बाद से ही शुरू होने वाली थीं। प्रेम-विवाह था और परिवार में सर्वसम्मति से इसकी मंजूरी मिल गई थी। इस वाकये से मयूर ने एक बात सीखी कि समाज सिर्फ उन्हीं को दाबता है जो उसकी पकड़ में होते हैं। कोई ऐसा व्यक्ति जिसने अपने जीवन में इतना हासिल कर लिया है कि वो समाज की पकड़ से ऊपर है तो उसपर उनका अंकुश नहीं लगता। सारे नियम कायदे वहाँ दम तोड़ देते हैं।

विवाह की तैयारियाँ शुरू हो गई थीं। विभिन्न कार्य फैले थे। फिलहाल तो पुताई का काम चल रहा था। मयूर का कमरा फाइनल हो चुका था और बेहद खूबसूरत लगता देखने में।

दिन के करीब दो बज रहे थे। दो पेंटर ऊपर अंबरीश के कमरे में पुताई कर रहे

थे। वो स्वयं भी वहीं उपस्थित था जब मयूर नीचे से चाय लेकर जाता है। दोनों पेंटर चाय थामते हैं। चाय जल रही थी अतः उसे इसी क्षण पीना संभव नहीं था सो उन्होंने बात छेड़ दी।

एक पेंटर जो अधेड़ अवस्था में था वो दोनों दाँतों को निकालता हुआ मयूर से कहता है, "बाबू तुम्हारा कमरा ज्यादा अच्छा लगता है। उसमें जो कलर तुम चुने हो न, वो बहुत मस्त है।" इस दौरान उसके काले दाँतों ने दर्शन दिया जिसपर श्याम रंग स्थापित था खैनी और पान के सहयोग से।

मयूर ने मुस्कुरा कर इस तथ्य को स्वीकारा।

पेंटर को बकैती करने में आनंद आ रहा था अतः अपना अगला विचार प्रस्तुत करते हुए बोला, "मान लो भाभी को तुम्हारा वाला कमरा पसंद आ जाए और वो कहें की हम इसी में रहेंगे तब?"

"तब क्या, मुझे और मज़ा आ जाएगा।" उसके कहते ही वो दोनों पेंटर ठहाके मारकर हँस पड़े। मयूर की नजर भईया की ओर मुड़ी तो वो सिर झुकाए कुछ उदास से दिखे उसे। मयूर ने यह सोचकर ये बात कही थी कि तब भाभी मेरे उस छोटे कमरे में रहेंगी और मैं इस बड़े वाले कमरे में, लेकिन दोनों पेंटर ये सोच कर हँस रहे थे कि भाभी और मयूर एक कमरे में रहेंगे और भईया ऊपर वाले कमरे में अकेले। इसी की कल्पना करते हुए बड़े भईया भी उदास हो गए थे।

अगले ही पल भईया की उदासी और उन पेंटरों की हँसी की वजह मयूर के दिमाग में कौंधी तो मन ही मन स्वयं को गालियों से सुशोभित करता हुआ वो बोला, "मेरा मतलब, तब मुझे बड़ा कमरा मिल जाएगा।"

उसके मुख से यह सुनकर भईया के चेहरे पर कुछ शांति स्थापित हुई, और दोनों पेंटरों की हँसी निराशा में तब्दील हो गई। उसी निराशा को व्यक्त करते हुए दूसरा पेंटर बोला, "तुम बस कमरे का ही सोचना।"

अगले दिन भी पेंटर आए पर उन दोनों के चेहरे पिछले दिन वाले पेंटरों से मिलते नहीं थे।

दोपहर में सुबोध उसके कमरे में आया तो चेहरे पर छाई सामन्यता से ही उसे अंदाजा लग गया था कि मंजरी के बारे में सुबोध के पास कोई जानकारी नहीं है। शायद इसीलिए उसने पूछना भी आवश्यक नहीं समझा। सामान्य हाल-चाल होने के बाद सुबोध बोला, "भईया से मिलना है, दिख नहीं रहे।"

"क्यों?"

"सोच रहा हूँ थोड़ा सलाह लूँ कि अब आगे क्या करना है? तुम्हें भी तो दिल्ली

जाना था न, कब से होगा वहाँ एडमिशन?"

"पता नहीं।"

"तो पता करो भाई, अगस्त लग गया है।"

"चलो देखेंगे।" बेपरवाही से कहा मयूर ने।

"तुमने बताया नहीं कि भईया कहाँ हैं?"

"आज घर पर नहीं हैं।"

"कहाँ गए?"

"अपने ससुराल।" मयूर सामान्य आवाज में ही बोला लेकिन इसके प्रत्युत्तर में सुबोध चौंकते हुए बोला, "शादी से पहले ही।"

मयूर हँसा, "तुम तो ऐसे आश्चर्यचकित हो रहे हो जैसे बच्चा हो गया हो।"

सुबोध भी हँसा, "तो शादी से पहले ससुराल क्यों गए हैं?"

"अरे भाई गए होंगे, हमें क्या। मिलना होगा भाभी से।"

"देखना कहीं शादी से पहले ही लल्ला न आ जाए।" कहकर वो हँसने लगा। मयूर ने उसकी पीठ पर जोर का घूँसा जड़ दिया और खुद हँसने लगा। वो बात वहीं समाप्त हो गई।

दिन बीतते गए और शादी सिर पर आ गई। घर रिश्तेदारों से भर गया था। मौसी और क्षमा भी आए थे पर मयूर उनसे एक शब्द नहीं बोला। बस मन में सोचता रहा कि यदि मंजरी होती तो कोई न कोई बहाना बनाकर वो भी शादी में जरूर आती।

चूँकि विवाह का घर था इसीलिए काम भी बहुत बढ़ गए थे। आधे से ज्यादा काम मयूर ने अपने सिर पर उठाया था, और शायद ही कभी वो बैठता। पूरा दिन उसका इधर-उधर करने में ही निकल जाता। नींद भी पिछले दो दिन से पूरी नहीं हो पाई थी। तथापि इस समय भी वो दौड़ ही रहा था।

शाम को चुकी थी और अंधेरा बस होने वाला था। बाहर लगी ट्यूबलाइट जल नहीं रही थी शायद जनरेटर में कोई समस्या थी। वही देखने तो जा रहा था जब एक व्यक्ति उसे रोक लेता है। देखने में वो कोई रिश्तेदार लग रहा था लेकिन वो कौन सा रिश्तेदार है ये उसे पता नहीं था।

विनम्रता पूर्वक मयूर बोला, "जी कहिए।" उसने अपना पसीने से भीग हुआ चेहरा गमछे में पोंछा।

"शाम का समय हो गया है कुछ चाय-वाय लाओ।" उस व्यक्ति ने कहा।

इतना सुनना भर था कि मयूर के मस्तिष्क में माँ से लेकर बहन तक की सारी

गालियाँ तैर गईं, 'इतनी गर्मी में भी रहा नहीं जा रहा है इससे।' वो मन ही मन बुदबुदाया फिर प्रकट करते हुए बोला, "जी लाता हूँ।" कहकर वो जनरेटर की ओर जाने लगा।

मुँह पर ये बेइज्जती देख वो व्यक्ति कुढ़ गया पर अपनी भावनाओं पर नियंत्रण रखते हुए बोला, "अरे चाय चाहिए।" स्वर में कुछ तीव्रता थी।

उसके इस तरह तेज आवाज में बोलने के कारण मयूर को बड़ा गुस्सा आया। एक तो वो सुबह से बिना खाए-पिए इधर-उधर दौड़ रहा है, ऊपर से इतनी गर्मी है फिर साथ में ऐसे-ऐसे लोगों से भी उसका पाला पड़ेगा तो वो कहाँ तक सहन करेगा। इसीलिए चिढ़ते हुए वो भी तेज आवाज में बोला, "तो उसके लिए भी हलवाई के पास जाना होगा न जो वहाँ बैठा खाना बना रहा है कि जेब में लेकर घूम रहा हूँ चाय?"

उसके इस व्यवहार से वो व्यक्ति अचंभित था और कुछ बोलने वाला था जब अंबरीश वहाँ आ जाता है।

"अरे चाचाजी, आप यहाँ गर्मी में क्यों खड़े हैं उधर चलिए बैठिए। कूलर चल रहा है। मैं शर्बत भिजवाता हूँ।"

मयूर भन्नाया हुआ था ही अतः खीझते हुए बोला, "चाचाजी सिर्फ चाय पीते हैं।" उसके स्वर से क्रोध टपक रहा था।

मामला न बिगड़े इसीलिए अंबरीश बोला, "तो चाय भिजवा देते हैं।" कहकर जैसे-तैसे उसने उस व्यक्ति को वहाँ से चलता किया। जाते-जाते भी वो मयूर को घूर रहा था।

जब वो व्यक्ति उनकी आँखों से दूर हो गया तो अंबरीश मयूर को लगभग डाँटते हुए बोला, "इतना क्या भन्ना रहे थे उनके ऊपर। दादाजी के भांजे हैं।"

"भांजे हैं तो क्या सिर पर बैठ के मूतेंगे?" उसके चाय-वृतांत सुना दिया।

"अच्छा शांत रहो अब, और जाकर उनको चाय देकर आओ।" अंबरीश हँसी दबाते हुए बोला।

करीब पाँच मिनट बाद मयूर चाय लेकर उनके समक्ष प्रस्तुत हुआ तो उस व्यक्ति ने चाय थामी और बोला, "अच्छा अंबरीश कहाँ गया, जरा बुलाओ तो?"

"दिख तो नहीं रहे, रुकिए फोन करके बुलाता हूँ।" कहकर मयूर ने फोन निकाला ही था कि वो व्यक्ति शैतानों की तरह हँसते हुए बोला, "गजब विज्ञान कितना आगे निकल गया है। यहीं इतने पास-पास से सब कॉल करने लगे हैं।"

मयूर चिढ़ा हुआ पहले से ही था, ये सुनकर और चिढ़ गया और उसी चिढ़ को

उगलते हुए बोला, "तो आप क्या चाहते हैं चिट्ठी लिखें?" और जवाब सुने बगैर वहाँ से हट गया।

कुछ ऐसे ही विचित्र रिश्तेदारों और भीड़-भाड़ के मध्य जिम्मेदारियों को अपने कंधे पर उठाए मयूर बारात पहुँचा। आज जयमाल के समक्ष कुर्सी पर बैठे सुंदर सालियों को फूल फेंकते हुए देख जब वो कॉफी पी रहा था तब उसे इतने दिन में पहली बार महसूस हुआ कि वो मजदूर नहीं है। इस एक क्षण में वो काफी प्रसन्न था पर तभी मन में एक वाक्य गूँजा, 'मंजरी के साथ एक दिन मैं भी ऐसे ही जयमाल पर बैठूँगा।' इस एक वाक्य से उसकी सारी प्रसन्नता छिन गई। उसका सीना भारी होता सा महसूस हुआ उसे, और आँखे भर आयीं।

'इतने दिन हो गए मंजरी को देखे। कहाँ होगी वो? कैसी होगी? क्या मुझे याद करती होगी?' यही सब सोचते-सोचते उसकी आँखों से आँसू टपक पड़े पर तभी उसका बुलावा हुआ स्टेज पर जाने के लिए।

आँसुओं को रुमाल में शीघ्रता से पोंछ कर हँसता हुआ वो जयमाल पर पहुँचा और जितनी सुंदर मुस्कुराहट दे सकता था, उसे देकर फोटो खिंचाई, लेकिन स्टेज से उतरते ही वो हँसी, वो मुस्कुराहट साहित पर बने रेत के महल की तरह बह गई। किसी को चाहना इस जीवन का सबसे खूबसूरत एहसास है पर उसे खो देना इस जीवन का वो पहलू है जहाँ बस वेदना है, अंधकार है, अकेलापन है। उस तमिस्रा में मयूर जितना स्वयं को तलाशता है, उतना ही खो जाता है।

बज रहा तेज गीत, लोगों की भीड़ से आती अस्पष्ट आवाज, खाने की भीनी खुशबू, मेकअप में छिपा लड़कियों का चेहरा, उपस्थित सब कुछ मयूर के लिए असह्य हो गया। जीवन में एक समय आता है जब सब चीजों से भयावह अरुचि सी होने लगती है, घर, परिवार, प्रेम, पढ़ाई सब कुछ। मयूर को ऐसा लगने लगा जैसे ये क्षण यही है। सब कुछ कितना उदास है, ये जीवन कितना नीरवतापूर्ण है। उसे चिढ़ सी होने लगी, और उसका सिर इतना भारी हो गया जैसे किसी पाषाण के वजन तले दबा जा रहा हो।

उसके अपने दोनों कान हाथों से दबा लिए और उठकर वहाँ से दूर खेत की ओर चला गया। जब उसने हाथ हटाया तो उसे महसूस हुआ कि वो काफी दूर चला आया है। चारों तरफ अंधेरा फैला था। दूर उसे प्रकाश नजर आ रहा था। ये वही स्थान था जहाँ अंबरीश के विवाह का आयोजन हुआ था। आस-पास उसने नजर घुमाई तो कोई नहीं था। ऊपर आकाश में निशा चाँदनी से नहाई प्रतीत हो रही थी। उसे देखकर मयूर फूट-फूट कर रोने लगा, और उसके मन में मंजरी को लेकर जो

अधूरी अभिलाषाएं थीं वो जागृत हो उठीं।

'मैं अपनी बाहों में भर कर तुम्हें महसूस करना चाहता हूँ। अपनी हथेलियों में तुम्हारी उंगलियों को जब्त करके चूम लेना चाहता हूँ तुम्हारे माथे को। तुम्हारे गालों को अपने हाथ से छू कर तुम्हारी शरमाती आँखों में झाँकना चाहता हूँ। तुम्हारे मुस्कुराते अधरों की चमक देखने की ख्वाहिश है। इतना करीब होना चाहता हूँ तुम्हारे कि तुम कुछ फुसफुसा कर कहो और मैं सुन लूँ। तुम्हारे मुख से निकलती गरम साँस मेरे होंठों को स्पर्श करे। तुम्हारी आँखों के आकर्षण में मैं खो दूँ स्वयं को। बहुत दिन हो गए हैं मेरी मंजरी तुम्हें गले लगाए, तुम्हारे हाथों को अपने हाथों में रखे हुए।' उसके मन में ये सब चलता रहा और आँसू निकलते रहे।

जी भरकर रो लेने के बाद जब उसका मन कुछ हल्का हुआ तो चेहरे पर पुनः हँसी का लिबास ओढ़कर वो बारात में पहुँच गया। जयमाल बस समाप्त ही हुआ था। दूल्हा-दुल्हन स्टेज से नीचे उतर रहे थे। सामने टेबल लगी थी जहाँ खाने की व्यवस्था थी। करीब एक बजने वाले थे और अधिकतर भीड़ समाप्त हो चुकी थी। कुछ खास लोग ही थे वहाँ।

वे तीनों खेत में हैं। साँझ उमस से लिपटी हुई है, और आकाश बादलों के आवरण में सिमटा है। घर पर मेहमानों की भीड़ आज विवाह के दो दिन पश्चात भी काफी है, जिससे एकांत तलाशते हुए उन्होंने अपना रुख इस ओर किया। बतियाते हुए वे अपने खेत के चक्कर काट रहे हैं, जिसमें धान, मक्का, बाजरा आदि है।

"ये मंजरी की क्या कहानी है?"

अंबरीश के इस प्रश्न का एक सीधा उत्तर है, लेकिन प्रेमियों को सीधा उत्तर देने में सदा से तकलीफ रही है। बिना किसी बात के फिलॉसफी झाड़ने में उन्हें बेहद सुख मिलता है। अपनी उसी आदत के वशीभूत होकर उत्तर में मयूर ने कहा है, "जिसके बगैर मेरी कहानी अधूरी है।"

अंबरीश ने कोई प्रतिक्रिया नहीं दी पर सुबोध चिढ़ गया है इस उत्तर से। अंबरीश ने उसे ताका तो कुछ दुखी होकर बोला, "ऐसी ही बेतुकी बातें करता है ये महीनों से। मैं परेशान हो जाता हूँ सच में। कभी कहेगा वो सूरज देखो, मैं देखूँगा, पूछेगा कैसा लग रहा है? मैं कहूँगा, अच्छा लग रहा है। फिर कहेगा, जानते हो डूबता सूरज अच्छा क्यों लगता है, मैं कहूँगा क्यों? क्योंकि हमें पता होता है कि कल फिर उगेगा वरना जाती हुई चीज भी कभी सुंदर होती है भला।" उसने गहरी साँस ली।

सुबोध के इस लहजे पर बड़ी मुश्किल से अंबरीश ने अपनी हँसी रोकी, मयूर

अभी भी गंभीर ही था।

"तुम्हें पता है न सब, बताओ क्या चल रहा है ये?"

सुबोध शुरू से अंत तक सारी कहानी कहता है। इस बीच मयूर थोड़ा दूर निकल गया है उससे, और आसमान को निहार रहा है।

सारी कहानी कहकर जब सुबोध का ध्यान मयूर की ओर गया तो उसकी ओर इशारा करते हुए अंबरीश से बोला, "अभी देखिएगा आप, आएगा और कहेगा, वो बादल देखो। हम देखेंगे, फिर पूछेगा कैसा लग रहा है? हम कहेंगे, लगता है बरसने वाला है। फिर कहेगा, जानते हो वो क्यों बरसना चाहता है? हम कहेंगे, क्यों? तो कहेगा, क्योंकि उसकी आँखों में वेदना है विरह की। वो मिलना चाहता है धरा से, लेकिन मिल नहीं पा रहा।"

जब तक उसका कथन समाप्त हुआ तब तक मयूर वहाँ आ चुका था। अंबरीश हँस रहा था, मयूर को भी हँसी आ गई थी सुबोध के हाव-भाव देख।

जब वे घर लौटने लगे तो अंबरीश बोला, "मैं सबकी तरह नहीं हूँ, जो तुम्हारा दृष्टिकोण न समझूँ, लेकिन ऐसे सब कुछ छोड़ के बैठ जाना भी कहाँ तक उचित है? मान लो, मंजरी कुछ समय बाद तुम्हें मिल जाए, और मान लो क्या, मिलेगी ही पर तब तुम कहोगे क्या उससे? ये कि जब तक तुम दूर रही मैंने अपनी सांसारिक जिम्मेदारी से मुख मोड़ लिया, पढ़ाई-लिखाई छोड़ दी। तुम्हें लगता है कि उसके मिलने भर से सब सही हो जाएगा पर ऐसा है नहीं। उसका मिलना जितना महत्वपूर्ण है, उतना ही महत्वपूर्ण है तुम्हारा अपने जीवन में आगे बढ़ना। उसके जो खड़ूस बाप हैं, वो इतने से तो अपनी बेटी तुम्हें नहीं दे देंगे न कि इतने समय तुम सूरज और बादल को देखकर दर्शन छाँटते थे। कुछ तो हासिल करना होगा न तुम्हें भी।"

अंबरीश की बातों से प्रेरित होकर सुबोध स्वयं को रोक न पाया, "हाँ, और नहीं तो क्या। तो भाई, पढ़ाई-लिखाई पर ध्यान दो। दिल्ली जाना था न तुम्हें, तो जाओ, एडमिशन लो। मैं अपनी खोज जारी रखूँगा, जैसे ही कोई जानकारी मिलेगी तुम्हें बता दूँगा।"

मयूर ने सब सुन लिया, लेकिन कुछ कहा नहीं।

"वैसे, कोर्स कौन सा करोगे?"

"पॉलिटिकल साइंस।"

"तब चल रहे हो न?"

मयूर ने हाँ में सिर हिला दिया।

'बस कुछ घड़ी और मंजरी, फिर इंतज़ार के ये दिन गुजर जाएंगे। तुम मेरे पास

रहोगी, मैं तुम्हारे।' उसके मन ने मंजरी के मन से कहा है।

उस रात को उसने अंबरीश संग दिल्ली जाने की बात परिवार के समक्ष रखी। बिनोद बाबू को प्रसन्नता हुई ये सुनकर कि चलो अभी पूरा आवारा नहीं हुआ है, पढ़ने-लिखने की कुछ चाह शेष है। सर्वसम्मति से उसकी इस इच्छा को मंजूरी मिल गई।

सोने के लिए जब वो कमरे में गया तो मन उचाट था। बिस्तर पर लेटे हुए वो ऊपर घूमते पंखे को देख रहा था, और किसी ख्याल में लिप्त था। शायद घर से जाने के बाद के जीवन को सोच रहा था। काफी देर तक वो ऐसे ही लेटा रहा और जब उसका ध्यान टूटा तो घड़ी ने रात के दो बजा दिए थे। वो छत पर निकला तो अतराफ़ अंधेरा फैला था। ऊपर आसमान में चाँद उसे निहार रहा था, साथ तारों की विशाल सेना भी थी।

व्याप्त नीरवता में वो अपने हृदय की धक-धक को सुन सकता था। दिमाग में बहुत कुछ चल रहा था। घर छोड़ने में उसे बस एक तकलीफ थी कि यहाँ उसे मंजरी की उपस्थिति महसूस होती थी, जिससे वो वंचित रहेगा। यहाँ की हर दीवार साक्षी है उनके प्रेम की, वहाँ ये दीवारें न होंगी, न ही होंगे ये पेड़ जिनपर बैठे पक्षी देखा करते थे उन दोनों को साथ में।

किसी व्यक्ति विशेष का उसे कोई मोह न था। चाची का तो ख्याल आते ही उसके मस्तिष्क में अक्सर कौंध जाता, 'मैं ऊब चुका हूँ यहाँ रहते-रहते। मैं बाहर जाना चाहता हूँ, दुनिया देखना चाहता हूँ। यहाँ मेरा दम घुटता है।'

वस्तुतः यहाँ के परिवेश ने उसे रोक रखा था, लेकिन अब और नहीं।

वासना- काया से परे क्या?

हफ्ते भर बाद अंबरीश के साथ अपना बोरिया-बिस्तर बांध कर वो दिल्ली के लिए रवाना हुआ। जब कार सड़क के उस स्थान पर पहुँची जहाँ से उसका घर दिखता था, जहाँ अंतिम बार मयूर ने मंजरी की कार देखी थी, तो उसने अपने घर को देखा और मुस्कुराते हुए उससे विदा ली। ये मुस्कुराहट कृत्रिम थी या मिथ्यारहित, ये वही जाने।

ट्रेन में बैठे खिड़की से बाहर देखते हुए उसे लगा जैसे पेड़ पीछे छूट रहे हों, और बादल साथ चल रहे हों। प्रकृति की ये घटना उसे मानवीकरण लगी जहाँ लोगों का शरीर, उनका भौतिक स्वरुप पीछे छूट जाता है पर उनकी स्मृतियाँ सदा आकाश की तरह हमारे हृदय पर छाई रहती हैं, बेशक हम संसार के किसी भी कोने में क्यों न चले जाएँ। ये सोचकर वो मुस्कुरा दिया और मन में बुदबुदाया, 'अगर सुबोध होता तो चिढ़ जाता।'

न ही वो उदास था न ही प्रसन्न, वो उदासीन था। इस क्षण उसके मस्तिष्क में इतने मिश्रित भाव थे कि किसी एक की स्पष्टता प्रदर्शित नहीं हो रही थी। हमें सदा ये लगता है कि हम इकलौते हैं जो इन समस्याओं में डूबे हैं, इन दुविधाओं में फँसे हुए हैं पर वास्तविकता में ऐसे न जाने कितने लोग होते हैं जो लगभग समान परिस्थितियों में ही, ऐसी ही समस्याओं में डूबे होते हैं, ऐसी ही दुविधाओं से जूझ रहे होते हैं।

जैसे मयूर निकला अपने धर से, उसी तरह वहाँ से करीब हजार किलोमीटर दूर एक छोटे से गाँव से मृदुला भी निकली। वो भी न तो प्रसन्न थी और न ही उदास, वो भी उदासीन थी। परिवार की जिन बेड़ियों से निकलकर मयूर आया था, उन्हीं बेड़ियों से स्वयं को स्वतंत्र कर वो भी चल पड़ी थी। जैसे वो ट्रेन में बैठा अपने विचारों में उलझा था, वैसे ही मृदुला भी उलझी थी। दोनों का गंतव्य एक था पर अब उनका मिलना कैसे होगा? ये रहस्य भविष्य के गर्भ में निहित है।

इन दोनों से परे, एक नीरस संध्या में मंजरी नम आँखे लिए मयूर को याद कर

रही है। बहती हवा को वो बाहें खोलकर स्वयं में समेट लेती है इस आशा संग कि शायद इस हवा में मयूर का स्पर्श हो।

दिल्ली की नीरस शाम। गगनचुंबी इमारतों को घूरता हुआ फुटपाथ पर वो चल रहा है। सड़क पर अनेकों गाड़ियाँ दौड़ रही हैं दिशाहीन सी। एक ओर अधेड़ उम्र की औरत भुट्टे बेंच रही है। उसी से सटकर है नारियल की दुकान। वो अचंभित सा सब देख रहा है, और ये स्वप्न लगता है उसे।

सड़क पार करने के उद्देश्य से वो पुल की सीढ़ियाँ चढ़ रहा है। ऊपर पहुँच कर उसके सामने पुल दृष्टिगोचर हो उठता है, जिसका तल पान की पीकों के सहयोग से हल्के लाल रंग में रंगा है। व्यक्ति के नाम पर पुल पर कोई नहीं है, सिवाय दूर खड़ी दो लड़कियों और एक अधेड़ आदमी के। वो आगे बढ़ता है तो अपने दाएं-बाएं उसे लाल रोशनी में जगमगाती सड़क दिखती है। उसे सुंदर लगा है ये दृश्य जहाँ अनगिनत वाहन दौड़ रहे हैं और जलते प्रकाश से सौन्दर्यपूर्ण हो चुका है परिवेश।

'दिल्ली रात होने के बाद और सुंदर लगती है।' कहता है वो स्वयं से।

वो चल रहा है आगे और ये भाव कि यह परिवेश बनावटी है, उसपर हावी होता जा रहा है। वो जानता है कि ये वास्तविकता है, लेकिन फिर क्यों मस्तिष्क सब उसे किसी स्वप्न सा परोस रहा है? ऐसा आज उसके साथ पहली बार नहीं हुआ है, तथापि ये स्थिति उसे डरा रही है सदा की तरह। उसे ऐसा महसूस हो रहा है जैसे वो कट गया है अपने वातावरण से। पूरी दुनिया उसे स्वयं से अलग दिख रही है। ये भाव भीड़ में या संध्या में अक्सर उसके मन में उठता रहा है। सबसे पहली अनुभूति उसे हुई थी अंबरीश की शादी में, उस समय भी वो डर गया था। तब से लेकर आज तक में ऐसा अनेकों बार हुआ है।

कभी-कभी उसे ऐसा भी लगा है जैसे वो स्वयं को ही देख रहा है, स्वयं के बाहर से। वो और भी डरावना प्रतीत होता है उसे।

'जाने क्या हो रहा है मुझे? ऐसे इतना अजीब मुझे क्यों लगता है? ये है क्या?' वो पूछता रहता है स्वयं से और इस क्षण भी पूछ रहा है।

चलते-चलते उसने आधा पुल पार कर लिया है। वो उन लड़कियों के बगल से गुजर रहा है, जो उस अधेड़ आदमी से कुछ कह रही हैं।

"नहीं, चार सौ से कम में नहीं।" यही सुना है मयूर ने और वो बढ़ गया है आगे

पर उसकी नजर गई है उन लड़कियों पर। कपड़े उनके गंदे थे, बाल पसीने में भीगे और कुछ चिपचिपे से। उनकी उम्र बमुश्किल पंद्रह-सोलह बरस लगी उसे। आते हुए उसने फुटपाथ से सटकर कुछ झुग्गियाँ देखी थीं। वहाँ जिन औरतों-बच्चों को उसने देखा, उनके पहनावे और इन लड़कियों के पहनावे में काफी समानता थी।

वो और भी उदास हो गया, 'पेट भरने के लिए जिन्हें आबरू बेचनी होती होगी, उन्हें कैसा लगता होगा?' जैसे-जैसे वो इस बारे में सोचता जाता, वैसे-वैसे वो और दुखी होता चला जाता।

अब जब वो इन प्रश्नों में उलझा था तो ये भाव कि सब झूठ है, ये स्वप्न है, दब गया था। उसे सामान्य प्रतीत होने लगा था सब कुछ देखने में।

वो अपने कमरे में पहुँचा तो अभिनव को आलू काटते देखा। धीर फर्श पर बैठा आटा सान रहा था।

"चावल कहाँ है?" अभिनव ने पूछा।

"मुझे क्या पता?" मयूर उसके बगल बेड पर बैठते हुए बोला।

"अबे, लेने तो गए थे न?"

मयूर को झटका सा लगा, "अरे हाँ यार! मैं तो भूल ही गया।"

"गए तो थे तुम चावल ही लेने, वो लाए नहीं तो घंटे भर किया क्या?"

"यार.. मैं उधर सड़क के उस पार चला गया था।"

अभिनव ने धीर को ताका। धीर ने अभिनव को। फिर दोनों ने मयूर को, तो वो अपराधी भाव से बोला, "रुको, अभी ले आता हूँ।"

"कोई नहीं, आज सब्जी रोटी ही खा लेंगे।" धीर उसका हाथ पकड़ कर बैठाते हुए बोला।

"कौन है?" बैठाकर अगला प्रश्न पूछा उसने।

"कहाँ?" मयूर हैरानी से।

"जिसकी याद में खोए थे?"

"कोई नहीं है।" कहते हुए मयूर उठकर बगल वाले कमरे में चला गया।

"बेटा, आज नहीं तो कल बताओगे ही।" हँसते हुए बोला धीर।

घर से आने के बाद, जब तक प्रवेश सुनिश्चित नहीं हो गया तब तक मयूर अंबरीश के साथ ही रहा। एक बार कॉलेज मिल जाने के बाद कमरा लेना अनिवार्य महसूस हुआ उसे। अंबरीश जिस फ्लैट में रहता था वहाँ से मयूर को हर दिन करीब पचास किलोमीटर आना-जाना पड़ता। चूँकि आर्थिक तौर पर ऐसी कोई विशेष समस्या

नहीं थी अतएव मयूर ने अपने कॉलेज के पास एक कमरा किराए पर ले लिया।

उसके कमरे के भीतर ही एक दरवाजा था, जिसके पीछे एक और कमरा था जिसमें दो बेड थे- अभिनव और धीर के। रसोई और बाथरूम भी वहीं था। अतीत में शायद वो एक बड़ा कमरा रहा हो, जिसे इस तरह विभाजित कर दिया गया। हालाँकि, जब मयूर यहाँ आया था उस समय बस अभिनव रहता था, धीर उसके आने के दो दिन बाद आया।

तीनों का कॉलेज एक था, इत्तेफाक़ से धीर और मयूर का विषय भी एक ही था। अभिनव का विषय संस्कृत था, हालाँकि उसकी रुचि राजनीति में थी। राजनीति विज्ञान में नहीं, सिर्फ राजनीति में। इसी से अक्सर धीर और उसमें भिन्न विषयों को लेकर बहस छिड़ी रहती। मार्क्स, लेनिन, एडम स्मिथ, हॉब्स, जॉन लॉक, अम्बेडकर आदि के विचार अक्सर उस परिवेश में तैरते रहते धीर के मुख से निकलकर। अभिनव अपने अंदाज में उसकी बात काटता रहता। मयूर को इन सबमें कोई रुचि नहीं थी, फलतः वो अपने बिस्तर पर पड़ा कहानियाँ पढ़ता रहता।

पहली ही कट-ऑफ में इन तीनों को देश की प्रतिष्ठित यूनिवर्सिटी में दाखिला मिल गया है। अभिनव के मुख से कई बार सुना है इस तथ्य को धीर और मयूर ने, जब वो अपने रिश्तेदारों से फोन पर बतियाता है।

एक दिन धीर उसका रोज-रोज का ये रवैया देखकर कुछ अधीर हो उठा, "ये रोज-रोज क्या डींगते रहते हो बे?"

"डींगे क्यों नहीं? मौका मिला है तो डींगेंगे ही। सारी उम्र तो ताना ही सुना है, तभी दस का सौ बताते हैं।"

करीब दस दिन से ये तीनों साथ हैं। जाहिर है, वो आप से तुम पर आ चुके हैं, और बहुत जल्द तू पर आने वाले हैं, और कुछ समय बीतेगा तो बिना गाली के बात भी नहीं करेंगे। मित्रता ऐसी ही तो होती है, बिना किसी बंधन के, बिना किसी नियम के। वहाँ बस मित्रता होती है, उसके अतिरिक्त कुछ नहीं।

परसों यानि बीस सितंबर को इनके कॉलेज का पहला दिन होगा। अबकी एडमिशन की प्रक्रिया कुछ बाद में प्रारंभ हुई, इसी से कॉलेज भी देरी से शुरू हो रहा है, करीब महीने भर। धीर और अभिनव में अलग उत्साह है इस बात को लेकर। हो भी क्यों न, दोनों अपना जीवनसाथी इसी बीच खोजने की चाह जो समेटे बैठे हैं। इस संदर्भ में धीर थोड़ा अधीर है। प्यार की बात सुनते ही उसके तन-बदन में आग सी लग जाती है।

"ए भाई, कोई लड़की हमसे पट जाएगी न?" बार-बार वो पूछता है ये प्रश्न, और

हर बार उत्तर में अभिनव कहता है, "न बिल्कुल नहीं।"

मयूर बस मुस्कुरा कर रह जाता है।

इस समय आटा सानकर धीर मयूर के पास आ गया है। अभिनव खाना बना रहा है। आलू की भुजिया सब्जी वो बहुत अच्छी बनाता है। फलतः ये जिम्मा उसी के कंधों पर है। धीर मयूर के पास उसके जीवन के रूमानी पहलू को जानने आया था, जब उसके पीछे अभिनव भी वहाँ आ गया और दूसरी ही धुन छेड़ दी। इसी कारण धीर कुछ खिन्न भी हुआ।

"तुम इतने शांत क्यों रहते हो? कोई दिक्कत?" उसने पूछा।

"मुझे गाँव बहुत याद आता है।" मयूर मुस्कुराया।

"क्यों, दिल्ली पसंद नहीं आयी?"

"बहुत ज्यादा तो नहीं, है भी क्या यहाँ?"

"तो गाँव में ही क्या है? कुछ भी तो नहीं।"

"शांति तो है।" मयूर ने प्रत्युत्तर दिया।

"कोई शांति नहीं है भाई। पैसे-रुपये की कोई सुविधा ही नहीं है तो शांति किस बात की? शहरों में देखो, रोजगार के इतने विकल्प हैं, बड़ी-बड़ी कम्पनियाँ हैं, इसीलिए शहर की बात अलग है। हमारे गाँव में तो ढंग से बिजली भी नहीं आती।"

"पर सब कुछ पैसा ही तो नहीं होता न? ऐसे बहुत से आयाम हैं जहाँ पैसा होने या न होने से कोई अंतर ही नहीं पड़ता।"

"उससे जरूरी और क्या होता है? कुछ हो तो बताओ।"

"हाँ होता है। दिन के अंत में बिस्तर पर लेटने के बाद तुम संतुष्ट हो या नहीं वो मायने रखता है।" फिर एक गहरी साँस लेकर, "तुमने बात की शहरों की, चलो दिल्ली का ही उदाहरण लेते हैं। तुम्हें सच में लगता है यहाँ रहने वाला व्यक्ति वास्तव में प्रसन्न है? इतनी भीड़, इतनी गंदगी की आत्मा दुखी हो जाए। सुबह राजीव चौक मेट्रो पर बस जाकर खड़े हो जाओ, दस मिनट में प्लेटफॉर्म के इस छोर से दूसरे पर न पहुँच जाओ तो कहना। हाँ, लोगों के पास पैसे हैं, रोजगार के अवसर हैं पर क्या उससे प्रसन्नता मिल जाती है? नहीं। कॉर्पोरेट निचोड़ लेता है व्यक्ति को। जीवन में बस एक दिनचर्या बच जाती है, मनुष्य मशीन बन जाता है। प्रसन्नता की तलाश में लोग नशे की ओर अपना रुख कर लेते हैं कि क्षणिक सुख तो मिले अतएव शहरों में नशे का कारोबार ज्यादा है गाँव की तुलना में। हो भी क्यों न? गाँव में लोगों को सिर्फ खुश होने के लिए नशे का सहारा नहीं लेना पड़ता।"

"वो तो ठीक है मयूर बाबू, लेकिन ये भी एक बात है कि जो एक बार शहर आ

जाता है वो लौट नहीं पाता गाँव कभी।"

"मैं लौटूँगा अपने गाँव। वहाँ के लोग बेकार हैं पर गाँव बहुत अच्छा है। मैं शहर भले आया हूँ पर यहीं का होकर नहीं रह जाऊँगा।"

अभिनव बोला, "लेकिन समय भी तो एक चीज है, सब कुछ परिवर्तनशील है। जब समाज आधुनिकीकरण की ओर अग्रसर है तो ये चीजें भी बदलेंगी ही। आज के भारतीय समाज की सबसे बड़ी आवश्यकता ही यही है कि हम औद्योगिक उत्पादन करें। अब उसके लिए श्रम चाहिए, श्रम के लिए लोग, लोग आएंगे तो शहर भी विकसित ही होंगे। इसमें हम तुम कुछ कर नहीं सकते। अगर हम उस मार्ग पर न चलें जिसे तुम मनुष्य को मशीन बनना कहते हो तो इस वैश्वीकृत दौर में बहुत पीछे रह जाएंगे।"

मयूर कुछ गंभीर होकर, "यार सच कहूँ तो मुझे राष्ट्र की जो ये संकल्पना है इसी से समस्या है। इस विचार की सबसे बड़ी समस्या ही यही है कि इसमें होड़ है, दूसरे से आगे निकलने की। हम क्यों नहीं सब कुछ मानवता के स्तर पर देखते। अक्सर लोग ये कहते रहते हैं कि यदि तृतीय विश्व युद्ध हुआ तो बहुत विनाश होगा, पर क्या हम-तुम करने जाएंगे युद्ध, या विश्व के लोग? अगर हाँ, तो क्या वे युद्ध चाहते हैं? मुझे तो नहीं लगता। राष्ट्रवाद की भावना हृदयों में ठूंस कर कुछ महत्वाकांक्षी शासक इसे सबकी लड़ाई भले घोषित कर दें लेकिन इससे नुकसान सदैव मानवता का ही होता है। कोई भी लड़ा गया युद्ध कभी भी दो देशों के मध्य नहीं होता, वो वहाँ के शासकों के मध्य होता है जिसमें खपता है, देश, वहाँ के संसाधन और लोग। शासक हारे तो भी शासक, जीत जाए तो फिर तो क्या ही कहने। पहले ये राजतन्त्र में हुआ, अब लोकतंत्र में हो रहा है। इस हिंसा के जिम्मेदार हैं कुछ गिने-चुने शासक, जिनके करिश्मे में हम कुछ यूँ खो जाते हैं कि मनुष्य, मनुष्य है, ये याद ही नहीं रहता। याद भी कैसे रखें, हम तो राष्ट्र से प्रेम करते हैं, मानवता से हमें क्या?"

"राष्ट्र? राष्ट्रवाद? देश? देशप्रेम? देशद्रोह? ये कुछ शब्द मनुष्यता पर भारी पड़ जाते हैं, सदा से पड़ते आए हैं, आगे भी पड़ते रहेंगे। जाने ऐसा कोई समय होगा भी या नहीं, जहाँ हम राष्ट्र और राष्ट्रवाद की संकल्पना से ऊपर उठकर मानवता को देखेंगे। जाने कब तक ये युद्ध चलता रहेगा, मानवता नष्ट होती रहेगी। हर तरफ बस हिंसा है, एक चीत्कार है पीड़ा की, विनाश की और इन सबके मध्य मनुष्यता किसी डरी हुई नन्ही चुहिया की तरह दुबकी पड़ी है, इस आशा में कि कभी तो इन महत्वाकांक्षी मनुष्यों में इतनी मनुष्यता जागेगी, कि वे मनुष्यता की इस दबी, डरी हुई चीत्कार को सुनेंगे और कुछ हद तक ही सही, मनुष्य बनने का प्रयास तो करेंगे।

जिस दिन हम राष्ट्र, जाति, धर्म आदि से ऊपर उठकर सोचने लगेंगे, उस दिन होड़ समाप्त हो जाएगी और स्थापित होगी शांति, एक ठहराव।"

"तुमने बात की आधुनिकता की। तो मुझे सदैव ऐसा लगता है कि आधुनिकता एक विचार है और समय से उसका कोई संबंध नहीं। वो समय का पाबंद ही नहीं है। क्या आज अंधविश्वास नहीं है, पर कथित तौर पर तो हम मॉडर्न हैं। जिस समाज में पंद्रह-सोलह बरस की बच्चियों को अपना जिस्म बेचना पड़ता हो पेट भरने के लिए, थूकता हूँ मैं ऐसी आधुनिकता पर। तुमने कहा 'भारतीय समाज' की आवश्यकता ये है, भारतीय क्यों, मानवता क्यों नहीं? ऐसा विचार क्यों कि एक क्षेत्र विशेष में रहने वाले लोगों से ही हमें अर्थ है, उसके बाहर कुछ भी हो हमें क्या? ऐसा समाज जहाँ इतना संकुचित चिंतन हो, उसे मैं आधुनिक नहीं मानता।"

अभिनव इसके उत्तर में अविश्वास से बोला, "तुम्हारी सारी बातें अच्छी हैं, लेकिन ये यूटोपिया है। यथार्थ और आदर्श में बहुत बड़ा अंतर होता है। एक ऐसे समाज में जहाँ सब यथार्थ में जी रहे हों, वहाँ आदर्श कभी स्वयं का स्थान नहीं बना सकता। वो बस विचारों में ही रह जाता है।"

मयूर इसके बाद कुछ नहीं बोला, बस हल्के से मुस्कुरा दिया।

धीर मयूर को बड़े आश्चर्य से देख रहा था। आज तक जितनी भी बहस हुई, उसमें मयूर ने कभी रुचि नहीं ली पर आज उसे क्या हुआ जो बिना बात के इतना लेक्चर दे डाला। धीर के जितना ही आश्चर्य में सराबोर है अभिनव भी। कहाँ की बात मयूर कहाँ ले गया। फिर ये सोचकर कि ज्यादा पढ़ने वाले लोग ऐसी ही बहकी-बहकी बातें करते हैं, उसने मामले को रफा-दफा किया।

धीर का मयूर से उसके रूमानी जीवन के बारे में पूछना रह ही गया।

आज उनका पहला दिन है कॉलेज का। देश के भिन्न-भिन्न कोनों से आए विद्यार्थी परिचित हो जाएं कॉलेज से, अपने डिपार्टमेंट को जान जाएं, इसी उद्देश्य से उनके स्वागत में कॉलेज ने छोटे से समारोह का आयोजन किया है।

करीब दस बजे मयूर ने धीर और अभिनव के साथ एक बड़े से गेट से भीतर प्रवेश किया। बड़ा कैम्पस, आँखों के सामने कॉलेज की मुख्य बिल्डिंग फूलों से सजी थी। वे अपने चारों ओर देखते हुए आगे बढ़ते जा रहे थे। उन्हें वाटिका भी दिखी, जिसमें तरह-तरह के फूल खिले थे। उसके विपरीत दिशा में बड़े पेड़ों की कतार जिसके नीचे पार्किंग थी, और छोर पर कैन्टीन। कैन्टीन के पास ही बरगद का एक विशालकाय वृक्ष था, जिसके चबूतरे पर लोग बैठे चाय पी रहे थे। कुछ बहस

भी छिड़ी ही होगी, लेकिन यहाँ इतनी दूर से उन्हें वो सुनाई नहीं दिया।

उन्हें ऑडिटोरियम में पहुँचना था, जो उत्तरी छोर पर स्थित था, प्लेग्राउन्ड से लगकर। उसे ढूँढने के प्रयास में उन्होंने पूरे कॉलेज का एक चक्कर लगा लिया। यहाँ भीतर एक अलग दुनिया बसती है, इसका भान उन्हें हो चुका था। धीर और अभिनव काफी उत्साहित भी थे पर मयूर बस चल रहा था। यहाँ भीतर प्रवेश करने तक सब ठीक लग रहा था उसे पर जाने क्यों ये नया माहौल, ये लोग, इतनी भीड़, अब उसे डरा रही है। पुनः वही अनुभूतियाँ उसे होने लगीं। सब किसी स्वप्न सा तैर रहा था वास्तविकता की इस धारा में।

'वो कौन है? अगर मयूर है, तो वही ही मयूर क्यों है? ये शरीर का नाम ही मयूर है क्या? ये आस-पास की दुनिया इतनी बिखरी सी क्यों प्रतीत जो रही है?' ऐसे अनेकों प्रश्न कर रहा था उसका वो स्वरूप जो उससे अलग दिख रहा था मयूर को।

काँप गया है सदा की तरह वो इस अनुभूति से। उसे कुछ तो हो गया है जो पहले नहीं था, ये वो जानता है। कुछ सहमा सा वो अपने दोनों मित्रों के साथ आगे बढ़ रहा है। हालाँकि, वे भी उसे असली नहीं लगते। जाने क्यों ये ख्याल उसपर इतना हावी हो रहा है कि यह जीवन एक स्वप्न है, और मृत्यु ही इस स्वप्न का अंत। यदि वो स्वयं को समाप्त कर ले तो इस निद्रा से जग जाएगा और पहुँच जाएगा वास्तविकता में। आश्चर्य यह है कि ऐसे ख्याल उसे सदैव नहीं आते, बस ऐसी किसी भीड़-भाड़ वाले स्थान पर ही इनका प्रभाव उस पर हावी होता है। बावजूद इन अनुभवों के, वो जानता है कि ये वास्तविकता ही है स्वप्न नहीं और मयूर भी वही है तथापि, इन विचारों की धारा में बहने से वो स्वयं को रोक नहीं पाता।

उसे इस तरह गुमसुम देख अभिनव बोला, "कहाँ खो गए मयूर?"

मयूर के स्थान पर धीर ने उत्तर दिया, "खोए नहीं हैं, बेचारे सदमे में हैं। हों भी क्यों न? अपने गाँव में इन्होंने लजाती लड़कियों को देखा, यहाँ गरियाती लड़कियों को देख रहे हैं। वहाँ किसी के पूरे हाथ भी नहीं देखे, यहाँ नंगी टाँगें तक देख रहे हैं।"

उसके कहने पर अभिनव जोर से हँसा पर मयूर पहले से अधिक गंभीर हो गया। मज़ाक करने से भी मयूर उदास हो सकता है ये अभिनव और धीर ने अब जाना है।

मयूर के जीवन की ओज मंजरी थी। उसकी अनुपस्थिति में उसका जीवन रुक सा गया था। जाहिर है, उसने स्वयं को समेट लिया। वो अब वो मयूर नहीं रह

गया था जो मंजरी से मिला था। अपने दोस्तों के साथ वो रहता तो था पर कभी खुलकर स्वयं को व्यक्त नहीं किया, न ही बातें करता। दिन बीतने के साथ अपने विषाद से उभरने के बजाय वो और फँसता जा रहा था।

एक सुबोध ही था जिससे बात करने के लिए वो उत्साहित रहता, और बातें भी उसके पास अनेक थीं। हर बार जब सुबोध का फोन आया, उसने इसी उम्मीद संग उससे बात की कि शायद मंजरी की कोई खबर हो पर सदैव निराशा ही हाथ लगी। सुबोध भी क्या कर लेता? बस मयूर के घर पर नजर ही रख सकता था कि कहीं मंजरी के घर से तो कोई नहीं आया, या मंजरी की कोई बात उठी हो। उतना वो करता था। समय बीतने के साथ मयूर ने उससे भी बात करनी लगभग बंद ही कर दी। रही बात धीर और अभिनव की तो पहले सेमेस्टर के अंत में ही उसने अलग कमरा ले लिया था, और वहाँ अकेले ही रहता। उन दोनों संग अन्य मित्रों से उसकी मुलाकात कॉलेज में ही होती।

मंजरी के लिए उसके मन में जो प्रेम था उसमें कहीं कोई कमी नहीं थी, बस अब उसका मन हार गया था। समय उसके संयम को तोड़ रहा था। किसी भी हाल में वो मंजरी से मिलना चाहता था। एक बार उसने सुबोध से कहा भी, "मैं बस एक बार मंजरी को देखना चाहता हूँ, उसके बाद मर भी जाऊँ तो गम नहीं।"

परिवार ने उनके मध्य के सारे संपर्क तोड़ दिए थे, अन्यथा दूर रह कर भी संपर्क किया जा सकता था। अनिश्चितता का ये दौर कभी प्रारंभ ही न होता यदि सरिता और मनीषा जी आपसी सहमति से सिम नहीं तोड़तीं। खैर, जो घटित हो चुका उसे सोचकर स्वयं को बस पीड़ा दी जा सकती है, उसके परिणाम को तब्दील नहीं किया जा सकता।

मयूर की पढ़ने-लिखने में रुचि सदा से ही रही थी, अब चूँकि विषय उसका चुना हुआ था तो वो रुचि और बढ़ गई। पढ़ाई-लिखाई से कोई भी समझौता उसने नहीं किया था। व्यक्तिगत जीवन भले नीरवतापूर्ण हो, अकादमिक गतिविधियों में वो अव्वल ही रहा।

कुछ ऐसी सी ही परिस्थितियों में दो वर्ष से अधिक बीत गए। इस मध्य कुछ ऐसा विशेष घटित नहीं हुआ जिसे लिखना आवश्यक ही हो। वैसे भी, लिखा उनके बारे में जाता है जो कुछ करते हैं, कुछ न करने वालों का न कोई इतिहास होता है, न ही साहित्य। इस मध्य मयूर का जीवन भी कुछ ऐसा सा ही रहा। उसकी दिनचर्या सर्पिल आकार में दोहराती रहती स्वयं को हर दिन के साथ।

समय में परिवर्तन करने की अद्वितीय क्षमता है पर इन दो बरसों में कुछ आमूल

परिवर्तन हुआ नहीं मयूर के संदर्भ में। जैसे वो दो बरस पहले था, लगभग वैसा सा ही अब भी है। न वो पहले बहुत ज्यादा बोलता था, न अब। पहले भी उसे पढ़ना पसंद था, अब भी है। पहले भी अक्सर उसे ये दुनिया बनावटी लगती थी, वो स्वयं को एक अलग व्यक्ति के रूप में देखता था, और इन अनुभूतियों से भयभीत हुआ करता था, आज भी वैसी ही स्थिति है, बल्कि पहले से बदतर। उसके इस तरह एकांत में रहने के पीछे का एक महत्वपूर्ण कारण यह भी है। मंजरी को वो तब भी बहुत प्यार करता था, आज भी करता है। हाँ, मृदुला एक ऐसा अध्याय है जो उल्लेखनीय है इन दो बरसों में। उसके अतिरिक्त मुझे ऐसा कुछ विशेष सूझता नहीं।

मृदुला को पहली बार मयूर ने कॉलेज के पहले दिन ऑडिटोरियम में देखा था। उस समय उनके बीच कोई संपर्क नहीं हुआ, और न ही उसके बाद। महत्वपूर्ण कारण यही रहा कि मयूर किसी से बात ही नहीं करता था, लड़कियों से तो बिल्कुल नहीं। जाने क्यों किसी लड़की से बात करना भी वो मंजरी को धोखा देना मानता था। यहाँ एक बेंच पर लड़के-लड़की का साथ बैठना बहुत आम था, लेकिन कभी भी वो किसी लड़की के साथ नहीं बैठा। यदि वो पहले बैठा और बाद में कोई और लड़की आकर उसके पास बैठी तो वो उठ कर दूसरी बेंच पर चला गया। उसका ये रवैया आज तक भी बरकरार है, पर मृदुला में एक अदृश्य आकर्षण था। जिसे वो प्रत्यक्ष स्वरूप में तलाश न पाता, बस इसका एहसास था उसे।

मंजरी के एकदम विपरीत थी मृदुला। पाश्चात्य संस्कृति की वेशभूषा, गोरा वर्ण, लंबा कद, प्यारी मधुर आवाज, एक आकर्षक मुस्कान लिए वो लड़की सजती-सँवरती, सिगरेट भी पीती थी, और भी बहुत कुछ। सरल शब्दों में, मयूर को जो कुछ भी मंजरी में अच्छा लगा था, उसका एक प्रतिशत भी मृदुला में न था। तथापि वो उसकी ओर आकर्षित था, बिना इस बात को जाने।

सबसे पहली बात हुई उन दोनों की पहले सेमेस्टर की परीक्षा शुरू होने से कुछ दिन पहले जब मृदुला ने मयूर से नोट्स माँगे। यदि कोई अन्य लड़की होती तो वो बिना बात सुने ही आगे बढ़ जाता पर वो रुका, उसने बात सुनी और नोट्स भेजने का वायदा किया। बल्कि कमरे पर पहुँचने के बाद सबसे पहला काम ही उसने यही किया।

वहीं से उन दोनों में बातचीत शुरू हुई। हालाँकि, बात का विषय पूर्णतः अकादमिक ही रहा है पर कुछ तो है जो मयूर को प्रेरित करता है मृदुला से बात करने के लिए, उसके बारे में जानने के लिए। इन दो बरसों में उसने स्वयं को रोका है

मंजरी का वास्ता देकर। कभी भी उसने मृदुला को सामने से मैसेज नहीं किया, न ही उससे बोला है पर अन्य लड़कियों की तरह उसे नजरअंदाज नहीं कर पाया।

पहले साल यह सब कुछ इतना ज्यादा नहीं था। वो ऐसा आकर्षण नहीं था जिसे दबाना पड़े पर तीसरे सेमेस्टर से ये भाव तीव्र हो चुके हैं। क्लास में बैठा वो मृदुला के आने की राह देखता है, छिप-छिप कर उसे देखता रहता है, सोचता है कि मृदुला आकर उससे बात करे। प्रोफेसरों द्वारा पूछे गए प्रश्नों का उत्तर देने के लिए वो उत्साहित रहता है ताकि मृदुला की दृष्टि में अच्छा बन सके। हर पेपर से पहले मृदुला का उसे मैसेज करना और उसका नोट्स भेजना निमित्त सा बन गया है। फलस्वरूप, यदि कभी मृदुला को नोट्स माँगने में देरी हो जाती है तो वो बेचैन हो उठता है। हालाँकि, इतना सब महसूस करने के बाद भी उसके समक्ष वो शांत रहता है। उससे बचता भी है। मित्रता बढ़ाने का कोई प्रयास नहीं किया उसने।

मृदुला की आदत है मुस्कुराने की। उसकी मुस्कुराहट बहुत प्यारी लगती है मयूर को। जब कभी भी वो मुस्कुरा कर देख लेती है मयूर को तो वो सोचता रहता है उसी चेहरे को बड़ी देर तक। फिर अचानक उसे कुछ याद आता है, और वो पछताता है जैसे कोई पाप हो गया हो उससे। अफसोस, अगले दिन से फिर वही चीजें प्रारंभ हो जाती हैं।

उसका और मृदुला का संबंध बेहद जटिल रहा, आज भी है। यदि ये प्रेम है तो निःसंदेह इस रिश्ते को परिभाषित करते हुए मैं कहता हूँ, 'जज़्बातों के धुंधले किनारों पर खिंचा एक अनकहा रिश्ता, जहां मुस्कुराहट ही प्रेम की परिभाषा है।' लेकिन ऐसा मैं कह नहीं सकता। कई बार आकर्षण भी इतना प्रभुत्वशाली होता है कि प्रेम प्रतीत होने लगे।

प्रारंभ में मृदुला का होना न होना मयूर के लिए मायने नहीं रखता था, पर समय के साथ, वो खास लगने लगी उसे। अकादमिक संबंधित समस्याओं में सदैव मयूर ने मृदुला की सहायता की, इसी से कृतज्ञता का भाव था उस लड़की में मयूर के लिए। परिणामतः अक्सर वो हाय, हैलो सामने से ही कर लेती, देख कर मुस्कुरा देती जो सामान्य बातें थीं। लेकिन इन्हीं सामान्य बर्तावों को मयूर अतिशयोक्ति में सोचता, और जाने कब उसमें मृदुला के प्रति आकर्षण उत्पन्न हो गया।

यह बताना आवश्यक है कि इन भावनाओं के प्रवाह में भी मंजरी के प्रति प्रेम फीका नहीं हुआ है। वो आज भी मयूर के लिए उतनी ही विशेष है, जितनी तब थी। मंजरी ही वो ढाल है जिसने मयूर के इस बहकते मन को रोका हुआ है।

एक दिन धीर के गले में हाथ डाले हुए मयूर ने कहा भी था, "कौन कहता है कि

प्रेम में पड़ा व्यक्ति चरित्रहीन होता है, प्रेम तो ढाल है चरित्र की। एक बार जीवन से प्रेम का अंत और फिर उससे बड़ा बद्चलन व्यक्ति कोई अन्य हो नहीं सकता। मेरे चरित्र की ढाल मंजरी ही है, जो वो न होती तो मैं वासनाओं में कितना लिप्त होता ये मैं ही जानता हूँ।''

अभिनव ने इसके उत्तर में हँस कर कहा था, ''ये वो बाँध है जिसकी दीवार टूट गई तो पूरा गाँव बह जाए।''

हाँ, इतना अवश्य है कि मृदुला को वो नकार नहीं पाता। ऐसा नहीं है कि उसे एक साथ दो लोगों से प्रेम हो गया है। वो जानता है इस तथ्य को कि मृदुला उसे अच्छी लगती है, बस अच्छी ही लगती है पर किसी और से प्रेम करते हुए कोई और अच्छा लगना उसे घृणित महसूस होता है। वो खफा भी रहता है इस बात से अपने पर।

एक दिन रात को छत पर बैठे हुए अपने इसी जटिल मनःस्थिति को उसने कागज पर उतारने का प्रयास किया था।

तुम मुस्कुराती हो,
अधरों पर चांदनी बिखर जाती है,
लट तुम्हारी गिर कर कपोलों को छूती है,
देख तुम्हें मेरी आंख लजाती है।
उंगली से फंसाती हो लट तुम,
ले जाकर कान के पीछे,
रात बीते सोचते तुम्हें,
निद्रा आंख मींजे।
बड़ा जटिल है ये संबंध मेरा- तुम्हारा,
हम दोस्त नहीं हैं,
प्रेमी प्रेमिका तो कतई नहीं,
न तुम जानती हो बहुत बारे में मेरे,
न मैं जानता हूं कुछ सामान्य से अधिक,
पर एक अदृश्य आकर्षण खींचता है मुझे समीप तुम्हारे,
मेरी नजर तुम्हें तलाशती है,
शब्द मेरे तुमसे बतियाने के बहाने ढूंढते हैं,
सच में, बड़ा जटिल है ये संबंध।
जो कभी हंस कर बोलती हो तुम,

तो शब्द गूंजते हैं मेरे कानों में,

अगले कई दिनों तक,

अगली कई रातों तक,

जो मुस्कुरा कर देखती हो तुम कभी,

वो छवि चलती है आंखों में,

अगले कई दिनों तक,

अगली कई रातों तक।

बावजूद इसके, तुम्हें प्रेम नहीं दे पाऊंगा,

शायद हमारा संबंध जटिल ही रहे तो ज्यादा ठीक,

तुम यूं ही कभी- कभी देख कर मुस्कुरा दिया करो,

दो बात बतिया लिया करो,

वही पर्याप्त है इस प्रेम के लिए।

हम एक दूसरे के लिए नहीं बने,

न हमारा साथ होना सही,

तो इस संबंध को जटिल ही रहने देते हैं,

बस मुस्कुरा देना जब फिर मिलें कभी कहीं।

पाँचवे सेमेस्टर का दूसरा पेपर देकर मयूर अपने दोस्तों के साथ क्लास से बाहर निकल रहा था जब कॉरीडोर में मृदुला दिखी। नारंगी रंग का टॉप, नीचे के सफेद वस्त्र संग उसपर फब रहा था। बगल वाली क्लास से बाहर निकलकर वो अपने बैग में पेन रख रही थी जब इधर से मयूर निकला।

मयूर ने उसे देखा ही था जब वो उसकी ओर मुड़ गई, और मुस्कुरा कर बोली, "थैंक यू।" ये आभार आज के पेपर के नोट्स देने के लिए था।

मयूर ने मुस्कुरा कर बस सिर हिला दिया, और आगे बढ़ गया।

मृदुला से कुछ दूर जाकर धीर बोला, "भाई, आज मृदुला एकदम संतरा लग रही थी।"

"तुम खाने मत चले जाना।" अभिनव ने भी उसका साथ दिया।

सदैव की तरह इस मजाक से भी मयूर उदास ही हुआ।

"यार ऐसा क्या खास है इसमें जो तुम एकदम...?" धीर ने कुछ चिढ़ कर पूछा।

"वो लड़की है, यही खास है।" हँसकर बोला अभिनव।

गंभीर स्वर में मयूर ने अपनी बात रखी, "देखो, प्रेम और पसंद दो अलग-अलग

चीजे हैं। मृदुला सुंदर है, और सौन्दर्य का बखान होना चाहिए। लेकिन, इसका ये अर्थ नहीं होता कि प्रेम है ही।"

"अच्छा..।" अविश्वास से बोला धीर। "ये किस थिंकर की थ्योरी है जरा बताओगे?"

"ये मेरी इंडिपेंडेंट थिंकिंग है।"

"हाँ, थिंकिंग के नाम पर बस लड़की चलती है।" धीर बुदबुदाया।

ऐसे ही हँसी-मज़ाक करते हुए वे अपने कमरे की तरफ जा रहे थे। आज मयूर उन्हीं के यहाँ जाने वाला था उनके बहुत कहने के बाद। वो दोनों एक दूसरे की टाँग खींच रहे थे, मयूर बस सुन रहा था। कभी-कभी किसी बात पर हँस भी देता। ऐसे ही एक कुत्ता दिखाई दिया अभिनव को रास्ते में और वो पूछ बैठा, "कुत्ते का लाइफ स्पैन कितना होता है धीर?"

वो उत्साहित होकर बोला क्योंकि उत्तर उसे मालूम था, "दस से तेरह साल।"

"वाह यार तुम तो फिर बड़े भाग्यशाली हो। अबकी बीस के हो गए हो। सात साल ज्यादा जी लिया।"

इस मजाक से मयूर उदास नहीं हुआ, अभिनव के साथ वो भी हँसा।

धीर थोड़ा चिढ़ा और पलटवार करने के लिए मार्ग ढूँढने लगा। वो मौका भी अभिनव ने स्वयं ही दे दिया जब वो बोला, "कुछ भी कहो, लोअर, टी-शर्ट में पेपर देने में काफी आराम रहता है।" कहकर उसने अपने लोअर को थोड़ा ऊपर खींचा।

"वो भी क्यों पहन रहे हो? नंगे आओ पेपर देने। सब तुम्हें देखेंगे अपना पेपर छोड़ कर और तुम टॉप कर जाना।"

इस बात पर वो तीनों खुल कर हँसे।

मृदुला की नजर में मयूर अन्य लड़कों से बहुत अलग था। उसे बहुत आश्चर्य होता इस बात पर कि कोई लड़का इतना भी सीधा कैसे हो सकता है? हर बार वो उसकी मदद करता है, कई बार टेस्ट के पहले पढ़ाया भी है, पर उससे फालतू बात कभी नहीं। इन सबके बदले में किसी भी चीज की चाह नहीं रखी उसने। अपने जीवन में मृदुला जितने भी लड़कों से मिली, सबने बस उसे चाहा, स्पष्ट तौर पर कहें तो उसके शरीर की चाह रखी पर मयूर अलग लगा उसे।

वो अमीर लेकिन रूढ़िवादी परिवार में पैदा हुई। बचपन से किसी चीज की कमी नहीं हुई उसे, सिवाय स्वतंत्रता के। वहाँ मत जाओ, ये मत करो, उससे मत बोलो, ये मत पहनो, और भी न जाने क्या-क्या। ऐसे आदेशों को सुनकर ही बड़ी हुई वो।

प्रकृति से ही हर व्यक्ति अपने में विशेष होता है। हर किसी को एक निर्धारित साँचे में कभी नहीं ढाला जा सकता। मृदुला भी उस परिवेश के लिए नहीं बनी थी। खुले तौर पर वो भले विरोध न कर सकी पर चोरी-छिपे घूमने भी गई, लड़कों से भी दोस्ती रखी और कभी-कभार सिगरेट भी पी।

पाठक पहले से ही कोई धारणा बना लें इससे पूर्व ये स्पष्ट कर देना आवश्यक है कि मृदुला ने शौकिया तौर पर नहीं किया ये सब। उसका मन ये सब करके स्वयं को संतुष्ट महसूस करता था इस अनुभूति संग कि वो स्वतंत्र है। इसी मानसिकता के वशीभूत ये सारे कृत्य उसने किये। समय के साथ इन क्रियाओं ने उसके व्यवहार में महत्वपूर्ण स्थान बना लिया।

पढ़ाई-लिखाई में उसकी कोई रुचि नहीं थी। पढ़ने का मतलब उसके लिए बस यही था कि पास हो जाओ, पर बारहवीं में उसने मेहनत से पढ़ाई की। इस उद्देश्य संग कि इस कैद से छूटकर बाहर पढ़ने जा सके। कुछ दिन परिवार में लड़ने-झगड़ने के बाद अंततः उसे सफलता मिली और वो दिल्ली आयी। यहाँ वो स्वच्छन्द थी। कोई नहीं था उसे रोकने-टोकने वाला।

घर से आते समय सबसे ज्यादा जोर देकर उससे यही कहा गया कि किसी लड़के से मत बोलना, दूर रहना उनसे। यहाँ आने से लेकर अब तक में उसके कुछ तीन प्रेमी रहे। ऐसा नहीं है कि वो उनसे प्रेम करती थी, इसीलिए वो सबंध भी टूट गए एक समय के बाद। पर अगर ध्येय का आँकलन करें तो यहाँ भी वो अपने मन को संतुष्टि ही दे रही थी कि तुम स्वतंत्र हो। घर पर सबसे कहा है लड़कों से दूर रहना, मैं नहीं रहूँगी दूर, देखती हूँ कौन क्या करता है।

अक्सर हम बिना किसी को पूर्णतः जाने उसके बारे में पूर्वाग्रह निर्धारित कर लेते हैं। मृदुला के इस व्यवहार को देखकर यहाँ कॉलेज में भी वही हुआ। उसके मुँह पर ये सब कोई कहता नहीं था पर अकेले में सब उसे बड़ी हीन दृष्टि से देखते। 'कैरेक्टरलेस' जैसे शब्दों का प्रयोग करते देखे जा सके थे लड़के उसके लिए, जिनका स्वयं का चरित्र दुःशासन के तुल्य था। हालाँकि, मृदुला को इन सब बातों से कभी कोई विशेष अंतर नहीं पड़ा। पड़ता भी कैसे, शायद कभी वो जान ही नहीं पाई कि अन्य उसके बारे में क्या सोचते हैं।

हाँ, इस संदर्भ में मयूर वाकई अलग था सबसे। वो जानता था मृदुला सिगरेट पीती है, वो उसके प्रेम-प्रसंगों से भी वाकिफ था क्योंकि क्लास में अक्सर ऐसी बातें होती रहतीं। तथापि, उसकी अपनी कोई नकारात्मक धारणा नहीं थी मृदुला को लेकर। वो उसे एक ऐसी लड़की मानता जो सुंदर है, प्यारी है, आवाज बेहद मीठी है,

स्वभाव मृदुल है। लेकिन कुछ बार ऐसा अवश्य हुआ कि वो नाराज हुआ उससे। मयूर गुस्सा है मृदुला से ये मृदुला ने कभी नहीं जाना। अच्छा, वो गुस्सा था और अब मान गया है, ये भी नहीं जान पायी बेचारी। जानती भी कैसे, मयूर ने कभी कहा ही नहीं कि मैं गुस्सा हूँ, और कहता भी किस हक से?

गुस्सा मयूर को तब आता जब वो उसे किसी अन्य लड़के के साथ देखता। कैन्टीन में अपने हाथ से खाना खिलाते हुए या क्लास में पास बैठे हुए। अब कायदे से उसे गुस्सा आना नहीं चाहिए पर वो खफा हो जाता था।

एक दिन ऐसे ही क्रोध में उसने खड़े-खड़े एक शायरी बनाई और परोस दी धीर और अभिनव के समक्ष। उसके अन्य दोस्त भी वहीं थे।

"वो झुकता नहीं मगरूर जो बहुत है,
जख़्म देता जाएगा फिर कहेगा खंजर निकालो।"

वे उसे आश्चर्य से देखते रहे कि किस संदर्भ में ये काव्य परोसा गया है पर चेहरे पर मयूर ने ऐसे भाव ओढ़े थे कि खुद समझ पाओ तो समझ लो नहीं भाड़ में जाओ।

जब क्रोध हावी होता तो वो ये निर्णय भी ले लेता कि अबकी मैसेज करे मृदुला, वो नोट्स नहीं भेजेगा पर जब सच में मैसेज आता तो वो पिघल जाता। ऐसा पिछले एक साल से निरंतर हो रहा है। बावजूद इसके कभी भी उसने मृदुला के ऊपर कोई गलत टिप्पणी नहीं की, अपने मन में भी नहीं।

काफी हद तक मयूर भी अच्छा लगता था मृदुला को, और उस पसंद में रूमानियत भी थी। हालाँकि, उसके मन में प्रेम से अधिक सम्मान का भाव है। वो उसका सहपाठी ही है, पर सदैव उसने हिम्मत ही दी है उसे। अक्सर मृदुला के नंबर बेकार ही रहते हैं पर मयूर ने हमेशा उसे प्रेरित ही किया। यह सब कुछ बहुत अच्छा लगता है मृदुला को मयूर के संदर्भ में।

मयूर की मनःस्थिति की टोह उसे नहीं है। कई बार बस उसने जब मयूर को देखा, उसे अपनी ओर ही देखता पाया। उस समय उसे ऐसी अनुभूति अवश्य हुई कि शायद मयूर भी उसे चाहता होगा पर सामना होने पर मयूर का यूँ गुजर जाना जैसे वो उसे जानता ही नहीं, मृदुला के मन में संदेह पैदा कर देता। स्मृति ने मृदुला से कई बार कहा भी, "यार तुझे पसंद है वो तो तू ही जाकर बोल दे न। वो शरमाता होगा तभी तुझसे बात नहीं करता।"

इस बात पर मृदुला स्मृति को अपनी बाहों में भर लेती, "काश!"

उनके मध्य इन सत्ताईस-अट्ठाईस महीनों में कुछ ऐसा सा रिश्ता पनपा है, जो स्वरूप भर से ही बेहद जटिल है। इसे न मित्रता की श्रेणी में डाला जा सकता है न

प्रेम की। मित्रता इसलिए नहीं क्योंकि दोनों आपस में बहुत ज्यादा बात ही नहीं करते। जब कभी टेस्ट या पेपर होता है तभी उनके बीच बात होती है। मित्रता इतनी सीमित तो नहीं होती। प्रेम इसलिए नहीं माना जा सकता क्योंकि मयूर के हृदय का वो कोना जहाँ प्रेम नामक भावना बसती है, वहाँ मंजरी विराजमान है। मृदुला के हृदय में रूमानियत अवश्य है। हाँ, आकर्षण है और दोनों तरफ से है, इस तथ्य को लेकर आश्वस्त हुआ जा सकता है। अब इस आकर्षण को प्रेम का अंश माना जाए या वासना का या उनकी उम्र का खिंचाव, यह विचारणीय है।

दिसंबर दहलीज पर था। सुबह में शुष्क शीतल हवा से रोंगटे खड़े हो जाते। अपनी आदत के विपरीत आज धीर और अभिनव सुबह ही उठ गए हैं। मयूर भी कल रात उनके यहाँ ही सोया था। इस हृदय परिवर्तन के पीछे की वजह ये है कि आज आखिरी पेपर है, और धीर एवं अभिनव छुट्टियों में अपने घर जा रहे हैं। अभिनव की ट्रेन दोपहर में करीब तीन बजे है, और उसके आधे घंटे बाद ही धीर की। रेलवे स्टेशन तक जाने में भी एक घंटे लग जाते हैं, और पेपर खत्म होता है साढ़े बारह बजे। अब आकर खाना तो बनाएंगे नहीं, और पूरे दिन बिना खाए रहा नहीं जाएगा, इसीलिए आज सुबह में ही उठकर खाना बनाने की तैयारी हो रही है। रही बात मयूर की तो वो इतने समय में सिर्फ एक बार घर गया था, और इतनी जल्दी जाने का उसका अपना कोई विचार है भी नहीं। वो तो उसके दोस्त घर जाने वाले थे तो उनकी जिद पर कुछ समय बिताने उनके यहाँ आ गया। वैसे यहाँ रुकने की भी उसकी अपनी कोई प्रबल इच्छा नहीं थी।

अभिनव सब्जी भून रहा था, मयूर कंबल ओढ़े कोई किताब पढ़ रहा था, और बेचारा धीर ठंडी फर्श पर बैठा आटा सान रहा था। ठंडे पानी का स्पर्श पाते ही वो कुछ अफसोस संग बोला, "असली जिंदगी तो मयूर और मृदुला की है, हम तो दिल्ली बस आटा सानने के लिए आए हैं।"

जिस मासूमियत संग उसने ये बात कही, उसपर मयूर जैसे देवदास को भी हँसी आ गई। अभिनव तो बड़ी देर तक हँसता रहा इस बात पर। बीच में शांत हो जाता फिर वही सोचकर हँसने लगता।

उसकी कही बात का ही असर था कि रोटी बनाने के लिए मयूर उठा। हालाँकि, धीर ने ये बात बस मज़ाक में कही थी। मंजरी कौन है और कितनी विशेष है मयूर के

लिए, ये बात वो दोनों जानते हैं पर साथ ही मृदुला के प्रति उसके मन में जो आकर्षण है वो भी छिपा नहीं है उनसे। इसी से, छेड़ा धीर ने मयूर को।

"अच्छा सच बताओ न मयूर भाई, मृदुला पसंद तो है न तुम्हें?" शरारती मुस्कुराहट ओढ़े बोला धीर।

धीर और अभिनव उत्तर की प्रतीक्षा करने लगे पर मयूर कुछ न बोला।

"अरे बोलो भाई?"

"रोटी बना रहा हूँ यारा।" कुछ झेंप कर बोला मयूर।

"मुँह से बेल रहे हो या सेंक रहे हो?" अभिनव ने चुटकी ली।

धीर कुछ गंभीर होकर, "अच्छा लेकिन सच में तुम्हारी जिंदगी में टेंशन बहुत ज्यादा है यार? घर क्यों नहीं हो आते?"

मयूर दार्शनिक अंदाज में बोला, "अब तो कोई घर, घर नहीं लगता। जब से मैं यायावर हुआ।" फिर कुछ रूककर, "और ऐसा नहीं है कि बहुत टेंशन है, मैं खुश हूँ मंजरी की स्मृति भर से। बल्कि अपने को मैं सबकी तुलना में बहुत भाग्यशाली मानता हूँ जो वो मुझे मिली किसी समय में। सोचो, वो न होती तो प्रेम क्या होता है, ये मैं कभी जानता ही नहीं। इस मानव जीवन की सबसे मधुरतम भावना से वंचित रह जाता।" कहते हुए मयूर की नजरें उन दोनों के चेहरे पर थीं, और वो उत्साहित होकर सब कह रहा था।

मंजरी के बारे में कुछ कहना उसे सदैव रोमांचित करता है पर शायद सुनने वालों को नहीं, इसीलिए उसे बीच में टोकते हुए अभिनव बोला, "तवे पर देखो, रोटी जल गई।"

पे पर समाप्त होते ही धीर-अभिनव अपने रूम की तरफ बढ़ गए। मयूर कॉरीडोर में ही खड़ा रहा। ऊपर बादलों की उस गहरी चादर में वो तलाश रहा था कुछ जिसके प्रभाव में आज की दोपहर भी संध्या प्रतीत हो रही थी। शुष्क एवं ठंडी हवा के सबब दाँत आपस में टकराने के लिए विवश थे।

दुखांत पलों में अक्सर भयानक अरुचि सी होने लगती है, साहित्य, संसार, सुख, संपन्नता सबसे। भाव क्षणिक होने पर भी क्षर देता है आत्मा को दीर्घकाल के लिए। मयूर की मनःस्थिति भी इस क्षण कुछ ऐसी सी ही है। ताकते हुए अपने परिवेश को फिर अनंत नभ को कुछ पंक्तियाँ तैरती हैं उसके हृदय की धरा पर जिसके परिप्रेक्ष्य में मंजरी की छवि उजागर हो उठती है।

'वो उष्णरश्मि दीप्तिमान हो,

अरुणोदय से ही ताप बरसाए,

देहात में खेत हो अपना और एक घर छोटा,

जहाँ वो अमलतास की लताओं सी लहराए।"

वो मुस्कुरा देता है पोंछते हुए उस मोती को जो आँखों से निकल कर कपोलों को सींचने को उद्यत था। मयूर के जीवन में विरोधाभास की मात्रा भी तो कूट-कूट कर भरी है।

सीढ़ियों से उतरकर वो कैन्टीन की ओर जाने की सोचता है। वो अभी सीढ़ियों पर ही था जब सामने बरगद के पेड़ के पास उसे मृदुला खड़ी नजर आई स्मृति संग, बगल में ही कैन्टीन थी। उनमें करीब दस मीटर का फाँसला था। सफेद स्वेटर पर सफेद रंग का ही फूल की छाप लिए मफ़लर, मृदुला के सौन्दर्य को और आकर्षक बना रहा था। उसके खुले बालों के घिराव के मध्य स्थित उसका अलंकृत मुख और हँसते दाँत। मृदुला हमेशा की तरह उसे सुंदर लगी पर उसके सामने पड़ने से वो सदा बचता आया है, आज भी उससे बचने के लिए ही कैन्टीन जाने का विचार त्याग दिया उसने, और प्लेग्राउन्ड की ओर स्थिर उस छोटी वाटिका की ओर अपना रुख किया।

जैसे ही वो उस ओर मुड़ा, स्मृति की नजर उस पर पड़ी और वो बोल पड़ी, "मृदुला उधर देख।"

उसने मयूर को देखा तो खिल गई। झेंपते हुए बोली, "सच बता, जाऊँ?"

"ले.....कल रात को तुझे और क्या समझाया था?"

"यार जाने दे।" स्मृति के कंधे को पकड़ कर बच्चों से नखरे करते हुए बोली मृदुला।

"ठीक है, बनी रह लाजवंती। अब मुझसे मयूर की बात की तो समझ लेना।" बिगड़ती है स्मृति।

"अच्छा जाती हूँ।" फिर दो कदम जाकर, "मैं ठीक तो लग रही हूँ न?"

"हाँ मेरी प्यारी मृदुला।"

उछल कर मृदुला आगे बढ़ती है, फिर रुककर, "पक्का न? कुछ कमी हो तो अभी बता दे?"

स्मृति हँसती है, "हाँ पक्का। अब जाओ, आज नहीं तो कभी नहीं।" और ढकेलती है मृदुला को आगे।

मन में घबराहट को समेटे मृदुला आगे बढ़ रही थी। मयूर उससे काफी आगे था पर वो देख सकती थी उसके लंबे बालों को जो कंधे पर बिखरे थे। आज ढाई साल

बाद वो उस लड़के से अपने मन की बात कहने वाली है जिसके योग्य उसने प्रारंभ में अपने को माना ही नहीं। जब माना भी तो यह सोचकर कि क्या पता वो लड़का उसके बारे में ऐसा न सोचता हो, नहीं कहा कुछ। वो तो स्मृति का भला हो जो उसने बोल-बोल कर उसे यकीन दिला दिया कि हाँ पसंद करता है मयूर तुम्हें, बिल्कुल वैसे ही जैसे तुम उसे करती हो। अफसोस, स्मृति ने बस मयूर की आँखों के आकर्षण को पढ़ा, उसके पीछे के प्रेम को नहीं जिसपर बस मंजरी का अधिकार है।

पेपर खत्म हुए करीब आधे घंटे बीत चुके थे, इसी से कैम्पस में भीड़ नहीं थी। इक्का-दुक्का ही लोग नजर आ रहे थे। आखिरी पेपर होने के कारण भी अधिकतर लोग चले गए थे अभिनव और धीर की तरह। मृदुला स्वयं आज रात की ट्रेन से घर जाने वाली है।

ऐसी अनेकों घटनाएं होती हैं जिसे देखकर ऐसा लगता है मानो ये स्वतः नहीं घटीं, इन्हें घटित होना पड़ा, शायद प्रकृति की इच्छा के अनुरूप। आज के वाकये को देखकर भी कुछ ऐसी सी ही अनुभूति होती है।

मयूर के पीछे-पीछे मृदुला भी पहुँची उस वाटिका में। अब इसे इत्तेफ़ाक माना जाए या पहले से निर्धारित एक घटना कि अक्सर जहाँ दस-बारह विद्यार्थी हुआ ही करते थे, वहाँ आज सिर्फ मयूर था, बेंच पर अकेला बैठा हुआ। मृदुला को अपनी बात और अच्छे से कहने का अवसर मिल गया। वहीं एक ओर गुलाब के कुछ पौधे थे, गुलाब का एक फूल तोड़कर उसे अपने पीछे छिपा कर वो मयूर की ओर बढ़ी। अब तक भी मयूर को उसकी उपस्थिति का एहसास न हुआ था क्योंकि वो दक्षिण की तरफ मुँह करके बैठा था, और मृदुला उसके पीछे से आयी थी।

वो चौंकता है मृदुला के अचानक कूद कर उसकी आँखों के सामने प्रकट हो जाने से।

"हैलो मयूर..।"

सदा की ही तरह इस बार भी मयूर कुछ बोला नहीं बस हल्की मुस्कुराहट संग सिर हिला दिया। हर बार इतने से ही काम चल जाता था क्योंकि उसके बाद मयूर वहाँ से चला जाता था। कई बार कॉरीडोर में चलते हुए हाय-हैलो हुआ, पर आज ऐसा कोई विकल्प मयूर को सूझ नहीं रहा था। अकेले में मृदुला की बातों को सोचना, उसके सौन्दर्य का बखान करना, फिर पछताना भी कि वो ये सब क्यों सोच रहा है, अलग बात है और मृदुला का यूँ सामने आकर खड़े हो जाना अलग बात।

बचने के उद्देश्य से ही मयूर उठ खड़ा हुआ और बेकार भी न लगे इसी उद्देश्य संग बोला, "कैसी हो?"

और बिना उत्तर सुने ही जाने को उद्यत हुआ जब मृदुला बोल पड़ी, "मयूर मुझे तुमसे कुछ कहना है?"

"हाँ बताओ।" अब तक भी मयूर को इस बात का तनिक भी अंदेशा नहीं था कि मृदुला क्या कहने आयी है। उसे यही लगा कि कोई अकादमिक प्रश्न होगा पर उसे विस्मय तब हुआ जब मृदुला अपने एक घुटने के बल उसके समक्ष बैठ गई और गुलाब का फूल उसकी ओर बढ़ाते हुए मुस्कुरा कर बोली, "मयूर, आई लव यू।"

उस क्षण में सब कुछ शून्य हो गया मयूर के लिए। शिला सा स्थिर वो ताकता रहा मृदुला को, जो उसे अब भी बेहद सुंदर लग रही है। किंकर्तव्यविमूढ़ सी उसकी इंद्रियाँ उसके नियंत्रण में नहीं हैं, शायद तभी उसके हाथ बढ़ गए मृदुला की ओर और उसने थाम लिया गुलाब का वो फूल। पुष्प थामते ही मृदुला चहक कर उठी और झटके से मयूर के गले लग गई।

स्मृति पटल पर तैरे हैं कुछ दृश्य जो कभी किसी समय में घटित हुए। मृदुला के वक्ष उसके सीने को स्पर्श कर रहे हैं, पूरे शरीर में अद्वितीय सिरहन का अनुभव कर रहे हैं दोनों। उन तैरते दृश्यों में मयूर को उसकी मंजरी नजर आ रही है। वो रोती हुई मंजरी जो उस दिन लड़ाई करने के बाद लग गई थी गले उसके। कितना रो रही थी वो पगली। उसकी बाहों की पकड़ भी एकदम ऐसी ही थी। उसके भी बाल छू रहे थे मयूर के कपोलों को जैसे इस क्षण छू रहे हैं मृदुला के केश। जिस सुखद जकड़न को वो आज अनुभव कर रहा है, यही अनुभव अतीत में भी किया है उसने। जाने क्यों, लेकिन आज भी उस दिन की ही तरह उसके हाथ पीछे गए हैं, और भर लिया है उसने मृदुला को अपनी बाहों में, जैसे कभी मंजरी को समेटा था।

"आई लव यू मयूर।" कहती है मृदुला पुनः मयूर के कानों में।

उसके स्वर के साथ ही मयूर चौंक गया। उसे ऐसा लगा जैसे वो गहरी निद्रा में मग्न था और अब उसकी आँख खुली है। यहाँ वाटिका में आने से लेकर अब तक जो भी हुआ वो किसी स्वप्न सा लगा उसे, और अब जब उसकी आँख खुली है तो वो मृदुला की बाहों में है। वही नहीं, मृदुला भी तो है उसकी बाहों में, आखिर सहर्ष स्वीकारा है उसके हाथों ने उसे।

वह व्याकुलता से झटकता है स्वयं को मृदुला से अलग। हैरानी से ताकती है वो, लेकिन मुस्कुरा कर कहती है, "क्या हुआ मयूर, सब ठीक?"

बिना कोई उत्तर दिए लगभग रुआसा चेहरा लिए मयूर वहाँ से दौड़ते हुए कॉलेज से बाहर निकलता है। दिशाहीन सा वो बस दौड़ रहा है। उसकी आँखों से

अश्रु फूट पड़े हैं, और पश्चाताप का विशालकाय शिखर उसे सर्वत्र दिखाई पड़ता है। कोई स्पष्ट ख्याल नहीं है उसके मस्तिष्क में। बस बीच-बीच में उसे मंजरी की छवि नजर आती है। वो प्यारा चेहरा जो उस दिन भीगा हुआ था आँसुओं में। कैसे लगी थी वो अचानक से मयूर के अंग। फिर अगले दृश्य में मृदुला तैरती। चलते-चलते वो जाने कहाँ आ चुका था, इसका उसे स्वयं भी भान नहीं था। संकरी गलियों के बीच चलते हुए उसे कई बार लगा कि वो गोल-गोल घूम रहा है। हालाँकि, इस बात से उसे चिंता नहीं हुई, शायद वो खो ही देना चाहता था स्वयं को।

मयूर का यूँ बिना कुछ कहे चले जाना मृदुला को बुरा लगने के साथ अटपटा भी लगा। उसके इस विचित्र व्यवहार को लज्जा माना जाए या इनकार? ये समझ नहीं पायी है वो। इस समय वो बाजार की तरफ आयी है, कुछ सामान लेने। आसमान में बिजली कड़क रही है, और किसी भी क्षण पानी बरस सकता है। इतने ठंडे मौसम में जहाँ बर्फ सी हवाएं बह रही हों, बारिश होने के पूरे आसार हों, मृदुला बिस्तर में घुसकर कोई फिल्म देखना पसंद करती है पर आज उसे घर जाना है सो शॉपिंग करने निकली है मजबूरी में।

वो मयूर के बारे में सोचती हुई आगे बढ़ रही थी जब बारिश टूट पड़ी। स्वयं को बचाते हुए वो सब्जी की दुकान पर खड़ी हो गई जिसके ऊपर तिरपाल था। बरसात इतनी तेज थी कि उसके गिरने से उत्पन्न हुई बौछारें मृदुला के घुटने तक पहुँच रही थीं। सड़क पर गिरी धूल छोटे-छोटे बिंदुओं के स्वरूप में उसकी जीन्स पर चिपकने के प्रयास में थी, जिसे मृदुला अपने हाथ से बीच-बीच में पोंछ देती।

हालाँकि, अभी अपने रूम से वो बहुत ज्यादा दूर नहीं आयी थी। दौड़ कर अपनी बिल्डिंग तक जाने का विकल्प उसके पास था पर कपड़े गंदे हो जाते, और फिर आना तब भी पड़ता इसी से यहीं खड़ी वो बरसात के रुकने का इंतज़ार कर रही है। अपने मोबाईल को निकालकर उसने समय देखा तो पौने चार बज रहे थे। मोबाईल बैग में रखकर जैसे ही उसने नजर ऊपर उठाई, उसे मयूर दिखा सामने सड़क पर चलता हुआ।

बारिश में पूर्णतः सराबोर, काँपते हुए वो आगे की ओर बढ़ रहा था। मृदुला को हैरानी होने के साथ-साथ चिंता भी हुई। वहीं से चिल्ला कर बोली, "मयूर....।" उनमें बमुश्किल पाँच मीटर की दूरी होगी। मृदुला सड़क की इस पटरी पर थी और मयूर सामने।

जाने मयूर ने सुना नहीं या सुन कर अनसुना किया पर कोई उत्तर उसकी ओर से

आया नहीं।

हड़बड़ा कर मृदुला ने सब्जी वाले की ओर अपना रुख किया, "अंकल छाता है? अभी शाम को दे जाऊँगी।"

सब्जी वाला जानता था मृदुला को सो उसने छाता पकड़ा दिया। उसे खोलकर दौड़ते हुए मृदुला मयूर के पास पहुँची, लेकिन उसे आश्चर्य तब हुआ जब उसके पास जाकर छाते को उसके ऊपर करने पर भी मयूर की ओर से कोई प्रतिक्रिया प्राप्त नहीं हुई। न ही वो रुका। ऐसा प्रतीत हुआ जैसे कोई व्यक्ति नींद में बस चल रहा हो। व्याकुल होकर मृदुला ने मयूर के कंधे को पकड़ा और लगभग झकझोरते हुए बोली, "मयूर.....क्या हुआ है तुम्हें?"

आश्चर्य से मयूर पलटा उसकी ओर। उसके देखा मृदुला को, उसके सुंदर मुख को जिसपर अचरज एवं व्यग्रता के मिश्रित भाव डोल रहे थे।

लगभग डाँटते हुए बोली मृदुला, "तुम बारिश में क्यों भीग रहे हो? बीमार पड़ना है क्या?"

मयूर ने कोई उत्तर नहीं दिया। हाँ, उसके शरीर में अब पहले से अधिक कंपन थी। बिना कुछ बोले भी उसके दाँत आपस में टकरा रहे थे। उस टकराहट से उत्पन्न हुए स्वर को मृदुला सुन पा रही थी झम-झम करती वर्षा के इस तीव्र शोर के मध्य भी।

"तुम्हें ऐसे तो ठंड लग जाएगी, चलो मेरे साथ।" मयूर के उत्तर की प्रतीक्षा किए बगैर उसने उसका हाथ पकड़ लिया है और अपने रूम की तरफ जा रही है। एक छाते के नीचे दोनों है जिससे मृदुला का दायाँ हिस्सा थोड़ा बहुत भीग भी रहा है। मयूर बिना कुछ बोले बस चल रहा है।

बिल्डिंग का गेट खुला था, और अक्सर खुला ही रहता है। दूसरे फ्लोर पर मृदुला का कमरा था। भीतर पहुँच कर उसने छाता एक ओर रख दिया। मयूर ने अपना हाथ छुड़ा लिया है सहजता से। वो कुछ बोलना अवश्य चाहता है पर उसके स्वर जवाब दे रहे हैं। उसके काँपने की हद ये है कि उसका पूरा शरीर हिल रहा है, इसी से जूते उतारने में भी उसे दिक्कत हुई जिसमें पानी भर गया था। उसे किल्लत उठाते देख दूसरा जूता मृदुला ने निकाला, एक जैसे-तैसे उसने निकाला था।

"मृ....मृदुला, सी....ढ़ियाँ भीग... जाएंगी।" काँपते हुए कहा है मयूर ने।

"मैं पोछा लगा दूँगी, चलो जल्दी। आराम से चढ़ना नहीं फिसल जाओगे।" वो मयूर के साथ ही ऊपर चढ़ रही है। "मुझे ये समझ नहीं आ रहा कि तुम बारिश में भीग क्यों रहे थे, रुक नहीं सकते थे?"

मयूर कुछ नहीं कहता, शायद कहने के लिए कुछ ठोस उसके पास था ही नहीं।

कमरे में भीतर प्रवेश करते ही मृदुला दौड़ कर हीटर चालू कर देती है, "इसके सामने खड़े हो जाओ, ठंड कम लगेगी।"

हीटर चला कर उसने अलमारी खोली, और सारे कपड़े उलट-पलट कर एक लाल टी-शर्ट, ग्रे रंग का लोअर और तौली निकालकर मयूर के पास आयी है।

"ये पहन लो, मुझे काफी बड़ा आता है तो तुम्हें हो जाना चाहिए। बगल में बाथरूम है जाओ बदल लो।" वो इशारे से बाथरूम का रास्ता दिखाती है।

मयूर को बहुत अजीब लगा। उसके चेहरे के भावों को पढ़ते हुए वो बोली, "टेंशन मत लो, लड़के भी पहन सकते हैं इसे और कौन सा तुम्हें बाहर जाना है। ऐसे ही भीगे बैठे रहोगे तो तबियत खराब हो जाएगी।"

मयूर बिना कुछ कहे बाथरूम में चला गया। उसके जाते ही मृदुला ने चाय चढ़ा दी।

करीब पाँच मिनट बाद जब मयूर निकला तो एक हल्के हरे रंग का जैकेट उसे देते हुए बोली, ऊपर से ये डाल लो।

उसे पहनते हुए मयूर बोला, "और मेरे कपड़े?" उसका शरीर अब कुछ स्थिर था।

"जब जाने लगना तो पॉलिथीन में ले जाना। अभी हीटर के सामने बैठो।"

इतना कहकर मृदुला किचन में चली गई जो पास में ही था पर जहाँ मयूर था वहाँ से वो नजर नहीं आता था। वहीं से मृदुला बोली, "चाय पियोगे या कॉफी?"

मयूर कहने वाला था कुछ नहीं जब वो हँस कर बोल पड़ी, "वैसे अब तो मैंने चाय चढ़ा दी है क्योंकि कॉफी है ही नहीं।"

मयूर इस बात पर भी चुप ही रहा।

"तुमने बताया नहीं कि बारिश में क्यों घूम रहे थे?"

'I always like walking in the rain so no one can see me crying' चार्ली चैपलिन के ये शब्द गूँज गए मयूर के कानों में पर प्रत्यक्ष रूप से उसने कुछ नहीं कहा।

इस बीच मृदुला दो कप में चाय लेकर आयी और बेड पर उसके बगल में बैठ गई, जिसके सामने ही हीटर जल रहा था। चाय का कप उसे पकड़ाते हुए वो बोली, "मयूर मैंने कुछ पूछा है?"

एक घूँट सुड़क कर मयूर बोला, "पता नहीं मृदुला, मुझे सच में नहीं पता। मुझे बस इतना याद है कि मैं कॉलेज से निकला, फिर यूँ ही टहल रहा था गलियों में।

उसी बीच जाने क्यों मुझे ऐसा लगने लगा जैसे ये सब कुछ असली नहीं है, ये दुनिया स्वप्न है और मैं वास्तविक हूँ ही नहीं। जाने क्यों वो ख्याल इतना हावी होता गया मुझपर, मुझे ज्ञात नहीं। चलते-चलते मैं जाने कहाँ आ गया। इसके बाद मुझे बस इतना याद है कि तुम छाता लेकर मेरे पास खड़ी थी।"

मृदुला हैरानी से उसे ताकते हुए, "क्या मतलब कि सब असली नहीं है?"

"मतलब ये कि मुझे अक्सर ऐसा लगता रहता है जैसे मैं कोई सपना देख रहा हूँ, जैसे ये दुनिया कोई सपना हो, भ्रम हो। कई बार तो मैं स्वयं को भी एक अलग रूप से देखता हूँ। मैं समझा नहीं सकता शब्दों में कि मुझे क्या होता है बस बहुत अजीब और डरावना सा लगता है।" कहते हुए मयूर विकल हो उठा।

गंभीर स्वर में मृदुला बोली, "तुम्हें डिपर्सनलाइजेशन-डीरियलाइजेशन डिसॉर्डर है।"

मयूर अचंभित होकर उसे देखता है।

मृदुला अपनी बात जारी रखती है, "जो ये तुम्हें हो रहा है इसी को डिपर्सनलाइजेशन-डीरियलाइजेशन डिसॉर्डर कहते हैं। सब चीजों से अलगाव महसूस होता होगा, डर भी खूब लगता होगा, है न?"

उत्साहित होकर बोला मयूर, "अरे हाँ, मगर ये सब तुम्हें कैसे पता? मैं इतने साल से ये समझा रहा हूँ लोगों को कि मुझे ऐसा महसूस होता है पर किसी को खाक समझ नहीं आता कि मैं कह क्या रहा हूँ।"

"मैंने पढ़ा है इस डिसॉर्डर के बारे में?"

मयूर अविश्वास से ताकता है मृदुला को। मन में उसके यही भाव हैं, 'तुम पढ़ती भी हो?'

मृदुला आगे की बात बताती है, "मेरी दीदी को भी बिल्कुल ऐसा ही लगता था। इसी से मैं जानती हूँ।"

"ये होता क्यों है? और ठीक हो सकता है क्या?"

"क्यों होता है ये तो नहीं पता पर शायद कोई ऐसी घटना जिससे दिमाग पर गहरा असर पड़े तब होता है। और हाँ, ठीक तो हो जाता है। जैसे मेरी दीदी को था तो वो डॉक्टर से मिली पर डॉक्टर ने उन्हें यही सलाह दी कि दवाई से ज्यादा ये बीमारी खुद ही ठीक की जा सकती है। बस जब ऐसा लगने लगे तब उससे लड़ो मत कि नहीं सब असली है या उसे दबाओ मत। दीदी ने ऐसा ही किया। जब भी उन्हें ऐसा लगता तो वो बस मान लेतीं कि अभी कुछ देर में सब सही लगने लगेगा। उसके साथ ही उन्होंने खुद को खुश रखना शुरू किया। धीरे-धीरे ठीक हो गया, और

अब तो करीब दो साल से ऊपर हो गए पर उन्हें ऐसा कुछ भी नहीं लगा।"

कहकर उसने मुस्कुरा कर देखा मयूर को, "तुम भी ठीक हो जाओगे परेशान मत हो, बस अपने को खुश रखो। किसी ऐसे को खोजो जो तुम्हें खुश रख सके।" ये वाक्य उसने रूमानियत संग प्रस्तुत किया धीमे स्वर में।

इस स्वर में निहित मंशा को भाँपते हुए मयूर ने बात बदली, "मैं यहाँ तुम्हारे कमरे में हूँ, कोई देखेगा तो तुम्हें गलत समझेगा।"

हँस कर उत्तर दिया मृदुला ने, "कितने मुँह पकड़ोगे? सबको खुश रखने का प्रयास करना मैंने बहुत पहले छोड़ दिया। मैं तो यही जानती हूँ कि तुम लाख कुछ कर लो, लेकिन जिसे तुम्हें बुरा कहना है, वो बुरा कहेगा ही। इसीलिए अब मैं सिर्फ उन्हीं के बारे में सोचती हूँ जो मेरे लिए मायने रखते हैं, हमेशा मेरे साथ खड़े रहते हैं....। जैसे कि तुम।" कहने के दौरान वो निरंतर देख रही थी मयूर की आँखों में।

वो दोनों साथ बैठे थे। बमुश्किल उनमें कुछ इंच का फाँसला था। सामने हीटर के रॉड काफी देर से जलते रहने के कारण सुर्ख लाल हो चुके थे। उस शांत परिवेश में बाहर गिरती बारिश की झम-झम स्पष्ट यहाँ सुनाई पड़ रही थी। चाय समाप्त करके मयूर ने कप रखने के लिए इधर-उधर देखना प्रारंभ किया ही था कि मृदुला ने उसके हाथ से कप थाम लिया। इस थामने में उन दोनों के हाथ छू गए। उस स्पर्श में कुछ ऐसा सा आकर्षण था जैसे जलती देह पर शीतल सलिल तैर गया हो। उस सम्मोहक अनुभूति का ही परिणाम था कि दोनों में से किसी ने भी अपने हाथ पीछे नहीं हटाए। मृदुला की मुस्कुराती आँखें डूब रही थीं उन सहमी सी पीड़ित नज़रों में, जिनसे मयूर देख रहा है उसे।

उनके मध्य स्थापित कुछ इंच का फाँसला अब समाप्त हो चुका है। जाने कब दोनों सरक गए हैं कुछ और समीप। समीप इतना कि सर्द काँपती देह से निकलती गरम साँसें दोनों के होंठों को छूती हुई दूसरे के अधरों पर जाकर टकरा रही है। उनकी पलकें भारी होकर बंद हो गई हैं, और दो होंठों ने छू लिया है एक दूसरे को। मृदुला के ठंडे हाथ मयूर के शुष्क कपोलों को कैद करके स्वयं में समेट लेना चाहते हैं। उसका निचला होंठ मयूर के दोनों अधरों के मध्य जकड़ा हुआ है। उसकी साँसें तेज हैं। चेहरे से हाथ हटकर अब मयूर की पीठ पर हैं और उसे खींच रहे हैं स्वयं में।

जाने कब मयूर का हाथ मृदुला के वक्ष पर चला गया। इस स्पर्श से दोनों ही काँप गए हैं। उत्तेजना के वशीभूत मृदुला ने मयूर के होंठों को अपने अधरों के मध्य समेट लिया है। रतिक्रिया की ओर बढ़ते हुए मृदुला स्वयं पर नियंत्रण नहीं रख पाई है और उसने भूल से काट लिए हैं मयूर के होंठ। उससे उत्पन्न हुई पीड़ा से चौंक

गया है मयूर। न सिर्फ चौंका है अपितु घबरा कर मृदुला से अलग भी हो गया है।

"क्या हुआ?"

मयूर बिना कोई उत्तर दिए लंबे कदमों से दरवाजे की ओर बढ़ने लगा। मृदुला ने उसका चेहरा देखा इस बीच और उसे लगा कि मयूर रो रहा है। उसका शरीर भी काँप रहा था।

कपड़े सही करके मृदुला दौड़ते हुए पहुँची मयूर के पास और उसके सामने जाकर खड़ी हो गई। उस समय मयूर दरवाजे को खोलने ही वाला था। मृदुला अब पास से देख पा रही थी मयूर को। उसकी आँखों में मृदुला को नजर आयी वेदना, नैराश्य और पश्चाताप जो आँसू बनकर बह रहा था। मयूर की देह में होती कंपन प्रत्यक्ष थी।

अधीर होकर बोली वो, "तुम्हें हुआ क्या है मयूर? आज दोपहर में भी तुम यूँ ही चले गए और अब भी? मैं तुम्हें पसंद नहीं हूँ?"

मयूर शांत रहा, आँसू बोलते रहे।

उसके दोनों कंधों को सामने से पकड़ कर झकझोरते हुए बोली मृदुला, "बताओ मयूर.....? चुप रहने से कुछ नहीं होगा। क्या मैं सच में तुम्हें पसंद नहीं हूँ?"

"पसंद अलग बात है, प्यार अलग।" बेरुखी से अपनी बात कहकर मयूर ने उसे सामने से हटाकर बाहर जाने की कोशिश की।

अब तक मृदुला की आँखों में मोती उभर आए थे। उसे रोता देख मयूर कुछ थमा, जबकि मृदुला सामने से हट गई थी।

गहरी साँस भरते हुए बेहद रुआसी आवाज में मयूर बोला, "तुम रोओ नहीं मृदुला...प्लीज। मेरी गलती की सजा तुम अपने को क्यों देती हो? जो किया मैंने किया, अगर माफ कर सको तो कर देना पर तुम्हें प्यार नहीं दे पाऊँगा।"

मृदुला बिखर गई टुकड़ों में जैसे बिखर जाते हैं वो सूखे पत्ते जिन्हें गिरा देते हैं पेड़ अपने से। जिसे इतने समय से चाहा, जिसके साथ सुखद भविष्य की अभिलाषा रखी, वास्तविक प्रेम जिससे हुआ, उसके द्वारा ठुकराया जाना कैसा लगता होगा? मृदुला जानती है।

भावनाओं का प्रवाह इतना प्रचंड था कि चाहकर भी वो स्वयं पर अंकुश न लगा सकी। प्रेम भिक्षा नहीं होती जिसे माँगा जाए, जिसकी याचना की जाए पर मृदुला ने वो भी किया। रोते हुए या यूँ कहें कि भीषण संताप में कलपते हुए वो बोली, "तुम्हें मुझमें क्या अच्छा नहीं लगता मयूर। तुम बस कहो और देखना मैं उसे बदल दूँगी। मेरे वेस्टर्न कपड़े पहनना तुम्हें नहीं पसंद, मैं सूट और साड़ी पहनूँगी, मेरा

बाकि लड़कों से बोलना तुम्हें नहीं पसंद, मैं वो भी छोड़ दूँगी, सिगरेट को भी कभी हाथ नहीं लगाऊँगी, पर ऐसे मत कहो।" कहते-कहते वो इतना रोने लगी कि क्रंदन सिसकियों में तब्दील हो गया।

मयूर के समक्ष परिस्थितियाँ जटिल होती जा रही थीं। उन्हें संभालने के प्रयत्न में सर्वप्रथम उसने मृदुला को पकड़ कर बेड पर बिठाया क्योंकि रोते हुए वो जमीन पर बैठ गई थी। तत्पश्चात स्वयं उसके सामने नीचे बैठकर उसने उसके दोनों हाथों को थामा और आँखों में देखते हुए बोला, "प्यारी मृदुला, तुम बहुत सुंदर हो इस बात में कोई संदेह नहीं। तुम्हारी आवाज बहुत प्यारी है, इसमें भी कोई शक नहीं है। तुम एक मनुष्य के रूप में भी बहुत अच्छी हो, पर क्या इतना सब होने से किसी से प्यार हो जाना आवश्यक ही है? मैं इस बात को नकारता नहीं कि तुम मुझे अच्छी लगती हो, पर ये महज आकर्षण है। मुझसे भूल हुई, एक बार नहीं दो-दो बार। आज कॉलेज में न तो मुझे तुम्हें गले लगाना चाहिए था, और न ही यहाँ जो कुछ भी हुआ। जो मैंने कर दिया इसका दुख मुझे हमेशा रहेगा पर तुम मुझे माफ कर देना यदि इस लायक समझो तो।"

मृदुला ने अपने हाथ छुड़ा लिए और अवज्ञा संग बोली, "कोई तो रीजन होना न?"

"मंजरी।"

"हैं.....?" अचरज से ताकती है वो मयूर को।

"जानती हो मृदुला, हमारा-तुम्हारा एक होना उचित क्यों नहीं? क्योंकि हममें प्रेम से अधिक आकर्षण है, वासना है। मंजरी के साथ मैं इतने दिन रहा लेकिन कभी मेरे मन में ख्याल भी नहीं पनपा कि मुझे उसे छूना है। सदा मैं यही सोचता रहा कि उसे सताऊँ कैसे, परेशान कैसे करूँ क्योंकि जब वो चिढ़ती तो उसकी नाक फूल जाती। उसे इस तरह देखना मुझे सदैव अच्छा लगता। मैं ही नहीं, वो भी कम पागल थोड़ी थी। कम परेशान थोड़ी किया है उसने भी मुझे। हमारा रिश्ता ऐसा ही था। प्यार करने से ज्यादा हम दोनों लड़े हैं। जब कभी बहुत अच्छे बन गए हम दोनों या बड़ा प्यार आने लगा तब भी हममें ऐसे भाव नहीं उभरे। आज तक मैंने उसके हाथ को छोड़कर किसी भी अंग को स्पर्श नहीं किया, वासना के स्वरूप में तो बिल्कुल भी नहीं। उसकी ललाट पर अपने होंठ रख देने भर से मुझे असीम सुख की प्राप्ति होने लगती। हमारा प्रेम ऐसा रहा जहाँ शरीर कभी प्राथमिकता रहा ही नहीं।"

"आज जब तुम कॉलेज में मुझसे गले लगीं तो मुझमें प्रेम नहीं उत्तेजना का संचार हुआ। जिसे दबाते हुए मैं वहाँ से भागा। मुझे बहुत बुरा लगा कि मैंने अपनी

मंजरी के साथ विश्वासघात किया। फिर यहाँ रूम में प्रवेश करने के साथ ही मुझमें पुनः वही भाव जागृत होने लगे। इतना कि मैं उस प्रभाव से स्वयं को बचा न पाया। यदि समय पर मुझे सुध न होती तो और न जाने क्या-क्या हो जाता?"

"ऐसा संबंध जहाँ प्रारंभ तन से हो, उसे प्रेम कैसे मान लिया जाए? मैं ये बिल्कुल नहीं कह रहा कि प्रेम में तन का महत्व नहीं, पर वहाँ वो प्राथमिक नहीं है। हो तो ठीक, न हो तो भी ठीक।"

"तुम बहुत अच्छी हो मृदुला, बस तुमने गलत व्यक्ति चुन लिया। जो हो गया उसे मैं सच में बदल देना चाहता हूँ पर वो मेरे नियंत्रण में नहीं है। उत्तेजना में मुझसे जो हो गया, उसके लिए मुझे माफ कर देना बस।" कहते हुए मयूर ने अपने दोनों हाथ जोड़ लिए उसके समक्ष।

तत्परता संग मृदुला ने उसके हाथ पकड़ लिए और रुआसी होकर बोली, "मंजरी बहुत खुशनसीब है।"

"काश..।" मयूर ने अपने प्रथम साक्षात्कार से लेकर अंतिम बार मिलने तक की सारी कहानी कहनी शुरू की। इस खिंचे माहौल में भी मंजरी की हरकतें उन दोनों के होंठों पर मुस्कान बिखेर देतीं। मंजरी का मयूर को मिट्टी खाने के लिए प्रेरित करना और खुद जाकर चुगली कर आना, और फिर मयूर की तुड़ाई होना, इस वाकये पर मृदुला खूब हँसी मानो वो भूल गई हो अभी कुछ क्षण पहले जो कुछ घटित हुआ।

पूरी बात सुन लेने के बाद मृदुला मुस्कुरा कर बोली, "तुम्हें मंजरी जरूर मिलेगी।" उस मुस्कुराहट के पीछे कितना कुछ छिपाया था मृदुला ने, ये बस उसके हृदय को ज्ञात था।

"थैंक यू।" मुस्कुरा कर ही उत्तर दिया मयूर ने। "तो अब चलूँ?"

"कुछ कहोगे नहीं?" जिन आँसुओं को मृदुला दबा रही थी अपनी मुस्कुराहट के पीछे वो उभर आए।

अपने दोनों अंगूठे से उन्हें पोंछते हुए मयूर बोला, "प्यार वो नहीं कि दो लोग साथ हो हीं, या एक दूसरे के तन को स्पर्श करें। प्रेम वो है जो व्यक्ति को प्रेरित करे कुछ सार्थक करने के लिए, जीवन में आगे बढ़ने की प्रेरणा दे। यही कामना करूँगा कि तुम जीवन में बहुत आगे जाओ।"

"एक आखिरी बार तुम्हें गले लगा सकती हूँ? पक्का इसके बाद मृदुला तुम्हें कभी तंग नहीं करेगी।"

मयूर ने उत्तर में अपनी बाहें खोल दीं। मृदुला शीघ्रता से उसकी बाहों के घेरे में पहुँच गई। करीब मिनट भर तक वो ऐसे ही रही, मानो महसूस कर लेना चाहती हो

मयूर को, साथ ही बसा लेना उसे अपनी स्मृति में कुछ यूँ कि काल भी उसे निकाल न सके।

"अब जाओ।" मुस्कुरा कर बोली वो।

मयूर भी मुस्कुरा कर चल दिया। उसने दरवाजा खोला ही था जब मृदुला बोल पड़ी, "किसी दूसरी दुनिया में, किसी और समय में मैं तुमसे फिर मिलूँगी। उस समय न तुम मयूर होंगे, न मैं मृदुला। लेकिन हाँ, जो भी हो मैं मंजरी से पहले आऊँगी तुम्हारे जीवन में और ठीक वैसे ही तुम्हें परेशान करूँगी जैसे वो करती है। तब तो तुम्हें मेरा होना ही होगा।"

उत्तर में मयूर मुस्कुरा दिया।

दरवाजा बंद हुआ ही था कि मुस्कुराहट वेदना की लहर तले डूब गई, जो अपने संग आँसुओं की सुनामी लायी थी। प्रेम में पीड़ा होती है, ये उस लड़की ने सुना था, अनुभव आज किया और आजीवन करेगी। टीस उठती रहेगी मन के किसी कोने में सदा, जिसे दबा कर वो अपना जीवन जिएगी। कभी-कभी शायद तकिये को भिगोए भी बस उसकी उत्कटता इतनी नहीं होगी, जितनी अभी है।

मयूर बाहर निकला तो बरसात बंद हो चुकी थी और आसमान साफ। लाल बादल क्षितिज पर अपना बसेरा बना रहे थे। उनका प्रतिबिंब नीचे सड़क के गड्ढों में एकत्रित हुए जल में दृष्टिगोचर हो उठा था। सड़क पर आवा-जाही पुनः प्रारंभ हो चुकी थी।

सड़क के एक किनारे चलते हुए मयूर के हाथ में पॉलिथीन थी जिसमें उसके गीले कपड़े थे, और शरीर पर मृदुला के कपड़े। उस जैकेट को छूते हुए उसे मृदुला की रोती आँखें याद आयीं। न चाहते हुए भी उसकी आँखें रो दीं। आज जीवन से उसने एक और बात सीखी, 'पीड़ा सिर्फ प्रेम में नहीं, आकर्षण में भी होती है। कदाचित् वेदना ही जीवन का अंतिम सत्य है, जो मृत्यु जैसा ही शाश्वत है।'

एक वो दिन था, एक आज का दिन है, मृदुला बोली नहीं है मयूर से एक भी शब्द। उसने अपनी कही बात निभाई। 'एक आखिरी बार तुम्हें गले लगा सकती हूँ? पक्का इसके बाद मृदुला तुम्हें कभी तंग नहीं करेगी।' तो नहीं किया तंग मृदुला ने पुनः कभी। पूरा सेमेस्टर बीत गया, पेपर बीत गए और आज आखिरी पेपर है। आज के बाद बहुत से लोग एक-दूसरे से पुनः कभी नहीं मिलेंगे। बरगद के पेड़ के नीचे ही खड़ा था मयूर अपने दोस्तों के साथ जब उसे कुछ ही दूरी पर मृदुला दिखी, स्मृति के साथ बातें करती हुई। बहुत कुछ तैर गया मयूर की आँखों में उसे देखकर।

उस दिन के बाद जब कॉलेज खुला तब मृदुला के कपड़े लौटाने वो उसके पास गया था। मृदुला यूँ तो जरूर कुछ कहती पर उसने कुछ नहीं कहा, बस कपड़े थाम लिए। जैसे मयूर बचता था पहले, वैसे अब वो बचती थी उससे।

वो लड़की जो कभी किताब भी नहीं खोलती थी, पेपर नोट्स पढ़ कर दिया करती थी, उसे अब अक्सर लाइब्रेरी में देखा जा सकता था। क्लास में पनपे प्रश्नों का उत्तर अब उसके पास रहने लगा था। साथ ही, पहनने-ओढ़ने के संदर्भ में भी उसकी पोशाक बदल गई थी। जींस और टॉप पहनने वाली वो लड़की अब सूट-सलवार पहनती।

इतना विशालकाय परिवर्तन कैसे हो गया, ये किसी को नहीं पता था। बस सब आश्चर्य से सराबोर रहते उसे देखकर। अभिनव ने एक दिन पूछा भी विनोदी भाव में मयूर से, "ये तुम्हारी मृदुला का भूगोल कैसे बदल गया इतना?"

"मुझे क्या पता?" टालने का प्रयास किया उसने।

धीर उन दिनों उर्दू काव्य पढ़ रहा था, तो उसने बड़े काव्यात्मक अंदाज में मयूर की ओर से अपनी बात रखी, "अब पता भी होगा तो क्यों बताएंगे।"

'मैं यूँ भी एहतियातन उस गली से कम गुज़रता हूँ,
कोई मासूम क्यूँ मेरे लिए बदनाम हो जाए''

हालाँकि, कोई विशेष प्रतिक्रिया न पाकर वो निराश हुआ और बोला, "अरे वाह-वाह तो करो''

मयूर चिढ़ चुका था अब तक, "हाँ, वाह-वाह ही करना, आह-आह नहीं।"

मयूर को प्रारंभ में लगा कि शायद जब टेस्ट आ जाएँ तब मृदुला का मैसेज आए नोट्स के लिए, लेकिन टेस्ट आए, मैसेज नहीं आया। वही मानसिकता उसकी थी परीक्षा को भी लेकर पर वहाँ भी मृदुला की ओर से कोई संदेश नहीं आया।

उसकी मुस्कुराहट उत्साहित करती थी मयूर को, लेकिन इन पाँच महीनों में उसने कभी भी उसे मुस्कुराते हुए नहीं देखा। उसने सोचा था कि शायद फेयरवेल वाले दिन ही वो कुछ बोले, पर मृदुला न बोली। सब फोटो खिंचा रहे थे, मयूर को लगा मृदुला जरूर आएगी उसके पास पर वो न आयी। आज को लेकर भी उसके कुछ ऐसे ही विचार थे कि अब तो आखिरी दिन है, आज तो मृदुला का मुझसे बोलना स्वाभाविक है पर यहाँ भी उसने कुछ नहीं कहा। मयूर यहाँ खड़ा उसे देख जरूर रहा है, पर मृदुला की नजर एक बार भी इस ओर नहीं पड़ी।

उसकी नजर को ताड़ते हुए अभिनव बोला, "जाओ आज तो बोल लो। क्योंकि कल कॉलेज बंद हो जाएगा, तुम अपने घर को जाओगे, फिर एक लड़का, एक

लड़की से, जुदा हो जाएगा, वो मिल नहीं पाएगा।" उसके कहने के साथ ही वहाँ खड़े सारे लड़के जोर से हँस दिए।

उन्हें लगा था कि मयूर चिढ़ेगा पर ऐसा हुआ नहीं। बल्कि उनकी उम्मीद के विरुद्ध उसने कहा, "सही कह रहे हो यार। तुम लोग रुको मैं आता हूँ।"

मयूर जब मृदुला की ओर बढ़ गया तो इन सबके चेहरे पर तैरा आश्चर्य देखने लायक था। उसके पास पहुँच कर पूछा उसने, "कैसी हैं आप मृदुला जी?"

मुस्कुरा कर उसने बस हाँ में सिर हिला दिया और जाने लगी जब मयूर ने उसका हाथ पकड़ लिया। हालाँकि, उसके पीछे मुड़ते ही घबरा कर उसने हाथ छोड़ भी दिया। स्मृति मौके की नजाकत को समझते हुए वहाँ से हट गई थी।

"चाय पियोगी?" फिर बिना उसका उत्तर सुने, "बैठो में लेकर आता हूँ।"

करीब पाँच मिनट बाद चाय लेकर वो वहाँ उपस्थित हुआ और मृदुला को अब भी वहीं बैठे देख खुश भी। मृदुला को चाय थमा कर वो उसके सामने खड़ा हो गया। दोनों ने चाय पीनी शुरू कर दी, पर वो दोनों ही शांत थे। मयूर इस प्रतीक्षा में था कि शायद वो कुछ बोले पर उसने कुछ नहीं कहा। अंततः उसने ही बात शुरू की।

"मृदुला, मैं जानता हूँ कि मेरे द्वारा तुम्हें पीड़ा पहुँची है पर....।"

उसे बीच में टोकते हुए वो बोल पड़ी, "नहीं ऐसा बिल्कुल भी नहीं है। जो हुआ वो तो नियति थी, उसका दोष तुम अपने सिर क्यों ले रहे हो? और तुम किसी को दुख कैसे दे सकते हो? ये कभी मत सोचना कि मृदुला को तुमने दुख पहुँचाया।"

"तो फिर तुम इतनी बेरुखी से क्यों पेश आती हो मुझसे?"

"सच कहूँ?" फिर गहरी साँस लेकर, "मुझे डर लगता है कि कहीं तुमको दिया वचन मैं तोड़ न दूँ। तुमसे प्यार न करना, तुम्हें न सोचना, बहुत कठिन है मयूर। तुमसे बचती हूँ ताकि तुम्हें भूल जाऊँ।"

मयूर निरुत्तर था।

"जानते हो, हर लड़की अपने उद्गम पर लौटना चाहती है। जहाँ वो बड़ी हुई, अपने प्रेमी से मिली, कभी-कभी सिगरेट भी पी। लेकिन तुम्हें देखकर मुझमें वो अभिलाषा ही नहीं पनपती। बचपन से यही सुना कि नदी सागर में मिल जाती है और खो देती है अस्तित्व अपना। मैं यही सोचती कि क्या ऐसा करके नदी को खुशी मिलती होगी? कोई अपना अस्तित्व खोकर भी प्रसन्न होता होगा भला? लेकिन तुमसे प्रेम होने के बाद अब मैं विश्वास से कह सकती हूँ कि हाँ, नदी प्रसन्न रहती होगी अपना अस्तित्व खोकर भी, जैसे मैं खो देना चाहती थी अपने को तुममें, उद्गम पर लौटने की अभिलाषा त्यागकर। बस इसीलिए तुमसे बचती हूँ।" वो रुआसी हो

गई थी।

"अब चलूँ?" मृदुला ने कहा तो मयूर को हँसी आ गई। वो हँसी जिसके पीछे से आँसू भी निकले थे।

"जीवन में तुम्हें जब कभी भी मेरी जरूरत लगे तो हिचकना मत, मैं रहूँगा। बस प्रेम नहीं दे पाऊँगा, लेकिन उसके अतिरिक्त कभी भी मेरी जरूरत लगे तो बेझिझक कहना।"

मृदुला ने मुस्कुरा कर हाँ में सिर हिला दिया।

"अब जाओ।" कहते हुए मयूर ने उसके सिर पर अपना हाथ रख दिया, और दो थपकी दी स्नेह से।

मृदुला की आँखें धीमे से बंद हो गईं। पलकों के दबने से आँखों में जमा हुई बूँदे निकल आयीं और गाल को छूते हुए गर्दन पर पहुँच कर सूख गईं।

वो आखिरी बार था जब मृदुला को देखा था उसने। हालाँकि, अगले तीन साल वो और रहा दिल्ली में नेट-जेआरएफ की परीक्षा उत्तीर्ण करने से पहले, पर मृदुला से उसका कोई साक्षात्कार नहीं हुआ। उसे सदा से अपना गाँव ही पसंद रहा तो जेआरएफ हो जाने के बाद वो गाँव आ गया और कुछ समय बाद पढ़ाना भी उसने यहीं की एक राजकीय यूनिवर्सिटी में प्रारंभ कर दिया।

मृदुला का सबसे बड़ा योगदान मयूर के जीवन में रहा उसे डिपर्सनलाइजेशन-डीरियलाइजेशन डिसॉर्डर से उभारने में। यूं तो उसने बस एक छोटी सी जानकारी दी थी पर मयूर ने एक बार ये जान लेने के बाद कि उसे क्या हो रहा है, समय के साथ उसे सुधार भी लिया। आज तीन साल से ज्यादा हो गए हैं जब कभी उसने ऐसा कुछ अनुभव किया हो।

आज से करीब डेढ़ साल पहले की बात है। उस समय तक मयूर यहाँ पढ़ाने लगा था, जब एक अनजान नंबर से उसके पास फोन आया। उसने फोन उठाया तो सामने से आवाज आयी, "कैसे हो मयूर?"

मयूर को एक क्षण भी न लगा उस आवाज को पहचानने में, प्रसन्नता से उसने उत्तर दिया, "अरे मृदुला तुम? इतने दिन बाद? कैसी हो? कहाँ हो इस समय?"

हँसकर वो बोली, "इतनी जल्दी इतने सारे सवाल?"

"तुमने एक का भी उत्तर नहीं दिया।"

"मैं ठीक हूँ। और इस समय भरतपुर, राजस्थान में हूँ।"

"कुछ कर रही हो वहाँ?"

"हाँ, मैं यहाँ की एस.डीएम हूँ।"

सुखद आश्चर्य संग मयूर बोला, "क्या?" फिर कुछ क्षण चुप रहने के बाद, "अरे मृदुला....तुम? मैं सच में कितना खुश हूँ ये बता नहीं सकता।"

"तुम्हीं ने कहा था न कि प्यार वो नहीं कि दो लोग साथ रहें, एक दूसरे को छुएँ। प्यार वो होता है जो आगे बढ़ने की प्रेरणा दे। तुम्हारी यही इच्छा भी थी कि मैं जीवन में बहुत आगे जाऊँ, तो तुम्हारी उसी इच्छा को अपने जीवन का ध्येय मानकर यहाँ तक पहुँची हूँ।"

मयूर भावुक स्वर में बोला, "मेरे मन में जो है वो मैं कैसे कहूँ, मुझे शब्द नहीं मिल रहे, बस ये जान लो कि मुझे अपार प्रसन्नता हुई ये बात जानकर।"

"कहने के लिए शब्द नहीं मिल रहे तो क्या हुआ, लिख देना। तुम्हारे लिखे नोट्स बहुत पढ़े हैं, यह भी पढ़ ही लूँगी।"

"लिखना-विखना मेरे बस की बात नहीं है मृदुला।" बेपरवाही संग बोला मयूर।

"अरे....ऐसे-कैसे? कॉलेज में तुम कितना कुछ लिखते थे, अब तुम्हीं ऐसा कहोगे तो...?"

"पुरानी बातें हो चुकीं वो। हर लिखने वाला व्यक्ति लेखक नहीं हो सकता। किसी एक समय में सोचा था ऐसा लेकिन समय की धारा बहुत कुछ बहा देती है। कभी-कभी तो इतनी दूर कि उसके अवशेष भी शेष नहीं रहते।"

इस बात को और न उभारते हुए मृदुला बोली, "अच्छा, ये सब छोड़ो ये बताओ मंजरी कैसी है? शादी हो गई तुम्हारी?"

मयूर के उत्साहित चेहरे पर उदासी तैर गई, "वो नहीं मिली मृदुला। मैं उसके घर भी गया था, लेकिन उसके परिवार के साथ किसी का कोई संबंध ही नहीं है। न ही इतने सालों में कोई उसके यहाँ ये आया। जब उनका ही कोई कान्टैक्ट नहीं है तो...।"

"भरोसा रखो मयूर...। सही समय आने पर वो तुम्हें जरूर मिलेगी।"

उस दिन के बाद पुनः मृदुला ने कोई संपर्क नहीं किया, न ही मयूर ने। न ही दोनों मिले कभी। हाँ, फोन कटने के बाद दोनों ही रो दिए थे, जाने क्यों? शायद मन जानता था कि इतनी बड़ी पहाड़ सी जिंदगी में अब तुमसे भेंट न होगी, न ही कोई बात। तुम बस अब स्मृतियों में रहोगे, जिसे समय की लहरें खोखला कर देंगी।

चतुर्थ खंड

समर्पण- किसी अन्य लोक में

जीवन का सरल समीकरण स्वतः ही नहीं क्लिष्ट हो जाता और न ही हँसते अधरों पर उदासी उतर आती। उस जटिलता की, उदासी की अपनी एक पृष्ठभूमि होती है, जहाँ उसका अंकुरण हुआ। किसी के विचार भी उसके अनुभवों, संघर्षों और आत्मिक दशाओं पर आधारित होते हैं, जिनसे वो रूबरू हुए। नाहक नहीं कभी मंजरी से लड़ने वाला मयूर आज उसकी अनुपस्थिति में घुला जा रहा है। समय के साथ वो शांत होता गया, इसलिए नहीं कि उसे चुप रहना अच्छा लगता है अपितु इसलिए कि उसके पास कहने के लिए अब कुछ है ही नहीं, और यदि है भी तो वो उसे व्यक्त करना महत्वपूर्ण नहीं मानता।

बीतते समय के साथ, अपने परिवार से उसकी जो नाराजगी थी उसने उदासीनता का स्वरूप ले लिया। अक्सर नफरत को प्रेम के विलोम के रूप में देखा जाता है, लेकिन विरक्ति घृणा से भी आगे की अवस्था है। उसके मन में उसी अवस्था का आधिपत्य है। संसार की अधिकतर चीजों से वो विरक्त ही हो चुका है। कोई चीज उसे बहुत ज्यादा उत्साहित नहीं करती।

हाँ, करीब दो साल पहले जब उसने यहाँ खेत में घर बनवाना शुरू किया, तब वो बहुत उत्साहित था। घर की सरंचना ठीक वैसी ही रखी उसने जैसी कभी मंजरी ने चाही थी। उसका मन जानता था कि एक दिन मंजरी जरूर आएगी, और जब वो आएगी तो उसे सब कुछ उसकी इच्छानुसार मिले, इसका विशेष ध्यान रखा उसने। थोड़ा-थोड़ा करके उसने बाग लगाई जिसमें लगे पेड़ अब काफी बड़े हो चुके हैं, खूब सारे फूल हैं, कुछ सुंदर वृक्ष एक पंक्ति में लगे हैं जैसे कि अशोका। घर के पिछले हिस्से में उसने खेत बनाए, जिसमें इस समय कुछ सब्जियाँ, धान एवं मक्के की फसल है। उसे इन सबकी कोई आवश्यकता नहीं है। करीब लाख रुपये महीने पाता है वो पर चूँकि ये मंजरी की इच्छा थी इसीलिए ये सब करना उसे आवश्यक जान पड़ता है।

ऐसा भी नहीं है कि वो बेमन से इन सब में संलग्न है। अपितु वो बड़े मन से ये

सारे काम करता है क्योंकि ऐसा करके उसका मन स्वयं को मंजरी के पास पाता है। अक्सर पौधे में पानी देते हुए, सब्जी की सिंचाई करते हुए, गेहूँ काटते हुए, उसकी कल्पना मंजरी को उसके पास बैठा देती है। वो मुस्कुराते हुए उससे बातें करता है। यही है उसकी दुनिया।

इतने बड़े घर में वो अकेले ही रहता है। हाँ, कभी-कभार कोई यूँ ही आ गया तो दूसरी बात है अन्यथा पूरा परिवार अब भी पुराने घर में ही है। इसके पीछे का कारण यह है कि बिनोद बाबू अपने पुराने घर के स्थान पर ही दूसरा घर बनवाना चाहते थे, और मयूर की जिद थी कि घर बनेगा तो यहीं बनेगा। बिनोद बाबू बोले, 'जो मन में आए वो करो।'

मयूर ने उनकी बात का अनुसरण किया और यहाँ घर बनवाना शुरू कर दिया। बिनोद बाबू इस बात से इतने कुपित हुए कि गृह-प्रवेश में आना भी जरूरी नहीं समझा। हालाँकि, मयूर को इस बात से कोई विशेष अंतर न पड़ा।

पिछले हिस्से में ही एक ट्यूबवेल भी है। इस समय दिन के करीब साढ़े आठ बज रहे हैं लेकिन धूप बहुत तेज है। पानी धान में जा रहा है और मयूर ट्यूबवेल के डग (हौज) में नहा रहा है। पसीने से भीगे तन पर छूती गरम हवाओं के बीच शीतल जल में डुबकी लगाना, उसे बेहद सुखद लगा। वो डुबकी लगाता, थोड़ी देर उसमें रुकता और सिर बाहर निकाल लेता। यही प्रक्रिया करीब पाँच मिनट से वो दोहरा रहा था, लेकिन इस बार जब उसने सिर निकाला तो सामने से बेतहाशा दौड़ते हुए सुबोध को देखा जो उसकी ओर आ रहा था।

'अब क्या आग लग गई?' मयूर स्वयं से कह ही रहा था जब सुबोध ने मयूर को देख लिया और चिल्लाते एवं नाचते हुए बोला, "मयूर भाई......।"

मयूर कुछ बोलता इससे पहले ही सुबोध उसके पास पहुँच चुका था, और न सिर्फ पहुँचा था अपितु लगभग कूद भी गया था उसके ऊपर। जिससे मयूर का संतुलन बिगड़ा, बेचारा जैसे-तैसे गिरते हुए बचा।

खिन्न स्वर में वो बोला, "ऐसे क्यों नाच रहे हो जैसे बकरे की बलि देने से पहले अघोरी नाचता है?"

उत्तर में सुबोध जोर से हँसा, "अगर बता दिया तो तुम भी ऐसे ही नाचोगे जैसे मैं नाच रहा हूँ। मैंने तो कपड़ा पहन रखा है, तुमने नहीं तो तुम तो असली वाले अघोरी लगोगे।" उसके स्वर से उत्साह टपक रहा था।

"बताओ यार..बिना बात बिल्ड-अप मत लिया करो।"

"मंजरी उत्तराखंड में है।" मुस्कुराते हुए बोला सुबोध।

"क्या?" एक ऐसी मुस्कुराहट जो सुख के शीर्ष पर पहुँचने के पश्चात उभरती है, वो प्रदर्शित हो उठी, और सुखद आश्चर्य संग वो पानी में से उठ खड़ा हुआ।

तत्परता से सुबोध बोला, "अरे यार तौली लपेटो पहले।"

मयूर हँस रहा था, "भाई सुबोध, मान गए तुमको। ये बताओ कैसी है वो?"

"अभी इतना पता लगा है कि उत्तराखंड में है, इससे ज्यादा नहीं पता। हाँ, घर मैंने देखा है, चलो अब चल कर तुम्हीं पूछ लेना।"

"हाँ, हाँ चलो।"

"अरे महाराज, कपड़े तो पहन लो कि निर्वस्त्र ही वहाँ तक चलने का इरादा है। और ये बताओ तुमको थोड़ी सी भी जिज्ञासा नहीं हुई कि कैसे पता लगा मुझे उसके बारे में?"

मयूर धीमे से मुस्कुरा कर बोला जिसमें भावुकता भी थी, "यार मुझे बस मंजरी से मिलना है, ज्यादा खोखाइन मुझसे नहीं होगा। खैर, अब बात उठा दी तुमने तो बता भी दो।"

"कल सुबह की बात है। मैं तहसील तक गया था, और पता है वहाँ मुझे कौन दिखा, तुम्हारे ससुर जी। एक बार तो सोचा कि जाकर पूछ लूँ कि कहाँ गायब हो गए थे, लेकिन इतने से पूरी जानकारी शायद न मिलती। इसीलिए मैं चुपचाप उनका पीछा करने लगा। उत्तराखंड परिवहन वाली बस पकड़ी उन्होंने वहीं से, और उन्हीं के पीछे मैं भी चढ़ गया। पूरे रास्ते मेरी नजर उन्हीं के ऊपर थी। जानते हो, जब टिकट लेने की बारी आयी तो कन्डक्टर ने पूछा कि 'कहाँ तक', अब मुझे समझ में ही नहीं आया कि क्या कहूँ तो बोल दिया, जहाँ तक ये बस जाएगी। वो साला भी अलग ही नमूना था, बोला, 'जाने को तो ये बस जहन्नुम में जाएगी।' लेकिन उसको पता नहीं था कि मैं उससे भी बड़ा वाला हूँ तो मैंने भी कह दिया, हाँ, हाँ, जहन्नुम में ही जाना है।"

"फिर शाम को ससुर जी जब उतरे तो उनके पीछे मैं भी उतरने लगा। अब उस साले को जाने क्या खुजली थी, कह रहा है, 'अभी तो जहन्नुम आया ही नहीं।' जवाब मैं देना चाहता था लेकिन तब तक तुम्हारे ससुर आगे निकल गए तो उनका पीछा करते हुए मुझे भी जाना ही पड़ा।"

"वो न गाँव है, न कस्बा। कुछ बीच का ही समझो। जहाँ बस रुकी वहाँ से करीब छः-सात सौ मीटर दूर मंजरी का घर है। बस से उतरने पर एक मोड़ आता है, वहीं से फिर एक खड़ंजा सीधे उसके घर के बगल से गुजरता है।"

मयूर कौतूहल से सब सुन रहा था। सुबोध की बात समाप्त होने के बाद बोला,

“मंजरी दिखी थी?”

“नहीं यार अब वहाँ रुका नहीं मैं। बस ससुर जी को भीतर घुसते देखा, लेकिन मैं स्योर हूँ कि वही उनका घर है क्योंकि घर के बाहर रस्सी पर ससुर जी का अंडरवीयर सूख रहा था।”

मयूर कुछ किलसते हुए बोला, “और तुम्हें कैसे पता कि वो ससुर जी का अंडरवीयर था?”

सुबोध इसका आधारयुक्त उत्तर सोचने लगा पर जब उसे कुछ न मिला तो बात बदलते हुए बोला, “साला तुमको मंजरी से मिलने में इन्टरेस्ट है कि ससुर जी के अंडरवीयर में?”

“बेटा अगर मंजरी वहाँ नहीं मिली तब इस प्रश्न का उत्तर दूँगा तुम्हें।” भौंहें ऊपर करके बोला मयूर।

बस में बैठे हुए घिरे बादलों को देखना न सिर्फ सुखद था अपितु उमंग से आप्लावित भी। किसी चीज की कल्पना करना बरसों तक, और उसका घटित हो जाना, अतीव सुखदाई होता है। मयूर को ये संसार इंद्रधनुष की भाँति प्रतीत हो रहा है, प्रेम में सब कुछ सुंदर जो लगने लगता है। ऐसी ही भावनाओं की लहरों ने उसे बरसों पहले भिगोया है। उसकी प्रसन्नता के क्या ही कहने? पच्चीस-छब्बीस बरस का पढ़ा-लिखा युवक भी कभी-कभी बच्चा बन जाता है, मयूर जैसे। सुबोध उसके बगल में बैठा देख रहा है सब और याद कर रहा है उस मयूर को जिसे वो बचपन में जानता था। उसकी स्मृति ने बताया है, ‘ये तो वही मयूर है बचपन वाला।’

खुशियों के संसार में गोते लगाते हुए मयूर हर बात में बस मंजरी का जिक्र चाहता है, “यार अब वो कितनी बड़ी हो गई होगी न?”

फिर बिना उत्तर सुने, “मैं भी कैसी बातें कर रहा हूँ, हो ही गई होगी। लेकिन स्वभाव से वो अब भी वही मासूम सी बच्ची होगी। उसे दुनिया में जीना आता ही नहीं है। स्वार्थ, मतलब, घृणा इन सबसे बहुत ऊपर है मेरी मंजरी।”

“अच्छा, जब वो मुझे देखेगी तो दौड़ कर आएगी और गले लग जाएगी मुझसे। मैं जानता हूँ उसे। साला कोई कुछ भी कर ले वो अब नहीं डरेगी।”

सुबोध मुस्कुराते हुए सब सुन रहा है।

“बस एक डर है मेरे मन में।” मयूर बोला। “जब मैं उसे मृदुला के बारे में बताऊँगा तो कहीं वो इतनी नाराज न हो जाए कि मैं मना ही न पाऊँ।”

सुबोध आश्चर्य से, “और क्यों बताओगे तुम उसे मृदुला के बारे में?”

"मैं उससे कुछ नहीं छिपाऊँगा।" सीधे शब्दों में मयूर ने उत्तर दिया।

"अबे तुम्हारी दिक्कत क्या है? पड़ी लकड़ी क्यों उठा रहे हो?" खिन्न था सुबोध।

मयूर मुस्कुराया, "मंजरी मुझे माफ कर पाएगी या नहीं ये वो जाने, लेकिन इतनी बड़ी बात उससे छिपा कर तो मैं रिश्ता नहीं रखना चाहता।"

"मरो साले फिर।" बिदकते हुए सुबोध ने दूसरी ओर मुँह कर लिया।

उत्तर में मयूर ने कुछ नहीं कहा बस मुस्कुराते हुए खिड़की के बाहर देखने लगा। ठंडी बयार उसकी पलकों को चूम रही थी। मंजरी कैसी दिखती होगी अब, कितनी बड़ी हो गई होगी, क्या अब भी वो वैसे ही गाती होगी, उससे कैसे मिलेगी, कैसे हँसेगी, खुशी के मारे कैसे रोएगी, सब सोचते हुए उसकी पलके बंद हो गई सुखद भार से।

सुबोध द्वारा जगाए जाने पर जब मयूर की आँख खुली तो शाम हो चुकी थी। बस किसी जगह पर खड़ी थी।

"अरे उतरोगे?" सुबोध ने उसे झकझोरते हुए कहा।

"पहुँच गए?" खुश होते हुए बोला मयूर और सीट से उठ खड़ा हुआ।

दोनों के उतरते ही बस चल दी। जहाँ वे उतरे वो बहुत व्यस्त सड़क नहीं थी। हाँ चारों तरफ हरियाली थी। सामने से एक पक्का खड़ंजा, दोनों ओर खेतों को निहारता हुआ आगे की ओर बढ़ रहा था। क्षितिज पर पहाड़ दिख रहे थे। सुबोध और वो उसी रास्ते पर आगे बढ़ने लगे। मयूर की नजर नीचे खड़ंजे पर पड़ी तो वहाँ फूल बिखरे हुए थे। किसी एक विशेष स्थान पर नहीं अपितु पूरे खड़ंजे पर और वहाँ तक जहाँ तक उनकी नजर जा रही थी। मयूर को छेड़ने के उद्देश्य से सुबोध बोला, "मंजरी को कैसा पता कि तुम आ रहे हो? तुम्हारे स्वागत में पहले ही फूल बिछा रखे हैं उसने।"

मयूर झेंप जाता है।

ये आस कि मंजरी बस कुछ मीटर दूर है, अत्यधिक सुखद थी मयूर के लिए। रास्ते में चलते हुए वो बीच-बीच में कूदता भी, खुशी दाबे नहीं दब रही। उसने जिसकी भी कल्पना की, वो सच होने की तीव्र अभिलाषा उसके हृदय में उमंग का संचार कर रही थी। सब कुछ बेहद मनोरम लगा उसे जब तक कानों में रुदन का स्वर पड़ना नहीं शुरू हो गया।

"ये कौन रो रहा है?" उसने पूछा।

सुबोध ने विनोदी स्वर में कहा, "मुझे कैसे पता, जहाँ तुम वहीं मैं।"

"मंजरी का घर कितनी दूर है?"

"बस आ गया, वो थोड़ी दूरी पर...जहाँ लोग हैं।" उसके कहने के साथ ही पनपा ये ख्याल कि वहाँ लोग हैं क्यों लेकिन? और शायद रोने की आवाज भी वहीं से आ रही है।

यही ख्याल मयूर के मन में भी उभरा और वो दौड़ पड़ा। उसके पीछे सुबोध भी दौड़ा। दोनों का यूँ दौड़ कर आना वहाँ खड़े लोगों के लिए जिज्ञासा का विषय था, जिसमें अधिकतर औरतें और बच्चे ही थे। 'कौन हैं ये? कभी देखा नहीं इन्हें।'

अब तक मयूर का हृदय किसी अनहोनी के भय से काँप गया था। अपनी आँखों के सामने उसे सबसे पहले क्षमा दिखी बरामदे ही दहलीज पर बैठी रोती हुई। उसकी मौसी उसे चुप करा रही थीं। वहीं दूसरी ओर सरिता जी दिखीं उसे। उनकी साड़ी उघड़ी हुई थी सिर एवं वक्ष से। बाल बिखरे हुए थे पूर्णतः और वो बेतहाशा रो रही थीं। रोने के साथ जो स्वर थे, "अरे हमार बहिनी........।" उसने झकझोर दिया था मयूर को भीतर तक।

वो आगे बढ़ा और क्षमा के पास जाकर बोला, "क्या हुआ है यहाँ?" उसके स्वर काँप रहे थे, होंठों पर थरथराहट थी।

मयूर को अपने सामने देख क्षमा स्वयं को रोक न पाई और उसे पकड़कर और जोर-जोर से रोने लगी।

मयूर की घबराहट बढ़ रही थी। अतः उसने बिगड़ते हुए कहा, "बोलोगी?"

"मंजरी...मन....खतम हो गई।" कहने के साथ उसका रूदन बढ़ता गया।

मयूर गिर जाता अगर क्षमा उसके गले न लगी होती। वो पत्थर सा जकड़ गया था उस क्षण में। आँखे पथरा गई थीं। आँसुओं का वेग इतना तीव्र था कि क्षमा के बार-बार उन्हें पोंछने पर भी वो गिरते ही रहे। मयूर के कान में बस यही गूँज रहा था, 'मंजरी खतम हो गई।' वो स्थिर खड़ा था जैसे कोई मूर्ति जिसमें भावनाएं हों, बस उसे न हिलने का अभिशाप मिला हो।

उसकी मंजरी अब नहीं है इस दुनिया में। कहाँ गई? कैसे? ये सारे प्रश्न उसके मस्तिष्क में नहीं हैं। उसे कुछ अनुभव नहीं हो रहा। पीड़ा के आगे की अवस्था शायद सुन्न हो जाना होता हो। न वो चीख-चीख कर रोया, न ही ऐसी कोई प्रतिक्रिया दी जिससे ये प्रतीत हो कि उसका सब कुछ बिखर गया है, वो बस जड़ बनकर खड़ा रहा उस एक स्थान पर। क्षमा उसे झकझोरती रही पर कंठ से एक स्वर न फूटा उसके। 'मंजरी खतम हो गई।'

प्रेम हो तो मंजरी जैसा अन्यथा न हो। प्रिय के आगमन में उसने फूल बिछाए,

अपनी अर्थी को उस मार्ग से गुजार करा। वो फूल जो खड़ंजे पर गिरे थे वो उसके शव पर फेंके गए थे, जिन्हें बिछाती गई वो उस सड़क पर। ऐसा समर्पण एवं प्रेम, जहाँ आत्म को मारकर प्रिय का स्वागत हो, उसकी लौकिक व्याख्या कैसे की जाए?

अंधेरा फैल रहा है और जीवन बिखर चुका है। मयूर जो प्रारंभ से शांत रहा वो अब शिला बन चुका है। आस-पास की दुनिया, लोग शून्य हो चुके हैं। सामने से कोई आता दिखा मयूर को, वो मंजरी थी।

उसे देखते ही हड़बड़ा कर वो दौड़ा है उसकी ओर और उसे पकड़ कर कह रहा है, "मंजरी तुम ठीक हो, मुझे कितनी खुशी मिली मैं कह नहीं सकता।"

"मैं हकीकत नहीं हूँ मयूर।" वेदनापूर्ण मुस्कुराहट लिए कहती है वो।

मयूर गिरते हुए उसके कदमों के पास बैठ जाता है और बिलखता है चीख-चीख करा।

"अब क्यों रोते हो? इतने साल में एक बार भी आने की तकलीफ की तुमने।" वो हँसती है। "लेकिन ये सब कभी मत सोचना कि तुम्हारी मंजरी तुमसे नाराज होकर मरी। किसी दूसरे संसार में जरूर हम दोनों एक होंगे।" कहने के साथ वो लौट जाती है उसी ओर जहाँ से वो आयी थी। मयूर उसे बुलाना चाहता है पर उसकी आवाज नहीं निकलती।

"मयूर....भाई उठो..।" सुबोध झकझोर रहा था उसे।

"हँ.......।" घबरा कर मयूर उठा।

बस अपनी रफ्तार से चल रही थी। सूरज पश्चिम की ओर अग्रसर था जिससे उसका हल्दिया प्रकाश मयूर के चेहरे पर पड़ रहा था खिड़की के शीशे से छनकर। उसका पूरा बदन पसीने से भीगा था और हृदय की गति इतनी तीव्र थी कि एकाग्र होने पर सुनाई दे जाए।

"क्या हुआ बे? सपना देखे क्या कोई?"

"हाँ, असलियत से भी ज्यादा भयावह।" चेहरा रुमाल में पोंछते हुए कहता है मयूरा। "अभी और कितना देर लगेगा?"

"आधे घंटे के लगभग।"

स्वप्न की खासियत यही है कि वहाँ हर वो चीज हो सकती है जो लोक में संभव नहीं। ये बात सुखद एवं दुखद दोनों ही प्रकार की घटनाओं पर लागू होती है। इस क्षण मयूर मन में यही सोचकर प्रसन्न है कि चलो सपना था, क्योंकि अगर ये वास्तविकता होती तो वो जी नहीं पाता। वैसे भी, इतने समय से उसका

जीना न जीना बराबर ही रहा है, पर एक उम्मीद जिसके सहारे उसने इतने बरस काटे, अगर वही समाप्त हो जाए तो....?

जब वे बस से उतरे तो सामने एक छोटी सी बाजार दिखी जिसके बगल में एक मोड़ था। वहीं से एक खड़ंजा जाता था जिसके दोनों ओर घर थे। मयूर को शांति मिली कि कम से कम वास्तविक परिवेश उसके स्वप्न से अलग है। हाँ, वो पहाड़ी क्षेत्र अवश्य था। खड़ंजे पर चलते हुए उसकी नजर नीचे फूलों को तलाश रही थी, और उन्हें वहाँ न पाकर उसके मन को कितना सुकून मिला, ये वही जानता है।

करीब दस मिनट पैदल चलने के बाद सुबोध ने इशारे से सामने का घर दिखाया और बोला, "यही है।"

वो बहुत ही छोटा घर था, लेकिन सुंदर। आगे फूल-पत्तियां लगी थीं और सामने पहाड़ों का दृश्य। कपड़े सुखाने के लिए रस्सी भी बंधी थी, लेकिन कोई कपड़ा उसपर फैलाया नहीं गया था। मयूर को फिर शांति मिली कि ये घर वैसा तो बिल्कुल भी नहीं है जैसा उसने अभी सपने में देखा। उसके हृदय में उल्लास है कि मंजरी बस कुछ कदम दूर है उससे और बस आती होगी। कितनी खुश होगी वो उसे देखकर।

दरवाजा खटखटाने के लिए वो और सुबोध जब पास पहुँचे तो दरवाजे पर लटका ताला देखा। मयूर ने निराशा भरे नेत्रों से ताका सुबोध को तो वो बचाव करते हुए बोला, "भाई यही घर है कसम से। पता नहीं कैसे ताला लग गया है यहाँ।"

इसी बीच बगल वाले घर से एक औरत बाहर निकलती है और इन दोनों को देखती है। मयूर भी उसे देखता है और कुछ पूछने को होता है जब वो सामने से कहती है, "गाँव गए हैं अपने सब।"

"अनिल जी का ही घर है न?" पूछता है सुबोध।

"हाँ, उन्हीं का घर है। आज सुबह ही तो गए हैं। आप उनके रिश्तेदार हैं?"

"जी।" चहकता है मयूर साथ ही कहता है सुबोध से, "क्षमा की शादी पड़ी है न, तभी।"

लौटते हुए सुबोध के भाव नहीं मिल रहे, "देखा, कहा था न मैंने यही है घर।"

"जी प्रभु।" दोनों हाथ जोड़कर सिर झुका लेता है मयूर हँसते हुए।

आगामी दिन मयूर के जीवन का सबसे सुखद दिन होने वाला था। अथाह सागर में दानवी लहरों के मध्य डूबता उसका जीवन कुछ स्थिर लगने

लगा उसे। मंजरी को देखने की उसकी तड़प समय के साथ बढ़ती जा रही थी, इतनी कि न उसने स्वयं कुछ खाया न सुबोध को खाने दिया। खाना खाने के लिए रुकना पड़ेगा, वो उतना भी विलंब नहीं करना चाहता।

उसका तो विचार था कि सीधे रीतमपुर ही चलते हैं, घर जाकर समय क्यों व्यर्थ करना। अपनी जिद पर वो अड़ भी गया था, वो तो सुबोध ने धरती, आकाश और न जाने किसका-किसका वास्ता दिया, तब वो माना।

सुबोध की चिढ़ इतनी बढ़ गई थी कि लगभग गुर्राते स्वर में बोला, “प्यार में भूख नहीं लगती माना पर पेशाब तो लगती होगी न?”

मयूर जोर से हँस दिया था इस बात पर।

जल्दी करते-करते भी रीतमपुर पहुँचने में दोपहर के एक बज गए। आज सुबह दस बजे तो ये दोनों घर पहुँचे, फिर नहा-धोकर निकलने में करीब पौने बारह हो गए।

इस क्षण मयूर ने ये तनिक भी न सोचा कि उसे वहाँ देखकर लोग क्या सोचेंगे, उसके घरवाले भी तो वहीं गए होंगे, वो क्या कहेंगे? न ये विचार उभरे हैं, न ही वो इस पर मंथन करना चाहता है। हाँ, सुबोध जरूर कुछ डर रहा है, और बीच-बीच में मयूर को समझाता भी है, “भाई, देख-समझ कर काम लेना। ये नहीं कि वो दिखी नहीं और तुम टूट पड़े उसपर। शादी-ब्याह का घर है, बहुत मार पड़ेगी।”

घर के सामने पहुँच कर सुबोध ने एक ओर बाइक खड़ी की। सामने पूरा घर सजा हुआ था। एक ओर टेंट लगा था, और उसके विपरीत दिशा में जयमाल के लिए स्टेज बनाया जा रहा था। दूसरी ओर खाना बन रहा था। बारिश पिछले हफ्ते खूब हुई, लेकिन उसके बाद से आसमान एकदम साफ है। बादल का सूक्ष्म अंश भी वहाँ विचरण करता हुआ नहीं दिखता। इससे वातावरण में गर्मी बहुत है। खाने से उठती भाप परिवेश में ताप को जगाए हुए है। उसके बगल से गुजरने पर मयूर और सुबोध दोनों के चेहरे पर गरम आँच पड़ी, जिसके पास कुछ क्षण के लिए खड़े हो जाओ तो झुलसा दे।

मयूर चारों ओर देख रहा है जब उसके सामने मौसा जी प्रकट हो उठते हैं।

“अरे प्रोफेसर साहेब, आप तो दिखने ही बंद हो गए।” उन्होंने अपने विनोदी अंदाज में कहा। “उधर चलो वहाँ पंखा चल रहा है। हम क्षमा से कह ही रहे थे कि तुम जरूर आओगे।”

उनके पाँव छूकर दोनों टेंट की तरफ जा रहे हैं जहाँ अन्य लोग बैठे हैं। जाते हुए मयूर को ढेर सारे बच्चे, औरतें और लड़कियाँ दिखीं, बस मंजरी नहीं। साथ ही, सब कुछ कितना बदल गया है यहाँ। जब सालों पहले वो यहाँ आया था तो यहाँ नीम

का एक पेड़ था, एक मड़ई भी, अब उसके स्थान पर पक्का घर है। सड़क कच्ची थी तब, अब ईट का खड़ंजा लग गया है। ऐसे अनेकों परिवर्तन दृष्टिगोचर हो उठे हैं।

टेंट में जब वो दोनों पहुँचे तो वहाँ उन्हें बिनोद बाबू दिखे, उनके साथ थे अनिल जी भी। जितने उत्साहित वो हुए मयूर को देखकर, उतने ही परेशान थे बिनोद बाबू। वो जानते थे कि उनका सुपुत्र मंजरी के चक्कर में यहाँ आया है। वो कुछ पूछते इससे पहले ही अनिल बाबू बोल पड़े, "आओ भाई, तुम्हारी ही बात कर रहे थे। जानकर खुशी हुई कि सरकारी नौकरी लग गई तुम्हारी।"

चरण स्पर्श करके, "जी मौसा।"

"नहीं तुममें बचपन से ही प्रतिभा थी, इसीलिए कर ले गए। हमें तो वही दिन याद आता है जब तुम कह रहे थे कि आर्ट्स लिया है। सही बात है, जिसमें रुचि हो वही करना चाहिए।"

अनिल जी बड़ी देर तक इधर-उधर की बात करते रहे। उन्हें मयूर-मंजरी प्रसंग की जानकारी नहीं थी, शायद इसीलिए इतना प्रेम से पेश आ रहे थे। वहीं बैठे-बैठे चाय-पानी किया मयूर ने। उसने सोचा था कि मौसी से मिलने का बहाना बनाकर वो घर के भीतर जाएगा पर मौसी भी वहीं आ गई। वो बहाना भी धरा का धरा रह गया।

अनिल जी की बातों में हाँ में हाँ मिलाते हुए वो कोई योजना सोच रहा था यहाँ से उठने की, जब सामने नल पर उसे तीन लड़कियाँ दिखीं। उनके हाथ में बर्तन थे जिसे वो धोने आयी थीं। उनमें से एक लड़की पर उसकी नजर टिक गई, जिसने पीले रंग का सूट पहना था। उसने ध्यान से देखा तो उसके चेहरे पर चेचक के हल्के निशान थे। जिस एकाग्रता से वो देख रहा था उसे, ठीक उसी तल्लीनता से वो भी देख रही थी मयूर को।

"मंजरी.....।" मयूर के मुख से निकला धीमे से और वो उठकर खड़ा ही होता है जब सुबोध जोर से उसका हाथ पकड़ कर बैठा लेता है।

"पगला गए हो क्या बे?" फुसफुसा कर कहता है सुबोध।

"अरे मंजरी है भाई।" उत्साहित है मयूर।

"हाँ, मुझे दिख रही है लेकिन अभी तुम्हारे सामने जो बैठे हैं वो मंजरी के पिताजी हैं। जैसे इतने समय सब्र रखा वैसे कुछ देर भावनाओं को और दबाओ वरना तुम तो तुम, मैं भी नहीं बचूँगा। शादी है भाई मेरी दो महीने बाद।"

मंजरी ने जब से सुना क्षमा की शादी के बारे में तब से ही वो बहुत खुश थी। सालों पहले जबरदस्ती उसे यहाँ से जाना पड़ा। अपने पिताजी द्वारा लिए गए कर्जे के

कारण उसे दूर होना पड़ा अपने प्रेम से। शुरुआती महीनों में तो वो अक्सर रोती रहती। खाते-खाते रोने लगती और खाना छोड़ देती, कपड़े धोती तो रोने लगती, अकेले बैठी रहती तो भी रो देती। उसे अपने दुख से ज्यादा चिंता थी मयूर की। 'बेचारे को ये भी पता नहीं कि मैं हूँ कहाँ? कितना परेशान होगा मेरा मयूर?' बहुत रोती वो यही सब सोचकर।

हालाँकि, समय बहुत कुछ सिखा देता है। बीतते वक्त के साथ सीख लिया उसने भी अपनी पीड़ा के साथ जीवित रहना। अब भी उसे मयूर के साथ बिताई बातें याद आतीं और उतनी ही गहनता संग, पर वो रोती नहीं थी। एक हद तक ही रोना संभव है, क्योंकि उसके बाद आँसू सूख जाते हैं, रह जाती है बंजर पीड़ा।

संपर्क करने का उसके पास कोई साधन न था लेकिन एक दिन उसके मन में चिट्ठी लिखने का ख्याल आया। उस दिन वो बहुत खुश हुई थी, 'चिट्ठी तो पहुँचेगी ही मयूर के पास। मयूर सच कहता था, मुझमें दिमाग नहीं है। ये मैंने पहले क्यों नहीं सोचा?' गाँव का नाम वो जानती थी, सो एक चिट्ठी में अपना सारा हाल, मम्मी का नया फोन नंबर और बहुत सारी बातें लिखकर डाक में डाल आयी। उसे पूरी उम्मीद थी कि ये पत्र मयूर के पास पहुँचेगा, और उसकी ओर से जवाब भी आएगा।

मंजरी ने सही ही सोचा था। चिट्ठी सच में पहुँची दीपगंज, और मयूर के घर ही। अफसोस, उस समय तक वो दिल्ली जा चुका था और ये हाथ लगी मनीषा जी के। उसी क्षण उस चिट्ठी को पढ़कर उन्होंने पहला पाप किया, उससे भी जघन्य अपराध किया उन्होंने उसकी सूचना मयूर को न देकर एवं चिट्ठी को फाड़कर। इस तथ्य से अनभिज्ञ मयूर यही सोचता रहा कि मंजरी ने संपर्क करने का कोई प्रयास ही नहीं किया, मंजरी प्रतीक्षा में बैठी रही कि उत्तर आएगा। हालाँकि, करीब दो महीने बीत जाने पर भी जब कोई उत्तर उसे प्राप्त न हुआ तो उसकी आस टूटने लगी। उसे लगा कि शायद पत्र पहुँचा ही नहीं। उसने दूसरी चिट्ठी लिखी। इस बार उसे पढ़ने और फाड़ने में मनीषा जी का भरपूर साथ दिया बिनोद बाबू ने।

बिनोद बाबू को शायद अब याद नहीं कि कभी ऐसी ही शिद्दत से वो भी तो चाहते थे बिट्टी को। बस उनमें साहस नहीं था कि अपने प्रेम के लिए जग से विवाद पालें, पर मयूर और मंजरी में वो साहस है। बावजूद इसके उन्होंने समर्थन का झूठा हाथ भी न बढ़ाया उनकी ओर। मंजरी का दूसरा पत्र भी टुकड़ों में टूट कर धूल में मिल गया।

उसके बाद भी उसके मन ने हार न मानी और पिछले सात बरस से वो लगातार भेजती आ रही है चिट्ठियाँ। हालाँकि, उसका मन जानता है, ये पत्र कभी उस तक

नहीं पहुँचेंगे जिसके लिए लिखे गए हैं पर उन्हें लिखकर उसे सुख होता है कि चलो मैं अपने मयूर से बात तो कर रही हूँ, भले वो एकतरफा है। उसे यही लगता कि शायद ये चिट्ठियाँ पहुँच ही नहीं रहीं अन्यथा कोई तो उत्तर आता ही। भावी सास-ससुर ऐसा भी कर सकते हैं, इसकी आस उसे न थी।

जैसी मयूर की मनोदृष्टि रही इतने सालों में, उसी मार्ग पर वो भी चली है, बल्कि मयूर से भी अधिक अनुशासन संग। जीवन के एक मोड़ पर मयूर आकर्षित हुआ मृदुला के प्रति पर मंजरी के लिए उसका प्रेम, आकर्षण सब मयूर ही था। मैं दोषारोपण नहीं कर रहा मयूर पर लेकिन मंजरी का अपने मन पर कितना संयम रहा, और वो वासना की खाई से कितनी दूर रही, ये बताना आवश्यक है।

वहाँ जाने के बाद आर्थिक तंगी भी एक समस्या बनी रही। करीब दो साल तक तो रीतमपुर से भी उसके परिवार का कोई संपर्क नहीं रहा। वो तो अनिल बाबू का भाग्य अच्छा था कि वहाँ उन्हें अच्छा काम मिल गया और उसी से दो साल में उन्होंने शेष कर्जे की एक चौथाई रकम अपने भईया के पास भेज दी। तब जाकर यहाँ से कुछ संपर्क स्थापित हुआ।

शेष कर्जा इसलिए क्योंकि खेत बेचकर जो धन इन्हें मिला था, उससे भी कर्जा ही चुकाया इन्होंने, पर वो इतना ज्यादा था कि भागने के अतिरिक्त और कोई विकल्प ही न बचा। इतने पैसे उन्होंने एक कम्पनी में लगाए थे जो फ्रॉड करके भाग गई। चूँकि मूलधन इन्होंने उधार लेकर ही लगाया था तो लौटाना भी इन्हें ही था। बहरहाल अब वो अपने पूरे कर्जे से पूर्णतः स्वतंत्र हैं। जाने के करीब दो साल बाद जब इन्होंने अपने भईया को फोन किया और सारी बात बताते हुए पैसे भेजे तो माफी भी मिल गई। तभी से बातचीत प्रारंभ है।

एक बार जब बात होने लगी तो मंजरी ने क्षमा से मयूर के बारे में पूछा भी था। अपने स्वभाव के अनुरूप वो बोली, "दुबारा अगर उसकी बात कि तो मैं चाची को बता दूँगी।"

यदि सामान्य परिस्थितियों में क्षमा ने ये कहा होता तो लड़ जाती मंजरी पर समय ने उसे तोड़ दिया था, वो बेबस थी। अतः याचना भरे स्वर में बोली, "मुझे उसका फोन नंबर नहीं चाहिए बस इतना बता दो कि वो कैसा है?"

"ठीक है।" रूखा उत्तर दिया क्षमा ने।

"इस समय घर ही है?"

"नहीं, दिल्ली रहता है। पढ़ रहा है वहीं से।"

मंजरी को जाने क्यों रोना आ गया था। उसे दबाते हुए उसने अगला प्रश्न पूछा,

"जब उसे पता लगा कि मैं यहाँ नहीं हूँ तो....?"

उसकी बात समाप्त होती इससे पहले ही क्षमा ने फोन काट दिया।

मौसी, क्षमा, मनीषा और सरिता जी, इन चारों में आपसी संधि थी कि किसी भी हाल में मयूर को ये न पता लगे कि मंजरी कहाँ है, साथ ही कोई संपर्क सूत्र भी नहीं। इसीलिए संपर्क होने के बाद भी मयूर से उसकी मौसी ने यही कहा कि 'बेटा, भूल जाओ उसे अब। पता नहीं कहाँ रहती है, हो सकता है अब तो ब्याह भी हो गया हो।' हालाँकि, मयूर को कभी इस बात पर यकीन नहीं हुआ कि मंजरी किसी और से शादी कर सकती है।

इतने बरसों तक उन दोनों को दूर रखने में सफल रहे उनके परिवार, लेकिन नियति भी एक चीज होती है। क्षमा की शादी पड़ी और अब कोई भी बहाना देकर मंजरी को नहीं रोका जा सकता था। उसका मन जानता था कि मयूर जरूर मिलेगा उसे यहाँ। कल शाम को जब वो यहाँ पहुँची तो अपनी सास के दर्शन हुए उसे। मनीषा जी उससे यूँ हँस कर मिलीं जैसे कुछ जानती ही न हों। रात को जब मंजरी बिस्तर पर सोई तो उसको भी वैसी ही अनुभूति हुई, जैसा अनुभव मयूर को हुआ था- दानवी लहरों के थमने से जीवन स्थित और शांत हो जाने का एहसास।

प्रेम में संवाद सिर्फ बातों, आँखों या इशारों से ही नहीं, किसी अलौकिक माध्यम से भी होता ही होगा। अन्यथा दो लोग, एक-दूसरे से सैकड़ों किलोमीटर दूर, न कोई संवाद, न कोई मिलन, फिर भी समान विचार, समान वफादारी, और तो और समान अनुभूतियाँ भी।

इन दोनों से पूछो, तुम्हारे बालपन के प्यार की क्या आश्वस्ति है जो दोनों बैठे हो एक-दूसरे के लिए। एक पल भी ये ख्याल क्यों नहीं आया तुममें कि समय सब भुला देता है। हो सकता है, मिल गया हो मंजरी को कोई और लड़का, मिल गई हो मयूर को कोई और लड़की। बदल गया हो प्रेम। जो तुम दोनों के बीच था कभी, वो बस एक सुखद याद रह गई हो। लेकिन नहीं, मजाल है दोनों ने ऐसा सोचा हो। इतना अथाह विश्वास, समर्पण और प्रतीक्षा अलौकिक ही है।

आज बारात आएगी शाम में, मंजरी का मन उससे कह रहा है, मयूर भी आएगा। सुबह से उसी की बाट जोह रही है वो सज-धज कर। पीले रंग का सूट पहन कर उसने अपने बाल खोल दिए हैं, वो जानती है मयूर को खुले बालों में सबसे सुंदर लगती है वो।

कुछ बड़े भगोने, थालियाँ एवं जग थे जिन्हें धोना था। इसी उद्देश्य से वो बाहर निकली थी पड़ोस की दो लड़कियों संग। वो पहुँची ही थी जब उसकी नजर टेंट की

ओर चली गई। वहाँ उसे वो लड़का दिखा जो अब बदल चुका है। उसके लंबे बाल हैं, भरी पूरी दाढ़ी है, शरीर भी हष्ट-पुष्ट है, तथापि मन वही है जैसा बरसों पहले। यदि शारीरिक परिवर्तनों की बात करें तो मयूर की तुलना में मंजरी में बहुत ज्यादा बदलाव नहीं आए थे। हाँ, समय के साथ दाग फीके हो गए थे जिससे चेहरे का रंग पहले से साफ हो चुका था, बाल अब उसकी कमर तक आते थे। इसके अतिरिक्त कोई अन्य विशेष परिवर्तन नहीं था।

मयूर को यूँ अचानक देखकर वो समझ न पाई कि क्या करे? वो खुश थी, बहुत खुश, लेकिन अब करे क्या ये समझ नहीं पा रही। जाकर उससे बोले, खड़ी देखती रहे, कोई इशारा करे, वो नहीं जानती। मयूर भी इसी उधेड़-बुन में है ये वो जानती है क्योंकि सुबोध से कुछ फुसफुसाते हुए देखा है उसने उसे। ये सब जो है सो है ही, पर एक विचित्र बात ये हुई है कि ये पगली लजा रही है मयूर से। अब पूछो तो भला, तुम मिलना चाहती थी उससे, वो तुम्हारे सामने है, तो जाओ मिलो, लजाने का क्या मतलब?

वो नल चलाती जाती है, मयूर को देखती रहती है और फँसी रहती है अपने विचारों में। हाँ, मयूर की आँखों में उसे आज भी वही स्नेह दिखा है जो बरसों पहले था। प्रसन्न हुई है वो ये देखकर।

समस्या उनकी नहीं जिन्हें पढ़ने का अवसर न मिला, वो अशिक्षित रह गए, समस्या उनकी है जो पढ़े और खूब पढ़े, संसाधन फूँके, फिर भी अनपढ़ रह गए विचारों से। जिस पल किसी पढ़े-लिखे व्यक्ति के वाक्य से जातिवाद टपक गया, रूढ़िवादी मानसिकता झलक गई, हिंसा के लिए समर्थन दिख गया, ईर्ष्या, स्वार्थ एवं अभिमान का अंश उसके भीतर प्रविष्ट हो गया, उसके ज्ञान का महत्व शून्य हो जाता है।

बिनोद बाबू पढ़े लिखे थे, मनीषा जी भी, क्षमा और सरिता जी भी, मौसी भी, पर सबने अपनी जी-जान लगा दी, दो व्यक्तिगत जीवनों का निर्णय अपने नियंत्रण में करने हेतु। जैसे प्रेम बाँधता नहीं, ठीक वैसे ही ज्ञान कभी आधिपत्य नहीं चाहता। उसमें जग-कल्याण के प्रयास की तीव्र लालसा होती है, न कि किसी को अपने अनुसार चलाने की। जिस क्षण मयूर-मंजरी को दूर करने का ख्याल भी पनपा इनके मस्तिष्क में, ठीक उसी पल इनकी शिक्षा निरर्थक हो गई। प्रगति की बात आते ही मन में बड़ी इमारतें, पक्की सड़कें, जगमगाते शहर तैरने लगते हैं, पर वैचारिक प्रगति का क्या?

कुछ ऐसे ही पिछड़े विचार एवं इन दोनों के पढ़े-लिखे अनपढ़ परिवार के

योगदान से ये इतने बरस दूर रहे। मंजरी चाहती है चली जाना दौड़ कर मयूर के पास, बेशक लजाते हुए ही, पर उसके कदम आगे बढ़ते ही रुक गए हैं। उसने नीचे देखा, एक अदृश्य दीवार थी जिसे समाज कहते हैं। उसे लाँगा उसने तो भी आगे न बढ़ पाई। पुनः नीचे देखा उसने। बेड़ियाँ थी उसके पैरों में जिसे सामाजिक नियम कहते हैं। उन नियमों में लिखा है, किसी से प्रेम करना पाप है। सिर झुका कर वो अब भीतर जा रही है। बेड़ियाँ कैसे तोड़े?

दूसरी ओर मयूर को पकड़ कर बैठाने वाला हाथ भले सुबोध का हो, उसमें पूरे समाज का बाहुबल है। नाहक नहीं, सुबोध से अधिक हष्ट-पुष्ट होते हुए भी मयूर बैठ गया चुपचाप, और फिर उठा नहीं।

मंजरी को जब उसने देखा तो उसके पैरों में बंधी बेड़ियाँ भी दिखीं उसे। वैसे ही, जैसे सुबोध के हाथ में मंजरी ने देखे थे अनेकों अदृश्य हाथ।

पूरी दोपहर इधर-उधर में ही निकल गई। मंजरी किसी न किसी बहाने बाहर आती, मयूर को देख लेती और चली जाती। एक घंटे में तीन-चार बार वो ये कृत्य करती। मयूर भी इसी बहाने देखता उसे और सुबोध से कहता, "देखा भाई, मुझे ही देखने आयी है।"

शुरुआत में जब मयूर ने ये कहा तो सुबोध ने उत्साह दिखाया, पर जब पंद्रह मिनट बाद मंजरी आयी और फिर मयूर ने यही कहा तो उत्साह कुछ फीका पड़ने लगा। अगले पंद्रह मिनट बाद फिर जब यही हुआ तो उत्साह समाप्त हो गया। उसके पश्चात जितनी बार मयूर ने ये कहा, उसकी चिढ़ बढ़ती गई। जब से वो यहाँ आए हैं, कम से कम बीस बार आयी है मंजरी, और उतनी ही बार कहा है मयूर ने, "देखा भाई, मुझे ही देखने आयी है।"

सुबोध मन ही मन चिढ़ रहा है, लेकिन कुछ कहा नहीं है उसने। शायद मन में यही सोच रहा है, 'नायक का दोस्त होना आसान नहीं।'

उसके चेहरे पर आयी चिढ़ की लकीरों को पढ़ा है मयूर ने, "यार इतना क्यों परेशान हो रहे हो? प्रेम में आदमी थोड़ा पागल तो हो ही जाता है।"

"अच्छा....? तो तुम पूरे पागल कैसे हो गए?"

हँस देता है मयूर।

इस समय तक वो दोनों टेंट में चारपाई बिछा रहे थे। अपने लिए नहीं बारातियों के लिए। वो मेहमान चाय पीने तक ही थे, अब काम में हाथ बँटा रहे हैं। उन्हीं के साथ अनिल जी भी हैं, और कुछ दूरी पर मौसा जी डंडा लेकर कुत्तों को देख रहे हैं।

शादियों में अक्सर कुत्ते अपने रिश्तेदारों को नेवता भेज देते हैं, इसीलिए एक काला कुत्ता भी है यहाँ जिसे मौसा जी ने आज से पहले नहीं देखा। उसी को बड़े गौर से निहार रहे हैं।

टेंट के दक्षिणी छोर पर एक बुजुर्ग बैठे हैं। मौसा जी को ऐसा करते देख बोले, "डंडा लेके खड़े क्या हो सुनील, डालो, सारे भागें सब। यही भों-भों किये हुए हैं।"

"चाचा ये करियवा कुक्कुर आज से पहले देखा नहीं, उसी को देख रहे थे।"

चिढ़ गए चाचा। अगर आज शादी का दिन नहीं होता तो पक्का वो कोई गंदी गाली देते मौसा जी को।

इसी बीच कुछ अद्भुत हुआ। भीतर से मंजरी निकली और मयूर की ओर आने लगी। मयूर उसे आश्चर्य से देख रहा है कि इतनी हिम्मत, वाह। मंजरी के बढ़ते कदमों के साथ बढ़ रही है मयूर की धड़कन, और सुबोध की चिंता। सुबोध ने फिल्मों में देखा है कि नायिका जब बहुत साल बाद मिलती है नायक से तो सबके सामने उससे गले लग जाती है। ये कल्पना करके ही वो भयभीत हुआ जाता है। 'भगवान, मंजरी कुछ उल्टा-सीधा न करे वरना बड़ी मार पड़ेगी। दो महीने बाद शादी है मेरी।'

मंजरी आकर खड़ी हो गई है मयूर के सामने। वो दोनों देख सकते हैं एक दूसरे को एकदम समीप से। मंजरी मयूर को देख रही है, मयूर मंजरी को देख रहा है, दोनों के होंठों पर मुस्कुराहट तैर गई है। उन दोनों को देख रहा है सुबोध और जाने क्यों पढ़ रहा है हनुमान चालीसा मन में।

"पापा, वो साड़ी और फल कहाँ रखा है आपने? माँग रहे हैं भीतर।" बोली मंजरी।

'कितनी प्यारी आवाज है। ठीक वैसी ही जैसी तब थी।' कहता है मयूर का मन।

'जय हनुमान जी की।' कहता है सुबोध मन में।

"ऊपर वाले कमरे में है बेटा।"

"मैं अकेले कैसे लेकर आऊँगी?"

"भईया तुम चले जाओ साथ में। ज्यादा कुछ नहीं है, बस एक दौरी (टोकरी) में फल हैं और चार-पाँच साड़ियाँ होंगी।"

अनिल बाबू के मुख से इतना निकला भर था कि मयूर और मंजरी दोनों आश्चर्य से देखने लगे एक दूसरे को। मंजरी तो बस आयी थी मयूर को पास से देखने, उसे क्या पता था कि पापा उसे साथ ही भेज देंगे। अब उसे खुशी भी बहुत हो रही है, साथ ही लाज भी उतनी ही लग रही है। मयूर का हाल भी कुछ वैसा सा ही है। भले वो सोच रहा था कि मंजरी को देखते ही दौड़ कर उसे गले लगा लेगा पर उनके मध्य

जो लज्जा पनप गई है, उससे ये संभावना समाप्त हो चुकी है।

जाहिर है, छत पर साथ में जाते हुए भी ये दोनों बहुत ज्यादा कुछ बोले नहीं। बड़ी हिम्मत करके बस मयूर ने यही पूछा, "तुम ठीक तो हो न मंजरी?"

"हाँ। और तुम?"

"मैं भी।"

उनके मन में बड़े मिश्रित भाव हैं। एक ओर लाज भी लग रही है, दूसरी ओर रोना भी आ रहा है, तीसरी ओर प्यार भी व्यक्त करना है, चौथी ओर भविष्य की योजना भी बनानी है। बेचारे क्या-क्या करें, ये उन्हें समझ नहीं आता।

जब वो उस कमरे में पहुँचे तो मयूर बोला, "याद है मंजरी, ये वही कमरा है जहाँ मैं तुम्हें देखने आया था, जब तुम बीमार थी।"

कमरा छत पर होने के नाते वहाँ कोई था नहीं। बरसों बाद ऐसा अवसर उनके पास था, पुनः ये मिलेगा या नहीं, ये वो नहीं जानते। इधर-उधर की बातों में वे अपना समय व्यर्थ न करें शायद इसीलिए मंजरी के मन में अतीत की वेदनापूर्ण स्मृतियों की लहर उठी और वो बोली, "उसके बाद भी मैं बहुत बार बीमार पड़ी। मैं यही सोचती कि अगर मेरे मयूर को मेरा घर पता होता तो वो फिर मुझे देखने जरूर आता।" रुआसी आवाज में बोली मंजरी, और उसकी उदासी बढ़ती जा रही है। मिलने का जो सुख था उसे ढँक दिया है अतीत के काले बादलों ने।

मयूर उसके सामने खड़ा है और उदास दिख रहा है ये सुनकर। कुछ कहे वो इससे पूर्व ही मंजरी झूल जाती है उसकी बाहों में। बिल्कुल वैसे ही, जैसे कुछ बरस पहले छत पर, लड़ाई करने के बाद।

मयूर समेट रहा है उसे अपने में और मंजरी भी दुबकी जा रही है। रो दोनों रहे हैं पर मंजरी का रोना उस स्तर तक पहुँच चुका है जहाँ उसकी आवाज के साथ अहकने का स्वर भी सुनाई दे जाता है।

"मुझे माफ कर दो मयूर... मैं तुम्हें बिना बताए चली गई थी।" गला रूंध गया है उसका।

"चुप बच्ची....एकदम चुप....रोते नहीं। जो होना था वो हो गया, लेकिन अब मत जाना कहीं।" मंजरी के गले लगे हुए ही उसके चेहरे को पकड़ कर वो पोंछ रहा है उसके आँसू। ये दूसरी बात है कि स्वयं के अश्रुओं पर उसका अपना कोई नियंत्रण नहीं है।

"मयूर, तुमने इतनी देर क्यों कर दी आने में?" बच्चों सी शिकायत की मंजरी ने, फिर स्वयं ही बोली, "कोई बात नहीं, लेकिन अब मुझसे शादी कर लो। मैं इससे

ज्यादा इंतजार नहीं कर सकती।"

मयूर मुस्कुराया उसके चेहरे को थामे हुए, "बिल्कुल करूँगा, पर कुछ बताना है तुमसे। वो जानने के बाद तुम्हारा जो भी निर्णय होगा वो मुझे मंजूर होगा।"

मंजरी ने इशारे से सिर ऊपर उठाया कि हाँ बोलो।

"मंजरी मैं पवित्र नहीं हूँ?"

आश्चर्यचकित होकर, "मतलब?"

मयूर ने मृदुला के बारे में बताना शुरू किया। पूरी बात सहजता संग सुनी मंजरी ने। जब पूरी बात बता कर अंत में मयूर ने माफी माँगी तो उसके दोनों गाल नोंचते हुए मंजरी बोली, "आज के बाद ऐसा कभी मत कहना कि तुम पवित्र नहीं हो। तुम्हारा मन सदैव मेरे पास रहा, वो भी ऐसी स्थिति में जब मेरे मिलने की कोई उम्मीद नहीं थी, इससे ज्यादा तुम्हारी वफादारी का क्या प्रमाण मांगू। किसी ने एक बार तुम्हारा तन छू लिया, वो भी शायद भूल से, वासना के उन्माद में, तो तुम अपवित्र हो गए? नहीं मयूर, तुम मेरे मयूर हो, और जैसे हो मुझे वैसे ही पसंद हो।"

कृतज्ञता संग मयूर उसकी बाहों में सौंप देता है स्वयं को और कहता है, "तुम बहुत अच्छी हो मंजरी? लेकिन मैंने जो किया उसका पछतावा मुझे सदैव रहा है, आज भी है और आगे भी रहेगा।"

"अब्बय मार देब (अभी मार देंगे)।" मंजरी मुस्कुराती है। कहने का स्वर एकदम वैसा था जैसे वो बचपन में कहा करती थी मयूर को।

"ये जानने के बाद भी तुम्हें मुझपर शक नहीं होता?"

"शक किसी दूसरे व्यक्ति पर किया जाता है मयूर, तुम और मैं तो एक ही हैं। कोई पछतावा मत रखना मन में, भूल जाओ सब किसी बुरे सपने की तरह। वैसे भी, बीते कुछ साल किसी डरावने सपने जैसे ही थे।" वो दोनों अब तक बैठ गए थे सामने बिछी चारपाई पर। मंजरी का सिर था मयूर के कंधों पर और वो बोलना जारी रखती है, "जब अभी मैंने तुम्हें देखा तो जानते हो क्या आया मन में?"

"हूँ.....?"

"मैंने सोचा काश कुछ हो जाता कि ये दिन हमारी यादों से मिट जाते। बस याद रहता वो समय जहाँ हम साथ थे, और आज का दिन। बहुत गुस्सा भी आता है मयूर सबके ऊपर लेकिन क्या करें? अच्छा मयूर, तुम्हीं बताओ, क्या इतनी बड़ी गलती की थी हम दोनों ने?"

"हर विचार, भावना या कृत्य गलत ही प्रतीत होता है जब तक वो अपने दृष्टिकोण से मेल न खाए। जो हमने किया, या किया भी क्या बस हो गया, वो

समाज अपने ढाँचे में कभी स्वीकार ही नहीं करेगा। अतः मायने ये रखता है कि हम दोनों क्या सोचते हैं, लोक को भूल जाओ। मैं ऐसे समाज को नहीं मानता जिसे बस तंज कसना आता हो। तुम मेरे पास हो, अन्य किसी से मुझे कोई अर्थ नहीं। इनकी पहुँच से दूर हम अपनी एक अलग दुनिया बनाएंगे, जहाँ होगी तुम, मैं, हमारे खेत और खूब सारा प्यार।"

"और मम्मी-पापा का क्या?"

"मैं उनसे पुनः याचना करूँगा। पैर भी पड़ जाऊँगा उनके, लेकिन इसलिए नहीं कि मुझे उन्हें मनाना है, क्योंकि मैं जानता हूँ वो मानेंगे ही नहीं। मैं याचना करूँगा इसलिए कि प्रेम पर स्वार्थी होने के आरोप न लगें। और जैसा मैंने कहा, मानेगा कोई है नहीं। अतः कुछ समय बाद हम शादी कर लेंगे। हाँ, अगर तुम सहमत हो तो।"

"और मैं क्यों सहमत नहीं हूँगी?" मुस्कुरा कर देखती है मंजरी उसे।

मयूर झेंप जाता है, और दूसरी बात उठाते हुए कहता है, "तुम कहती थी न कि खेत में घर हो अपना, बाग हो, खेत भी रहें जहाँ मैं कुदाल चलाऊँ और तुम खिमटाव लेकर आओ। तो मैंने बिल्कुल वैसा ही घर बनाया है, हाँ, अभी वो सूना है क्योंकि तुम नहीं हो, लेकिन तुम्हारे चलते ही वो चमक उठेगा।"

मंजरी की आँखों में प्रेम उमड़ आया, "तुम्हें वो बात याद है?"

"मुझे सब कुछ याद है मंजरी। तुम्हारी एक-एक बात, एक-एक हरकत। अच्छा, क्या अब भी तुम जब खाना खाने बैठती हो तो रोटी के टुकड़े-टुकड़े कर लेती हो, फिर खाती हो?"

"हाँ।" लजाती है वो।

"क्या अब भी तुम आलू-टमाटर की सब्जी में से टमाटर बीन कर एक ओर रख देती हो?"

"हाँ।" हँसती है मंजरी।

"अभी भी तुम आरती गाती हो तुलसी को जल देते हुए?"

"अब से पक्का। मेरे लिए मेरा गीत तुम ही थे, अब पास हो तो आरती भी गाऊँगी।" धीमे से मुस्कुराती है वो। "अच्छा तुम प्लीज चाय बनाना मेरे लिए एक बार कभी।"

"हाँ, ताकि तुम क्षमा को दे दो।" दीदी कहना छोड़ दिया है मयूर ने लंबे अरसे से क्षमा को।

दोनों कान मासूमियत से पकड़ कर कहती है मंजरी, "सॉरी न।"

बड़ी देर तक इधर-उधर की बातें होती रही उनमें। हाल-चाल पूछने से लेकर

भविष्य में क्या करना है तक। वो इतने लीन थे कि यहाँ आने का उद्देश्य भी उन्हें याद नहीं रहा।

जाहिर है, दूसरी ओर उनकी प्रतीक्षा हो रही थी क्योंकि किसी काम से भेजा गया था उन्हें। जब दस मिनट बाद भी वे दोनों न आए तो अनिल बाबू स्वयं गए। उन्हें लगा शायद उन्हें साड़ी मिली नहीं क्योंकि वो अलमारी में रखी गई थी, पर उनका ये भ्रम टूटा जब वो कमरे के बाहर पहुँचे। वहाँ उन्हें सुनाई दिया इन दोनों के मध्य होता संवाद।

एक ओर खड़े होकर बड़े ध्यान से वो सुनते रहे सारी बातें। पहला भाव जो उभरा वो क्रोध ही था पर उन दोनों की बातों में इतनी मासूमियत थी कि रोष का भाव बहुत देर तक स्थायी न रहा। सबकी तरह वो भी प्रेम को गलत ही मानते थे पर मंजरी की आवाज भर से उन्हें उसके खुश होने का अनुभव हो गया।

अक्सर कितना डाँटा है उन्होंने उस बच्ची को। डरती भी तो बहुत है वो उनसे। मंजरी की इतनी कल्पनाएं हैं, ये तक उन्हें ज्ञात नहीं। मयूर से खुल कर सारी बातें कहते हुए जब सुना उन्होंने तो पछतावा हुए उन्हें कि अपनी बच्ची को वो कुछ दे न पाए इतने समय में। इसके विपरीत, मंजरी उनका कितना ध्यान रखती है। भले वो उसे डाँटते हैं, लेकिन अपनी माँ से ज्यादा प्यार वो उन्हीं से करती है। मयूर के स्वर में जो स्नेह था उसने अनिल बाबू के मन में इतना तो बैठा दिया कि उनकी बेटी को वो सब कुछ मिलेगा मयूर से जो वो दे न सके।

कभी मंजरी ने सुबह में कुछ लाने के लिए कहा तो शाम तक भूल गए वो, पर मयूर को बरसों पहले की अभिलाषाएं याद हैं मंजरी की। उनके जैसे व्यक्ति से इसकी उम्मीद नहीं की जा सकती पर उन्हें पसंद आयी मंजरी की पसंद। एक ओर वो सुन रहे थे उन दोनों की बातें, दूसरी ओर आत्मचिंतन कर रहे थे। ऐसी अनेकों बातें की मयूर ने जो इस तथ्य को मजबूत करती गई कि मंजरी के लिए उससे अधिक योग्य कोई और नहीं।

अंततः खाँसकर उन्होंने अपनी उपस्थिति का परिचय दिया और कमरे के भीतर गए। उनकी आवाज सुनकर वो दोनों सकपका गए थे। घबराहट में ही बोली मंजरी, "पापा... वो साड़ी मिल नहीं रही थी।"

"हाँ बेटा अलमारी में रखी है।" उनके स्वर में इतनी शीतलता थी कि उन दोनों को यही लगा जैसे उन्होंने कुछ सुना ही नहीं।

साड़ियों को उन्होंने फल की टोकरी में रखा और ले जाने लगे जब मयूर बोल पड़ा, "आप क्यों उठा रहे हैं, मैं ले चलता हूँ।"

वो मुस्कुराये, "इतनी जल्दी बूढ़ा हो जाऊँगा तो कैसे चलेगा? अभी तो मंजरी की शादी भी करनी है तुमसे।" और बिना कोई उत्तर सुने चले गए।

दोनों मुस्कुराते हुए देखते हैं एक दूसरे को आश्चर्य से। कहती है मंजरी, "हमें ऐसे मत देखो, लाज लग रही है।"

"हमें भी।" कहता है मयूर और दोनों हँस देते हैं सिमटने के साथ एक दूजे में।

गत कुछ महीने स्वप्न जैसे रहे। जिसकी कल्पना की थी उन्होंने कभी, वो सब कुछ सच हुआ इस बीच। क्षमा की शादी के अगले दिन ही उन दोनों की शादी की बात उठी। हालाँकि, जैसा पहले हुआ था, वैसे ही अब भी हुआ। कोई भी उनके समर्थन में नहीं था। अनिल बाबू ने विरोध तो नहीं किया पर खुले तौर पर समर्थन भी नहीं मिला उनका, जिसकी आस थी। तथापि, दोनों अड़े रहे अपनी जिद पर।

किसी भी व्यक्ति को नियंत्रित तीन माध्यमों से ही किया जा सकता है। या तो वो आपसे डरता है, या आपका सम्मान करता है, या आपसे प्यार करता है। यदि किसी में ये तीनों ही भावनाएं नहीं हैं, तो किसी भी हाल में उसे अपने अनुसार चलाया ही नहीं जा सकता। समय ने उन दोनों के भीतर से ये तीनों ही भाव समाप्त कर दिए थे अपने परिवार के प्रति। इसका सबसे अच्छा उदाहरण मिलता है उस दिन जब सरिता जी ने अपने टेसुओं को शस्त्र बना कर प्रयोग करने का सोचा।

रोते हुए वो मंजरी से बोलीं, "तुम्हें उसी से शादी करनी है, करो। हाँ, इतना याद रखना मैं जहर खा लूँगी।"

यदि ये आज से आठ साल पहले कहा गया होता तो मंजरी रोती हुई गिर जाती अपनी माँ के कदमों में और कहती, 'नहीं मम्मी, जो तुम कहोगी, वही होगा।' पर ये बात उस समय में कही गई सरिता जी द्वारा जब मंजरी झुलस चुकी थी बरसों की विरह से। अतः इसका कोई विशेष अंतर उस पर पड़ा नहीं और गेहूँ में रखने वाली दवाई लाकर उनके हाथ में देते हुए बोली, "शादी तो उसी से होगी, तुम्हें जहर खाना है तो ये लो, खाओ।"

ये बदतमीजी न प्रतीत हो इसीलिए वो आगे बोली, "उसके अलावा किसी दूसरे से शादी करके मुझे जीना ही नहीं है। उससे शादी करूँगी तो आप जहर खा लेंगी। तो एक काम करते हैं, दोनों ही खा लेते हैं। खाइए....देख क्या रही हैं?"

सरिता जो को दूर-दूर तक ऐसा कुछ भी होने की आस न थी अतः वो आश्चर्य से

बस ताकती रहीं मंजरी को। जाहिर है, वो बस नौटंकी कर रही थीं अतः जहर उन्होंने नहीं खाया। जब बाद में ये बात मंजरी ने मयूर से कही तो स्पष्ट तौर पर तो वो कुछ नहीं बोला, अब मंजरी के मुँह पर उसकी मम्मी को कुछ कैसे कह दे। हाँ, मन में अवश्य उसने कहा, 'कोई इतना भी नीच हो सकता है।' इसके बाद उसने एक गाली भी दी मन में ही।

खैर, वो दोनों अड़ गए थे अपनी बात पर और बात ही बात में मयूर ने ये भी कहा था बिनोद बाबू से, "मैंने आप सबसे पूछा है फिर भी आप लोग मान नहीं रहे। अब कल को यदि मैं मंदिर में शादी कर लूँ तो कोई मुझे दोषी न ठहराए।"

दो विचार कौंधे उनके मन में मयूर की उद्दंडता देख कर। पहला, ये इतना बदतमीज क्यों होता जा रहा है, बाप का लिहाज भी नहीं करता। दूसरा, काश! मैं भी इतना उद्दंड होता तो आज बिट्टी मेरी होती।

मयूर को रोकना कठिन इसलिए था क्योंकि प्रेम की हत्या अक्सर समाज के नाम पर ही होती है, पर ऐसे व्यक्ति को आप कैसे समझाएंगे जो समाज को मानता ही नहीं। रही बात मंजरी कि तो उसने सब कुछ मयूर के ऊपर डाल दिया था। कोई उससे कुछ भी कहता तो वो सीधे कहती, "मुझसे मत कहो कुछ। जो बात करनी है वो उससे कर लो, अगर वो मान जाए तो मैं भी मान जाऊँगी।" वो जानती जो थी कि बहस में मयूर को हरा पाना असंभव है।

अनिल बाबू ने खुले तौर पर समर्थन इसलिए नहीं दिया क्योंकि वो विभीषण नहीं कहलाना चाहते थे अपनी पीढ़ी के। जब सब विरोध में हैं तो वो जाकर दूसरे गुट को समर्थन कैसे दे दें? हाँ, विरोध भी उन्होंने नहीं किया। इसी कारण, सरिता जी उनसे तपी रहती थीं। जहर वाली घटना जब हुई तो अनिल जी भी वहीं बैठे थे, पर एक शब्द न कहा उन्होंने। मंजरी ने जो किया वो उन्हें ठीक ही लगा था। उनकी खामोशी देखकर सरिता जी ने गुर्राते हुए कहा था, "बस ऐसे ही बैठे रहता कुर्सी पर, अब उठा नहीं जाएगा तुमसे। लड़की छिनार हो जाए, तुम्हें क्या?"

"तो अब मार डालूँ क्या इसे। जब जिद पकड़ ली है इसने तो क्या करूँ?" बिगड़ते हुए बस इतना ही कहा उन्होंने।

"कुछ मत करो। तौली लपेट पर कुर्सी पर बैठे रहो और आसमान निहारो।" सरिता जी इतनी जोर-जोर से बोल रही थीं कि उनका गला सूख गया था।

पाँच-छः महीने तक ये नाटक चलता रहा पर कोई विशेष मार्ग न दिखता था। अंततः इनकी जिद के आगे सबको झुकना ही पड़ा और अबकी मार्च में इन दोनों की शादी हुई। परिवार खुशी से नहीं माने, मानना पड़ा उन्हें मजबूरी में। यही कारण है

कि मंजरी को पुराने घर में प्रवेश न मिला। नए घर में गृह-प्रवेश कराने के बाद परिवार से कोई भी उनसे बोला नहीं। निवेदिका कभी-कभी छिप कर जरूर आती है मंजरी के पास। देखने पर चाची बहुत बिगड़ती हैं उसे।

अंबरीश और भाभी दिल्ली ही रहते हैं पर वो बोलते हैं इनसे। शादी के बाद भाभी रहीं भी थीं कुछ दिन मंजरी के साथ। इसको लेकर मनीषा जी अभी भी नाराज हैं अपनी बड़ी बहु से।

सुबोध की शादी मयूर से पहले ही हुई थी। वो भी आता है इनसे मिलने। पिछले हफ्ते अपनी पत्नी के साथ भी पधारा था वो यहाँ।

हालाँकि, मयूर जाता रहता है घर हर दूसरे तीसरे दिन। मुश्किल से एक किलोमीटर की दूरी है। जहाँ मयूर का घर है उसी के पास ही खेत भी हैं उसके। बिनोद बाबू अक्सर घर के सामने से ही गुजरते हैं। एक दिन मंजरी फूल में पानी दे रही थी जब वो खड़ंजे पर जा रहे थे साइकिल से।

"पापा.....।" बुलाती है मंजरी सकुचाते हुए।

बिनोद बाबू रुक गए।

"आइए न पापा।" बड़े स्नेह से बोली वो।

"नहीं वो ट्रैक्टर आया है खेत जोतने, बाद में कभी।" टालते हुए बोले बिनोद बाबू और पैडल पर पैर रख दिया। इस बीच उनकी नजर मंजरी के चेहरे पर पड़ी। बुलाते समय वो जितनी उत्साहित थी, अब उतनी ही दुखी।

जाने क्यों लेकिन वो बोले, "आज क्या बनाया है खाने में बेटा?"

"आलू-टमाटर की सब्जी और रोटी।"

"एक टिफिन में कर के दे दो, दोपहर में खा लूँगा। आज सिंचाई भी करनी है तो घर नहीं जाऊँगा।"

मंजरी बहुत खुश हुई, "आप आइए बैठिए, मैं लाती हूँ।"

"नहीं तुम लेकर आओ मैं हूँ यहीं।"

करीब पाँच मिनट बाद टिफिन लेकर आयी वो और बिनोद बाबू को थमा दिया। बहुत खुश हुई थी वो उस दिन।

निवेदिका जब भी आती है तो उससे सबका हाल पूछती है। बहुत अलग है मंजरी। उसके मन में किसी के लिए कुछ नहीं है बावजूद इसके कि किसी ने उसे स्वीकार नहीं किया है। वहीं दूसरी ओर, मयूर इस मामले में पूर्णतः अलग है। उसने कहा भी है कई बार मंजरी से, "जब नहीं रखना चाहते वो लोग हमसे कोई रिश्ता तो न रखें, हमें कोई जरूरत नहीं है। तुम बिना बात सबको जोड़ने के प्रयास में लगी

रहती हो।"

"देखना तुम, एक दिन सब मान जाएँगे।" कहती है मंजरी मुस्कुरा कर।

मयूर ताकता है उसे अविश्वास से और कहता है, "तुम मना चुकी और वो मान चुके।"

मायके की ओर से भी कोई विशेष रिश्ता नहीं रखता इन दोनों से। सबसे अधिक खिलाफ तो सरिता जी हैं। हाँ, क्षमा का जाने कैसे हृदय परिवर्तन हुआ है और वो बात करती है मंजरी से अक्सर। मयूर से भी बात करने का प्रयास किया है उसने पर वो सदैव टाल देता है। 'जब जरूरत थी तब तो आग लगाने के सिवाय कुछ किया नहीं, अब बड़ी फिक्र उमड़ रही है।' कहता है वो मंजरी से क्षमा के संदर्भ में।

अनिल जी भी बात करते रहते हैं बीच-बीच में पर सरिता जी को जब पता लगता है तो वो सुलग जाती हैं।

मयूर को कोई अंतर नहीं है इस बात से कि कौन उससे संबंध रखता है, कौन नहीं। उसकी दुनिया तो प्रारंभ से ही सीमित रही, वो अब भी है। वो इन बातों में ज्यादा उलझता ही नहीं कि कौन क्या कह रहा है, उसके बारे में क्या सोचता है? उसे उसकी मंजरी मिल गई, उसे लगता है उसने जग जीत लिया है। घर पर भी उसका जाना स्नेहवश नहीं है, वो तो अपनी जिम्मेदारी पूरी करने जाता है। पुत्र के रूप में उसका जो भी कर्तव्य है उससे वो पीछे नहीं हटा पर मंजरी को उस घर में स्थान न देना उसे बहुत खला है। इसीलिए वहाँ जो भी है वो फर्ज के स्तर पर है, प्रेम के नहीं।

इसके विपरीत मंजरी सोचती है सबके बारे में। मन ही मन उसे लगता है कि मयूर को दूर कर दिया उसने उसके परिवार से। इसीलिए तो जुटी रहती है वो सबको मनाने में। उस रात को पानी बरस रहा था और मंजरी उदास थी। उसकी गोद में सिर रखे लेटा था मयूर और जब उसने पूछा तो मंजरी ने यही विचार प्रकट कर दिया।

मयूर बिगड़ गया और बोला, "तुम पागल-वागल हो क्या? उन्हें तुम्हारी खाक फिक्र नहीं है और तुम उनके पीछे लगी रहती हो।"

और भी उदास स्वर में बोली वो, "मत डाँटो, मैं छोटी वाली मंजरी हूँ न।"

उसके हाथों को पकड़ते हुए मयूर बोला, "प्यारी मंजरी, बारिश हो रही है, तुम मेरे पास हो और इससे ज्यादा मुझे कुछ नहीं चाहिए। तुम्हारी बात सही है कि सब साथ रहते तो और अच्छा लगता लेकिन जब वो हमें चाहते ही नहीं तो हम क्या कर लें? हमने शुरुआत में याचना ही की थी, माने ये लोग? नहीं न।"

फिर दूसरी बात उठाते हुए बोला, "याद है तुम्हें, मैंने एक बार कहा था कि एक

बार तुम्हारा हाथ पकड़ा है तो जिंदगी भर इसे नहीं छोड़ूँगा, नहीं छोड़ा।"

मुस्कुरा देती है मंजरी।

घड़ी में कोई ग्यारह बज रहे होंगे पर लू धूल को गोल आकार में उड़ा रही थी। दूर देखने पर झिलमिलाता प्रतीत होता क्षितिज। तपती धरा को पेड़ों के नीचे कुछ शांति अवश्य मिल रही थी। आम में लगी बौर की सुगंध फैली थी उस परिवेश में। बीच-बीच में पेड़ों के बीच से आती शीतल हवा छू लेती आम्र मंजरी को, जिसे दूसरी ओर से झुलसा रही थी लू भी। पसीने में भीगा हुआ मयूर उसी आम के नीचे बैठा था, हालाँकि, अभी वो इतना भी विशालकाय नहीं हुआ था कि बहुत दूर में अपनी छाया बिखेरे, पर जितना भी था, पर्याप्त लगा मयूर को।

उसकी नज़रों के सामने घर था जहाँ से मंजरी उसकी ओर बढ़ती दिख रही थी। एक हाथ में बाल्टी थी, दूसरे में खिमटाव और बेना। मयूर मुस्कुरा देता है उसे देखकर। पास आकर मंजरी बाल्टी के पानी से हाथ धुलाती है मयूर का जो धूल में सने थे, और अपना पल्लू थमा देती है। वो अपने हाथ पोंछता है और देखता रहता है मंजरी को।

वो टिफिन खोलकर बढ़ा रही है मयूर की ओर पर निरंतर मयूर की नजर उसके ऊपर ही है। कुछ शरमाते हुए कहती है वो, "ऐसे क्या देख रहे हो?" फिर कुछ याद करते हुए, "तुम जब मुझे ऐसे देखते हो तो लगता है कोई बाज़ अपने शिकार को देख रहा है।"

उसके कहने के साथ ही दोनों जोर से हँस देते हैं। समय में आज से पहले भी प्रयोग हुआ है इस कथन का।

मयूर खाना शुरू कर देता है, मंजरी बेना झलने लगती है।

मुस्कुराते हुए कहता है मयूर, "तुम भी खाओ न, लाओ मैं झल देता हूँ बेना।"

"अच्छा.., लड़के इतने अच्छे कब से हो गए जो बेना झलने लगे?" फिर हँस दिए दोनों अतीत को याद करके।

"लो खाओ।" कवर बढ़ा देता है वो मंजरी की ओर, प्रसन्न मन से मुस्कुरा कर खाती है वो।

खाकर दोनों बैठे हैं भूमि पर और निहार रहे हैं क्षितिज को। अतराफ़ खामोशी है, सुखद शांति। बोल कोई नहीं रहा, मुस्कुरा दोनों रहे हैं। बरसों पहले की गई कल्पना

सच हो जाए तो शायद यही होता हो।

मंजरी के कंधे पर अपने हाथ को रखकर उसे अपने में सटाते हुए कहता है मयूर, "मंजरी अगर पुनर्जन्म जैसी कोई चीज होती है तो मैं फिर से वो सब देखना चाहता हूँ जो हम देख चुके हैं। तुम्हारा हाथ पकड़ना, तुम्हें छिप-छिप कर देखना, वो सब मैं फिर से दोहराना चाहता हूँ। लड़ना चाहता हूँ मैं तुमसे इस दुनिया में भी, इसके बाद भी अगर कोई दुनिया है तो वहाँ भी। चाहता हूँ प्रयास करना हर बार तुम्हारे योग्य बनने की। किसी दूसरी दुनिया में भी मैं सोना चाहता हूँ छत पर और उठना तुम्हारी आरती की आवाज से। मैं लौटना चाहता हूँ वहाँ, जहाँ हम दोनों शरमाया करते थे, जहाँ हममें प्रेम पनपा, हमारे उद्गम पर।"

मंजरी ने टिका दिया है अपना सिर उसके कंधे पर, "उस दुनिया में भी मैं खिमटाव लेकर आऊँगी। तुम खाते रहना, मैं बेना झलती रहूँगी।"

मुस्कुरा कर भर लेता है मयूर उसे अपनी बाहों में और रख देता है होंठ अपने उसके माथे पर।

■■■

समाप्त

लेखक-परिचय

जौनपुर जिले के एक गाँव, अर्गूपुर कला में जन्मे अद्वैत की यात्रा एक लेखक के रूप में बेहद दिलचस्प रही है। गाँव के सरल माहौल में पले-बढ़े अद्वैत ने अपनी प्राथमिक शिक्षा भी यहीं ग्रहण की। बाद में, उन्होंने अपनी पढ़ाई के लिए दिल्ली का रुख किया और वर्तमान में दिल्ली विश्वविद्यालय से इतिहास में स्नातक कर रहे हैं। ग्रामीण पृष्ठभूमि से होने के कारण, अद्वैत की रचनाओं में गाँव का जीवन अक्सर जीवंत हो उठता है।

मानवीय भावनाएँ, मन के अंदर चल रहे संघर्ष, अन्तर्दर्शन, और जीवन के विभिन्न पहलुओं पर गहरा चिंतन अद्वैत के लेखन का प्रमुख विषय रहा है। इस उपन्यास को भी उन्होंने उसी विचार से लिखा है, और समझने का प्रयास किया है मनुष्य की जटिल भावनाओं को।

ईमेल- mauryaarpit22@gmail.com
एक्स (ट्विटर)- @Arpityellow